七七级二班

根据陈俨、李珍、韩军同名电视文学剧本改编

七七级二班

李珍　陈俨　著

河北大学出版社

第一章

1978年2月16日，春寒未尽，乍暖还寒。

这座北方省城在铅灰色的晨霭之中缓缓醒来。时而有北风恣意呼啸着掠过，些许枯叶和尘土当街旋舞，路边街角的残雪已然灰褐，一派萧瑟中，偶有鸽哨鸣响于天际，似乎在呼唤早春的归来。

位于西郊的燕北大学校园内外，一大早就被全体教职员工和在校工农兵大学生布置一新。校门口的红底标语，从楼顶悬下的对联和路边的彩旗，加之临时拼凑的锣鼓队忙着最后的排练，无不显露出多年未曾有过的盎然生机。今天，这座有着七十年悠久历史的省属综合性大学，要迎接“文革”后第一批大学生。经历十余年高校“停业”，这批后来被称作“七七级”的时代骄子，将从这普普通通的日子开始，走向令人激奋的人生旅程。接站的校车来不及跑，许多人便挑着扁担挤公交，还有的骑自行车、蹬三轮车，甚至搭毛驴车，匆匆赶来报到。每一个人当进入向往已久的校门那一刻，所有的疲惫便一扫而尽，掩饰不住的兴奋和喜悦荡漾在他们的脸上。

从5路公交车跳下来的高援，轻快地走向马路对面的校门。他还是按部队的要求着装——军装、军帽、军鞋，腰带紧束，身后的背包紧致方正，上面搭着一只绿色旅行袋，透着利索和干练。他一米八三的个头，挺拔健硕，英气逼人，被东北零下四十度严寒侵蚀和极强紫外线辐射过的脸上留下些许紫色的印痕，笔挺的鼻梁，修长的眉宇间透着和善与坚毅，嘴角时常绷紧着，似乎在用力地思考。一个在野战军基层连队舞枪弄炮的军人，能一举考上Y省重点大学，凭的是从小打下的厚实底子和坚持不懈的刻苦阅读。其实，自打1974年12月入伍那天起，不，从中小学停课那时起，他压根就没有做过大学梦。哪里想到，如今却双喜临门——去年6月在一次实弹演习中因抢救战友荣立一等功，10月就在宣布他晋升排长命令的当天，电台广播了恢复高考的消息，经过两个多月的彻夜复习，他终于考上了大学。

一群正在经济系报到点忙乎的女生突然静了下来，她们的目光被远处走来的高援牵了过去。“哟，还有当兵的新生?”“哇——好兵帅克!”一位胆大的女生问：“是咱经济系的吗?”

“是，政治经济学专业，高援。”他边掏录取通知书，边冲她们微笑。两三个女生拥上来接通知书，忙不迭地为他办理登记手续，其他人抢着为他卸行李。不知咋的，高援竟下意识地回头望去，他的脑海幻化出一幅图景：陈小禾背着行囊正冲这里走来，她黑亮的眸子白净的皮肤是那么显眼，垂在腰上的褐色长辫子系着一对草绿色的蝴蝶结，随着风姿绰约的脚步来回摇曳，脸上俏皮的表情仿佛在说：怎么样，我也能考上……

“要是小禾也考上了该多好!”高援的思绪又回到了德城，回到同小禾在一起时的美好时光。

德城机械厂是五十年代末期从天津集体搬迁到德城的一所中型国有制企业，高援跟陈小禾都是该厂的职工子弟，同一所幼儿园长大，上中学之后十三岁的陈小禾与十五岁的高援在校宣传队里饰演李铁梅和李玉和唱京剧，扮作吴琼花和洪常青跳芭蕾，他们所在的德城一中文艺宣传队是当地最出彩的文艺名片，他俩又是名角和台柱子，不仅到厂矿农村慰问，也为省内外嘉宾演出。只大小禾两岁的高援很有哥哥的样子，到哪里演出都尽心照顾这个美丽而羸弱的妹妹，帮她撑过雨伞送过食物也缝过舞鞋，两人还有一个读书的共同爱好。那时候，好多中外名著还是禁书，谁借到一本好书都如获至宝，即使熬夜也要抓紧看完，腾出时间传给对方阅读。然后，就是海阔天空地聊，聊故事情节、聊人物命运、聊精彩句子……当兵前夕两人读完最后一本书的细节他至今记忆犹新。

厂区豆腐房最南边一个偏僻的角落，是他俩每周三次固定时间为家里买豆腐的约会地点。1974年12月的西北风吹落了杨树叶，光秃秃的树枝在寒风中显得十分苍凉。傍晚时分他们如约而至，亭亭玉立的陈小禾穿着一件中式蓝棉袄，围着一条自己编织的暗红色长围巾，高高大大的高援穿着没有领章帽徽的棉军装，已经相爱的他们神情里有局促还有羞涩，透着不自然。陈小禾从书包里掏出一本书递给高援，封面是用牛皮纸包裹的，这是长篇大部头《静静的顿河》的第四本，她用了三天时间读完了它。

高援笑眯眯地问她好不好看，陈小禾说她喜欢肖洛霍夫对顿河的描写，他把浪花、草叶、繁星、鱼群和大雁写得那么美，那么细致入微和出神入化。“女孩子对花花草草就是敏感。”高援打趣着，“除此之外呢？”

“当然一言难尽。喜欢阿克西尼亚对纯真爱情的追求，特执着！还有娜塔丽娅的善良和美丽，挺佩服她刚烈的性格。”陈小禾黑亮的眸子里透着真诚和认真。

高援点头，他理解小禾，她是一个善良仁义，爱憎分明的女孩子。“明白了，喜欢跟自己性别相同的女主人公。那……讨厌什么呢？”“讨厌小说里哥萨克的粗鄙野蛮，尤其讨厌酗酒和战争，也挺烦葛利高里的！肖洛霍夫明显表现出对这个人物的偏爱，我要是写小说，就不这样写第一主人公。”陈小禾从小到大就有性别偏爱，尤其关注文艺作品中的女性，善于把角色跟自己对号入座，看《卓娅和舒拉的故事》她就设想假如自己是卓娅，该怎么跟纳粹德国去斗争，放火烧马厩时应该怎么勇敢，但不失机智才避免被捕牺牲。

“你讨厌葛利高里当然有道理，塑造主人公的复杂性格，在革命和反革命之间左右摇摆，恰恰是作者的伟大之处。”高援用手比画着，身体还形象地来回摇晃。“肖洛霍夫就是通过葛利高里这么一个悲剧角色，从反面的角度印证了当时的哥萨克应该走什么道路的问题。小禾，这本书要跳出来读，要把一个人的命运放在国家、民族、人类的宏大叙事以及历史进程中来把握，你才会……”见小禾若有所思，高援轻轻刮了一下她的鼻子，“想啥呢?”

走神的小禾蓦然醒来，嗫嚅地说：“不想让你走……”高援拉过她的手：“傻丫头，又不是见不到了。明天上午十点半的闷罐车直接一站拉到齐齐哈尔，再转车去中苏边境。”“唉，这一天还是来了。”陈小禾眼巴巴地看着高援，像一只可怜的小猫，脸上露出万般不舍的表情。她一直把他当作自己的依靠和主心骨，他走了自己怎么办呢?

“你要是个男的，不就一块走了？这么的吧……”高援摇着陈小禾的肩膀给她支招：“你有那么好的美声功底，去考文艺兵吧！”“考文艺兵也考不到中苏边境啊？再说，有我爸的问题，政审也通不过。”陈小禾难过地掉转身。

五年前，陈小禾的父亲因为一起“政治事件”受到批判，组织立案和审查他的恰恰是高援的父亲，两家因此结怨。视如仇敌的两家老人要知道他俩私下相爱，一定饶不过他们。高援深深叹了口气， 家长之间的关系闹到今天剑拔弩张的地步，他解释不清到底是人性的悲哀，还是这个时代的悲剧。

“到书本里寻找快乐吧！”高援从上衣兜里掏出一支钢笔递给陈小禾，“这支英雄牌钢笔是我到车站货场扛包挣钱买下的，送给你留作纪念吧。用它写读书笔记，也用它……给我写信。”硬朗的小伙子声音有些哽咽。

陈小禾接过钢笔，鼻子有些发酸，抽动了几下，眼泪瞬间流了出来。她想了想，从头上摘下一枚有机玻璃材质、蝴蝶样式的红发卡递给高援，“这个送给你吧，留一个念想。”高援接过信物紧紧地攥在手里，深情地看着陈小禾，“我会给你写信的！不管两家大人怎样，咱俩一定好下去！”陈小禾坚定地点头，神情又重新黯淡下来，她还是舍不得他走。她抬头看着高援，美丽的眼睛里重新溢出泪水。看她楚楚动人的样子，高援突然热血往头上涌，他一把将她揽入怀中，嘴唇印在姑娘美丽的红唇上。陈小禾的胸口像揣了小兔子，扑腾腾跳个不停，她努力地迎合着他。这是他们人生的初吻，激动和兴奋，还有不舍荡漾在两颗年轻的心中……

又一批新生涌来，人流熙攘的嘈杂声将高援从回忆中拽了回来，进出校门的女大学生中哪里有陈小禾俏丽的身影？他不无遗憾地摇摇头。自从六个月前部队从黑龙江换防到辽宁，两人的通信就中断了，他寄往小禾工作的德城罐头食品厂的信，都杳无音信，犹如石沉大海。高援万万想不到，就因为他的信每每贴有一枚漂亮的邮票，而被厂里集邮的人窃了邮票撕了信件扔进枯井销毁了。

燕北大学七七级的军人学生屈指可数，在一片蓝黑制服中，红领章红帽徽的绿色军装自然受到瞩目和议论，更多的老师和同学凑过来好奇地找高援搭话。高援认真填写着表格，他握笔的手因为激动竟有一些颤抖，经济学是他心仪已久的专业，五年前他通读了《资本论》，令他百思不得其解的不是经典著作本身，而是如何拿它来分析自己所处的社会，以及无论如何也不能说是高度发达的经济状况。恰恰是这些最具实践意义的理论问题，激发了他对社会经济理论探索与研究的浓厚兴趣，他义无反顾地报考了这个专业并如愿以偿。

2号男生宿舍楼是六十年代建起的红砖灰瓦建筑，虽然年代不算久远，可因无人修缮显得有些破败，门窗油漆已经斑驳，下水道接口处一丛丛枯草在风中摇摆。门厅走廊铺就的水泥地面已被踩实的泥土遮盖，墙壁的本白也被风尘重重掠过呈现出灰暗的色调。高援在二楼一间宿舍门上贴着的名单中找到了自己的名字，推门进去，十几平方米的宿舍满满当当地摆了四张上下铺的木床，还有一张油漆几乎脱尽的大木桌和几把咯吱作响的木凳。其他同学还未报到，高援是入住的第一位学生，他收拾停当，坐下来抓紧时间写两封信。

第一封信写给他的亲密战友崔红旗，两人同一年从Y省入伍，出身乡下寒门的老崔肉体和灵魂绝对是为军人而生，精瘦的他体力耐力惊人，具有钢铁般的意志，是各项军事训练的标兵，与善于运用理论探索与思考的高援优势互补相得益彰，两人因为表现出色都被列为提干的苗子。1977年6月的一天，他们在团教导队训练新兵时，遭遇两个新兵在A和B两个场地投掷手榴弹脱手的意外事故。先是A场地的新兵因紧张而将手榴弹甩落在前方四五米的地方，生死关头崔红旗踢飞手榴弹扑倒战士，右腿被弹片炸伤。B场地的战士更危险，手榴弹居然被甩到身后，哧哧地冒着青烟顺坡往回滚，眼疾手快的高援迅速将其抓起，在即将爆炸的一刹那间扔下山坡。他俩因此而被师党委各记一等功，同时提升为排长。

只有初中文化的崔红旗特别钦佩高援的文才，高考复习过程中他替高援带班替岗，让他腾出时间专心复习，当高援金榜题名时，万分激动的他跳起的高度甚至超过了高援，为自己的兄弟激动万分。高援在写给崔红旗的信中，深情回忆二人在部队的成长进步过程，感怀高考给了自己机遇的同时也赋予了挑战，也谈到对这所大学的初步印象。祝贺老崔春节回老家相上那个叫杏枝的姑娘，杏枝很懂事能吃苦，已经去他的家里帮助照顾老人打理家务了。最后他谈到了陈小禾，高援与自己初恋女友的故事崔红旗都了如指掌，为他有这么真诚善良美丽的姑娘而高兴，高援叮嘱崔红旗一旦收到陈小禾给自己的信寄到部队，务必转发到学校来。

在与陈小禾失联的日子里，高援依旧以半个月一封的频率坚持给她写信。今天的信是这样开头的："小禾你现在好吗？我要告诉你一个激动人心的消息，我考上燕北大学经济系了！在这个万物复苏的春天里，你是考上大学了还是如愿当了文艺兵呢？一切都不得而知。此时，我宿舍二楼的窗外飞来两只喜鹊落在窗台上，它们"啾啾"地叫着，黑黑的圆眼睛调皮地看着我，嗯，它们瞥见了我写给你的秘密。哈，喜鹊飞来预示着咱们有好兆头呢！我猜你不会放过这个机遇，并且已经考上了大学……”人一旦获得动力，他的能量往往是惊人的，高援特别了解陈小禾，别看她文文弱弱的，做事却很执着，有的时候主意大起来令他都瞠目结舌呢！自己在德城当兵临走那天，她导演的惊险刺激的一幕，他相信一般女孩子别说做出来，连想都想不到。

三年多前，高援与陈小禾在豆腐坊附近依依惜别后的次日上午，德城火车站锣鼓喧天，彩旗飞舞。一列运送新兵的闷罐车停靠在站台上，高母拉着披红戴花一身戎装的高援不住地嘱咐他到部队好好干，争取早日入党提干。“还有!”她才听到风言风语说自己儿子跟陈家丫头好上了，“个人前途比一个黄毛丫头重要一千倍一万倍，到部队你就一门心思进步，赶紧把给她忘喽，听见没?”面对母亲的追问，高援只得点头敷衍。

开车的预备铃声响了，上车之后的高援早把母亲的叮嘱当作耳旁风，他挤到小窗前努力地向进站口方向张望，下意识做着深呼吸，脑子里就是摆脱不掉自己那个皮肤白白穿红格子上衣、身上散发着淡淡茉莉花香皂味的小恋人。

列车缓缓开动了，终究没有陈小禾的身影，高援失望地回转身，却被眼前的景象吓了一跳：陈小禾好似从天而降，不知从哪里弄来一身军装，头发掖在帽子里，一身男儿装束站在他的面前，军装显得不太合体透着几分滑稽。

高援大惊，一把抓住陈小禾的胳膊：“你……哪来的军装？到底怎么回事?”陈小禾做出“嘘”的手势：“小声点！行头是跟三毛借的。反正在家待着也是待着，我要跟你去黑龙江!”高援似不相信自己的耳朵。陈小禾坚定地点头，她要去当兵！“一路上为这些军人表演节目，他们准保会感动的，到最后他们不收也得收!”

高援哭笑不得，“小禾你在开国际玩笑！以为当兵跟过家家一样简单么?”陈小禾执着地说当不上兵，自己就在当地找个活儿干，只要能见到他就行！高援无可奈何地摊开手，当代花木兰从军追到闷罐车上，她的行动比古代花木兰还花木兰!

接兵的王排长看出了端倪，走过来拍着高援的肩膀，“哈哈！小伙子你有两下子！小对象都追到闷罐车上啦?”高援不好意思地行了一个军礼，“王排长，对不起，这是一个意外，我也没有想到。”陈小禾赶紧替高援挡驾：“王排长，跟高援没有关系，是我自己主动追来的！我这是学花木兰从军，跟你们去边防当兵!”

一车厢的新兵目光齐刷刷地聚拢过来，他们惊叹女孩的美貌和大胆，也有担心女扮男装潜上军列，会连带她对象一起给退回家去。王排长脸色一变，严厉地指责陈小禾异想天开，想先斩后奏去当兵那是天方夜谭!“你目的无非就是赖着你对象，我告诉你那是黑龙江边境，真枪实弹地招呼，你搞对象不能这种搞法!”

陈小禾着急地辩解说排长误解自己了，“我只想像故事片里的女宣传队员一样，为这趟军列的新兵唱歌跳舞加油鼓劲，绝不给高援的前途抹黑。他是他，我是我，我俩一点关系都没有……”

王排长哪听她这一套不着边际的解释，手一指窗外，声色俱厉地要求她从前方停车站下车，“再胡搅蛮缠，高援也一块儿下车!”陈小禾无言对答，眼里慢慢溢出泪水，她手足无措地咬着嘴唇，看着王排长点头又摇头。高援看她楚楚可怜的样子，干着急没办法，大汗珠子“啪啪”地往下掉，脱下棉帽子不住地煽风。

最后的结果就是陈小禾在前方停车站下了车，不甘心的她还追着列车跑了好远。高援在车上看着她奔跑的身影被列车远远地甩在了后面，感动并心疼得热泪盈眶，心都快融化了。

小禾对他的爱浓缩在她的行动中，也牢牢镌刻在他的心田。他就这样想着写着，两页十六开的信纸被他写满了思念和牵挂，他仔细地折叠起来装进信封封好，地址一栏依旧空着，只写着陈小禾收，他相信两人的缘分，总有一天他会找到小禾，让她一封一封地读他的心声。

燕北大学是一所省属综合性大学，始建于二十世纪初，历经七十年风雨的洗礼与岁月迁徙，破败却顽强地矗立在这座北方的省城，占地一千二百多亩的校区分作南北两院，中间被一条社会道路相隔，北院坐落着理科教学楼和学生宿舍，南院分布着文科教学楼和图书馆。泥土铺就的操场被寒风吹过荡起阵阵黄沙，很久没有修缮的教学楼的墙上依稀可见没有褪去的政治标语口号，缺窗户少门框的食堂见不着完整的桌子和凳子，踩在油腻的地上要谨防滑倒。高援从一排排建筑前走过，他想，用荒凉和破败来形容这所高等学府毫不为过。不难看出，经过“文革”十年动荡，学校还没有经过一个舔舐伤口休养生息的过程就匆忙迎来七七级新生的入学，应对国家对人才的饥渴与知识断层的修复。

三层图书馆是这座学校最完好的建筑，窗子高大明亮，大理石镶嵌的地面，挑高的屋顶，还没有被七七级新生占据的大阅览室显得寂寥和静谧。高援欣喜地走过一排排书架，目光被各种书籍牢牢锁住，犹如游弋在知识的海洋。他每一年都给自己开列出一串长长的书单，每一本书都要写下阅读笔记，现在好啦，终于有书读了。他在盘算四年里的读书计划，大脑再经过上千本书武装之后该是多么大的改变啊！他挑了一本心仪的书坐下来投入地读起来，一直到闭馆，阅览室的学生散去，只剩下他一人竟全然不知，图书管理员朱韵老师从此认识了这个叫高援的军人学生。

二十六岁的德城罐头食品厂二级钳工马大山扛着行李拎着箱子，护送二十岁的徒弟陈小禾从塞外小城一路风尘赶到燕北大学门口，见他满头大汗一副做苦力的样子，陈小禾动了恻隐之心，掏出手绢递给他擦汗，他不接，说是怕脏了手绢，撩起工作服的衣角往脸上一抹咧着大嘴憨厚地笑了。

昨天傍晚，陈小禾为躲开马大山送行提前出了家门，背着行李提着箱子好不容易挨到德城火车站，刚进候车室行李就被人一把抢过，惊慌失措的她抬头一看原来是马大山，特意调休的他已经买好火车票早早等在候车室，他是执意要亲自送她去省城报到的。

从德城到省城只有一列夜行慢车，需要行驶十三个小时。开始检票上车了，左背右挎的马大山扒拉开众人英勇无畏地挤向进站口，转过身大声招呼陈小禾赶紧跟上，为此招来周围人的埋怨。一路上马大山对她照顾有加，端着大缸子跟人抢开水给她喝，自己站着腾出地儿让陈小禾躺着睡觉，陈小禾哪里肯睡，二人推来挡去，弄得对面的旅客都看不下去了，劝道："闺女呀，跟自己的叔儿就别客气咧！"陈小禾难过得差点哭了。

"我说你那两眼管啥用的？"马大山气得呵斥对方眼拙。两个人就这么一路尴尬一路别扭地到了校门口。陈小禾说什么也不让马大山往院里送了，她抢过行李劝他赶紧搭公交赶下午的火车回德城，马大山眼神有牵挂也有不舍，却又说不出个一二，只好一步三回头地走了，腿像灌了铅一样沉重。

见马大山走远，陈小禾赶紧进入状态，掏出通知书将信封上的字体与牌匾字体仔细比对，啊，燕北大学，我真的来啦！她的心中充满无限景仰和激动，回想起自己几个月来所经历的一切，真是百感交集。她庆幸，在即将成为别人新娘之际国家恢复了高考，她就此改变了生命的轨迹，才有机会走进这神圣的知识殿堂。

陈小禾在历史系报到处办好所有手续，从老师手里接过"历史系七七级二班陈小禾"的学生证，爱不释手地端详来端详去，然后小心翼翼地放在书包里。

走在空旷的校园里，一阵鸽哨在耳畔掠过，一群灰色的鸽子张开尖而硬的翎毛，像一片流动的云彩在空中上下翻飞翱翔，陈小禾的心一如这些自由放飞的鸽子，沉浸在无尽的喜悦中。她又想起了高援，部队也可以参加地方考试的，他参加了吗？他现在哪里？一切不得而知。六个月来，她写给他的信都被悉数退回，理由是"无此地址"。一想到这些她就很沮丧，阵阵思念再度袭来。他的学习成绩比自己更好，应该抓住这个难得的机遇，如果他去考百分之百能考上，连自己都考上还拿下德城的文科状元了呀！然而，如果高援突然出现在面前，她又该如何面对？怎么向高援解释她与马大山之间的一切？如何能张口对他说："我差点成为别人的新娘。"

时间追溯到五年前"文革"中期的一天早晨，德城机械厂铸造车间技术员陈德荣，也就是陈小禾的父亲，在清扫车间卫生时，失手打碎了供在铁皮柜上的一尊领袖石膏像，在那个年头儿这可是犯下了天大的禁忌，车间主任、高援的父亲高宏宽上纲上线带头批斗他，再交由厂部处理。于是，陈德荣被开除党籍和公职，作为坏分子监视居住。原本城市小业主出身，中专毕业二十多年就靠技术立脚吃饭的他，性格温良敦厚，忽然间被断了生路成为工人阶级中的异己分子，实在是痛不欲生，哪里还有生活下去的勇气？一日，趁妻女上班上学之际，拴了根麻绳上吊自尽，恰巧被经过的德城罐头食品厂青工马大山看到，他破窗而入用菜刀砍断绳子，背着陈父送医院抢救。幸亏抢救及时，陈父的命从死神手里夺了回来。

时年二十一岁的青工马大山本是一个孤儿，长得五大三粗黑铁塔一样，嘴笨心实木讷憨厚，自从救了陈父之命便被陈家视为恩人，他也不把自己当外人，陈家买煤劈柴修房补瓦的活儿全部揽下。1975年1月，陈小禾高中毕业面临到农村插队，陈母舍不得女儿受苦，说啥也不让去。马大山拍着胸脯说："婶儿你放心，咱说啥也不能让小禾去受那份罪，这事包在我身上。"他先用肥皂仿造职工医院诊断书上的红印章一遍遍地苦练雕工，经过若干次实验成功之后，再最终将一块厚橡胶刻成一模一样的假印章，又去医院偷来空白的诊断证明，对着自己曾经的诊断书，照葫芦画瓢写下陈小禾患有肺结核几个字，在大夫签字一栏龙飞凤舞地写上谁也不认识的名字，再盖上假印章，连同陈小禾的户口本等一干资料递到德城知识青年上山下乡办公室。结果真就撞了大运，陈小禾被批准留城，又凭借唱歌跳舞的天赋被招工到德城罐头食品厂，在检验车间当了流水线上的工人，成了马大山的徒弟。鉴于马大山对陈家父女的杰出贡献，其分量在陈父陈母眼里越来越重，擅自做主应承下与陈小禾的对象关系，陈母屋里屋外称马大山为女婿，马大山很受用，陈小禾一百个不愿意，恩情与爱情分明是两码事，为此，她跟爸妈的关系搞得很僵。

许是读书多又从小参加宣传队演出的缘故，陈小禾没遗传她妈泼辣刁蛮的基因，无论性格还是长相都细腻、婉约和柔美，一个北方姑娘竟有了江南女子的味道。马大山没文化不读书，三句话没说完一准就露怯，连他狼吞虎咽的吃相陈小禾都接受不了，更何况她的心早被高援占据，已经容不下任何人。她私下里跟父母不住地抗衡，在厂子里却也不便得罪马大山，毕竟是救父的恩人兼自己的师傅，低头不见抬头见。去年10月马大山厂里要给已婚职工分房，为了如期拿到一间十五平方米的小平房，陈家父母与马大山私下里商量起婚事，正在这时恢复高考的消息发布了，无助的陈小禾好比抓到了救命稻草。

那天晚上，脸上贴满纸条的马大山正和一帮工友在集体宿舍里打牌，听到有人敲门，离门最近的工人打开门看，冲里面的马大山喊："大山，你媳妇来了！"一帮人发出嬉笑声。

马大山抬眼看去，只见陈小禾站在门外已经羞红了脸，他既有些意外又很高兴，咧着大嘴笑："我媳妇来你们捡啥乐？"走到门口和颜悦色地问陈小禾咋找到这儿来了？家里有事？

陈小禾点点头转身向外走，马大山赶忙跟上，身后传来男人们起哄的声音："干啥去呀？钻树林啊？晚上起风了，钻锅炉房吧！""大妹子小心点啊，别让他占便宜！三十是狼四十是虎！""哪呀？二十六都成狼了！哈哈哈……"陈小禾露出尴尬和厌烦的表情，加快了脚步。

院子的枯树下，几只乌鸦盘旋在树上盯着他们，陈小禾面对马大山站定。马大山问她有啥事儿，陈小禾低着头一时没说话。他在她面前总是有些紧张，手足无措地傻笑着问："是不是你妈说了那啥扯……证的事？"

陈小禾突然抬起头，鼓起勇气说道："马师傅，我知道你对我好，对我爸妈好，你是我们家的大恩人，我特别感激你，我也特别想报答你，可是……""可是啥？"马大山感觉不妙，沉下脸问陈小禾是不是不想跟他结婚了，陈小禾点点头。

马大山沉默了，他突然有一种挫败感，好几年掏心掏肺地对待陈家人，从救命到救急，从老的到小的，换来的竟是这么一句让他失望至极的话。树上的乌鸦还在恼人地叫着，马大山捡起一块石头，发泄式地向树上扔去，乌鸦发出“哇——哇——”的粗劣的嘶哑声飞走了。

性格懦弱的陈小禾见这阵势禁不住抽泣起来，“我想……我想考大学，我就是想上大学！国家好不容易放开了，我不能就这么……”陈小禾的眼泪大颗大颗地掉下来，她扶着树干伤心不已，泣不成声。“我想读书，我不想那么早就结婚……我想去试一试……这是我的梦想……”

马大山虽粗鄙粗俗却怜香惜玉，他意识到是自己的举动吓到了她，一下子慌了神，不知该怎么安慰她，想伸手帮她擦泪却又不敢，急得直冒汗，憋了半天才从牙缝里挤出一句话：“别哭啊……那……你就考吧！”陈小禾停止哭泣，盯着马大山问：“你答应啦？”马大山艰难地点点头。到这份上他不答应也得答应啊！“那……你去跟我妈说吧！”陈小禾追了他一句。

马大山低头不语，他不想找陈小禾的妈提这件事，本来私下里都跟陈母商量好这几天就扯结婚证的，不扯证小平房也就吹灯拔蜡了。转念一想他又释然了，那大学都十年没招生了，得有数不清的人去争，真刀真枪地干，你陈小禾一个只会唱歌跳舞的，哪那么容易就考上大学了？他断定她根本考不上，看别人考她心痒痒，瞎凑个份子闹一闹，让她去碰钉子吧！撞到南墙就回头了。

“跟你妈说可以，但是我有一个条件。”“什么条件？”陈小禾诧异。“考不上立马跟我扯证，我还等分房呢！”陈小禾没有想到马大山反过来将了她一军，傻愣在那儿。

“你先想着，等想好了我再跟你妈说。”马大山故意转身就走。“马师傅，你等等。”马大山站住脚，没有回头。陈小禾咬着后槽牙，从牙缝里挤出一句话：“我答应你！考不上，就跟你……扯证！”马大山料定他必然胜利，回过头呲着大板牙乐，摆摆手先走了。

清冽的月光衬着枯树下的陈小禾更显得形单影只，大颗的泪珠滚落下来，她知道自己钻进了爸妈和马大山一起编织的套子，同时也给自己下了人生最大的一个赌注。

一个半月之后就是高考的日子。那天的德城漫天大雪，在公交车站等车的陈小禾意外地遭遇了几个流氓的骚扰，关键时刻另一个也参加高考的男青年见义勇为，才使她顺利到达考场。第一科考的是语文，陈小禾紧张地看着卷子，不经意间将钢笔水抹到左手食指上，那一片蓝黑把她的心情涂成了暗色，爸妈和马大山给她的压力瞬间袭来，她感觉大脑一片空白。她只得凝神闭目，深吸一口气，呆了十几秒才恢复了常态，在这决定命运的关键时刻，自己决不能掉链子败下阵来。她用的是高援送给她的那支钢笔，夜以继日的复习消瘦了十几斤，单薄的身子骨儿和苍白的面容证明了她在这短暂的一个半月时间里拼尽了全力。

多年来的读书和收听广播的习惯，使得陈小禾对考卷中的知识点和关键词并不陌生，她挥洒自如，发挥出色，三名监考老师轮流驻足看她答卷，间或露出会意并赞许的神色。

终考的铃声响起，两天五科四门考试全部结束，此时陈小禾所在的二十四人的考场只剩下八个人，其间不少人抱憾离场，留在桌子上的考卷很多就是空白。“文革”十年给这个国家留下满目疮痍，包括一代年轻人的文化盲点。每一个参加考试的人都希望自己能过关斩将，但机会总是青睐有准备的。对那些在动荡混乱的年代里，依然一心向学、读书不辍的人，应该是一个意外降临的福祉和一个必然的奖赏。

录取通知书到达车间的时候，马大山失落至极，下意识地给藏了起来，陈小禾去要，他才不情愿地交出。马大山低估了陈小禾，她不但会唱歌跳舞还会考大学，这让他扯证结婚的美梦彻底破灭。面对工友的纷纷议论，马大山被激怒了，“都给我闭嘴！我还就一块狗皮膏药，粘上就揭不下来了！”他更加认为不能对陈家白白付出，陈小禾的军功章也应该有他的一半，他要跟定陈小禾，就做一块狗皮膏药贴得牢牢的，让她揭都揭不下来。

第二章

燕北的清晨，蜿蜒的山路被白雾笼罩着。

一驾马车从石嶂峰深处“嘚嘚”走来。无论车把式如何吆喝，那匹瘦得快倒架的老马始终不急不慢地磨蹭着且行且停，时而闪往路边抢着啃两口枯草。心急如焚的十九岁青年金小民不断地说：“大爷，能再快点吗？”天很冷，他心里却热乎着，右手下意识地往左边怀里不住地摸索，那里藏着他开启命运的密码。马车终于奋力跃上了一条山间沙石公路，车把式停住马车，两人放眼张望，没有一辆往来的车辆。“俺只能给你捎到这儿了，你下去拦车吧，运气好的话，今天能到省城。”金小民拎着行李跳下马车，“那就谢谢你啦！借你吉言，但愿今天能到省城。”马车晃晃悠悠地往前走了，剩下金小民一个人孤零零地站在这山间公路上。

一辆自太原开往Y省省城的破旧长途车远远地开过来，来自大三线军工厂，二十七岁的统计员兰抗美就坐在前排，她梳着短发戴着黑框眼镜，模样很文静也很朴素。金小民看见有车过来慌忙背着行李站在路中间拦车，司机一个紧急刹车，拉开窗子喊起来："你小子不要命啦?"

金小民上车，踩在踏板上问去Y省省城多少钱，司机伸出四个手指头，根本不拿眼看他。"咋那么贵？三块行不?"金小民试图讨价还价。"嫌贵？下去！下去!"售票员站起来，不由分说给他推了下去。金小民扒着车门还想上车，车忽然开了起来，人被甩了个趔趄，他急了，背着行李在后面追。

"停车!"只听座位上的兰抗美大喝一声，"让他上来，四块钱我出。"车上的人全惊讶地看她，司机以为耳朵出了毛病，还继续开着，兰抗美掏出钱递给售票员，又大喊道："停车!"车停下来，她跳下车去，大声招呼远处的金小民赶紧上车。

金小民气喘吁吁地爬上车，冲司机瞪眼睛刚要发火，车忽然开起来，金小民被晃得一屁股坐在行李卷上。售票员指着兰抗美："她替你买过票了!"金小民感激地看兰抗美："谢谢大姐!"他试图从上衣兜里掏钱出来，却被兰抗美阻止。金小民执意要还，一摸兜傻眼了，唯一的五块钱早没了踪影，售票员鄙夷地看着他，似在嘲笑他装傻充愣。金小民虽说人穷却有志气，哪受得了这样的侮辱？丢了钱更觉得窝囊，气得他大声反击："你以为我是盲流啊?"他从左边怀里摸出一个信封激动地扬起来："看看清楚，录取通知书，我是到省城上大学的，燕北大学听说过么？考上去的!"

兰抗美眼睛一亮，好奇地问道："燕北大学？哪个系哪个班?""历史系七七级二班。"兰抗美惊喜地从书包里掏出录取通知书，展示给金小民看。天哪！金小民激动地站起来："大姐咱俩是同班同学呀!"一个急刹车，金小民差点儿摔倒，兰抗美伸手扶住了他。

售票员呵斥他坐下，撇着大嘴嘲笑说不就上个大学么，有啥子好激动的？司机得意地晃着脑袋："就是，臭老九么！了不起咋啦？还不如我这司机实惠呢！”金小民指着他俩嘲笑道：“这没文化是真可怕！”售票员一副不屑的样子：“没文化有啥可怕的，没票子才可怕！”说着把手里的一把瓜子皮像天女散花一样扔到窗外。兰抗美用眼神阻止金小民与他俩的争论，把话题引到高考上来，旁边的老乡操着山西口音夸他们有缘分，让金小民坐在自己的座位上，他到后面坐去了。

确实是缘分，因为高考，生活境遇迥然不同的二人被招到同一个班，聚拢在这辆破旧的长途车上。几近中午，饥肠辘辘的金小民从兜里拿出一个玉米饼想递给兰抗美又有些犹豫，兰抗美拿过来就吃，也取出饭盒递给金小民，金小民不好意思接，兰抗美坚持给他，金小民感激地接过大口地咀嚼起来，白面包子的香气荡漾在他惬意而满足的脸上。

二十三岁的付来第一次住进高楼的大学生集体宿舍，第一次睡上下铺的木床，第一次用上明亮的电灯，他真是感慨万千。付来是偏远山区付家沟世世代代“中举”的第一个大学生，还是周县文科高考状元。早年间有科研部门专门去付家沟考查过，说是那里的水土缺碘，影响了妇女儿童的大脑发育，导致很多人智力低下，包括他的弟弟付有。可付来怎么就出落得跟人精似的呢？莫非村里的碘都补到他那个聪明绝顶的大脑瓜子里了？他一米七高的个子，眼睛虽小却时常闪着光亮，薄薄的嘴皮能说会道，亮亮的大脑门子自带着机灵。高中毕业时本可以留在公社中学教书，却被人莫名其妙地顶替了。当付来扛着破铺盖卷，灰溜溜地挨出公社中学大门那一刻，他吐口唾沫指天发誓，此生不做人上人死不瞑目！当高考机会来临时，愚昧的爹妈却不让他参考，贫病交加的他们指着他挣工分养家糊口。付来用绝食的办法吓退了他们，结果一举中的，考上了燕北大学。

付来从卫生间出来，一身轻松的他得意地哼着家乡小调往宿舍走，“哎，张果老骑驴桥上走，柴王爷推车轧了一道沟嘛依呀嗨……”大个子汪嘉成从后面追上来，怒气冲冲地喊道：“你给我站住！嘿！说你哪！”付来回头茫然四顾，确认他是在呵斥自己，只好停下来，再仔细一看吃了一惊，俺的娘也！这小子不就是中午那会儿在校门口冲撞自己的黑风衣吗？

中午的薄日似乎将雾锁的晨霭冲淡了许多，穿蓝粗布对襟褂子，因为短小而致前襟翘起的付来，扛着铺盖卷从远处徒步走来，仰望着燕北大学的牌匾兴奋得不能自已，他立正闭目，双手合十正要祷告，突然被人撞了个趔趄，行李从肩膀滑下散落在地上。还没等他反应过来，撞他的人先冲着他嚷开了：“闪开！挡道啊?”

付来一睁眼便被此人镇住了，只见他戴个墨镜，穿一件剪裁合体的黑风衣，绛红色的围巾随意搭着，右肩还背一个手风琴，身后拉着很少见的拉杆箱，在往来不断的人群中那么显眼，一下子吸引了好多女生的注意力。此牛人训斥完付来，目不斜视地进了学校大门。付来傻傻地目送他走远，光顾着收拾行李，竟忘记了祷告。

真是活见鬼，怎么在同一楼层又遇见了这浑小子呢？付来暗自叫苦。汪嘉成并没有认出他来，怒气冲冲地质问：“你，上完厕所为什么不冲水。”唉，什么大不了的事嘛！付来松了一口气，笑嘻嘻地为自己辩解：“俺就撒了泡尿，不是，就是……小便。”汪嘉成瞪着眼揪住不放：“撒泡尿就完事啦？你当是你农村老家呢？漫山遍野随地拉野屎撒野尿?”付来很不理解：“撒尿也冲啊？俺的娘吔！那这一天得流走多少水啊，太浪费了吧?!”汪嘉成一副鄙夷的表情：“别看考上个大学，骨子里还是个耪地的！我断定，就你这样的，三代都出不了贵族!”

走廊上过往的同学好奇地看他们争论，付来被汪嘉成训得挺没面子，他不再吭声，快步走进宿舍，不料汪嘉成也跟进门来。“哎，你咋跟进来了？有完没完？啊?”“说什么呢？这是我的宿舍！”俺的娘吔！这浑小子居然还跟自己一个宿舍？真是冤家路窄，付来叫苦不迭。

省城文化馆美工、二十五岁的汪嘉成长得清瘦白净，少爷的举止做派，玩世不恭的言行，沾了厅级干部爹妈的光，他有条件讲究吃穿，单就那双白嫩细腻的手，也是要经过热水浸泡、涂抹凡士林、戴着手套睡觉等好几个保养环节的。他还有条件接受艺术教育，中国画和手风琴玩得特溜，文化课也很棒。此刻，他往自己床边的墙上贴着白纸，再往床头挂上一面镜子，又从箱子里拿出口杯、奶粉和麦乳精之类的物品，之后拿起手风琴认真擦拭。

付来从没在近处见过手风琴，也想缓和一下跟汪嘉成的关系，就凑到跟前套近乎。“你这琴可不一般，瞧这饱满的黑颗粒，就像俺们老家种的黑豆子，还有这白键盘，码得真整齐。得五十块吧?”

汪嘉成嫌弃他身上有味，夸张地抽抽鼻子，恶作剧一样突然拉开风箱，“哗”的一声琴声作响，吓得付来跳出半米开外。汪嘉成哈哈大笑，付来表面讪讪地笑着，背过身去，做出咬牙切齿的表情。汪嘉成不屑地看了付来一眼，索性拉开架势，一曲《赛马》引得刚进来的郑君宁拍巴掌直叫好。汪嘉成看见了郑君宁手里的小提琴盒子，笑着点头示意。

伴随“文革”成长起来的七七级学生中，有相当一部分人在当年的毛泽东思想文艺宣传队里熏陶过，加上个人天赋，吹拉弹唱那是手到擒来，可谓多才多艺。高援、陈小禾、郑君宁和汪嘉成们正是这些超有文艺细胞的学生。

郑君宁调好弦，小提琴与手风琴合奏的《万泉河水清又清》是那样优雅清新。付来第一次近距离听这种演奏，眼睛傻傻地盯着他俩那双灵巧的、在键盘和琴弦之间自由游走的手，不由得张大了嘴。他感叹天外有天人外有人，心中陡然生出一种危机感，竞争意识在头脑中蔓延开来，他预料到自己在以后的四年里，得使出浑身解数跟这些人斗智斗勇，而且要独辟蹊径，只有胜出他们，才有可能分配到最好的工作做人上人。

何永进在门口探头探脑，又抬头看了下门上贴的名单，才确定自己就住在这个满屋荡漾着琴声的宿舍。汪嘉成被何永进的怪样子逗笑了，他中断了拉琴：“哟，来了个大叔，送孩子的吧?”何永进苦笑道：“唉，今天好几次被人认作学生他爹啦！”郑君宁感到奇怪，“你不就学生他爹么？”他注意到何永进短到脚腕的裤子下面，穿着两只不同颜色的袜子。

何永进放下行李，指着自己鼻子说道：“本人何永进，年方三十二岁，呵呵，很荣幸和大家成为同学！”汪嘉成大惊小怪地揶揄道：“唉妈呀！都三十二了？可看着吧，还真不像！”汪嘉成卖着关子，何永进有些得意，还少有人说自己不像这么大岁数的，他就怕被人家说老了。“更像五十二的！我说何大叔，你都吃什么长成这样啊？瞧这满脸的核桃纹，也太沧桑了吧？”汪嘉成这话太损，何永进一个倒憋气没搭上腔。付来满脸堆笑，热情地带头鼓掌，带着口音热情地说：“欢迎欢迎，欢迎老何同学！”

何永进打开行李往外掏东西：看不出颜色的旧毛巾、摔得掉了一圈搪瓷的旧脸盆、凹凸变形的铝饭盒、几件打着补丁的旧衣服，还有两条老婆的大花裤衩，一不小心从一个蓝花布口袋里掉到地上，他慌忙捡起，塞回口袋。这个动作被郑君宁看见了，他不由得叹了一口气。

历史系男生209宿舍最后一个到达的是金小民，他本是一个孤儿，与患有风湿性心脏病和关节炎，靠挪着凳子行走的姐姐相依为命，长期的营养不良使金小民面呈菜色，精瘦的脸上好像就剩两只灵动的大眼，长身体的时候个子也没蹿起来，只有一米六高。临来上学时，他恨不得打尽周围山上的枯草给姐姐备好柴火，贴了能吃一周的玉米面饼子，洗干净所有的被褥，给水缸填满了水，跟邻居说好照顾姐姐，他每月寄回三块钱作为报酬，然后才一步一回头地走出村子。远远回望靠在村头大树下目送他的苦命姐姐，金小民泪流满面地毅然走去。来学校的路上又丢了五块钱，这是他的全部盘缠，幸亏遇见兰抗美，替他买车票买饭菜，连报到时的五元学杂费都给垫付了，还送了暖瓶和脸盆。金小民是一个硬汉子，特殊的家庭环境养成他极强的自尊心和倔强的性格，兰抗美为他所做的一切，让这个外冷心热的小伙子偷偷地抹了好几次眼泪。他暗自思忖，一定要终身报答这位好心的学姐！

文史教学楼坐落在大学校园的南院，据说是在日伪时期落成的，算起来也有近四十年历史了，绛红色的外墙上“工人阶级领导一切”的标语依稀可见，楼内走廊的墙壁上也还有大字报和宣传口号的残迹。教室里的门窗、课桌和黑板大多因年久失修而陈旧不堪。

历史系七七级二班就在文史教学楼的一层，白底红字的牌子横挂在教室门口的上方。三十个学生中包括六个女生和二十四个男生，其中年过三十岁的大龄学生就有八个，全部已婚，个别的已有四个孩子。阔别多年之后又重新走进教室，从十八岁到三十二岁年龄相差十四岁的他们，因为社会动荡和历史扭曲，竟奇迹般地成为一个班的同学。按照事先贴好的纸条，他们先后找寻到各自的座位，无论老的还是小的相互打量充满好奇，心中泛起无限感叹。

背书包戴套袖拿着坐垫的陈小禾匆匆赶来，刚落座就被同桌的一声喊叫吓了一跳，仔细一看愣住了，随即也惊喜地叫了起来，同桌竟是两个月之前因为高考与自己有过一面之交的郑君宁，他们意外地在这里重逢了。要么说无巧不成书呢！郑君宁正是高考那天出手相救的好人。

那日的德城风雪弥漫，陈小禾赶早班公共汽车去往考场，一个半月夜以继日的紧张复习使她看上去更加瘦削，单薄的中式蓝棉袄抵挡不住凛冽的风雪，冻得直跺脚，手里还拿着卡片不停地看着背着。公交站台上除了她还有三个像地痞一样的人，看她独自一人，便肆无忌惮地议论她的“盘儿”靓，像歌舞团的，其中的黑大个凑到陈小禾跟前，一把托出她棉袄侧兜里的小本夹子。夹子里面装着她的准考证，如果被他们抢跑或者损毁后果不堪设想。陈小禾情急之下扑过去抢，三个地痞将小本夹子传来传去，看陈小禾着急又抢不着的样子哈哈大笑，陈小禾又急又气忍不住哭了起来。此时，一辆公共汽车缓缓进站，正在车上的郑君宁将车下的场景全部看在眼里，一股热血涌上大脑，他本能地跳下车扑了过去。

“把东西给她！”郑君宁一声大吼，勒令黑大个交出夹子，对方挑衅似的把夹子在他眼前晃来晃去，被郑君宁一把抢过，然后凌空抓住他的手一个大背挎，黑大个脸朝下摔在地上，过了好一会儿才从地上挣扎着爬起来，鼻子已经摔出了血。三个地痞同时扑向郑君宁撕打起来。看得出郑君宁练过几手，与三人打斗仍不落下风。黑大个再次被郑君宁摔倒在地，顺手捡起大砖头砸向他，此景被陈小禾看到，她一声尖叫扑过去，用身体挡住他。黑大个见砸不到郑君宁，索性用砖头照着陈小禾拍下来，郑君宁见此大惊，奋不顾身地扑向陈小禾，就在砖头拍下来的瞬间用身体护住她，砖头落下，重重砸在郑君宁背的书包上。

此时看热闹的人越来越多，人群中有人喊："警察来了！"郑君宁拉着陈小禾躲开黑大个，黑大个还要追着打，被矮胖子拉住，另一个小个也跟着劝，说才出来没几天，别再进去了。几个地痞叫骂着跑远了。

郑君宁关切地扶住颤抖着的陈小禾，她看上去是那么柔弱美丽，白皙的面庞，精致的五官，是那种让人忍不住呵护和疼爱的女孩。陈小禾定了定神，忽然想起郑君宁背上挨了一砖头，赶紧转到他身后查看，她注意到郑君宁的挎包上有一大块钢笔水浸染的痕迹。又一趟公共汽车进站，车上塞满了人，郑君宁奋力把陈小禾推上车。谁也想不到，满满一车人的目的地只有一个：德城二中考场。

找到考场坐下来，郑君宁从挎包里掏出钢笔，意外地发现钢笔的笔杆碎了，墨水浸到书包上，他在纸上划了两下，一点儿字迹也没留下。他正愣神之际，陈小禾跑进教室，在人群中找到了他。她冲他莞尔一笑，将一支钢笔放在他的桌子上，转身又跑出教室。郑君宁意外又欣喜地看着陈小禾远去的背影，拿起钢笔仔细端详。

开考的铃声响起，满头华发的主考老师在黑板上写下意味深长的一句话："祖国终于等到了这一天！"是的，百废待兴的中国重新迎来尊重人才、尊重知识的春天。踌躇满志的郑君宁在接下来的两天时间里，用这支钢笔超水平发挥，终于一路过关斩将地杀进了燕北大学。

此刻，郑君宁拍着巴掌不无惊喜道："咱俩有缘呢！书包里还装着你的钢笔，考完之后去找你没找到，冥冥之中感觉能见到你，还真见到了。"二十二岁的郑君宁上学前是省城到德城郊区插队的知青，高挑的个子，长得白净文气，眼睛细长而有些凹陷，一头自来卷的黑发在额头上调皮地打了一个小弯，举手投足文艺青年范儿十足，笑起来的样子爽朗而迷人，看上去就是一个热情感性却城府不深的小伙子。

陈小禾接过他递过来的钢笔也笑起来，她觉得这个世界真是太小了！"我特别感谢你的帮助，万一准考证被那些小流氓抢走了，我今天就不可能坐在这里了呀！"他们的对话被坐在后面一个叫宋岚的女生听到，她是邢城市革委会副主任的千金，曾经是电影院售票员，所有影片都能近水楼台地大饱眼福。昨天坐父亲吉普车前来报到时恰好遇见郑君宁，只一眼便确定他是当红电影演员达式常的青年版，简直帅极了！达式常是宋岚的第一偶像，她对郑君宁的好感顿时油然而生。长着一脸青春痘的大个子宋岚已经26岁，迈进大龄女青年的行列，她来上学之前还领受了父亲交办的一个任务，为他老人家尽快物色一个乘龙快婿，郑君宁一眼就被她盯上了。

本来汪嘉成与兰抗美同桌，他刚站定，金小民就凑到跟前要求跟他调换座位。看金小民急切的样子，汪嘉成感到很可笑，此人难不成有恋母情结？也难怪，听说是孤儿，与他姐相依为命。再看兰抗美梳短发戴黑框眼镜穿着列宁装，朴实无华一副妇女干部的样子，他怕她跟自己的妇联主任老妈一样满嘴大道理，赶紧夹着书包乐不可支地挪到后面，与来自张城的知青鲁一依成为同桌。

二十二岁长得清秀的鲁一依是一个爱好写诗诵词的女孩子，骨子里刻着浪漫的她本来报考的是中文系，不知怎么就给分到历史系了，逃出农村有学就上才是硬道理，哪还顾得上挑三拣四，鲁一依倒也落得心安理得，看见汪嘉成坐过来她真是欣喜若狂，他那副桀骜不驯的干部子弟派头让小城姑娘很是羡慕。

见如愿以偿，金小民咧嘴冲着兰抗美傻乐，兰抗美掏出一块抹布把桌子椅子擦干净让他坐下。金小民心里暖暖的，他小声对她说："以后我能认你为大姐吗？"兰抗美点点头，顺手帮他把后脖颈还竖起的外衣领子放下来，金小民闭上眼睛沉浸在幸福之中。

历史系七七级二班的辅导员是梅祥源。从部队复员之后，1973年作为工农兵学员，梅祥源进入燕北大学学习，毕业留校在系办公室兼职教学。他身上带有劳动人民质朴和勤劳的特质，对工作有火一样的热情，但观念守旧，行为刻板呆滞，做人做事有悖常理，担任班级辅导员是他大姑娘坐花轿头一回，尤其带七七级这个特殊班级，他还没有完全做好思想准备。面对这些青年人中的勇者和强者，智力与非智力俱佳的特殊学生，他给自己制定的策略是：首先消除他们恃才傲物的优越感，在自己的教诲下养成谦虚谨慎、戒骄戒躁的良好品格，并树立为中华崛起而读书的宏伟理想，只有这样才能顺利完成四年学业，成为国家有用之人。

此刻，穿的确良绿军便装的梅祥源走到教室门口，先透过教室门窗观察里面的动静，少顷，才正衣冠挺起胸拿着劲儿进门。他背着手站在讲台上，表情严肃地看了下面至少半分钟才开口说话："大家好！很多同学报到时已经知道了，我就是你们的辅导员兼科学社会主义课教师，我叫梅祥源。"

付来率先领掌，巴掌拍得比谁都响，底下也响起热烈的掌声。梅祥源压下手臂示意大家安静。"我看了咱们班的花名册，三十名同学来自十九个地方，工农商学兵干什么的都有。更重要的是，咱们班还有十三名党员，约占总人数的一半，这可是咱们二班最大的政治优势！"他兴奋地挥舞着拳头，底下响起一片"嗡嗡"的声音，三十双眼睛相互打探，似在辨认谁是党员。梅祥源用黑板擦敲敲黑板，示意大家安静下来，"接下来，咱们就利用这个开班时间，说说你自己这四年的学习目标，以及毕业之后打算怎样为社会主义建设添砖加瓦，怎样做才能真正地为共产主义事业奋斗终生。"

底下又嘁嘁喳喳起来，觉得梅老师的期望值太高。郑君宁属于孔雀型性格的人，热情洋溢，好交朋友，口才流畅，有话憋不住只想表达，他率先站起来，微笑着说道：“我从小就对世界经济和中国经济感兴趣，打算大学四年着重研究中国近代经济史，至于未来嘛，还没有什么具体打算。”

梅祥源摇摇头，脸上没有笑模样：“你的想法不错，但是不现实。我告诫你，四年里首先要学好通史，这是本科课堂不是专业研究所！再说了，对未来怎么能没打算呢？胸无大志怎么解放全人类呀？”汪嘉成小声嘟囔：“我的妈呀，咱们这负担重了去了！”鲁一依捂着嘴笑。

“梅老师，我没有具体打算是因为大学的学习生活才刚刚开始，我还不知道自己真正的特长在哪里，我不想盲目地做规划。我相信通过四年的学习，我会逐渐认清自己的能力，到那个时候再做决定，既是对自己负责也是对国家负责。”郑君宁依旧微笑着替自己解释。汪嘉成大声迎合他：“说得对！”下面也有人附和，认为就该脚踏实地，用发展的眼光看，现在就给未来定向还为时过早。陈小禾下意识地点点头，宋岚偏着头，斜眼观察陈小禾的表情。

梅祥源意识到这些学生果然不好斗，一时语塞，没想出合适的话反驳，黑着脸寻找下一个目标，他指着汪嘉成让他说说。汪嘉成个子高，二郎腿翘在课桌之间的过道，一副吊儿郎当的样子，“我没啥好说的，当初没报历史系，是给扒拉过来的，什么想法都没有。”梅祥源反问他那当初报的什么专业？汪嘉成是一个情商不高的人，他听不出梅祥源的讥讽，还挺得意地一扬脖：“中国画！”梅祥源装作恍然大悟：“哦，学画画的！看你一副自由散漫的样子像学那个的！”汪嘉成满不在乎地说：“没错，就是挂着相呢！”

汪嘉成简直太不像话了，梅祥源要教训他一下：“看你成绩不错系里才把你挑来的，既然你都报到了，就该调整目标学好历史。不情愿来，看不上历史系，请自便！下一个！”汪嘉成被戗了一个倒憋气，却做出一副无所谓的样子，偷偷做了一个鄙视的鬼脸。

见梅祥源盯着自己，付来适时站起来：“俺是周县文科高考状元，跟班里的农村同学一样，也是山沟里出来的。俺当初志愿报的是经济系，后来不知咋的给招到历史系了。没想到歪打正着碰到了梅老师！从他身上俺不仅感受到亲人般的温暖，更重要的是他让俺明白了只想到自己的小家是狭隘的，要想到世界上还有三分之二的劳动人民没有解放！俺觉得遇到梅老师就是俺们的福分，他就像一座山峰，俊美的外表下到底有多少宝藏，还有待俺们用四年的时间去探索!”

底下一片“嗡嗡”的议论声，梅祥源露出欣慰的表情，终于有了一个表达自己意愿的像样发言，他表情谦逊地摆了摆手。汪嘉成把书往桌上一扔，冷笑着悄声说：“我看你真该报考马屁专业。”付来斜眼看到了汪嘉成的不屑，但丝毫不影响他接下来的发挥，“俺决心，努力学习好中国通史和世界通史，以史为鉴举一反三，为四年后投身国家四个现代化建设，解放全人类打下牢固的思想基础！俺说完啦!”他踌躇满志地把话说完，淡定地坐下了。梅祥源鼓掌：“好！这才是我想听到七七级所代表的时代最强音!”

金小民忍不住了，“腾”地站起来，“我觉得付来说的都是大空话，甚至是刻意奉承的话。”汪嘉成耸肩撇嘴，“撒泡尿都不知放水冲的主儿还解放全人类？还是先解放自己吧!”鲁一依又配合地笑起来，汪嘉成帅气俊美的外表和桀骜不驯的做派给她留下大好的印象。

一个短时间的冷场。付来心理素质相当好，一副若无其事的样子，活了二十三年，见惯了冷眼和蔑视，这都不算什么。他左右看看给梅祥源找台阶：“梅老师，为了烘托气氛，接下来是不是选代表表演个节目，给第一次班会画个句号呀?”梅祥源不置可否。付来大声招呼：“哪位同学毛遂自荐给大家表演一个节目?”

跟陈小禾同宿舍的女生揭发她会唱歌，有她的演出照片为证，周围的人开始起哄。郑君宁掏出口琴对陈小禾说道：“我给你伴奏，唱一首《红河谷》怎么样?”陈小禾爽快地点点头，她不怵这种场合，待郑君宁找好调门，她就大方地唱起来。

汪嘉成开始不在意，低头自顾看书，只听了陈小禾唱出第一句，就把他给镇住了，不由得抬起头向她看去，她的美声太漂亮了，再仔细看看她的长相更为惊讶，他断定她不仅是班花一定也是校花。宋岚则面无表情地盯着他们二人的表演，心中陡然生出一股醋意，陈小禾俨然成了她的情敌。

梅祥源的表情随着歌声而变化，这个微小的细节被付来捕捉到，他天生洞察力超强，善于从一个微小的表情动作判断出人的心理状态，笑容可掬的脸即刻换作严肃和冷漠。果然第一段还没结束，梅祥源就敲响了黑板。歌声中断，教室里瞬间安静，三十双眼睛诧异地看着他。“你们怎么可以唱这样的歌呢？完全是靡靡之音嘛！”梅祥源背着手在讲台前来回踱步，满脸的焦虑，一副痛心疾首的样子。

兰抗美突然发声了，长相平常的她说出话来很有分量：“这首歌产生于1870年红河起义的历史背景下，描述参加斗争的勇士们离开家乡时，妻子或女友和他们惜别的心情。梅提人反抗英国殖民统治的斗争是革命的斗争，不该当作靡靡之音。”“没错！革命情怀没有国界，音乐更没有国界。这么美好的歌声我率先赞美。”汪嘉成随声附和，意在声援陈小禾。

宋岚“腾”地一下子站起来：“我认为就是靡靡之音！”所有人都被宋岚的直白惊着了，抬头听她说话。“中国歌曲就是艺术宝库，浩如烟海，随便选一首脍炙人口的歌曲都可以为班会画上圆满的句号，为什么要选这首外国歌曲呢？我看是以革命之名，行谈情之实。” 郑君宁跟陈小禾面面相觑，他们跟宋岚素昧平生，大学同班也才一天，没有机会冒犯她，她火药味从何而来？真是百思不得其解。

终于有同学站出来“主持正义”了。梅祥源感到些许欣慰：“你们以为宋岚同学是危言耸听吗？今天我就发现了男男女女的苗头，大学不是风月之地，不是谈情说爱的地方。有些人很得意嘛！觉得自己77级考上来的就不得了啦，尾巴快要翘到天上去了！我再重复一遍，文化课分数高，不等于你的思想觉悟就高，大学这四年最重要的是学做人！”他指着墙上贴的《学生守则》，“先学好这个，把它背下来！下次班会抽检！下课！”梅祥源转身，冷着脸走出教室。

教室瞬间炸开锅，居然要背《学生守则》，梅老师僵化并“左倾”的思维方式让大家难以接受。汪嘉成学着上海话甩“片儿汤”：“阿拉现在几岁了？格还是大学伐？阿拉为啥要受侬额个一套管教？侬有毛病啊？‘左倾’毛病好勿啦！” 鲁一依捂着嘴一个劲儿地笑，她觉得汪嘉成很幽默。

付来紧跟在梅祥源的后面走到办公室。“梅老师，您刚才说得太好了，思想改造永远是第一位的，大学四年最重要的是学做人。”梅祥源情绪还没有平复，摇摇头说：“一个小小的班会，就能分出各色人等，觉悟高低。付来你的表现还是可圈可点的，我准备推荐你当班长，给你将来毕业分配打个好基础。”付来惊喜不已，一个劲地感谢梅老师的栽培。梅祥源突然话锋一转，让付来把郑君宁叫来，付来故意问是不是连汪嘉成也一并叫来，梅祥源摆了摆手，擒龙先擒首，他认定了郑君宁。

郑君宁来了。梅祥源故作神秘地问他，知不知道自己的档案里还有一个小尾巴？郑君宁猜不透是什么小尾巴，他极力搜寻记忆，该不会是在德城谢村知青点那桩小壁虎事件吧？梅祥源故意卖关子就是不告诉他，然后加重语气：“你要学会夹着尾巴做人，不要太张扬，小心把班级的风气带坏了。燕大可以收你入学，也可以让你退学。”说完，摔门而去。郑君宁摇头苦笑，哈哈，真见鬼，遇见托洛茨基了！碰上这么个奇葩辅导员，他也是无语了。

第三章

高援所在的经济系七七级二班，有来自全国各地的三十名学生，他们之前的职业可谓五花八门，用一句玩笑话概括：树林子大了，什么鸟儿都有。除了官至公社党委副书记、小学校长和解放军排长的，还有街道糊纸盒的、供销社卖货的，最有趣的是凑齐了四夫：食品公司冷冻厂的屠夫，生产队赶马车的车夫，起重机厂职工食堂做饭的伙夫以及军马场放马的马夫，年龄上老的跟小的相差整整一轮。那时候，经济学、经济系在绝大多数人眼里都是陌生的，“文革”十年，对至高无上的计划经济理论根本不允许有任何怀疑，即使这些七七级的同学中，许多人也认为，读读苏联政治经济学教科书、研究点计划经济的规律等就是主要内容了，他们对后来所涉及到的宏观经济学、微观经济学、市场经济等，知之甚少，至于亚当·斯密、李嘉图、熊彼得、凯恩斯、弗里德曼以及货币主义、数理经济学、制度学派、供给学派什么的更是一无所知。今天，这个近乎空白的专业，这个不可或缺的学科，将要重整旗鼓再次上路。虽然教学人才已然星散、教材建设不堪需用、对世界经济学的走向几无了解，甚至系图书馆的专业书籍也少得可怜，但，毕竟开始了——老师们从此能上课了，有学生可带了，他们被唤醒的精气神不亚于这些考上来的学生。

今天，经济系七七级二班的班会别具一格，所有任课老师悉数到场与学生见面，他们中间影响力最大的是著名宏观经济学教授徐侠。

徐侠五十开外的年纪，戴一副圆框的黑眼镜，镜片后面是一只不大但透着无尽智慧的眼睛，笑容可掬的他平时看上去很和善，但争执起学术来却像一只斗架的大公鸡。他一身中式蓝对襟褂子尖口黑布鞋打扮，习惯性地端着一个巴掌大小的紫砂小茶壶，顺着壶嘴三口茶抿下肚，便激情开讲。坊间传说“文革”前期对“反动学术权威”徐侠的批斗会是常态，剃着阴阳头高凳子上弯腰一站好几个小时，还不幸被台下的弹弓射瞎了一只眼睛，但徐侠一副傲骨岿然不动，他自嘲：“睁一只眼看世界，一目了然；闭一只眼来思考，深不可测。此乃人生之大境界！”淡定的他，在自己狭小的书房门框上挂着 “半目叟”的名号，数年如一日潜心读书和写作，著作等身蜚声在外，是国内在经济学术领域的翘楚。七七级学生的到来让他如获至宝，敏锐地预见到国家经济复苏的前兆，他要从这批学生中间挑选自己的如意弟子重点培养。

轮到徐侠教授讲话了，他从中国与外国经济实力的比较，到国内各领域的经济需求；从国家经济建设的现状，到经济人才的断层，滔滔不绝妙语连珠，给新生们上了一堂生动有趣的学前教育课。他的一番振聋发聩的演讲，听得高援和同学们热血沸腾，恨不得立即跟随徐老师跃马扬鞭驰骋在浩如烟海的经济学领域。当时使用的还是“批林批孔”时期的教材，其经济理论不仅经不起推敲，还随运动的此起彼伏像多米诺骨牌一样被不断地推倒重来，七七级学生一入学，便面临着无教材可用的窘境。

徐侠拎过一个破旧的帆布旅行包，从中取出厚厚的一摞自编的讲义放在课桌上。这是他潜心多年学习研究的理论结晶，每一页都书写得工工整整，花费的心血无法用语言形容，而他却无私地奉献出来，供同学们用作教材。高援代表同学们走上讲台，向徐老师深深地鞠了一躬，双手接过厚厚的讲义如同接过他对同学的一片厚爱。

课后，高援组织了一个刻印小组，他在连队练就了一套刻写钢板的技能，刻出的字体遒劲有力整齐清晰，他夜以继日地忙碌，比其他同学付出得更多。刻好的钢板被油印出来再装订成册，经过他们巧手装帧之后的讲义，不亚于一部精美的图书，班里的同学拿着教材炫耀，羡煞了外系的学生，经济系七七级二班同学火热而紧张的学习生活就这样开始了。

马上要发放助学金了。历史系为此专门召集学生开会，宣布助学金等级评定的标准、比例和申请审定程序。梅祥源说："助学金的评定与发放既是党对七七级大学生的关怀，也是对咱们思想道德的一次检验，希望每一位同学能高风亮节，评出风格评出真实情况，让应该得到的人得到。特别是一等助学金的比例很有限，我想看看在这个问题上，谁是雷锋，谁是利己主义者。"梅祥源话音未落，底下坐着的同学们已经炸了窝。那些上学不带工资、家庭十分困难的同学对这笔生活费早已望眼欲穿，十几元助学金不仅关乎着一些同学能否吃饱肚子完成未来四年的学业，甚至要养家糊口，维持一家人的生计。

晚自习回来的郑君宁、金小民、付来和何永进等人抓紧写助学金领取申请，除了郑君宁，其他人都迫切想拿到每月十八元的一等助学金。他们清楚这个档次的名额少之又少，而班上的困难户又有一大堆，老杜、老张、老金、老宋、老李……若干个拖儿带女的老字号都在翘首以待呢！

汪嘉成在省城文化馆的工龄已满五年，是个带工资上学的主儿，他饱汉子不知饿汉子饥，哪里知道他人的苦衷。本来他就看付来不顺眼，此时凑到付来跟前，趁其不备一把夺过申请表，恶作剧地朗读起来。

“付家沟穷山恶水十年九旱，颗粒无收是家常便饭。我家为贫困户之最，家徒四壁，常年以土豆维持温饱，就没有吃过一顿饱饭。我娘患有眼疾已经失明，我爹患有严重脑梗，处在半痴呆状态，看病借的五千块钱至今还不上。爹娘供不起我们兄妹四人上学，以至于除我之外均失学在家，我作为付家沟唯一的高中生，所有初高中上学的费用，都是靠到公社砖厂背砖一分一分地挣出来的……”

汪嘉成停止了朗读，用批判的眼光盯着付来，戏谑道：“我说付来你言过其实了啊！这是社会主义新中国，不是万恶的旧社会，别整得那么苦大仇深行吗？你不至于为那几块助学金，肆意贬低社会主义新农村的美好生活吧?”

付来最烦汪嘉成，厌恶他的高傲，鄙视他的得瑟，更嫉妒他的富有。汪嘉成吃狮子头白馒头，他只能喝棒子面粥啃咸菜，付来觉得他跟汪嘉成的贫富差别就是阶级差别，有阶级差别就有阶级矛盾，并且是不可调和的，他与他永远是阶级对立的关系。

付来之所以没有阻止汪嘉成的朗读，意在让金小民和何永进都听听他家的苦难，没想到汪嘉成极尽讽刺挖苦之能事，还给他上纲上线，他气得扑上去抢申请表，但身高不占优势，汪嘉成躲着他继续念：“十八元对于我和我的家庭就是救命钱啊！尊敬的各级领导，我急切地想领受到一等助学金，我会感恩戴德，将付出百分之二百的努力去拼搏去学习，回报国家和学校对我的恩情！付来叩首!”汪嘉成把申请表甩给付来，鄙夷道：“得，为了十八块大洋都磕上响头了，你那头也太不值钱了!”

付来心里恨恨的，皮笑肉不笑地回应：“汪大公子，俺的事轮不着你操心费神，俺磕多响的头跟你有啥关系？如果你实在闲得无聊，课余饭后不妨满足一下精神和生理需求，像追追女生玩玩情调啥的都比盯着我强。”汪嘉成斜了付来一眼骂他低俗，端盆出门洗漱去了。

付来的苦情申请先惊着了何永进，老何意识到除去班上跟自己一样拖家带口的老男生，外加贫病交加、姐姐失去劳动能力的金小民，单身的付来是自己拿一等助学金最大的竞争对手。何永进天生不擅种田，打小喜好读书，幸亏顺风顺水地当上村里的代课教师，虽说还是挣工分，却从此免去田间劳作之苦。上大学的前夜，何永进彻夜未眠，看着睡在炕上的老婆和仨闺女，心里无限愁楚，他不知她们该怎么熬过这四年，想着想着泪水沾湿了枕头。眼下，这十八元的助学金分量到底有多重，只有他何永进心里最清楚。

金小民也弄明白了付来想争一等助学金的心思，脑海里全是姐姐艰难地挪着凳子烧火做饭，在校门口把攒下的鸡蛋塞进他的口袋，彻夜编织草席再拖着病身到集上叫卖，为他换来一点点学费，瘫倒在炕上舍不得吃药的情景……想着想着眼睛就湿润了，他一边写一边坚信这一等助学金非他莫属，一会儿又为可能拿不到而心慌意乱。付来不再吭声，他盯着何永进和金小民，暗地里给这些困难户排了个名次，盘算着一等奖学金到底能不能落在自己头上，再三思量之后，陡然心生一计。

金小民本来承诺每个月给老家邻居三块钱作为他们照顾姐姐的报酬，可助学金至今还没下来，他急得火烧火燎，除了学校先赊给学生的饭票，他手头一分钱都没有，连厕纸都买不起，像何永进撕班里报纸解决大号的事他又干不出来，被逼无奈想了一个来钱的办法。这一天一大早他空腹喝了满满一大缸子凉水，匆匆去了红十字血站卖了四百毫升血，再直接进了邮局把卖血的钱寄回姐姐，心里才算踏实下来。中午饭依然花了八分钱买了棒子面粥、窝头和老咸菜给解决了，有些头晕的他回宿舍好歹休息了一会儿，强撑着到教室上课，一进门就看见黑板上贴着的助学金发放名单。

“根据学生本人申请，二班党支部推荐，系里反复权衡，按照学生家庭困难程度分配助学金如下：一等助学金十八元，分配给五名同学：杜大虎、张修筑、何永进、宋文广、付来；二等助学金十四元，分配给六名同学：张胜利、尹玉芬、赵军、金小民……”

金小民只觉得全身的血都涌上脑门，满脸通红的他趔趄了几步，用手掌

“啪”地拍响了讲台，惊动了正上自习的所有人。“哪个鬼东西推荐的？说！谁这么睁着眼睛说瞎话？啊？”所有人都傻了，惊愕地看着本来埋头苦读不吭不哈现在突然发飙的金小民。

“凭什么我就是二等助学金？凭什么我就比别人少四块钱？这不是明摆着欺负人吗？”金小民脖子上的青筋弹起，声调逐渐提高，他气愤地“咣当”一声踹倒了前排的桌子。郑君宁见状，赶紧上前拦住他，劝他冷静一些。“我找系里说理去！”金小民怒气冲冲拉开门出去了，下午的课他没有回来上。

晚自习时，教室的门“哐当”一声被踢开，满身酒气的金小民红着眼珠冲进教室，他将卖血的收据用大铁钉扎在黑板上，拉过椅子坐在讲台边，往一块磨刀石上吐了口唾沫，掏出一根铁锥一下又一下磨起来，嘴里念叨着：“是哪个缺德的东西写匿名信举报老子，老子跟他死磕，死磕！我捅死你，捅死你！”

女同学吓得逃离了座位，男生惊愕不已地站起来。付来的神色尤其慌张，他见郑君宁扑上去抢夺，自己也凑上去帮忙。金小民不停地挣扎，拿铁锥来回挥舞，付来吓得不敢靠近，郑君宁夺了几次也没能夺下来。双方正胶着时，突然金小民手一松扔了铁锥，身子向后直挺挺躺倒在地休克过去。恰好兰抗美和陈小禾推门进来，看见了这惊心动魄的一幕，兰抗美惊叫着抱起金小民，掐他的人中，人还是昏迷不醒，屁股底下湿了一片。郑君宁和几个男生慌忙抬着他送附近医院抢救。急诊室外，大家心急如焚地等待了快一个小时，才见医生出来说，这个病人无什么大碍，只是因身体虚弱，精神又受到刺激，醉酒之后造成的短暂休克。

兰抗美和郑君宁、陈小禾一起找到系里的魏书记，替金小民担保他家庭情况的真实性。为避免激化矛盾，切实解决金小民的家庭困难，他们强烈要求增加一个一等助学金名额给他。魏书记挺为难，每个班助学金总数不能变更，并且已经分配到个人头上并公布了，这时候拿掉谁都不合适了。郑君宁和陈小禾争着要求把自己十一元助学金减到七元，四元拨给金小民。“你们只剩七块钱连一个月的饭钱都不够，这是不可以的！”兰抗美果断阻止了他们。“那我们俩每人各出两块匀给他。”陈小禾又想出新的办法。

“不用那么复杂！”兰抗美转头对魏书记说道：“我带工资上学，一个人吃饱了全家不饿，这四块钱就由我来补上吧！一年分两次我把四十四元钱存到系里，请系里在例行发放日拨给金小民，我希望只限于咱们几个人和分管财务的老师知道，务必向所有人保密。”郑君宁和陈小禾听罢只剩下感动，魏书记见再没有其他补救办法，只好采纳了兰抗美的建议。

魏书记找到梅祥源，想查一下举报金小民的匿名信字迹，到底是谁这样无中生有造谣生事，说明写信的学生人品大有问题。梅祥源拉开抽屉，却发现那封匿名信不翼而飞了，二人惊愕不已。

被人称作“读书种子”的七七级学子们，以极大的热情投入到来之不易的学习中，在有限的时间里增加阅读量是他们共同的追求，于是，晚饭后去图书馆阅览室占座抢书成为最刺激的一景。这一天晚饭后，黑压压的人群终于等到了开门时间，他们像潮水般一样涌进。高援班里身高只有一米六的瘦小男生任小夏先被挤到门边动弹不得，再一个趔趄摔倒在地，眼看要被无数双脚踩中，被手疾眼快的高援一把揪起。

燕大图书馆的藏书规模在全国院校中属于中等水平，但满足不了学生如饥似渴的读书需求，很多书还是“孤本”，常常一本书许多人争抢借阅，那些解放学生封闭的心灵，刊登新思潮和启蒙文章的热门期刊也十分抢手，于是，跟阅览室负责人朱韵老师搞好关系就成为多读书读好书的捷径。五十多岁的朱韵老师是一个未婚的老姑娘，习惯从白眼镜框上方看人的她，满腹经纶很有个性，因为掌控了一般人无法看到的好书，更显得清高古怪和难以接近。不是哪个学生主动为阅览室借阅服务就能被她接纳，被她看上的学生不光手不释卷有思想有见地，外表还得让她看着舒服顺眼，用她的话说书是认人的，你的外表也得跟那些珍贵的图书般配。高援是七七级学生中她认识的第一个人，入学第一天就留下了良好的印象，另外还有青年“达式常”郑君宁等三人，被她“授予”了“业余图书管理员”的光荣称号，她给他们的特权就是好书随便看。于是四个帅小伙近水楼台，在书的海洋里徜徉遨游不亦乐乎。

这一天是高援和郑君宁的值班日，俩人一见面，高援就主动跟他打招呼。郑君宁看他麻利的动作还穿着部队特有的白色粗布衬衣和绿军裤，猜出他是现役军人。高援点头说自己来自辽宁的野战军部队，是经济系七七级二班的，并且猜出了郑君宁的知青身份、会吹拉弹唱、所在班级甚至他的名字。郑君宁很奇怪他怎么能掐会算，高援幽了他一默：“我是干侦察兵的，一张长得像电影明星的脸早在我的监控范围啦！”郑君宁开心地笑了起来，“说实在的哥们儿，其实我对学经济特感兴趣，后悔当初没报经济系。”“也不能简单归结为一考定终身吧？谁也说不好四年以后自己到底选择什么职业。有兴趣的话，再赶上你没课的时候，就到我们班去听听课嘛！徐侠老师的课保证能让你上瘾！”郑君宁一听来了精神，高援的话他爱听。二人聊着，相互之间似乎有一种强磁场作用，忽然间就拉近了彼此的距离。

高援和郑君宁各自拿着一打借阅纸条频繁出入书库，忙得不可开交。陈小禾抢到座位后就到前台借书，郑君宁体贴地从柜子下面取出已经为她预留的《读书》期刊，正巧高援去书库抱书，与陈小禾擦肩而过。开学已有两周时间，他们虽同在文史楼里上课，同在一个食堂吃饭，许是高援低调着便装，淹没在芸芸众生中；许是他只顾埋头读书，常常最晚才到食堂；许是郑君宁有私心，就没跟她提起过高援，总之，他俩阴错阳差竟没有遇到。

在高援的掩护下，郑君宁到他们班听了一次徐侠老师的课，晦涩深奥的经济理论被大师信手拈来，深入浅出妙语连珠，让人听得如痴如醉忘记了所有。郑君宁更加后悔当初没有报考经济系，仅仅冲着徐侠老师冲着高援，他就该属于经济系七七级二班。在那次课堂讨论中，高援拟发起建立燕北大学第一个经济学类的学生社团，徐侠老师连连叫好，说举双手支持他，并痛快地答应做社团的顾问。

很快地，燕北大学“思考与实践经济学社”成立的大海报赫然张贴在南院的公告栏里，这是燕大第一个研讨型经济类社团组织，因为它的顾问是大名鼎鼎的徐侠教授，故而引起学生的围观。郑君宁动员陈小禾一起参加却被她婉拒，认为既已落定在历史专业，不如把专业课学好，不要朝三暮四。宋岚正盯着郑君宁，汪嘉成懒得学历史，付来认为接触经济学对未来保准有用，于是三个人都进了学社。

学社第一次活动时，徐侠带来一幅图画，要求大家辨认在这幅画中看到了什么。擅长美术的汪嘉成一眼认出这是北宋张择端的《清明上河图》，他倒背如流地说出该画以长卷形式，采用散点透视的构图法，将春光、码头和街道的繁杂景物放在一个画面里，画长五百二十八厘米，高二十四点八厘米，有人物五百五十多个，牲畜六十多匹，木船二十多只，房屋楼阁三十多幢，推车乘轿二十多辆和树木一百七十多棵。同学们瞪着眼叫他大牛，国画学识功底可见一斑。

“这位同学给这幅画的全景做了很好的概括，不错！我想问，从画面中你们还看到什么?”徐侠进一步启发大家。高援站起来，很有见地地说道：“这幅画细致描绘了北宋宣和年间都城汴梁及汴河两岸，农村和集市水陆运输、市面繁忙的景象，商业繁华的背后反映出北宋重视农工的经济主张和实效。同时，从画面的细节观察，比如望火亭开了饭馆，文武官拱桥争执，酒患成灾，又能看出当时的一些社会问题。”

徐侠不禁叫好，向高援投去赞许的目光，这个军人学生观察问题细致而全面。正是宋代统治者重视发展农业，由于农业和手工业的大发展又促进了商业的繁荣。徐侠要求大家从《清明上河图》讨论分析北宋经济繁荣的社会原因，至于采用什么形式，他让学生自己设计，圆桌讨论、相互辩论甚至演戏都成，最后拿出有分量的作业来就是结果。

简直太有意思了！大家拍着桌子叫好。一说演戏郑君宁来劲了，文艺范儿十足的他提出借机活跃一下学校的文艺气氛，可用演活报剧的形式来表现，得到众人一致响应。高援让大家自报并讨论角色，之后他把剧本写出来，学生举手欢呼。有人提出演汴梁城里开点心铺子的，天天吃核桃酥；那时官府允许农村有市场，有人就要求演一个在乡间走街串巷的货郎。

“那时还出现了世界上最早的纸币交子，我就演钱庄老板，钱多得数都数不清。”付来笑嘻嘻地，往手指上啐口吐沫假装数钱，一副很贪婪的样子。汪嘉成戏谑付来：“你小子忒财迷就认钱！没准儿这辈子你穷得就剩下钱了！行，你开不法钱庄，我演官府大人捉拿你!”

郑君宁说他演制作龙泉窑瓷器的窑主，创造了中国瓷器史上的辉煌。宋岚的视线总不离开郑君宁，话跟得特别快：“没说的，我就演收瓷器的富商大贾，把瓷器通过丝绸之路销到海外去，换金银珠宝回来咱俩分成!”

高援剧本写得快，排练也很顺利，演出那天郑君宁动员陈小禾去观看，至于演员都有谁他故意卖了一个关子，让陈小禾去猜化过妆穿戏服的哪一个是他本人。陈小禾拎着小马扎饶有兴趣地去看了，由于距舞台较远，竟没有认出古装戏扮相的高援，高援也没在黑压压的人群中发现陈小禾。没辙，就这么一个寸劲儿，二人第二次失之交臂。

为期二十天的新生军训开始了。清晨，历史系七七级两个班六十名同学穿着各色衣服在操场上排成队列，给每人配发了绿军挎、水壶和武装带。头一天郑君宁刚把这些东西拿到宿舍的时候，只背过家做帆布兜的付来爱不释手，汪嘉戏弄他说军训完了这些东西就归个人所有，财迷的付来信以为真，在几套装备中特意挑来挑去，还用圆珠笔在军挎带子和武装带上写下自己名字的字头F。被郑君宁发现制止之后，又忙不迭地拿到水房刷洗，浪费的洗衣粉让他好不心疼，心里恨死了汪嘉成，觉得跟他就是一对冤家。

当清晨的曙光照亮北院大操场的时候，梅祥源着一身军便装站在队列前给全体训话：“历史系七七级今天的训练科目是野营拉练，急行军三十公里路，中午必须赶到山口的西井村。”队列中议论纷纷，有说四个小时跑不到的，有说不得了要出人命的，汪嘉成不屑地撇着嘴，他认为纯粹是没事干吃饱撑的。

梅祥源严肃地扫视每一个人："不要小看拉练，不但对大家意志品质是考验是磨炼，更是一堂生动鲜活的思想政治教育课！所到之处每一个人都要用眼睛捕捉社会主义建设的伟大成就，有同学不是刚表演了什么剧吗？那就跟宋代封建经济比一比，好好感受社会主义制度的优越性，回校后上交一篇三千字的心得体会。"

汪嘉成用手臂环绕着眼睛做了个像猴子四处瞭望的动作，意思是他在捕捉成就。队伍里又是一阵交头接耳：还跟宋代经济比，有什么可比性呀？这活儿可大了去了！都能写论文了！三千字呢，都写什么呀？

梅祥源示意众人闭嘴，自己接着讲话。"七七级学生中有现役军人来自野战军部队，学校因地制宜把他们分到各系担任军训的教官，同学之间更容易沟通和相互帮助，现在就请我们的教官隆重登场。"当一身戎装、四个兜格外显眼的高援从队伍的后面跑到前面立正敬礼时被同学认出，"简直太帅啦！"有的女生带头尖叫，拍手说她们最喜欢军人大学生最喜欢军训拉练！郑君宁和汪嘉成乐不可支地跟着一起欢呼起哄。

高援摆手平息了尖叫声，进入角色的他表情冷峻，正在宣布军训须严格遵守时间，迟到罚站十分钟等铁的纪律时，陈小禾匆匆赶来，一声"报告"吸引了高援的目光。高援回转头下意识地眨眨眼，待确认她就是自己日思夜想的心上人陈小禾时一下子愣住了。陈小禾先被这个军人的奇怪表情弄蒙，再仔细一看整个人彻底傻掉，大脑一片空白，呆呆地站在那里一动不动。

二人对视了几秒，高援意识到陈小禾果然考上了大学，并且就在历史系，他抑制住激动和喜悦点头向她微笑，其实直想冲过去一把抱住她，像二战胜利日纽约时代广场水兵拥抱护士那样给她来一个"胜利之吻"。陈小禾断了片的记忆也衔接上，她理解为高援所在部队已经换防到离省城不远的地方，他奉命前来学校带队军训。命运注定要遇见的人，无论怎样都会遇见，六个月的失联难道就为今天的重逢吗？陈小禾傻傻地笑了，美丽的眼睛闪烁着熠熠的光彩。她注意到了他的四个兜，啊！原来已经提干了，穿着军装好威武好英俊啊！此时队伍里有人观察到他们表情的变化，尤其郑君宁和汪嘉成，二人互做鬼脸，莫不是这对俊男靓女一见钟情了？

郑君宁招呼陈小禾赶紧入列，高援默许，陈小禾向队伍跑去。“迟到十分钟罚站原来是子虚乌有，玩假招子！” 宋岚讽刺的话被高援听到，他艰难地喝住即将入列的陈小禾，“这位同学，按规定去十米外罚站去！”陈小禾停住脚步，回头刚要解释什么，被高援摆手制止。陈小禾只好尴尬地走回来，孤零零地站在队伍的斜对面。面对两个班认识和不认识的同学，她感到特别没面子，委屈的泪水不听话地顺着脸颊无声地流下。高援带开队伍去做准备工作，却用余光不时偷瞄她，看到心爱的姑娘楚楚可怜的样子他很是心疼，却还要做出公正不阿的样子，真太难为他了。郑君宁和汪嘉成充满同情地盯着陈小禾，突然不约而同地跑过去准备陪绑罚站，被高援严厉喝住，还被宋岚等女生嘻嘻哈哈给了一大哄。

拉练队伍小跑着出发，高援率队跑在最前列，有女生兴奋地跟上高援，一脸崇拜地没话找话说。半个小时之后，队伍开始拉长，已经有人体力不支掉队，其中就有汪嘉成，跟在后面的鲁一依一把抢过汪嘉成的水壶背在自己身上，汪嘉成一愣，默认了她的帮助。梅祥源回头看到鄙视地摇头，凑到高援身边说：“你瞅瞅这一群残兵败将，要是第三次世界大战打起来全是缴械投降的俘虏！尤其那个叫汪嘉成的，挺大个子还好意思让女生给背水壶，整个一棉花囊子！”高援被梅祥源夸张的话语逗笑了，“他们毕竟军人的不是，哪里经过大运动量的体能训练。”

高援佯装组织队伍，多次往陈小禾跟前凑，想跟她搭话，陈小禾赌气不理高援，当没看见他一样，弄得高援心里直起急。兰抗美追上来说：“高援你错怪了陈小禾，她是给生病发烧的吴云辉打饭才迟到的。”听兰抗美这么一说，高援心里更过意不去了。

中午时分，当队伍终于到达西井村时已经溃不成军，所有人都累脱了相，有些脚底还打了水泡。高援看陈小禾一瘸一拐的样子，料定她脚上打了水泡，走到她跟前说道："把鞋袜脱下来让我看一下。"陈小禾装作没听见，挣扎着起身要走，被高援一把拽住重新按在大石头上坐下，强行脱掉她的鞋袜，把脚捧在怀里，掏出用酒精浸泡过的马尾给她处理水泡。几个女生看高援专注的神情在旁边直做鬼脸，有人故意叫唤："脚疼得受不了啦！男生快来跟高教官一样奉献爱心哟!"果然几个男生积极响应，付来从路边折下一根带刺的树枝，凑到心仪的鲁一依跟前，提出帮她处理血泡，鲁一依吓了一跳慌忙谢绝，汪嘉成借机起哄，挤兑付来拿着树枝猴子学人，付来悻悻地笑着，背过身去做出咬牙切齿的表情。

想到自己与高援一别三年半之后，竟在这样的场合以这种形式相聚，先罚站再挑泡，打一巴掌再给颗甜枣，这是什么演技？当着同学的面，陈小禾不便表现，她心情复杂地扭过脸去，不让高援看到自己的表情。细细想来，远在黑龙江边境的他怎么就能换防到省城呢？他俩的重逢好像人为设计，天下哪有这么巧的事情呢？还有，既然换防挪地方了，为啥不主动联系自己？高援似乎猜到了陈小禾的心思，当着郑君宁他们的面又不好多说，只是说自己考上了经济系，二人成了一届同学，奉学校之命带队军训。听到这些，陈小禾差点惊掉了下巴，两人读书的时候曾经议论过工农兵学员被推荐上大学的话题，对他们来说就好比是登上月球的事情，如今这个奢望却实现了，并且俩人同时考进了同一所大学，不会是一场梦吧？陈小禾偷偷掐了一下自己的手腕，确有痛感。

西井村呈现出一幅北方农村的破败景象，泥泞而肮脏的道路，用泥巴和茅草垒起来的土屋破烂不堪。村口，农妇们坐在树荫下抱着孩子扯着闲篇儿，一个智障妇女敞怀奶着孩子，冲着一边休息的同学傻笑。陈小禾和高援他们不忍地背过脸去，只有付来忍不住斜眼偷看那一对像干瘪口袋一样的乳房，他想起了自己在老家跟王小秋的那一夜，下体有些异样的感觉。

队长模样的人不停地敲打挂在大树上的长条铁。半天，才有社员从各自土屋里走回来，扛着锄头一副懒洋洋的样子。队长招呼着社员抓个晌午耪地，说地里的草都长毛了，见出工的人稀稀拉拉，他吼叫着钻进各家抓人去了。

从中学直考上来的十八岁女生大呼小叫地说，这里的农村跟自己看的《金光大道》和《艳阳天》对不上号。曾经的知青鲁一依说这是农村的普遍现象，就是出工也不出力。何永进说他老家比这村还邪乎，一个工就值两毛多钱，谁都没有干劲儿。郑君宁说在他们德城的谢村，只要他领着划片承包就出活，队长和社员都高兴。高援说你这个承包的办法不错，能激发劳动积极性，值得推广。

一些同学把挎包堆在大树下找厕所方便去了，几个脏兮兮的小孩小狼一样扑过去争抢包里的馒头，金小民追上去抓住一个小男孩，男孩快速把吃剩的半个馒头全塞进嘴里，噎得直瞪眼，他郁闷地摇摇头，帮男孩揉着胸口，旁边扯闲篇儿的几个农妇窃笑，兰抗美喊过金小民，把自己的馒头分给他吃。

高援和郑君宁走进一户老乡家里，黑黢黢的屋里家徒四壁，光秃秃的炕上坐着一个瘦小的女孩子，脏兮兮的手抓着一块干硬的红薯饼在啃，她病重的爷爷躺在炕上数着几粒白药片舍不得往嘴里送。高援和郑君宁心酸地对视了一下，高援留下十块钱，二人退了出来。

郑君宁走到梅祥源跟前说道："梅老师，你布置的三千字心得体会我无力完成。"梅祥源的眉毛一下子立了起来，他就知道郑君宁不是一盏省油的灯，什么事都得执拗一下。"这村的老乡穷得都快揭不开锅了，我们总不能睁着眼睛说瞎话吧?""你是戴着有色眼镜看待农村问题，而且就盯着个别人家看。"梅祥源批评郑君宁眼界太窄。

高援接过话茬："梅老师，贫穷和落后在中国农村普遍存在，我们经济学社专门讨论过一些典型案例，我们不能不承认这个事实!"高援与梅祥源进一步理论。"我承认，我们这次军训活动没选好调查的典型，它不能代表全中国社会主义新农村全貌，应该去大寨去小靳庄，可惜学校的经费不足。但在这个问题上你不能管中窥豹、以偏概全。"梅祥源寸步不让，语气咄咄逼人。"梅大师是不是你先拿出一份三千字的范文给咱们开开眼？题目就叫：从西井村巨变看农村经济理论的巨大威力!"汪嘉成凑过来敲边鼓。

梅祥源看着他们几个长叹一口气，不住地摇头，这些个学生别看来自工农兵各行各业，有党员还有干部，虽然经过“文化大革命”的洗礼和考验，但政治上还是不过硬，思想还是太幼稚。他不无焦虑地告诫高援：“你作为一名军干，在所有学生当中应该是最坚定的马克思主义者，可不能说出这些颠覆性的话来，否则要出大事的!”

几个人争论着往村里走去，落在后面的汪嘉成突然停在一个破木板报栏前，盯着一张报纸看，随即大声地招呼着大家。几个人被吸引到报栏跟前，一行标题赫然在目：《实践是检验真理的唯一标准》。高援和郑君宁激动地互相对视，高援仰望天空，自言自语道：“变革的时代终于到来了。”

第四章

又到中午的饭点儿了，这是学生们一天里最盼望的时间段之一，肚子里没有油水的他们总是处在饥肠辘辘中，只要没有课就提前去食堂排队。卖饭口用作挡板的三合板不知被哪一届学生用圆珠笔画满了跟吃饭有关的漫画，其中一幅大师傅吃得脑满肠肥，油水顺着大脑门往脖梗子里淌，端着空碗的学生瘦得跟《三毛流浪记》里的三毛似的，小细脖撑着个大脑袋，三根毛立着，还配了首幽默的打油诗：脑袋大脖子粗，不是将军就是伙夫；饥肠辘辘肚没油，眼泪哗哗往下流。这幅非著名的画作许多年后被学生提起仍然津津乐道忍俊不禁。

改革肇始，风气初开，同学们常常会为某一个观点和某一种现象争论得面红耳赤，连食堂也被当作辩论的场所。七七级学生的特点是经历丰富思想活跃，独立思考酷爱辩论，经济、历史和外语三个系聚在一起，内心颇有几分天下英雄舍我其谁的狂傲，文人相轻的姿态暴露无遗。这种聚众的场合正是各系施展拳脚尽显风流的绝好机会，看书的背单词的相互辩论讨论问题的，还有为追女生而充分表现展开攻势的，偌大的食堂好比乌泱泱的自由市场热闹非凡。

卖饭窗口一打开，原本排列整齐的队伍霎时间作鸟兽散，文人骚客立刻原形毕露，丢了斯文忘了矜持，奋不顾身地将窗口当作战场。男生凭借身高优势一准抢占窗口的高地，身高一米八五的汪嘉成如果心情好的时候，可以顺手带出半个班的饭菜来，让外语系的娇小女生气得叫苦不迭直瞪大眼，即使外语系的男生在勇猛的历史系女生面前，也同样遭遇洋鬼子被义和团打败的悲惨下场。

吃饭吃饭一场混战，浑身是粥满头是汗，是当时的真实写照。食堂里用一米高的大木桶装着的棒子面粥，好像永远填不满学生的饭碗，抢粥成了每天早中晚的必修课，从窗口抱着粥碗挣扎着挤出来的，一准把碗边的粥渍蹭到前赴后继不断冲刺的人身上，女生还会及时洗去，男生则就任随它去了。所谓餐桌就是没有平面的框架，把饭盆放在架子上，三五成群地就站在“餐桌”前吃饭，金小民指着何永进的蓝制服笑起来：“你们瞧瞧何大叔这一身的粥嘎巴，您老虽英勇却不善战，损失惨重啊！”陈小禾捂着嘴笑金小民：“你以为你身上干净哪？后背上粘着一大块没人告诉你呀！”汪嘉成翻过金小民身体向大家展示，众人指着何永进、金小民和付来身上的粥嘎巴笑得喘不上气来。为什么燕北大学的棒子面粥永远不够喝呢？还是会算账的经济系同学揭开了抢粥的谜底：棒子面粥二分钱一大勺，用它来填饱肚子能省吃一个五分钱的窝头。同学们戏称，但凡走在省会大街上见到满身挂着粥嘎巴的年轻人一准就是燕北大学的，那粥嘎巴是燕大的特产燕大的校徽。玩笑归玩笑，粥嘎巴却从一个侧面折射出当时学生生活的清苦和窘迫。

何永进和金小民的午饭照例是粥、窝头和老咸菜，每月十八元的助学金他们要拿出一半养活家人。兰抗美叫过金小民，偷偷地分了一半白菜炒肉给他，带工资上学的她顿顿买一份半的炒菜，以吃不了为由接济金小民，说既然认了自己这个大姐就不许客气。因为陈小禾和郑君宁的关系，高援对历史系七七级二班有一种特殊的感情，他接长不短地或肉包子或烧鸡地给大家打牙祭开洋荤，此时又拎了一大罐猪油走过来，打开盖子招呼大家吃。众人欢呼着争先恐后伸勺子把猪油抹到窝头上，就数何永进、金小民和付来吃得欢。“高排长，我们班无论男女老少都热爱你，你是我们全班的大众情人，你的仁慈博爱将永久地载入燕北大学历史系七七级二班的光荣史册！”付来扇呼着两片薄嘴唇，恭维得恰到好处。汪嘉成耸耸肩：“巧舌如簧口吐莲花，封你付莲英得了！”众人哈哈笑起来。

吃过饭大家散去，唯有何永进又从兜里掏出一个破口袋去捡泔水桶里的窝头馒头，他并不避讳大家的目光，却被班里同学议论。宋岚嫌弃他翻泔水桶不讲卫生，汪嘉成抱怨他给班级丢人。金小民不爱听，反驳汪嘉成没有阶级感情，兰抗美说老何这么做一定有他的难处，陈小禾补充说有些学生确实浪费，经常将整个的窝头或者馒头扔掉，即使馒头麦麸过多，颜色和口感不好也不是扔掉的理由。

心地善良的陈小禾知道，老何能如此舍下脸面捡剩饭一定是生活所迫，从那以后，每个月发下粮票之后她都悄悄地在何永进的书里夹上五斤，一直持续了四年直到大学毕业。第一次被何永进发现之后以为是谁错夹在他的书里，问来问去没人应承，后来发现每个月五斤粮票都如期而至，感动得他暗自涕泪，他在班里动情地讲述这个助人为乐的故事，呼吁大家帮忙找到身边的活雷锋，然而直到毕业也没找到，这个谜底三十年之后才被揭开。

班里的报纸和信件专门由生活委员统一领取，拿回来之后往讲台旁边的桌子上一放，同学自由认领。这一天陈小禾又接到信封上写着“德城罐头食品厂马大山寄”的信件。不管给他回不回信，马大山想起来就写一封寄过来。马大山的信就是流水账，先是车间里谁谁搞对象结婚生孩子了，谁谁搞破鞋被抓了现行轰动全厂了，再就是他帮她家买煤劈柴修房顶了，最后一项是数天数，距离陈小禾毕业回家还有多少多少天，他时刻盼她回家结婚。每每看到他字里行间对自己“媳妇儿”的称谓，信纸上一个又一个口水印，还有那些错别字和逻辑混乱的表达，她私下里长吁短叹，不由得黯然神伤。

这一天在食堂吃中午饭时，高援偷偷塞给陈小禾一个纸团，里面有一张电影票。自从军训相逢，这是高援第一次约她，陈小禾期盼这一天，也恐惧这一天。在他俩相爱却不相见的三年半时间里，马大山占据了她绝大部分的生活空间，父母的训诫填满了她的耳鼓，后期又与高援失去联系，使得她对高援产生了一种距离感和陌生感。当然，她对他的爱热度不减，看到无数女生对高援的崇拜和追随，性格有些懦弱且不自信的陈小禾又犹豫了，她不知高援在花丛中如何嗅蜜，自己的实力能否战胜那些争奇斗艳的女生。

周日下午电影院放映的是《尼罗河上的惨案》，电影已经开始，陈小禾并未出现，起初以为她只是迟到，可电影过半身边的座位还是空的。高援心里开始打鼓，难道陈小禾还在为军训罚站耿耿于怀吗？她这么不给自己面子明显就是拒绝了呀！正在高援忐忑不安时，他突然闻到一股淡淡的香皂味，正是自己熟悉和喜欢的那种茉莉花的味道！陈小禾悄然坐到他的身边。

之前到底来还是不来？陈小禾犹豫了很久，最后她选择了赴约，她不能让高援失望，她特别珍惜他们之间的情感。高援惊喜不已，一下子握住那双纤细温润的小手。而陈小禾已经不习惯了，显得有些僵硬，但她没有抽回。两双俊美的眼睛在黑暗中含情脉脉地长时间地聚焦，不约而同地拿出各自保留的信物红发卡和黑色钢笔向对方展示，二人会心地笑起来。电影院座无虚席，已经有人把目光转移到他们身上，高援不便做出再亲热的举动，他只是紧紧握着她的手，一直到电影结束都没舍得松开。陈小禾感到要窒息，那种幸福的感觉又重新归来，大脑一片模糊，只是傻傻地笑，银幕上到底演了些什么她一无所知。

美好的时光总是那么短暂。放映结束了，他们只能不舍地离去。出了电影院走到街上，两个人说着话，正准备分头秘密回校，意外地撞见了陈小禾同宿舍的一个女生。该女生好事又好强，从军训那天见到高援就把他当作崇拜的偶像，无论食堂吃饭还是上大课，只要看见高援，她一定要凑过去搭讪。此时的她醋意大发，故意高声喊了一句：“陈小禾，你对象马大山给你来信了！我给你带到宿舍啦!”说完，“嘎嘎”笑着跑了。

就在高援出现之前的宿舍卧谈会上，宋岚等人就已经从一封封署名“德城罐头食品厂马大山寄”的来信中，摸排出陈小禾是一个有对象的人，今天此女生的这把刀子够狠，直捅陈小禾的软肋。对象？马大山？陈小禾尴尬不已，在高援诧异的目光下匆匆逃离。

陈小禾夜不能寐，为消除误解，呵护他们之间宝贵的初恋，她打着手电给高援写了一封长信，述说了自己跟马大山所谓对象关系的来龙去脉，也述说了自己面临的烦恼和担心。北院的两排学生宿舍筒子楼前后排列，1号女生宿舍在前，2号男生宿舍在后。半夜时陈小禾悄悄起身下楼，壮着胆摸到2号楼爬到二层，把只写着高援名字的信顺着门缝塞进他的宿舍。

高援相信陈小禾说的都是实情，本就两小无猜，熟悉彼此的人品与喜好，他断定是马大山剃头挑子一头热，于是回信鼓励陈小禾跟马大山快速了断，拖得时间越长，对马大山的感情伤害也就越重，长痛不如短痛。陈小禾受到鼓舞，但怎么快速了断呢？她还没个具体主意。在班里她跟鲁一依还是比较谈得来的，就主动找到她，细谈了自己跟马大山的情况，请她帮忙出个主意。

鲁一依原来插队时谈过一个知青男朋友，她是一个特别纯情专一和执着担当的人，对方无论家庭出身还是自身条件都远不如她，鲁一依却大爱无疆示爱无限，为他洗衣刷鞋照顾有加，队里分下的口粮先让他拿回家一半，自己情愿饿着肚子，还为他写诗读诗抒发情感，买书买本培养浪漫气质。赶上城里工厂招钳工，男朋友前脚回城，后脚就踹了她。鲁一依的初恋就这么终结了，她弄不清前男友为什么这么绝情，不就是捧上一个体力活的铁饭碗吗？况且其他知青也还有回城机会呢！值得这样抛弃自己吗？伤心不已的她独自爬到附近的山上痛哭流涕，悲痛欲绝时差一点儿就从悬崖上跳下去。

鲁一依听陈小禾讲马大山对她种种的好真是惊讶不已，这么实诚的男人她做梦都没有梦见过。另外还有迹象表明，汪嘉成对陈小禾似有爱的火苗燃烧，鲁一依依稀感觉到陈小禾或对自己构成最大威胁。都说爱是自私的排他的，从这个角度出发，鲁一依竟然鬼使神差地奉劝陈小禾珍惜马大山对她的爱，找一个更爱自己的人会终身幸福，不要朝秦暮楚感情游移不定，最后吃亏的还是自己。陈小禾对鲁一依的话半信半疑，单纯善良的她猜不透鲁一依的心思，尽管感到她跟自己的想法差距很大，但也没往什么情敌上面去想，因为她不知道汪嘉成对她还有想法。一时不知如何处理此事的陈小禾决定还是用慢慢冷却的办法，拉长回信时间直至不回信，渐渐拉开与马大山的距离。

进入炎热的夏季，八个人一间十几平方米的宿舍好比大蒸笼，快把人蒸熟了。晚自习回来，何永进放下书包，先扑到水房洗漱，兜头一盆凉水冲下去，连喊过瘾。正要套上老婆的大花裤衩，被旁边的汪嘉成用洋泾浜上海话嘲笑："噢哟，侬何大叔还晓得羞臊难为情啊？侬装额个样子斯文呀？阿拉勿想偷看侬！阿拉劝侬秃光算啦，老婆的花裤衩还可以省省啦！"

"你秃光阿拉就秃光，阿拉怕谁看呀？"何永进不示弱。"对，咱俩全裸，说话算数，小狗才反悔！"汪嘉成笑嘻嘻地应战。"你们说，天儿这么热，女生也裸着睡吗？"付来一边洗一边打探，被刚进水房的金小民听到，忍不住取笑他，"付来够操心的哈！还惦记着人家女生呢！你亲自问问去？哈哈哈……"

郑君宁今晚在教室看书，一直到夜半时分，终于把高援借给他的那本书看完，没辙，一干人排队等着看呢！夜半三更时，喧闹了一天的宿舍楼总算安静下来，郑君宁进楼上了二层，为不打扰宿舍的同学径直进了水房，准备先冲个凉水澡再回去睡觉。

何永进和汪嘉成在裸睡中，何永进不时说个梦话，老婆桂花第四胎终于给他生了一个儿子，美得他睡梦中都喊着桂花和儿子大壮的名字。汪嘉成被热醒了，不停地扇着扇子。裸睡的付来也像热锅上的蚂蚁，翻来覆去无法入睡，只好起身下床，端着脸盆去水房冲澡。

水房的灯突然坏了，黑暗中的郑君宁拿着大管子兜头就冲，借着走廊昏暗的灯光洗完了澡，正弯腰穿上三角裤时，一个黑影把门堵住了。那人正是付来，他迷迷糊糊走进水房，突然看见一个青面獠牙的怪物弯着腰一动不动地看着他，其实是光影将郑君宁的脸反射出一片青光。迷信的付来吓得魂飞魄散，手一松脸盆“哐当”一声掉在地上，随即腿一软，人也“咚”的一声摔倒在地。

郑君宁正在猜测黑影为什么要堵截他，又被“哐当”的声音吓了一跳，抬头看见黑影变成一个白花花的人瞬间倒地，吓得他起身试图夺路而逃，付来以为怪物追他来了，爬起来先跑了出去。二人的脚步声“咚咚”作响，惊动了临近宿舍的唐山籍学生，经历过唐山大地震的他们对类似的声音最敏感。“地震了！快跑啊！”唐山学生喊着，率先冲出来，二层一个个房门相继打开，惊慌失措的学生“咚咚咚”地往楼梯口跑，使二层薄薄的楼板产生共振，并从二层迅速蔓延到各个楼层，致使整个2号男生宿舍楼都骚动起来。一层的近水楼台迅速跑到楼外，二层有的男生见走廊堆满了人掉转身就顺着窗户跳了下去，三层四层的不敢跳楼只能顺着楼梯叽里咕噜往楼下跑，目标都是女生楼前的空地，摔倒在地的不计其数。

寂静中的女生宿舍忽然被楼后哭天喊地的声音惊醒，再看窗外黑暗中涌出楼门的男生，意识到地震来袭，也惊慌失措地往楼下跑。陈小禾宿舍一个来自唐山的女生在极度恐惧中竟然从上铺直接跳下，她的妈妈和弟弟都在那次大地震中丧生，受过强烈刺激的她此时完全瘫在地上动弹不得，凄厉的哭声令人心碎。陈小禾和兰抗美扑过去拖着她拼命往外跑，三个人哭得一塌糊涂。

全裸的何永进一骨碌爬起来，吓得浑身颤抖，当年受唐山地震的影响，旁边老王家的土房倒了，老王没出来，他老婆因扒土而鲜血淋漓的手和凄惨绝望的哭喊声，何永进下辈子都忘不掉。“大壮你爹我还没见你咋能死啊！还有桂花和大丫二丫三丫呢……” 他嘴里念叨着，都不知怎么从上铺滚下床的，冲着打开的窗户闭眼咬牙，一个猛子扎了出去……迷迷糊糊的金小民不停地喊着："妈呀！地震啦！姐呀！我不能死，我死了你咋活啊！"他也从上铺跳下来，连滚带爬地扑向窗户要步何永进后尘跳下去，然而最后时刻他犹豫了，万一砸不死反而摔死了咋办？他退回来蹿向走廊，随着人群一起逃窜出去。汪嘉成没忘抓过一条短裤套上，又抓了一件背心才跑了出去。

夜色中的女生楼前空地上挤满逃生出来的男女学生，惊恐万状的他们庆幸在楼房倒塌之前幸运逃生。过了几分钟，发现宿舍楼奇迹般地没有倒塌，脚下也没有任何地动的迹象，他们诧异了，彼此相互打探：没地震呀？怎么地不动呢？谁这么损发假警报啊！大家终于弄明白这是一场虚惊，是人为制造了这场"地震"。

惊恐过后才顾上互相打量，这一看不要紧，全都被吓傻了。月光下的所有人都衣不遮体，许多男生全裸，女生也基本半裸，披头散发面目全非，那震撼的场景不比地震来袭差。羞涩的他们似惊弓之鸟四散逃窜，一丝不挂的男生慌忙奔向矮树丛藏住身体，半裸的女生双手抱胸蹲在地上不敢动弹。始作俑者付来仓皇奔向一棵大树，一个穿三角裤戴胸罩的女生也奔大树而来，走近才看见一丝不挂的付来，又惊叫着跑开。

汪嘉成毫发未损还有幸穿着短裤，自然得意地欣赏着当下，憋不住地哈哈大笑："这不就是燕北大学伊甸园的亚当夏娃嘛！一出无比壮观的西洋景啊！太好看了！"他拎着背心四下踅摸，似在找人。躲在树下的付来看见了汪嘉成："汪嘉成，你还到处踅摸，咋不赶紧扶危救困呢？把你的背心借我吧！"

汪嘉成得意地扬起背心："这东西金贵了！借给你？想得美！你先敞亮地待着吧！"一个撒尿都不知冲水的主儿还要什么面子！汪嘉成不屑地想，准备自导自演一出英雄救美的大戏，去救一个最值得他去营救的人。不顾付来哀怨的眼神，他扬长而去。

淡定的高援随着涌动的人群走到空地，他惦记着陈小禾并在人群中找到她，趁人不备塞了一件背心过去，陈小禾感激地接过。之前他在楼道大喊"没有地震，一场虚惊！”竟然没有一个人被他喊住。

看见汪嘉成走过来，鲁一依蹲在地上冲他喊：“汪嘉成快来救我，我在这里！”见他冲自己走过去，鲁一依一副欣慰盼望的样子。只见汪嘉成越过鲁一依，径直走到陈小禾面前，却见她正往身上套一件男式大背心，他为自己错失良机而倍感失望，顺手把背心扔给了鲁一依，鲁一依大喜过望地接过。

郑君宁不知从哪里找到一条枕巾替付来解了困，二人相互小声埋怨，都怨对方是始作俑者，又都提醒赶紧闭嘴，惹了这么大的祸，若让大家知道还不得给活剐了！

光着身子的何永进趴在地上，一些玻璃碎片扎在脸上身上，伤口流着血，从二楼跳下的他搞不清摔伤了哪里，反正是动弹不得了。高援和几个同学跑过来帮助他，金小民找来一条单子盖在他的身上。高援很有经验地叮嘱道：“先不要轻易搬动他，仔细观察一下有没有骨折，确定没有骨折再搬动，有骨折的话等我先做个固定处理。”他蹲下询问何永进，轻轻搬弄胳膊腿，观察他的反应。

何永进还在呻吟，天生胆小的他吓坏了。高援看出他的胳膊腿和腰都没什么事，只是扭伤了脚。郑君宁推来自行车，跟高援推着何永进去了医院。郑君宁奇怪高援为什么这么淡定，高援说他参加过唐山的抗震救灾，确认是否地震只需看灯，当今晚“地震”发生时，他看见灯没晃，立马就判断这是人为制造的。当着何永进的面，郑君宁做贼心虚，哪敢承认就是自己跟付来一手制造的，幸好何永进无大碍，万一他有个三长两短，自己将终生愧对他和他的老婆孩子。

第二天一大早，校医务室排满一脸痛苦等待治伤的学生。当年秋季七八级学生入学之后，又上演了一起性质雷同的地震闹剧。这一次七七级的学生却淡定自若，以旁观者清的姿态看这些学弟学妹的精彩演练。数十年后两段地震之事被经历过的校友提起仍然津津乐道，经岁月沉淀之后的细节反而更清晰和搞笑，始作俑者当然也被深挖出来，于是作者把这一段记忆写进书里。

宿舍卧谈会是所有大学生宿舍的一大特色，每每夜晚熄灯之后，便是个个宿舍精彩之时，主题是男生与女生背靠背相互议论、辛辣点评以及风趣配对。又到二十三点，209宿舍八个男生躺下拉灯就寝。没有窗帘，皎洁的月光穿过窗户，影影绰绰洒在每一张床上。

汪嘉成躺在上铺开始叫喊："我说何大叔你洗脚了吗？怎么这么味儿呀！付来我贼着你呢！你小子多少天没洗澡了，冲凉水能洗掉你那汗馊味儿吗？明天再不去澡堂滚出去啊!"

何永进不搭理汪嘉成，他正有滋有味地想他的桂花呢！付来最讨厌汪嘉成动不动就揭他的短挑他的毛病，"汪大少你自己洁身自好洗干净就行了。不想闻这人肉味儿，你回家住单间，在这儿挤着干啥?"汪嘉成嘟囔着骂了付来一句，不是他愿意在这挤着，是因为回家就得挨厅长爸妇联主任妈的监视和数落。

金小民转移了话题，今天的卧谈会由他主持，"209准光棍宿舍卧谈会正式开始，规则：谁说假话立马从宿舍爬着出去。第一个议题，选出咱班最美女生。"付来最喜欢鲁一依，那是他心中的女神，他抢着说当然是鲁一依，清秀婉约诗人气质，有你们说的那个什么"范儿"。

汪嘉成很不以为然，咬文嚼字道："付来你尽瞎掰！鲁一依比得上陈小禾美么？那就是烟花三月细雨朦胧中撑着油纸伞的江南美女，纤巧玲珑娉婷玉立，一颦一笑连女生都能迷倒一片，男生就更甭提了！那美声唱的，师范院校学声乐的都比不上她。"郑君宁也把票投给了陈小禾，觉得她不但人美，待人还真诚和善良，人品没得说，其他人也随声附和。

金小民又抛出第二个议题，"班里哪个女生对汪大少最有意思呢?"何永进接过话茬："这还用说吗？鲁一依啊！嘉成我倾向你把橄榄枝抛给鲁一依，那丫头不错，纯情专一，将来对你错不了。"

汪嘉成很不屑地翻了个身，"拉倒吧！小地方人，透着一股子小家子气，少见识假浪漫，无病呻吟，没感觉！告诉你们，全校女生都不入眼，只有一个还挺心动。"付来追问是谁，汪嘉成让他别咸吃萝卜淡操心。何永进还是诚恳地告诫汪嘉成放弃鲁一依是一大失误，早晚有一天买后悔药吃，汪嘉成颇不以为然。付来窃喜，情敌自动退出不就成全了自己么？他要适时抓住机会追求鲁一依，不达目的绝不罢休。

第三个议题被何永进挑起，自从自己的脚因“地震”跳楼扭伤，郑君宁对他关怀备至，每周都从家里熬好大骨头汤带来给他喝，他要求在铺的各位给郑帅哥搭配一个女朋友。

金小民觉得郑君宁跟陈小禾哪儿都合适，何永进说金小民有眼光，连说了三个“般配”。郑君宁确实打心里喜欢陈小禾，高考时意外相遇，入学后分在一桌，现在一个文工团演节目，这不就是缘分吗？他顺水推舟开起玩笑：“哥俩好眼力，陈小禾这女孩确实不错，我立马向她展开疯狂追求，一毕业就娶她!”

汪嘉成激动地坐起来奋勇揭发：“郑君宁装什么装？各铺的，他有对象，前一阵在新华书店我碰见他俩买书来着！他对象矮胖，长相一般，跟他不搭，主动跟我说她叫郭蕊，在省人民医院妇产科当护士。”

郑君宁没有料到汪嘉成会釜底抽薪，而自己屁股后边确实还跟着这么一个所谓的对象，想解释又解释不清，他立马像泄了气的皮球，自嘲地说自己在开玩笑意在吓唬某人。

付来半真半假地开郑君宁的玩笑，说他藏得够深的，好几个月都没露破绽。他饶有兴致地问郑君宁发展到哪一步了？搂抱、亲嘴，还是直接上床……郑君宁“啊呸”了一声，骂他恶心。

付来的话诱导了汪嘉成，他出其不意地抛出第四个问题：“深入调查一下，这屋里除了老何和老文，你们敢说谁是处男？付来你是吗?”“这是个人隐私，是咋样不是又咋样？那我先问问，汪大少你是吗?”付来冷不防被点将赶紧推挡，反将了汪嘉成一军。

汪嘉成冷笑一声，故意说道：“你问我吗？明人不做暗事，我这般英俊潇洒，才华横溢，那些女的轰都轰不走，上赶子往上扑，我倒是想当处男，哪招架得住呢？再说，都是两相情愿的事，谁也不欠谁的。”“诸位听见没？汪大少承认了，非处，且振振有词。郑君宁你是吗?”付来将军成功，又把目标对准郑君宁。

郑君宁一副君子坦荡荡的语气：“我当然是。首先我要对女孩子负责任，万一谈不成，她还得结婚嫁人，不能毁了人家不是？其次，我要把最美好的瞬间留在洞房花烛夜。”汪嘉成不信：“你这高调唱得是不赖，显得比我有品，但是谁信哪！说假话可是要从这屋里爬出去的!”郑君宁说从这屋里爬出去的不是自己，而是付来。付来吃了一惊，脑子里迅速过电，确定郑君宁是在诈他，立马装出一副无辜的样子，说自己就是不谙男女之事，还是清纯懵懂少年，正宗处男，正期待把自己的第一次献给最心仪的姑娘，到时候何大叔文二叔和汪大少要不吝赐教。

汪嘉成也学郑君宁“啊呸”了一声：“你小子宁肯从这屋里爬出去，也要说假话。看不透你付来我汪嘉成白活二十五年!”付来跟没听见一样，懒得跟他争论下去。

卧谈会已经结束，屋里鼾声四起，间或听到何永进说梦话喊媳妇桂花的名字，也能听见金小民喊姐姐坐下来歇一歇的呓语，郑君宁翻起烙饼了无睡意，又想起自己跟郭蕊的事情。

五年前郑君宁跟郭蕊等一干省城知青一起到塞外的德城郊区插队。文艺青年郑君宁聪颖好学，有才气爱幻想，很阳光人实诚。当初插队农村是抱着被推荐上大学的希望去的，为了换取那张入场券，他领着知青连年植树造林，向荒山野岭宣战；打下全村有史以来第一眼机井，解决了全村饮水问题；开辟小麦试验田，企图改变村民世世代代只吃玉米高粱的饮食结构；成功栽种了一面山坡的苹果树苗以期造福后人。然而，残酷的现实把他的梦幻击打得粉碎，十九岁那年他参加了招兵体检，身体棒棒的他最后一关给刷了下来，说是有腋臭。活见鬼，他什么时候大汗腺分泌异常了？后来才知道被公社会计的侄子给顶替了。二十岁时有一个地区农业机械化学校的中专指标，等他知道时已经“推荐”给了大队书记那个脑膜炎后遗症的小舅子。亲历了这些个“猫腻”之后，他算是彻底明白了，如果这等天上掉馅饼的好事砸到他头上，黄河水一定得倒流，太阳一定得从西边升起。

五年的光阴就在战天斗地中消失了，已经二十二岁的他正在发愁未来的路该走向何处之际，1977年10月21日那天，在公社学大寨修梯田大会战的工地上，高音喇叭里传来恢复高考的消息，当时他激动得不知如何是好，喊着“乌拉”满地打滚。终于看到曙光准备回省城复习的时候，却被民兵连长绰号小壁虎的谢镇差点儿抓了一个现行。原来，头一天晚上政治学习时，无聊的郑君宁用圆珠笔在报纸上信手涂鸦画了一只小壁虎，将背面印有领袖头像的面部划上无数个笔印。关键时刻郭蕊挺身而出替郑君宁揽下“罪过”，被押到大队部准备次日送公社学习班改造。当夜，郑君宁买通看守的民兵救出郭蕊，二人疯狂奔向长途汽车站，心惊肉跳中总算挨到开往省城长途车转动了轮子，刚捂着胸口庆幸逃脱之际却被谢镇等人抄小道半路拦截。

郑君宁不忍让郭蕊替自己背黑锅，欲跟谢镇等人去公社学习班，却被郭蕊扯住，冲着他大吼：“傻呀你？耽误了高考让你后悔一辈子！”郑君宁梗着脖子说：“没啥！大不了明年再考！”郭蕊急得直跺脚：“万一明年又不让考了你咋办？”郑君宁一愣，这种可能他可真没想过，他当然不想放过这样一个改变命运的机会，一瞬间犹豫了。郭蕊就这样被谢镇等人带走了，郑君宁为自己手欠带来的后果懊悔不已。

郭蕊生性豪爽直率，敢爱敢恨，其貌不扬的她跟知青点那些女生一样，看中郑君宁的高大和英俊，也迷恋他的浪漫和文艺，为自己喜爱的这个男生，她可以两肋插刀在所不辞。她跟女知青公开叫板，警告她们都离郑君宁远点儿。一个叫米咪的声音嗲嗲的女生起初不把郭蕊放在眼里，男生全都迷恋她，她只迷恋郑君宁，主动跟他合作表演《夫妻识字》，二人的扮相俊俏，唱到公社各个生产队，还唱到县广播电台，气得郭蕊怒火中烧。等米咪演出归来郭蕊开始整治她，极尽讽刺挖苦挤兑之能事，处处给她穿小鞋使绊子，搞得米咪天天不得安宁以泪洗面，不得已战败告饶，退出跟她的争夺。从此，郑君宁的归属权牢牢把控在郭蕊一个人手里，任何女生不得沾边，而这一切郑君宁都蒙在鼓里。

高考之后，郑君宁从公社学习班接回被强制学习改造两个月的郭蕊，看见郑君宁愧疚的表情，郭蕊反倒有些得意。在回省城的长途车上，她佯装睡着，很自然地把头靠在他的肩膀上，郑君宁浑身不自在，却没好意思躲开。郭蕊直截了当地提出做郑君宁的女朋友，说没有自己舍身相救，哪里有他迈进考场的机会？在强势的郭蕊面前，郑君宁机智并幽默的各种感谢形式和说辞全部失效，而面对郭蕊的仗义，郑君宁觉得自己确实亏欠她不是一星半点儿，该怎么回报她呢？郑君宁发起愁来，一路上想着心事。

春节之后郭蕊回到谢村，正好赶上省人民医院等多家省城单位到所在公社招工，并且指定招收省城籍的知青，运气好的郭蕊就此扔了锄把子，神速地办了招工手续进了省人民医院。又赶上医院要招一个护士班，但要考文化课录取，于是每到周末，郭蕊就到郑君宁家里找他补习功课。郑母虽为棉纺厂挡车工，年轻时却是远近闻名的美人，一件布拉吉一条丝巾就能让她穿出不同于常人的韵味。她劝儿子尽心帮忙让郭蕊赶紧考上，为的是还清欠下她的人情债。在她眼里儿子都该上《大众电影》的封面，可跟达式常媲美，她巴不得儿子在学校里找一个学历相当，知根知底，漂漂亮亮的好女孩。

在郑君宁的辅导下，郭蕊如愿考进省人民医院的护士班，暂时被安抚住了。可是今后呢？郑君宁眼前又闪现出陈小禾那双美丽的眼睛和温婉柔美的笑容，他发现自己已经不可救药地爱上她，可是拒绝郭蕊也不是一件容易的事啊！想起她的泼样心里就打怵。该怎么办？没有谈过恋爱也没有心机、内心单纯善良的傻小伙不禁发起愁来。

第五章

晚自习，有外班同学敲门进来问："谁是付来？北院传达室有两个农村人找。"自己在这方圆百十里地没穷亲戚呀？付来很纳闷，跟那位同学再次核实，确定之后才疑惑地走到北院大门口，再仔细看傻呆呆站着的两个人，不由得大吃一惊，是弟弟付有和挺着肚子的王小秋。

"你俩咋地，搞上啦？"付来疑惑地指着王小秋的肚子问道。王小秋拍着手幸福地笑起来："付来你说啥呢？这是你的种！"这句话让付来差点儿背过气去，摇晃了几下才站住。他怕王小秋的大嗓门惊动了路人，慌忙把他俩拉到靠墙的角落。

"你敢来这儿给俺泼脏水？"付来怒目相向大声呵斥王小秋，"咋，栽赃陷害？敲诈勒索？也不看看啥地方！"说完转身就走。王小秋起初一愣，继而猛扑上去扯住他的衣领撒着泼叫唤，“付来，你个没良心的王八蛋。行，明天，俺就挺着这肚子上你教室，让你同学们都瞅瞅，俺要告诉他们是你干的，俺等孩子生下来验验血看到底是不是你付来的种……”付有扑上去急忙拦住王小秋，又一把拽住哥哥，说是王支书让自己领着嫂子来找的，还说如果哥你胆敢赖账，就掘咱家祖坟。

付来的右眼皮跳了一个星期，果然把灾祸跳出来了，他做梦也想不到只一次就弄大了王小秋的肚子，自从入学离开老家，那边一直相安无事。有了助学金之后，付来退回了王家的二十块钱接济款，还多给了十块钱，写了封退婚信见王家也没动静，他以为悄没声地就跟王家解约，各自拉倒烟消云散了呢，哪里想到王小秋找后账来了。

时间回到今年开春的时候，当送录取喜报的锣鼓点儿散去之后，周县文科状元付来全家守着几麻袋土豆开始为他上学的盘缠和行头发愁了，邻居赵婶扛着大队王支书家给的一口袋白面和二十尺蓝布上门贺喜，提出付来的衣裳、路费以及四年大学费用全部由王家支出，条件是付来大学毕业后必须娶支书闺女王小秋为妻。付来对王小秋太熟悉了，从小一块儿和尿泥长大，小学到初中又同班同学，许是脑袋瓜缺碘，跟弟弟付有一样，也属于一后晌解不出一道三角函数题，大半天念不明白《故乡》祥林嫂的主儿，就算她爹是村支书，她也只能早早回乡扛锄把子。

付来好不容易考出山沟，不可能再被一个农村丫头拴上，付来的爹妈再穷再迷瞪，这点账还算得开，任凭媒婆三寸不烂之舌的鼓噪，他们咽着吐沫拒绝了白面和蓝布。直到掌灯时分付家也没琢磨出个像样的主意，付来娘眨巴着无神的眼睛叹气，患脑梗的付来爹点烟划火烧了手。见爹娘愁得实在不行不行了，弟弟付有憋不住说了自己的想法：“俺想跟大牛眼和二敢他们夜里去百十里外的车站货场，扒火车里的煤卖了给俺哥凑钱上学去。”被付来爹一脚给踹到炕下。

付来终于一咬牙一跺脚出了门，任凭娘怎么喊也没回头。他亲自去了王小秋家，诚恳地表达了自己毕业后要娶她为妻的愿望，答应了赵婶说媒的条件。王小秋最先信了付来的话，满眼都是省城的高楼大厦，她挎着付来的胳膊走在柏油路上的幸福画面。王小秋的娘斜眼端详付来，咬着后槽牙警告他："老付家就数你小子鸡贼，你不兴耍弄俺家小秋！""婶瞧你说的，俺哪敢耍你们当干部家的呢？"王小秋的娘严词厉色地考验了付来几个来回，没找出破绽，娘儿俩把目光转向一家之主王剩子。

王剩子早年在部队当过兵，复员回村就在大队上，属于革命斗争经验相对丰富的主儿。他一直抽着烟冷眼旁观付来跟自己媳妇和闺女的对话。此时，他眉头一皱计上心来，大声道："付来这孩子俺看着长大的，心眼儿实诚，考上大学也没忘本！"王小秋和她娘迎合似地不住点头。"俺说了算，应承下这门亲事！小秋她娘，去，杀鸡做饭去！今晚咱就给俩孩子订婚！付来去接你爹你娘过来！"王支书豪迈地大手一挥，比王小秋和她娘还要兴奋。

付来见王支书这么痛快就答应了，不由得窃喜，他仔细观察王支书的神色，心里不断地盘算着小九九，斗王小秋跟她娘不在话下，跟王支书斗也还是要讲求技法。见付来不愿接他爹娘过来，王支书心里也有了谱，但依旧笑声爽朗，他是一定要留付来吃饭的，"订婚不吃饭说不过去，得嘞，你就代表二老了！"

当夜，王支书三下五除二地灌醉撂倒了没喝过大酒的付来，在付来眼里，给他倒酒夹菜的王小秋忽然变成了仙女一枚，那份妩媚那份柔情让付来神魂颠倒，魂魄云游在仙境里。醉酒的付来禁不住王小秋的挑逗，情不自禁地跟王小秋睡到了一个大炕上，将生米做成了熟饭。

在当时的社会情境下，尤其在农村，大男大女只要睡到一起就既成事实了，王家认为只有这招儿才能拴牢付来，自己闺女已经是付来的人，他想甩也甩不掉了。而付来醒酒之后则装傻充愣，没有半点儿悔过之意。他没有继承付家老实巴交的基因，自打青春期萌动开始，就抱定有奶就是娘的人生信条，贪利忘义见风使舵。如今，他生理上痛快了钱财也到手了，可谓踏破铁鞋无觅处，得来全不费功夫！至于王家以后会不会找他的麻烦，他根本不放在心上，他用兵来将挡水来土掩鼓舞自己，他相信凭借他付来的智慧，多少个王小秋都能对付，将来毕业扎在城里，她爹再是干部又能拿我奈何？

付来不会跟王小秋在校门口这么僵持下去，万一她没完没了地闹腾事情败露，自己这学就没法儿上了，他只好先稳住她，将王小秋和付有领到小旅馆安顿下来。次日，付来以自己在读书，孩子生下来是农村户口还得落在付家沟为由，连骗带蒙地说服王小秋去省人民医院打胎。打胎需要钱，没钱怎么办？付来拉过弟弟付有："哥在学校里读书用脑过度，平时吃得又孬，没体力血还不合格，只有弟你能帮哥了！"付有心眼实诚，相信自己的亲哥说的是实话，他二话不说撸胳膊挽袖子一下卖了四百毫升的血救了急。付来拿着弟弟卖血的钱，领着王小秋去了妇产科。各项检查做完了才知道没有结婚证，人家不予打胎，况且，胎儿太大也不宜打胎。王小秋坐在地上号啕大哭，执意要生下孩子，付来犹如热锅上的蚂蚁，就差给王小秋跪下了。急得火烧火燎的付来灵机一动，忽然想起汪嘉成揭发过，郑君宁的对象叫郭蕊，就在此院的妇产科上班。付来立马找到了郭蕊，谎称孩子是弟弟付有的，农村人穷养不起孩子，请郭蕊帮忙做掉。见是郑君宁的同班同学求自己，豪爽的郭蕊顿觉脸上有光，她二话不说从一个农村妇女那里借了没有照片的结婚证，带王小秋去做了人流。

当晚在小旅馆里，付来用付有卖血剩下的钱买来了饭菜，亲自喂王小秋吃饭，体贴地为她洗脸洗脚，声情并茂地向她描绘了大学毕业之后的幸福愿景："等四年后俺大学毕业就是22级干部啦！那会儿一天都不耽误地从村里接出你来，咱俩一起过城里人体面的生活，天天吃饺子喝啤酒。""真的？你可不兴骗俺！""你连俺都不信那就没谁可信了！"见付来信誓旦旦，王小秋忘了身心的损伤，就知道咂巴着嘴闭着眼，陶醉在付来的体贴照顾和画出的大饼里。第二天一大早，王小秋就跟付有离开了省城。看他们傻笑着，迷迷瞪瞪地踏上返乡的长途车，付来心里的一块大石头才算落了地。

自打七七级学生入学之后，他们的文体特长很快显现出来，燕北大学迅速掀起文体活动的新高潮，陈小禾、郑君宁、汪嘉成等一干人都是学校文工团的主力队员。那时候，最时髦的是演唱电影插曲，学生爱听演员爱演，困难是没有现成的歌谱，全凭学生自力更生解决。陈小禾是文工团独唱女一号，作为独唱演员将代表学校参加省大学生文艺会演，曲目确定为新近上映的电影插曲《边疆的泉水清又纯》和《我们的生活充满阳光》。郑君宁和汪嘉成都憋着劲为她寻找歌谱。

又到学校文工团排练日，汪嘉成兴奋地拿着一本《广播歌选》来到排练场，得意地给陈小禾看这两首歌的歌谱，不料陈小禾说已经有了。原来，郑君宁拎着汪嘉成的录音机提前到电影院录了音，记录下歌谱，甚至连配器都做好了。

排练开始，配备齐全的管弦乐队各就各位，每个人的谱架子都放着郑君宁刻好的谱子，郑君宁得意地指挥乐队跟陈小禾合起这两首歌，那旋律那歌声让现场所有人陶醉。没了手风琴什么事，汪嘉成感觉到被冷落和愚弄，指着郑君宁的鼻子发脾气："拿我录音机借花献佛，大出风头，算你小子狠！"气得摔门而去。两人关系原本不错，因为陈小禾闹起矛盾，郑君宁有些患得患失，排练也心不在焉了。

黄昏时的南院篮球场，高援率领经济系正跟郑君宁为首的历史系打比赛，两队男生旗鼓相当不分伯仲，引来高援和郑君宁的一干女粉围观。宋岚眼睛盯着郑君宁，心随郑君宁的奔跑起跳运球投篮而律动，还不忘拿着海鸥牌相机不停地抓拍他。历史系的女生从一入学就表现出比别的系女生的强势，几个喜欢高援的尖着嗓门乌龙地一遍又一遍地高喊"高援加油！""战胜郑君宁！""经济系必胜！"全然不顾本系男生翻起的阵阵白眼。

半场休息时，高援发现了场边的陈小禾，她在人群中总是那么显眼，有一种与众不同的高雅气质，每每看她，高援的心里总是荡漾着阵阵爱意，两个人都在同一所校园里，免去了很多牵挂，用现在的话叫幸福指数飙升。学习特别用功的她很少来看比赛，此刻她一定有什么事情。

高援走过去，笑眯眯地问陈小禾有什么事吗？陈小禾点点头："明晚在电力学院，省大学生文艺会演，我的独唱进入决赛，今晚有彩排，想请你去提提意见。"高援兴奋起来："好啊！我去看，几点开始?""晚上七点。"

此时，外语系一个长得小巴掌脸圆眼睛绰号小猫的女生走过来，告诉高援说青草地英语角今晚有美国外教华莱士跟大家交流，约他晚上一起去练口语。高援听罢动心了，他确实很珍惜与外教交流的机会，"小禾，我还是去英语角，抱歉啦!"他一脸歉意地婉拒了陈小禾的邀请。下半场比赛开始了，小猫催促高援赶紧上场，还跟陈小禾做了个鬼脸，高援跟陈小禾摆摆手，跑向球场。

望着高援远去的身影陈小禾深感失落，她感觉到高援进了大学之后似乎变了，不像曾经那样把注意力只放在自己身上，面对那么多女生的追逐，他好像很受用，有些飘飘然，越发心安理得似的。陈小禾感叹环境能改变人，时间能改变一切，她对两人之间的情感到底还能维持多久不免产生了怀疑。

当天晚上的彩排进行得相当顺利，郑君宁的指挥潇洒自如，陈小禾的歌声悦耳动听，管弦乐手个个发挥出色。有许多同学闻讯去观摩，叫好声此起彼伏，当然更多的人还是冲着陈小禾去的。陈小禾天生一副好嗓音，十六岁时在德城中学生文艺会演中被德城师范专科学校教师周雅媚看中。周雅媚毕业于天津音乐学院，她喜欢这个有歌唱天赋的漂亮女孩，耳提面命地教了陈小禾四年美声唱法。陈小禾果然天资聪颖，将周老师的美声唱法结合自己的嗓音特点，唱出了一种民美结合的特别音色，使音域更加宽广优美，适宜不同风格的歌曲。为了明天拿到好成绩，乐手配合陈小禾在郑君宁的指挥下一遍又一遍地演练。没想到排练进行中，高援匆匆来到礼堂，站在隐蔽处用心听陈小禾唱歌，听到这久违的歌声，高援的心中荡起阵阵涟漪，他特别欣赏陈小禾唱歌用心用情，这是一般年轻人做不到的。

第二天下午五点钟，所有演员聚在北院排练室化妆，说笑嬉耍很是热闹，唯独不见郑君宁。陈小禾化好妆从排练室出来，意外地见到高援推着自行车站在门口，他笑眯眯地说："乘公共汽车还要换车，带着妆上下车不方便，我用自行车带你去电力学院吧！"没等陈小禾答话，汪嘉成骑车过来了，招呼陈小禾坐他的自行车一起走。此时又是那个外语系的小猫不知从什么地方钻出来，一屁股坐在高援的自行车上，"我就知道你在等我，咱们现在走吧！"小猫催促高援。怎么两人好像事先约好一样？陈小禾赌气似的一转身坐上了汪嘉成的车，汪嘉成心花怒放，吹着口哨蹬起长腿拉着陈小禾跑了。高援怅然若失，只好拉着小猫紧紧追上。

南院文史楼历史系资料室，郑君宁完全沉浸在一本书中。下午六点当魏老师喊关门时，他才察觉到墙上的挂钟定格在下午四点钟是因为早已停摆。他飞也似的跑出来，在一楼撞见了刚走进楼门挎着相机四处找他的宋岚，"君宁，我坐你的自行车去电力学院好吧？瞧，带着相机呢，给你拍照。"郑君宁却焦急万分地问："陈小禾走了吗？几点离开教室？ 走也没喊我一起走。"见他心里只有陈小禾，宋岚的妒忌之火油然而生，趁郑君宁返回教室取车钥匙之机，走到楼门口随手拔掉了自行车的气门芯。急火火的郑君宁一骑上车发现车胎瘪了，只好扔下车拼命跑向校门口，宋岚躲在暗处看着，挤着脸上的痘痘解恨地笑。

汪嘉成载着陈小禾飞速地前行，高援搭着小猫也赶了上来，两辆自行车暗中较劲，相互追逐。陈小禾假装跟汪嘉成聊得热乎，还故意用一只手揽住江嘉成的腰，一双眼睛根本不去看高援。小猫则跟高援没话找话，让陈小禾看清楚她跟他是多么的熟络。汪嘉成拉着心仪的美女得意洋洋，摇头晃脑地不知怎么得瑟才好。高援明知陈小禾误会了自己却又不好解释，苦笑着观察他们三人的表演。

电力学院的礼堂云集了来自省内十余所大学的演出代表队，燕北大学抽到的是1号签，按说不理想，但乐手们并不以为然，他们相信乐队和陈小禾的实力，只是郑君宁不知什么原因没有露面，简直太反常了，大家开始着急。

比赛马上就要开始，已经在舞台就位，只等大幕拉开，担任指挥的郑君宁仍了无踪影，燕北大学代表队集体疯掉！汪嘉成借机提出由他用手风琴为陈小禾的独唱伴奏，两个人没有正式合练过，陈小禾一点把握都没有。本来燕大胜券在握，这下子被郑君宁彻底毁了，有人提出干脆放弃比赛，有人已经把琴放回琴盒。救场如救火，关键时刻，早在侧台看了个仔细的高援走过来，提出代替郑君宁指挥，让乐手们目瞪口呆。大幕拉开，只见高援镇静地走到指挥席，从第一小提琴手里接过指挥棒，微笑着向全体乐手示意，转身，面向观众，等待报幕。赶来助阵的燕大学生见换了指挥，无不为燕大捏了一把汗。小猫坐在下面，兴奋地告诉周围的人，“高援绝对没问题的，他有百分之二百的把握，否则他不会奋勇救场。”其实，事到如今，只能死马当作活马医了。

报幕员上场了，一阵开场白之后，她说道：“第一个出场的是1号燕北大学代表队，女声独唱《边疆的泉水清又纯》和《我们的生活充满阳光》，演唱者陈小禾，乐队指挥高援，伴奏邵杰星、巩菲菲、毕小帆等。”高援深吸了一口气，他对陈小禾微笑着点了点头，陈小禾侧过脸去，面露惊讶地给了他一个示意。只见高援双手起势，稳了几秒，四个空拍之后，乐队稳稳进入，而当前奏结束陈小禾进入时，他适时地用左手压住了伴奏的强度，让陈小禾的声音清晰而完美地呈现出来。乐队在他的指挥下恰似行云流水，宛若松风之声，与陈小禾动情悦耳的演唱相得益彰，令人“沉醉不知归路”。

一曲唱罢，台下一片欢腾，“小禾一唱，你最闪亮！”去捧场的燕大学生在金小民和任小夏的带领下击掌狂喊，“高援指挥，绝对唱响！”小猫领着一群女生拼命为高援跺脚助阵。外校学生被陈小禾婉约清丽的歌声深深折服，两名师大声乐系的老师议论，怎么没有把这样的好声音招到自己的学校来。

陈小禾第二首歌开始演唱之后，郑君宁才上气不接下气地跑进礼堂。他没能等到公共汽车，生生跑了一个小时，差一点儿没累吐血。为了这一天，他和管弦乐队与陈小禾牺牲了一个又一个休息日辛苦排练，心气儿颇高的他们信誓旦旦志在必夺。好比枪已上膛，关键时候他郑君宁拉不开栓了！就这样丧失了大好的机会，他感到对不起乐队对不起陈小禾，甚至对不起去观摩助威的燕大同学。惭愧和自责无限交织在脑海中，一路上不停地责骂自己。

“并蒂的花儿竞相开放，比翼的鸟儿展翅飞翔……”郑君宁被眼前的一幕惊呆了。高援代替他的指挥是那样娴熟自如，陈小禾的歌声比彩排时更优美亮丽，乐手们个个超水平发挥。郑君宁禁不住热泪盈眶，那涟涟泪水是为高援的救场，为乐手的努力，为陈小禾的精彩，更为自己的误场而流淌。

比赛结果出来了，燕北大学代表队获得全省大学生文艺会演一等奖。郑君宁忘情地欢呼，冲上台紧紧拥抱高援，挤进合影的队伍。陈小禾扭过头不理他，汪嘉成等人愤怒地谴责和讥讽他，郑君宁讪讪地笑着，不断地作揖求饶。他奇怪高援怎么会手到擒来如鱼得水。原来，高援在部队就担任所在团战士业余演出队的指挥，恰好头一天又观摩了他们的合练，也熟悉这两首曲子，于是就成功了。

今天中午何永进的收获又不小，又从食堂捡了小半口袋剩馒头剩窝头回来。209宿舍窗台外面恰好是一层门厅的水泥遮雨棚，有两个平方大小的面积被何永进恰到好处地利用起来。但凡捡回剩干粮他就小心翼翼地爬到窗外，把它们摆在上面精心晾晒，赶上大晴天只需两三天时间那些个窝头馒头就晒干晒透了，他再用破麻袋把它们收回来捆绑好塞到床铺下面。但剩饭有味儿不说还招苍蝇，为这事汪嘉成没少跟他制气，幸亏有纱窗挡着苍蝇进不来，郑君宁和金小民又好话相劝，汪嘉成才不了了之。

突然狂风大作一场大雨眼见要来，何永进慌忙打开窗户跳进小平台回收他的那些宝贝。刚装满一麻袋，转身找绳子的一刹那，麻袋突然侧翻，无数个干窝头干馒头叽里咕噜地滚落出来，雨点般砸在楼下经过的人身上，被砸中的人不知道哪里飞来的子弹，下意识地用手护着头惊叫着跑开。路过的汪嘉成被砸中了头部。

何永进一看闯祸了，赶紧下楼跟大家作揖道歉，“对不起！让各位受惊了！”讲究的汪嘉成气坏了，掏出手绢不停地擦头发，“你是燕大的蝎子独一份！不光丢人现眼还缺少社会公德，你太损了！”他气急败坏地谴责何永进，越说越来气，叫喊着往楼道里走，他要上楼扔掉何永进藏在床底下的若干麻袋脏干粮。何永进慌忙上前阻拦被汪嘉成扒拉开，金小民冲上去拦截又被汪嘉成扒拉开，周围的同学议论纷纷，各执己见，现场一片混乱。旁边的陈小禾把这一切都看在眼里，她紧追了几步扯住汪嘉成的袖子：“你们这是干什么呀？都是一个班同学，为这点小事又吵又闹的值得吗？何大叔家确实挺苦的，嘉成你就当帮助同学照顾一下好吗？”汪嘉成喜欢陈小禾，听她亲切地叫嘉成，是没拿自己当外人啊！心“簌”地软了下来，犹如春风化雨，怒火霎时被浇灭。他狠狠地瞪了何永进一眼，“看小禾的面子放你一马。”说完掏出烟转身向操场方向走去。形势突然急转直下，一场交战瞬间停火，何永进和周围的人都看傻了，他向陈小禾投去感激的目光，心说小禾的魅力果然大，一句话就能化干戈为玉帛。

高援跟郑君宁一路聊着走过来，见兰抗美和陈小禾在帮助何永进捡窝头，他问老何攒了多少袋剩干粮了，老何伸出六个手指头，惊了大家也惊了他自己，开始为三百来斤的东西如何运回老家发起愁来。“老何我看这样吧，趁着国庆假期，我和君宁帮你把这六麻袋的东西送回老家！三人的路费我来出！”何永进一听慌忙摆手，从省城到他老家石安要坐六个多小时的长途车，他哪好意思让高援搭路费。“刚才我跟君宁正在讨论经济学社的农村话题，这次就当自费去乡下调查研究了。就这么定了！”高援不容置疑地一挥手，到底是军人，他的举止做派有一种在战场指挥的感觉。

何永进的家位于大山脚下石安县拒马河畔一个叫姚岭的山村，拒马河水悄没声息地绕着村子流淌，平日里看似温柔，赶上雨季山洪暴发，发作起来可就没个谱了。村里一色的土坯房，用白纸糊着一捅就漏的格子窗户，乱石垒起的院墙，何永进和高援、郑君宁三人分别用扁担挑着麻袋进院，何永进兴奋地喊着桂花的名字，说大学同学来家了。

披头散发的何永进媳妇桂花出来开门，又黑又瘦满脸皱纹的她显得比何永进大五六岁不止。“嫂子，我们是老何的同学！”高援和郑君宁热情地喊嫂子打招呼，桂花看见三人挑着担子抿嘴直乐：“啊呀妈呀，咋儿挑这么多回来啦？送的太是时候了，泡碎了给鸡吃，这下子俺家大壮有鸡蛋吃了！东西就撂院里吧！进屋，快进屋歇着。”

用家徒四壁来形容这个家毫不为过，黑黑的顶棚，四面墙上糊着不知哪年的发黄的报纸，一铺大炕胡乱堆着仅有的几床被子，靠墙搁着一排炕柜，两麻袋玉米粒堆在墙角，放眼望去没见什么值钱东西。

何永进媳妇招呼高援和郑君宁坐到炕上来歇一歇，自己哄着几个月大的小儿子何大壮。十四岁的大丫靠在炕柜边看书，躺在炕上的二丫和三丫见爹进门一骨碌爬起来，冲着他手里的蓝花布包扑过去翻吃的。何永进给孩子们带回了糖块，还给大壮买了两袋奶粉。“大丫别看了，去给你高叔郑叔烧水喝。”他分完包里的东西转身出门，憋了泡尿得赶紧放出去，郑君宁也跟着出去了。

大丫放下手里的书冲她高叔莞尔一笑，高援发现这山村女孩子看的书竟是《基督山伯爵》，着实惊着了。“大丫，你在看这本外国小说么？”大丫笑着点点头，打开炕柜的柜门，把手里的书轻轻放进，然后去外屋烧水了。高援发现炕柜里满满当当装了至少有几百本书，他随手翻看了几本，多是文学历史哲学类的，扉页上赫然印着石安县图书馆的印章。

何郑二人相跟着回到屋里，何永进见高援在翻看炕柜里的书，得意地笑起来：“我不是吹的，历史系七七级二班藏书第一人绝对是本人！别看咱家穷的就这几床被子，但精神食粮管够。说实在的，大哥我怀里就揣着一张小学五年级的毕业证，没有它们武装，我在村小教不了书，更考不上大学。” 桂花抿着嘴笑，她说大丫跟老何好比一个模子刻出来的，整天抱着一本书不挪窝，恨不得人都钻到书里去，干啥活都指使不动。

一炕柜的书是何永进捡来的。十六岁时他跟表弟到石安县城煤厂打短工摇煤球，晚上没事在街上闲溜达时的意外收获。有人把两麻袋书扔在犄角旮旯，估计是偷出来觉得没用，故意扔掉了。酷爱读书的何永进如获至宝，跟表弟拖着麻袋搭马车连夜运回了家里。

拿着小学五年级的文凭居然一举高中，老何令多少人汗颜和羡慕！家里穷成这样却其书五车，跟老何一个宿舍待了大半年，今天才算真正认识他。郑君宁一个劲儿地点头，不无佩服地说道："老何你入学第一天报到穿的袜子都不是一双，大花裤衩也是嫂子支援你的，但你和闺女两代人这读书的劲头让我刮目相看。"

高援问了大丫《基督山伯爵》里的几个问题，大丫对答如流，何永进自豪地看着自己的闺女。"爸爸言传身教，闺女耳濡目染，一个爱读书的孩子未来错不了！况且国家如今重视知识和人才了，孩子们会幸运的。"何永进接过高援的话茬："幸亏恢复高考了，救了我何永进全家，我感谢邓小平！像我们这穷乡僻壤不读书哪有出头之日？书中自有颜如玉，书中自有黄金屋，这是大实话啊！"阳光透过窗棂照在何永进脸上的大小褶子里，他拿过抹布仔细拂去书上的灰尘，心里很敞亮。

何永进领着高援和郑君宁去了自己曾经任教十四年的姚岭小学，这是一个阳光照不到的角落，一间教室一个老师撑起所谓的山村小学校，黑洞洞的教室连电灯都没接上，黑板是水泥抹的涂上黑漆，砖头和木板垒起的长条课桌，孩子们自带板凳或就坐在几块砖上，凳子比桌子还高，孩子们都弓着背低着头在读书。见有陌生人进来，叽叽喳喳的教室瞬间安静下来，十几双好奇的小眼睛盯着他们看。带着浓重乡音的男老师同时在给两个年级的复式班上课："你们一年级六个孩儿把第二课《春天来了》的生词给默写十遍。二年级六个孩儿看黑板，今天俺们讲千以内的加法……"

"再穷也不能穷教育"还仅仅停留在口号上，山村教育的现状、孩子们如饥似渴的眼神让高援他们看着揪心。出了小学校他们转到村里，推开一家家"咯吱"作响的破木门做深入探访。对多子女的、因病致贫的、鳏寡孤独的家庭进行梳理，找到致贫的原因，有两家相对富裕的村民生活状况引起了他们的注意。在姚岭的调查不虚此行，高援和郑君宁通过采访和实地探寻，分门别类地采集信息，形成一组组详细数据，为日后分析撰写调查报告做了必要的储备，比军训拉练到西井村时掌握的问题和资料更细致了。

一个周六的傍晚，又是“思考与实践经济学社”活动的时间，正在教室上自习的陈小禾被郑君宁叫走，说是高援让她去听一个课题发言，务必带上碗筷。什么发言这么重要，还要带上饭碗？再问他又卖关子不说，陈小禾只好疑惑地跟着他走出来，只见参加活动的学生都拿着餐具，夹着笔记本三三两两地往文史楼二层的阶梯教室走去。

“闪开，都闪开，宝贝来了！谁也别碰我，碰洒了可赔不起啊！”金小民嚷着，他跟任小夏抬着一口大铁锅，锅上盖着一个大木盖，后面跟着的同学扛着一个白色的面口袋，三人的脸上故意做出夸张的表情，装作抬着费力的样子。他们带有表演成分的举动果然引起同学们的好奇，追着想看看锅里究竟装着什么，金小民拿搪，愣是挡着不让他们看，众人前呼后拥地跟着金小民一行进了阶梯教室。

已经早到的徐侠老师端着他的宝贝紫砂壶，坐在后排座椅上笑眯眯地看着大家。金小民把大锅放在前面的课桌上，又故弄玄虚地做出一副神秘的样子，继续观察同学的表情，他要吊足大家的胃口。社长高援走到讲台前，高声说道：“思考与实践经济学社1978年第十期学习活动现在开始。在今天的学习讨论之前有一项重要的饕餮活动，咱们可敬的徐侠老师最近发表了一篇重要的学术论文，为犒劳同学们，他把这笔稿费买了半扇猪肉，请师母给炖好之后，由金小民和任小夏端来给大家打牙祭。”他把头转向金小民和任小夏，示意他们揭开面纱。金小民假装慢吞吞地走到大铁锅跟前，猛地揭开大锅盖，任小夏随即撑开布口袋。

同学都惊着了，一起欢呼：哇！红—烧—肉，大—馒—头。跺着脚敲着饭盆有节奏地喊：谢谢徐老师！谢谢徐老师！转身向徐老师一起鞠躬，徐老师笑着向他们摆手。有的故意咽着口水说自己半年都没吃过肉，有的喊自己见到肉就走不动了，还有的甚至说恨不得把自己卖了换肉吃算了！在那个饥肠辘辘的年代里，能吃上一碗红烧肉，相当于二十年后的鲍鱼燕窝。高援一挥手，所有人都乐疯了，他们争先恐后地向大锅扑去。

付来跑得最快，冲在最前面的他第一个抢到锅勺，给自己盛了一碗肉。挤出人堆之后夹了一大块肥肉就放到排在后面的鲁一依碗里，鲁一依一副嫌弃的样子，慌忙倒回付来的碗里。付来讨好地笑着解释："碗筷都刷干净的，我还没吃呢!""我可不吃肥肉。""我特意抢的最肥的，肥的多香啊!"付来茫然地看看自己的碗，夹起肥肉一口进肚，连连喊香。

汪嘉成玩矜持，故意只盛了几块肉，鲁一依看到汪嘉成碗里的肉不多，马上把自己抢到的瘦肉拨给他，见汪嘉成没有拒绝，鲁一依很高兴。汪嘉成端着碗四处踅摸，趁人不注意把几块瘦肉快速拨给了站在后面的陈小禾。陈小禾一愣，随即笑了起来，她和兰抗美一起把肉都给了金小民，看见金小民狼吞虎咽的吃相，汪嘉成很不屑地耸耸肩。宋岚斜眼看见郑君宁还在后面等待，走过去把自己碗里的肉全部拨给他，又再次冲进人群抢肉。郑君宁把碗里的肉全部倒在陈小禾碗里，陈小禾走到站在一边的高援跟前，想把肉分给他，却被高援挡住，悄悄跟她说了一句："喊你来开会就想让你替我吃点儿肉，快吃吧!"看着高援爱抚的眼神，陈小禾的心里暖暖的。

香喷喷的红烧肉让大家大快朵颐，就着大馒头疯狂开吃，风卷残云般地只一会儿工夫，一锅肉就奇迹般地消失，连肉汤都被何永进、金小民和付来沾着馒头吃光了。众人抹着嘴，揉着肚子："满足啊！真是八辈子没吃到这么香的红烧肉了!""过瘾，太过瘾了！打的饱嗝都是肉味儿!"郑君宁带头喊着号子再次感谢徐老师，众人再次鞠躬致谢。吃饱喝足的同学在郑君宁指挥下，围成大圈手舞足蹈地跳起大秧歌《翻身道情》："太阳一出来满山红哎嗨哟，共产党救咱翻了身哎嗨哟……"男生什么怪样的都有，女生笑得前仰后合。

徐侠老师走到台前主持讨论会：“今天讨论高援和郑君宁同学的一篇调查报告：《当今农民问题的若干思考》。几个月来，他们深入省城郊区农村和石安县农村实地采访和调查，采集了大量可供参考的翔实数据，回校以后又查阅了大量资料，期间还跟我多次交流，最后完成了这篇有分量有见地的调查报告。这篇调查报告从农民的生产生活入手，对典型案例进行了深入细致的分析，提出一个独到的观点：观察一个社会文明富裕程度的标准是什么？在有着八亿农村人口的中国，农民生活水准的高低是衡量的绝对标准。报告还提出促进粮食增产农民增收的路径，举例说明在石安县的姚岭村有两家相对富裕的农户，他们富裕的来源是因为村里把一片满是石砬无法种植的荒山包给了他们，被他们满山遍野栽种了苹果、山楂和雪花梨，由德城的罐头食品厂定向收购。报告由此提出因地制宜提高农民收入、承包制度是农民致富的路径，应该普遍推广等一系列建议。”

第六章

夜深了，整个文史教学楼寂静下来，只有历史系七七级二班的教室仍然亮着灯光。根据徐侠老师和学社同学提出的意见，高援和郑君宁还在修改完善调查报告的内容，桌子上堆了好多从各种渠道找到的相关书籍。高援的心思缜密，郑君宁思维敏捷，他们俩优势互补、合作默契，时而为某个观点的分歧而激烈争论，时而又为文中论点找到可靠依据而兴奋不已。二十三点已过，各自的晚饭都已经消化掉了，肚子开始“咕咕”乱叫。正六神无主时，教室的门“吱扭”一声被推开，陈小禾拎着暖壶和方便面走了进来，高援和郑君宁的眼睛瞬间都亮了。高援欣喜道：“小禾你能掐会算，怎么就知道我们在这里已经饿得前心贴后背了。”“小禾你是雪中送炭雨中送伞，这也太贴心了吧？” 郑君宁拍着巴掌笑起来。

郑君宁白天提到晚上他俩要写东西，陈小禾猜到两个拼命三郎一定会熬通宵，于是在关键时刻出现了。“亲切慰问还奋战在学术第一线的亲密战友们!”她笑着说，麻利地用开水烫饭盒，再把方便面和料包放进去，倒进开水盖上盒盖等待。一角二分一袋的方便面作为稀罕食品只有在京城才能买到，是陈小禾托国庆回京城看父母的兰抗美带回的，今天果然送得及时，看着他俩吃得香甜，她心里好有成就感。

郑君宁不知道高援和陈小禾的恋人关系，他以为她是冲着自己才来的，两人同班同桌，又在一个文工团里拉琴和唱歌，如果都退掉各自所谓的对象关系重新选择，他相信他俩是最般配的，也最该成为一对。他对陈小禾属于一见钟情型，从入学开班会重逢的那一刻，就不可救药地爱上了她。

高援吃着面条心里暖暖的，他觉得小禾的心很细，懂得疼人，真是一个好女孩。陈小禾偷偷向他投去甜美的一瞥，二人会意地一笑。高援心里清楚，他们不能公开恋人的关系，首先是陈小禾与马大山的关系没有了断，他要给小禾时间；其次校规要求学生在校期间不许谈恋爱，自己一个军干若公开恋情，定会引起轩然大波，还是做地下工作者为好。高援早已看出郑君宁倾心于陈小禾，如果除去自己，郑君宁应该是陈小禾的不二人选，他十分认可自己这个哥们儿，他和她的内心都是那么纯粹，人品的近似度很高。但是，爱情是排他的个体的，郑君宁再不错，高援也不会主动让位，这是一个原则问题。想到这里他又笑了，笑容意味深长且带着几分顽皮和戏谑。

北院学生宿舍楼东边有一片叫作青草地的公共活动空间，除了花坛和绿草引得学生驻足流连，更吸引他们的还是那里成排的宣传栏，上面贴满各种讲座的海报、各类学社活动的信息和文工团美女帅男的演出照片。时逢青年人思想解放和活跃时期，社会上的新思想新观点在主流报纸上已经出现，青草地顺势成为学生发表见解抒发情怀的场所，或是某位才子的哲学高论，或是某位诗人的新作发布，也有思想启蒙带有些许政治色彩的评论文章被学生转贴上去。青草地是燕大的一个窗口，是一种别致而充满色彩的校园文化。这一天午饭后，又来散步观摩的学生被新上栏的一篇文章所吸引，十几页油印而成的《当今农民问题的若干思考》，署名经济系七七级高援和历史系七七级郑君宁，文中不仅列举了农村贫困人口的一个个典型案例，而且质疑了某些农村理论在现阶段的不适用性，在提出实行农村联产承包责任制，有效释放农村劳动力观点的同时，对因病致贫、鳏寡孤独和多子女家庭等提出减免税收、社会救助等一系列实施建议。

好比一石激起千层浪，两指弹出万般音，学生中出身贫困农家的居多，这种换位思考的命题，立即引发他们的共鸣。于是不断有人在上面签名留言支持，要求联名向上反映。同时文章也触碰了一些思想保守的老师和学生的神经，专门在文章空白处写下评论相抗衡，说这俩学生不务正业，政治触角伸得太长，会给燕北大学招来麻烦，声称要向校领导告状。五花八门的评论为这篇调查报告推波助澜，顷刻间成为学校上下广为议论的话题。

梅祥源听到风声很是紧张，能成为七七级大学生多不容易，万一被上面揪住不放，当作政治事件被勒令退学岂不是太可惜？始作俑者之一又在自己班上，是自己管理无方，放纵了学生，负有不可推卸的责任。他叫来郑君宁谈话，很是痛心疾首，“你跟高援太过张扬，有句话叫作枪打出头鸟知道吗？你们不怕戴上一顶政治帽子写进档案摘不下来吗？”郑君宁觉得梅祥源树叶掉下都怕砸着头，思想意识已经老套过时了，他反过来启发梅祥源，“梅老师，您没有注意主流媒体的动作吗？您应该为我们忧国忧民的情怀竖大拇指才对呀！”梅祥源哪里听得进去，警告他为自己的学业和前途命运着想，赶紧拿下宣传栏张贴的文章。

次日清早，又有学生去青草地围观，发现调查报告被人偷偷撕掉了。校园内师生间再起议论，纷纷猜测撕掉文章的人的用意，该不是校方要采取什么举措了吧？有人觉得高援、郑君宁的这事儿整大了，都把关切甚至同情的目光投向他俩，让他们很是莫名其妙。中午食堂吃饭时，陈小禾端着碗凑过来，向他俩表达了自己的担忧，看着她一副杞人忧天的样子，高援和郑君宁颇不以为然。

郑君宁故作神秘地提示陈小禾："我们手里有尚方宝剑啊！""什么尚方宝剑？"陈小禾不解。"5月以来真理标准大讨论呀！实践是检验真理的唯一标准，这就是我们讨论这个课题理直气壮的依据。小禾你是钻进古籍里拔不出来了吗？"高援的点拨让陈小禾恍然大悟，之前怎么就没有想到呢？历史系第一学年主修中国和世界古代史，还有中国书史等一系列课程，要看的参考书很多，她确实把精力放在这上面了，对真理标准问题的讨论没有过多关注。

"高援你觉得会不会是梅老师撕掉了咱们的文章？"面对郑君宁的疑问，高援摇了摇头："他如果想撕掉早撕了，干吗还勒令你自己去撕呢？"郑君宁觉得高援说得有道理，那会是谁呢？跟咱们观点对立的人吗？不会，他们巴不得更多的人看到抨击咱们的檄文呢！他皱着眉头琢磨。

陈小禾一声不吭闷头吃饭，神色有些不自然，高援诡秘地一笑，朝陈小禾扬扬下巴，"君宁你还用得着费尽心思去猜吗？远在天边近在眼前呀！夜间溜出去作案的人在你跟前站着呢！"郑君宁睁大眼捕捉她的表情，陈小禾不好意思地笑了，为自己的懦弱羞红了脸。高援猜对了。因为这篇文章招致的议论让她夜不能寐，她怕高援和郑君宁由此惹来麻烦，半夜下楼到青草地悄悄扯下了一切相关的文章。

"高援你不愧是侦察兵出身，练就一副火眼金睛！说说，怎么就把潜伏的小禾从身边挖了出来？怎么就猜出她是夜间出去作案的呢？"郑君宁饶有兴致地问。这还用猜吗？高援太了解这个善良又懦弱的姑娘的心事了，她的心上系着自己的安危冷暖，拿他的事儿比自己的事还上心，她把对他的爱化作了行动。同时，胆小怕事的她不可能在光天化日之下去撕毁文章，一定会在夜里悄悄地做这件事情。高援笑称自己能掐会算，秘而不宣。

调查报告的影响已经显现，并且支持他们的人在多数，真理越辩越明，二人决定再油印一份重新张贴出去。这一次陈小禾没有反对，有了尚方宝剑，她不再有顾虑。

青草地两种声音的争鸣果然惊动了燕大领导，他们为此召开了一个规模不小的座谈会，认真听取两名学生作者的调查过程，会上明显地出现两种意见分歧，且争议还很大。参会的徐侠教授站出来表态支持学生，他谈古论今，从宏观经济学的角度，从京城媒体的声音中分析论证这篇调查报告的内容。徐侠的论证征服了很多声音，最后校领导一锤定音，指定学校学术期刊《燕大文史研究》撤掉其他稿件，优先安排这篇调查报告在当月刊出。

很快，调查报告又被各大院校和科研院所转载，随后12月党的十一届三中全会给农村改革定了基调，高援和郑君宁论文的主要观点与中央的精神竟十分一致，他们终于吃了一颗定心丸，半年来的辛苦没有白费。高援通过这篇论文的写作与思考，深知中国的问题首先是八亿农民的问题，他甚至在想如果有朝一日脱下军装，真就一头扎进农村问题的研究和实践中去，为农民做些实实在在的事情。

1979年到来，学校放寒假了。此时高援的父母早已搬离德城，调动工作回到老家江苏徐州。高援借寒假假期返回自己所在部队，他要帮助崔红旗做实战演练的课题，还要给战友们补习文化课。临走时他在图书馆等到陈小禾，询问跟马大山关系的处理情况，再次给她打气，让陈小禾利用这次假期做通父母的工作，尽快退掉与马大山的婚约。生性柔弱善良的陈小禾再次受到鼓舞，看到高援期待的眼神，她坚定地点头应承。

去年12月党的十一届三中全会之后，平反冤假错案的工作在全国全面展开，在街道糊纸盒的陈父摘掉了坏分子的帽子，卸下背负数年的政治包袱，全家过了一个多年没有过欢笑的喜庆春节。在陈小禾上学的日子里，马大山几乎就长在陈家，挑水劈柴洗衣做饭，照顾双亲恪尽未婚女婿的职守。

大年初五这一天，陈家外出走亲戚，陈父陈母执意带上马大山，陈小禾一百个不愿意却拗不过父母，只好别扭地跟在后面。临走时陈父将纸烟捻灭随手扔在簸箕里，却不料引燃簸箕里的废纸，随之蔓延到堆在墙角的纸盒。此时，刚到厂区门口的陈母感觉风大吹头，马大山主动回去替她取帽子，刚到家门口就见浓烟从门缝里往外窜，随着邻居的大呼小叫声，马大山奋勇打开家门，抄起平时浇花用的胶皮管子接上院子里的自来水就往屋里滋水，窜出的火苗引燃了他的棉袄，致小臂以下二度烧伤。火被马大山扑灭了，他人也因烧伤住进了医院。

若不是马大山及时灭火，陈家那一点财产将全部化为灰烬，最终落得无家可归的凄惨结局，马大山又一次挽救了陈家，陈父陈母感激涕零，愈发把马大山看作至亲。陈小禾奉父母之命，每天往返于家和医院之间给马大山送去一日三餐，马大山的双臂被纱布缠得结结实实，生活不能自理，陈小禾给他喂饭帮他洗漱，至于上厕所大小便只能请男护理员帮忙了。

“小禾，你对我真是太好啦！嘿嘿嘿……”马大山忘记了疼痛，满足地笑着，除了打小父母的哺育和拉扯，他生平还是第一次被外人照顾，特别是被陈小禾这样的美女照顾，而且离自己这么近，这么体贴耐心。马大山逢人便介绍陈小禾是自己的大学生对象，看着病友一双双羡慕的眼神，马大山得意极了，恨不得就这么裹着纱布一直待下去。

“马师傅快别这么说，是我们家对不起你，给你惹下这么大的麻烦，我是替我爸妈照顾你的。”陈小禾慌忙制止马大山继续说下去，也强调是接受爸妈的指令才这么做的。本来这次陈小禾是憋足了劲要跟马大山提出分手的，却不料家里又一次摊上这么倒霉的事，话到嘴边只好又收了回去，在这种时候提分手这事确实太不近人情了。

终于挨到马大山的手臂拆纱布，陈小禾的假期也到了。看着马大山满是疤痕的双手，陈小禾既难过又愧疚，临行时她从自己曾经工作的厂里按批发价买了十个梨罐头给马大山送去，马大山满不在乎地让她赶紧退回去，“都咱厂里自己产的，你搞这套假招子干啥呀？只要你别忘了我马大山，别跟你的那些大学生小白脸鬼混在一起比啥都强。”马大山误以为陈小禾拿罐头给他是比从前更爱他了，兴高采烈之际当着病友的面，拿出纸和笔让陈小禾写个保证书，“写吧！保证不跟我马大山吹灯拔蜡，毕业之后回德城结婚。”整得陈小禾很是难堪，自然不会就范，“马师傅，你这是干啥？可不兴签字画押搞得跟卖身契似的！”二人推来挡去被病友看了笑话，闹得不欢而散。马大山又去陈家告状，陈小禾再次被爸妈教育，唉声叹气地离家返校。

付来上学第一个暑假为躲避王小秋就没敢回老家，在省城找了一家叫西湖春的著名餐馆，给人家包了四十多天的小笼包子，挣了三十来块钱。这次放寒假之前爹娘让付有写信喊他回家，否则就让他弟到省城找他。付来自知躲过初一躲不过十五，只好硬着头皮在寒假里回了家。此时王家发生了一件大事：王小秋的爹王剩子因当年批斗在村里改造的“右派”教授，导致其跳河自杀一事被撤掉支书一职，王小秋就此摘掉干部子弟的帽子，付来大喜过望，就想着赶紧搭车把那桩恶心的亲事一并退掉。

大清早，付来跟付有赶着两只羊到了王家，王剩子正在院子里耍着根棍子练把式，这项技能自打参军到现在练了二十多年，已经炉火纯青。“王大叔，你这棍子耍得不赖，啥豺狼虎豹全不在话下！”付来人没进院就大声嚷着，无比亲热地恭维起王小秋的爹。王剩子看付来兄弟俩赶着羊心里明白了大半，他口气冷冷地说：“这大清早的你俩这是啥意思？莫不是黄鼠狼给鸡拜年？”

付来善于察言观色，他看出王剩子脸上的异样，赶紧笑着打哈哈：“是诚心给您老拜年，跟黄鼠狼跟鸡都没关系！”王剩子拿着棍子指着付来骂道：“你小子肚子里都是花花肠子，你要不是来退婚，我的王字倒着写！二子，上阵！”说着，抄起大棍子就抡了上去，“哈嘿——”王小秋她弟一声呐喊一个助跑，举着大柴刀从屋里窜出来，冲着付来兄弟俩砍过去。

付来企图退婚遭到王家的顽强抵抗，在王剩子父子俩的大棍子、大柴刀围追堵截下，付家兄弟俩吓得魂飞魄散，付有抱头鼠窜，付来跑得比兔子还快，两只羊也被王家缴获。王小秋本以为自己早是付来的媳妇，听他的蛊惑还打掉了孩子，现在见付来退亲想休了自己，脆弱的心灵大受刺激，趁人不备到后山跳了崖，幸好挂在干树杈上才捡回一条命。

得知王剩子要带着家族一帮子人去掘付来家的祖坟，付来爹娘连滚带爬地上山日夜看守，大年三十都没敢离开。大年初一大早，王剩子果然带人上山要掘坟，付来爹娘跪地磕头不住求饶，用脑袋担保付来不休掉王小秋，王剩子才算罢休。回到家里，付来的爹娘以上吊威胁付来，付来哪敢再提退婚的事，心里火烧火燎地，嘴上打满水泡，一夜之间后脑勺一绺儿头发脱落，露出铜钱大小的斑秃。大年初四他便悄悄逃离老家返回学校，剩下的日子他又去西湖春餐馆打工包包子，结果因祸得福，又挣了一笔钱装进兜里。

郭蕊在郑君宁的帮助之下顺利考上省人民医院的护士班，半脱产的她虽说还不是正式护士，但在被人求被人捧的妇产科也牛掰得很，无数次拯救不慎怀孕的妇女于危难之中，包括付来的“弟媳妇”王小秋、跟自己抢郑君宁后来知趣退出的女知青米咪等人。

这一天，一起插队的省城知青十余人AA制聚会，这些人中只有郑君宁考上了大学，只有郭蕊的工作单位最实惠，大家众星捧月一样恭维他俩，郭蕊相当得意。三杯白酒下肚更加志得意满，她当即揽过郑君宁的胳膊，骄傲地宣布一个令人震惊的消息：“诸位，告知你们一个喜讯：我跟郑君宁搞上对象了！”郭蕊矮胖，长相平常，在女生中属于下品，郑君宁高大，英俊潇洒，在男生中属于上品，二人反差不是一般的大，他俩居然搞上了对象？这消息有如惊涛骇浪，晃得一干人找不着北。大家借着酒兴跳着脚起哄，有男生使坏说：“为了证明你俩是不是真搞对象，你俩指定得亲嘴喝交杯酒给我们看看！”郭蕊巴不得跟心仪的帅哥喝下这杯酒，“君宁，赶紧着！”她笑吟吟地站起来，举杯等待郑君宁接下来的动作。

源于先秦的交杯酒是新郎新娘进入洞房之后进行的传统婚俗形式，喝了交杯酒，表示从此合为一体，你中有我我中有你。郑君宁深知交杯酒的暗喻，如果接吻并交杯，就等于承认他跟郭蕊的对象关系，这实在有违他的意愿，绝不能上套既成事实。于是他无论如何不去端杯，跟使坏的男生来回地掰扯，“你们别犯坏啊！下流了！我能上你当吗？”男生讨了个没趣，反过来挑拨郭蕊说郑君宁根本不爱她，“闹了半天郭蕊你是剃头挑子一头热!”

郭蕊本来就举杯站了半天挺尴尬，这会儿被人挑唆更来气，借着酒劲儿，她大声问郑君宁喝不喝，他笑着摇头不端杯子，也不懂换个方式让郭蕊下去这个台阶，城府不深的他还没能力处理这件棘手的事情。郭蕊恼羞成怒，脾气火爆的她“啪”的一声把满杯的啤酒重重地蹾在餐桌上，酒杯碎了，酒和玻璃碴子被一起震到菜肴里，流淌在桌子上和地上，满座皆惊。郭蕊涨红了脸，指着郑君宁骂道：“你郑君宁是王八蛋！你忘恩负义，没有我郭蕊舍命相救，你考个狗屁大学，说不定这会儿还在谢村挑大粪赶马车呢!”说着伏在桌上号啕大哭。

她悲痛欲绝的样子引得所有人同情，大家一致谴责郑君宁做事不仗义不是爷们儿，上了大学就成了陈世美，郑君宁百口难辩满脸愁苦。

菜里都是玻璃碴子，这饭是没法接着吃了，众人不欢而散，饭钱自然谁也不会分摊。郑君宁送走他们，一摸兜只有一块两毛钱，哪够支付一桌的饭钱，只好先押下学生证改天拿钱换证，再哄醉酒闹腾的郭蕊，又喂水又清理呕吐物，郭蕊伸出小手指逼着他拉钩上吊立即表态，郑君宁实在拗不过她，半开玩笑地跟她拉了拉钩，最后送她回家才算罢休。郑君宁叫苦不迭，他决定从此不再参与这类被人绑架、无聊至极的低级聚会。

1979年春季开学了，历史系二班陈小禾、郑君宁和付来们带着寒假里各自经历的辛酸苦辣迎接新学期的到来。这一天是历史和经济两系七七级的政治理论大课，陈小禾一走进阶梯教室，就看见高援身边围着好几个女生在请教问题，看见陈小禾进来，有女生故意爽朗地大笑，那笑声像要穿透教室三面的玻璃。思绪有些混乱的陈小禾经过高援身边，竟然一脚踩空差点摔个大跟头，幸亏高援眼疾手快将她扶住，陈小禾的表情十分尴尬。郑君宁特意给她占了座位，大声喊她过去坐，她好似没有听到，径自走到最后排坐下来。

下课了，高援故意等到陈小禾从后面走过来，递给她一个手抄歌本，笑着说："拿着吧！专门给你抄的，都是你喜欢的歌。"周围女生的眼光里明显带着羡慕和嫉妒，陈小禾接过歌本，注意到里面夹带着一页纸。

回到教室，陈小禾背着人打开歌本看那页纸，见是高援用遒劲的笔锋抄写的一首宋代诗人许裴的《茉莉花》："荔枝乡里玲珑雪，来助长安一夏凉。情味于人最浓处，梦回犹觉鬓边香。"

陈小禾清楚高援最喜爱她身上的茉莉花香，他在借用此诗暗喻他们二人之间情深意浓、亲密无间、难舍难分的情感。从笔记本上撕下的这页横格纸，表明他是在课间匆匆写就，目的是给她陈小禾一颗定心丸吃，不要被那些叽叽喳喳的女生动摇了军心，影响了彼此的关系。陈小禾与其读诗，不如说读懂了高援的良苦用心，纸的下面是一幅勾勒出的简笔画，寓意：周日晚上九点在南院大门外东边的小树林见面。天哪！小树林就是情人林啊！高援约她在情人林见面，那一个晚上将会发生什么呢？陈小禾激动地闭着眼睛冥想。情人林约会势必被其他同学撞见，这意味着他们的关系将向前大大推进一步，或许就此昭示在燕大校园，如果这样，宋岚她们会怎么看？一定嫉妒心作祟，会挑唆高援说她陈小禾还有一个马大山，家里外头脚踩两只船。确实，自己到现在也没有捋清跟马大山的关系，寒假家里发生的事情该如何向高援解释？高援会不会责备自己的优柔寡断呢？这一切对陈小禾来说都是未知数，陈小禾不敢无限量地想下去，心里像揣了一只小兔子"砰砰"乱跳，是幸福喜悦还有忐忑不安，两种截然不同的感觉萦绕交织在她的心间。

课间休息时，郑君宁翻同桌陈小禾的歌本，无意中看到高援约会陈小禾的那页纸，心里顿时像打翻了五味瓶。其实，再往前推，他从参加高考，替陈小禾解围的那天起就心仪她了，入学第一天，一见钟情式地爱上了她。只是没有摆脱跟郭蕊的关系，他不敢轻举妄动，哪里想到高援先下手为强了，不愧为军人敢作敢为。高援是自己的哥们儿，自己再怎么喜欢也不能横刀夺爱，唯有收回念想成全他们了，可失落感却油然而生。上课了，陈小禾走进教室回到座位，看郑君宁傻傻地盯着自己，不由得莞尔一笑。就是这一颦一笑，已经牢牢存留在郑君宁的脑海里，烙印在他的心灵深处。接下来的课他没有上好，思绪漫天飞舞，牵回来又跑出去。

二十八岁的兰抗美是单身，还是班里岁数最大的女生，京城高干家庭出身，反右运动中父母挨整，被送到乡下在农村养父母家长大，“文革”期间被父亲的战友接出，安排到山西大三线一个军工厂当了一名统计员。特殊的成长经历养成她的双重性格，一半是海水一半是火焰，既豪爽勇猛又善良心细。她观察到陈小禾出来进去六神无主好像有心事，就在晚饭后约她出去散步聊天。一年相处下来，全班六个女生中，陈小禾跟兰抗美最谈得来，她把这个大姐当作自己的精神依赖。犹豫了一下，便将自己跟高援青梅竹马的关系原原本本地告诉了兰抗美，也跟她讲了高援写情书约会的事。兰抗美都不敢相信自己的耳朵，世界上竟然有这样的巧事落在这对出类拔萃的俊男靓女身上，上帝简直太偏爱他们了，这才是真正的缘分！原来陈小禾是所有女生中最幸福的人。

兰抗美坚定地鼓励陈小禾：“你不要有任何顾虑，勇敢地与高援续上前缘，马大山那头就随他去好啦！时间能改变一切！总不在一起，慢慢地也就淡忘了。” 陈小禾在少女时代，就受父亲坏分子身份的影响，活得小心翼翼，内心很敏感很脆弱，很在意别人的议论。此时她依然顾虑重重：“一旦宋岚她们知道我跟高援的关系，她们会讥讽我脚踩两只船，不了解内情的人会戴着有色眼镜看我，我在别人的眼里就是一个玩弄男人感情的坏女孩。”

兰抗美颇不以为然：“你永远不知道别人嘴里的你有多少个版本，你永远不清楚在别人口中的你到底是什么样子，所以，走自己的路，让他们说去吧！记住，没有一个坟头里的人是被骂死的。只要你的内心是纯净的，对待爱情是专一的严肃的就可以了。”

兰抗美继续给陈小禾打气说：“那么优秀的男生主动追求，小禾你都快幸福死了！马大山对你好完全是他自己一厢情愿，你不是从来没明确表示过接受他吗？恩情和爱情分明是两码事，明知道不合适却勉强在一起，是对自己也是对对方的不负责任。你绝对不能辜负高援的感情！况且那么多女生都盯着他，你要有危机意识，机不可失，时不再来。”陈小禾佩服兰抗美的分析能力，觉得她说的确实有道理，她要义无反顾地接受高援的爱，哪怕跟父母亲彻底闹翻，自己算是豁出去了！

终于盼来了周日晚上那个令人激动的时刻，陈小禾收拾打扮停当，兴奋地走在赴约的路上。那一夜风清月朗，月亮像一个大大的银盘悬挂在夜空中，陈小禾调皮地责怪它太大太亮，情侣之间的隐私都被它偷窥了去。陈小禾赶到时，高援已在那里等她了，小禾冲他莞尔一笑，笑容带着无限的妩媚，但高援的神情却异常凝重，陈小禾丈二和尚摸不着头脑。

原来，当天中午高援接到战友崔红旗的来信，信中说，对越自卫反击战就要打响，战友们正在接受战前动员，写血书安排后事，随时准备上战场报效祖国。读罢来信，高援的情绪起了很大变化，经过一番深思熟虑，他为自己的今后做了重新规划，包括与陈小禾的关系。

“小禾，我这边有一些情况，我约你来就想跟你说，把我彻底忘了吧！”“你说什么？把你忘了？为什么？你是在开国际玩笑么？” 陈小禾简直不敢相信自己的耳朵，没有一点儿心理准备的她都听傻了，睁着惊恐的大眼一连串地发问。

见吓着了陈小禾，高援拉过她的手仔细解释：“中午时接到了战友崔红旗的来信，给你讲过，我俩是最亲密的战友，同一年当兵同一年提干。我们所在部队就要奔赴云南边境参加对越自卫反击战，作为一名军人，当祖国需要和战友们抛头颅洒热血的关键时候，我无颜退缩在教室里读书，所以决定退学返回部队参战。” 陈小禾既震惊又难过，她找理由试图说服他：“你已经考上大学脱离部队了呀！刚上了一年学就丢了学业实在可惜。再说了，打仗又不缺你一个人。”高援摇头，他去意已定。“你舍得离开我吗？你对我是真爱吗？”陈小禾泪眼婆娑，声音颤抖着问。高援一直握着陈小禾的手，见她伤心，掏出手绢为她拭去泪水，“小禾你听我说，你是我的初恋更是我的最爱，这种爱已经深入骨髓，任何女孩都无法替代。说心里话我舍不得你……可是，军人的天职是保家卫国，我又是一个有信仰的人，爱情和报国只能选择其一，不得已，忍痛割爱了！”

不舍、担心、无奈……各种情感交织在一起，陈小禾哭成了泪人。谁不知战争的残酷？那是要死人的，而人的生命只有一次啊！她真怕跟高援就此永别了。想着，她忘情地扑到他的怀里，紧紧搂住他的腰，一动不动。两人相爱四年多，纯洁的他们只是拉拉手，亲吻都很有限，她不知道自己该怎么做才能报答高援对她的挚爱，在即将生离死别的时候，她突然萌生了一个大胆的想法，她要把自己的第一次献给高援……他被深深感动了，也不禁流下热泪，他激动地亲吻陈小禾，把她紧紧拥在怀中。关键时候，高援以极大的克制力战胜了自己，他轻轻地推开了她，“小禾，一个即将走上战场，或许一去不归的人，决不能再有半点儿女情长！”他抚摸着小禾秀美的长发，接着说道：“同时，我要为你的未来负责任，因为你还要嫁人，无论将来嫁给谁，都应该是完整的。”小禾哭得一塌糊涂，更感到高援的纯洁和高尚。

那一夜，他俩相互依偎着聊了很久很久，说起在中学宣传队里的角色扮演，回忆一起读过的中外名著，更多的话题是这一年的大学生活。高援希望陈小禾把余下三年的课程学好，争取毕业找到一个理想的工作，还有就是处理好跟马大山的问题，当断则断，不要留下遗憾。再就是在大学同学里物色一个志趣相同，人品不错的男朋友，高援推荐了郑君宁。他这样说就好像在交代后事，等于给自己断了后路。陈小禾哭泣着去捂高援的嘴，阻止他继续说下去。约会在二人的依依不舍泪眼婆娑中结束。

次日，燕大校园内发生了两起重大新闻事件，一是高援退学奔赴云南前线参加对越自卫反击战，成为七七级退学第一人；二是学校图书馆丢失了一部珍贵的历史图书孤本。校保卫处紧急召集各系开会布置搜寻任务。当梅祥源突然出现在班里宣布立即检查学生宿舍时，惊着了一个人。付来昨天晚上才从图书馆把这部书掖在肥大的裤腰上顺出来，就因为喜欢这本书，他一万个想不到那竟是燕北大学的孤本书籍，全国也寥寥无几，更想不到二十四小时不到就被学校发现了。

付来趁大家不注意从后门溜出教室，撒丫子从南院教室拼命往北院宿舍跑，跑得他上气不接下气，吓得几乎灵魂出窍，只恨自己没长出四条腿来，他要跟梅祥源赛跑，给自己赢得转移的时间。如果学校发现他拿了书开除是必然的，他前途命运将损失殆尽，付家沟唯一一名大学生就此夭折，回家耪大地挨饿受冻的悲剧必将重演。

付来终于跑回宿舍，钻到床底拖出装书的白帆布兜子，一抬头看见何永进扔在床尾的蓝花布包，瞬间决定玩一个狸猫换太子的把戏。他顺手把书掏出装到蓝花布包里往门外跑，到底藏到哪里呢？正犯愁之际看见高援从自己宿舍出来往洗手间走去，他已经收拾好行囊，从学校办完退学手续回来。他的宿舍门开着，屋里空无一人，付来灵机一动，断定高援马上就要成为英雄模范，学校查谁也不会查他。他溜进高援宿舍，把蓝花布包塞到他的草席下面，转过身刚走出门口，就听见梅祥源带人上楼的动静，慌忙退回到自己的宿舍。

梅祥源不愧为曾经的军人，他犀利的目光扫视着宿舍的每一个角落。男生自动打开自己的箱包接受检查，汪嘉成虽不满这种粗暴的检查方式也干瞪眼没脾气。三个男生宿舍像过筛子一样被他查了一溜够，却没见一根书毛，他长舒了一口气，终于可以交差报平安了。突然门外传来一阵惊呼："快看，丢的书在这里!"付来的心"咯噔"一下子，他努力抑制住情绪，装作若无其事的样子跟众人一起跑出去看热闹。

第七章

“孤本找到了！”有人在走廊里大声喊叫，吸引了来检查的老师和接受检查的同学。只见一个蓝花布包摊在地上，包书的报纸已被打开，那部历史书籍孤本静静地躺在上面。“在哪儿找到的？”“高援床铺的草席下面。”“啊？这是怎么回事？”无数双眼睛不约而同投向高援。

“高援一个学经济的，怎么会对历史有兴趣？”汪嘉成率先叫喊。“更重要的是，高援已经办了退学手续，晚上就要离校奔赴前线，谁这么缺德？栽赃陷害吗不是？”任小夏气愤至极，话说得有些语无伦次。

可布包是在高援床铺的草席底下找到的，该怎么解释这个问题呢？是不是打包行李时忘记打进去了？有人在相互传递疑问的目光。郑君宁不由自主地挥舞起手臂，“这是彻头彻尾的栽赃陷害！如果我抓住这个混蛋，我发誓，我他妈立马……”后面的话他没有说出来，顿在了那儿，他下意识地眨眨眼睛，紧盯住那个蓝花布包不放，“咦，这不是何永进的布包吗?”他大声喊何永进过来解释。混在人群中的何永进凑到跟前一看愣住了，“我的布包怎么会在这里?”汪嘉成看着何永进的样子心里直运气，“赃物都在这摆着了，还装孙子呢！捡窝头都不过瘾，真给历史系七七级丢人现眼!”梅祥源的脑袋“嗡”的一声响，不想发生的还是发生了，这些学生真是太不让人省心了！他厉声要求何永进做出解释。何永进捶胸顿足地高声嚷起来：“不是我偷的！冤枉！我冤枉！有人栽赃陷害我!”

何永进喊冤，汪嘉成等人鄙视地嚷嚷，经济系辅导员开始询问高援，“这个蓝布包怎么从你的草席底下翻出来的，事先没有一点儿察觉吗?”还没等高援回话，闻讯赶来的陈小禾情绪忽然爆发，她“呜呜”地哭出声，声泪俱下地喊道：“一个连生命都不顾的人，怎么会为点事儿毁掉自己名誉呢？不能让一个要上战场的人心里滴着血去赴死啊！必须揪出偷书的人!”陈小禾的呐喊激起了共鸣，众人喊着：“彻查！彻查！必须弄个水落石出!”“到底是谁这么嫁祸于人？抓出来！开除!”何永进越着急越说不清楚，付来的脸上露出一丝不易察觉的惊慌，他站出来试图息事宁人。他说道：“我看算啦！书已经找到，肯定跟高援没有关系，何必弄得鱼死网破呢？再说何永进也不容易，一家老小……”何永进打断付来的话辩驳道：“我一家老小跟这本书没关系，你少往我身上扯。”

高援一直没说话，他盯着付来的眼睛仔细观察，试图从他的话里捕捉到什么，他注意到那双有些惊慌且躲闪的眼神。再盯着蓝花布包看，脑海里交替出现何永进家炕柜里的几百本书，盖着石安县图书馆的红色椭圆形印章，还有何永进的老婆桂花和四个孩子的影像。郑君宁忽然想起什么，他暗示高援，小声说道：“还记得咱们看见的那些书么？某人有前科……”高援知道郑君宁想说什么，立刻冲他使了一个眼色，阻止他把偷书的事情往老何身上扯，他知道这件事的后果，如果被查出是何永进干的，被开除是必然的，被开除就得回老家耕田劳作，一家老小指望何永进彻底翻身的希望就此破灭。高援不想何永进就此折在这上面。

他转过头劝众人散了，又对梅祥源和其他辅导员说："装书的蓝花布包确实是何永进的，但不能证明书就是他拿的，或许有人故意而为之偷梁换柱呢？"这句话击中付来的软肋，他竖起耳朵听高援的下文。"既然书已经失而复得，我看也就到此为止了，如果一定要把偷书的事落在一个人头上，就由我这个即将退学的人承担吧！因为书毕竟是在我床铺的草席下面找到的。"高援在为何永进揽过责任，付来如释重负，郑君宁、汪嘉成和任小夏激动地大喊大叫，说高援你凭什么要替别人背这个黑锅？就为了给偷书人留下继续上大学的机会该着自己倒霉吗？陈小禾和兰抗美在旁边跟着迎合，坚持要揪出偷书的人。梅祥源曾经戴着有色眼镜看高援，觉得他思想过于激进，带头搞过于前卫的课题研究讨论，以至于影响到历史系的学生，给自己的管理带来麻烦，今天他却突然觉得高援身上的毛病都被这件事抵消了。

围观的人群在高援的再三劝说下终于散去了。

之前图书馆不时发生图书和热门期刊被盗的事情，或者书刊内页被学生偷偷撕掉夹带出去。这种损人利己把偷书不叫偷的行为让阅览室的朱韵老师很恼火，接长不短地找校领导告状。校领导佩服高援的高风亮节，更不可能让他带着处分上前线，但还是要抓住这件事警戒一下学生，刹住这股不良风气，后来就事论事地在全校范围内开展了一场"对'窃书不算偷'怎么看"的大讨论，之后偷书和开天窗的行为真就减少了许多。

傍晚，学校专门出了一辆130卡车送高援去火车站，同学们在校门口依依不舍地送别一身戎装的他。高援跟大家打趣地说："放心吧，子弹遇见我会拐弯的，咱们会再见的！"临上车前，他跟男生紧紧拥抱，跟女生挨个握手，他劝外文系的小猫别哭鼻子，自己不会忘记这个天真活泼的小妹妹。轮到陈小禾了，他突然沉默下来，犹豫了一下，上前一步紧紧拥抱住她，伏在耳边低声说："小禾你是我此生唯一爱过的女生！我发誓永远爱你！战争结束……假如我还活着，一定要回来娶你，咱们永远在一起！"

高援义无反顾地上了车。陈小禾哭成一个泪人，不能自持地倒在兰抗美的怀里。小猫更是忘情地追赶着远去的汽车，哭得鼻涕一把泪一把。

高援乘上一路南下的列车，到达终点站昆明时，正逢载着战友开往边境的闷罐车在另一个站台缓缓启动，高援一眼看见站在车厢门口的副连长崔红旗，越过站台高喊着追赶列车，一番惊险刺激的人追车大战之后，高援在崔红旗的协助下终于跳上了车厢。获知高援退学随部队一起奔赴前线，战友们紧紧拥抱在一起，车厢里响起雄壮嘹亮的军歌。

1979年改革开放后的首个除夕夜，央视春节联欢晚会上出现了交谊舞的场面，就此敲开了交谊舞在中国大陆被封冻了二十年的冰面。这股风很快蔓延到燕北大学，男女生羞答答却兴致高昂地投入进去，高个子宋岚和郑君宁本就有跳舞天赋，很快上道并如鱼得水。

周末，同学们都去大礼堂跳舞放松了，只有陈小禾谁叫跳舞都不去，在宿舍里傻傻地翻看高援写给她的约会信、那支钢笔和手抄歌本，还有文艺会演他们的演出剧照，在日记里诉说不尽的思念。

舞会上，各人都找自己的心上人做舞伴。付来缠着漂亮的鲁一依学跳舞，鲁一依哪顾得上理他，目光全盯在汪嘉成身上。付来只好去邀请另一个来自农村的女生尹玉芬，却不料她嘴里喊着"羞死了！"跳着脚跑开了。生平第一次看男女搂在一起跳舞，尹玉芬只是来看个热闹就看得心惊肉跳，哪还敢跟付来拉手搂在一起。汪嘉成标准的舞姿引得女生尖叫不已，排成队等着接受他的邀请。满场飞的跳舞皇后宋岚走到郑君宁身边，笑吟吟道："我邀请你共舞！"在同学们的起哄声中，郑君宁愉快地接受了邀请。

波兰圆舞曲响起，郑君宁搂着穿海蓝色长裙的宋岚在场地不停地旋转翻飞，舞姿那么优雅和曼妙，引起周围一片欢呼声，一对对舞者索性停下舞步，饶有兴致地欣赏他们的精彩表演。宋岚很是得意，她没忘让其他女生用她的海鸥120相机为他俩不停地拍照，自己把身体故意贴得很近，甚至有意无意地倒在郑君宁的怀里。见二人处在众目睽睽之下，女生的闪光灯“咔咔”直响，郑君宁有些尴尬。这时候宋岚出其不意地来了一句：“所有人都认为咱俩是天生的一对！你觉得呢?”“我觉得？呵呵……”郑君宁用“呵呵”来掩饰自己的慌乱，宋岚的直白令他始料未及。

“你呵呵什么呀？我倒觉得咱俩很般配！” 面对宋岚的大胆示爱，郑君宁不好明确表态，只好故意岔开话题，他问陈小禾为什么没有来跳舞。已经二十七岁的宋岚是一个很强势的女孩子，干部子弟的做派十足，学校里让她入眼的男生不多，她就盯上了郑君宁，甚至觉得自己能看上郑君宁应该是他的荣耀，怎奈郑君宁非但不解风情还不识趣，在两人跳得正来劲的时候偏偏提起陈小禾，令宋岚心情顿时不爽。她对郑君宁说：“你还不知道吧，陈小禾早有对象了，这会儿不定在哪儿约会呢！”见郑君宁没啥反应，她接着说：“别老掂着那姓陈的了，都是人家玩剩下的，脏不脏啊……”这话说得太难听，郑君宁不高兴了，说：“跳舞就跳舞你说这些干吗？再说，背后这么议论别人不地道吧?”宋岚见惹恼了郑君宁，便假装说自己只是开玩笑，却又忍不住嘲讽他身在曹营心在汉，至于陈小禾为什么不来跳舞，你郑君宁最好亲自去问她。

终于熬到一曲终了，郑君宁慌忙逃离，他到女生宿舍楼找陈小禾，喊她去大礼堂一起跳舞。陈小禾正独自一人坐在屋里想心事，“小禾，周末了，一起去大礼堂跳舞吧，同学们都在呢！”郑君宁觉得她一定在想高援，想用跳舞来安抚和分散一下她的心情。不料陈小禾没有了平时的一颦一笑，鄙夷地盯着他，一反常态地质问道：“前方在流血牺牲，后方却莺歌燕舞，我都不理解你郑君宁怎么就能迈得开舞步？况且你还是高援的亲密伙伴。”

郑君宁被陈小禾激烈的言辞打蒙，他极力为自己辩解道：“我知道你跟高援的关系非同一般，我知道你们已经相爱，但高援也是我的亲兄弟，他的生死安危我一直牵挂于心。跳个舞并不等于我就忘记了他，况且高援也不希望你总是沉浸在无限牵挂之中吧？”陈小禾很是不屑，说他是伪君子，为了跟女生跳舞，搂抱拉手过瘾，早把兄弟情谊掷在脑后。她的言辞很不客气：“还是不要为伪装找借口，赶紧从我眼前消失。”郑君宁不能接受这种指责，他觉得陈小禾忽然变得很偏执，“为了高援你就把我当作敌人，恨不得一棍子打死，太过分了吧？”二人各执一词发生激烈争吵，最后不欢而散。第二天上课时，陈小禾把自己的座位调到了最后面，这个举动被宋岚看在眼里，判断出二人闹掰了，心里暗自得意。

炮火连天的一个无名高地，空气中弥漫着浓浓的火药味道，被猛烈的炮火横扫之后，高援所在团向敌人主阵地发起冲击，负责攻打越军一个被叫作“人民武装力量英雄”的部队。该部队注重防御，训练有素，能打近战和夜战，然而在以打硬仗打胜仗著称的中国英雄部队面前，他们只能以战术落后，武器陈旧而完败。

山头是攻下来了，但连里也付出了惨痛的代价，牺牲了十几位兄弟。当军车从身边经过时，可以闻到难闻的气味，车里运有牺牲的战士的遗体。这时候，每一个战场上的战士对生死已经看淡，豁得出性命，但身边亲密战友瞬间的生离死别却带给他们无限的悲痛。在短暂休整的时候，战友们眼见战争的残酷抓紧写家书，高援写给父母的信刻意避开战争的残酷，之前他已经交代给弟弟为父母的后半生尽孝，也只能暗自恳请父母原谅他忠孝不能两全。

做完这一切，高援从怀里拿出那枚红发卡仔细端详，眼前又浮现出陈小禾的音容笑貌，似乎闻到她身上清新的茉莉花香。自从离校奔赴前线，他没有给她写下一封信，他想让她了却牵挂，彻底断了念想。此刻，他是那么思念陈小禾，她是自己此生唯一不能放下的女孩子。他拼命地回忆跟陈小禾在一起的历历往事，他发现自己是那么爱她，爱她娇媚清丽的外表，更爱她纯洁善良的心灵。在这一瞬间一种求生的本能突然袭来，他深深地感到和平宁静的生活是多么美好和珍贵，甚至开始祈望战争尽快结束，自己能毫发无损地去寻找心爱的小禾，重新回到燕大的教室里读书……想着想着，两行热泪不知不觉打湿了面庞。副连长崔红旗把高援的一举一动都看在眼里，他走过去紧紧搂住了自己的兄弟，默默替他擦去泪水。老崔今年元旦才回Y省石安县农村老家完婚，蜜月没度完就被一封电报召回部队。临战前他接到媳妇杏枝的来信，说肚子里有了，老崔喜忧参半，万一自己光荣了，老婆只能带着遗腹子生活或者改嫁了。他跟高援的心情一样，都有爱人恋人，都有儿女情长，但深知从军就意味着不怕牺牲，军人的天职就是保家卫国，怕死就别穿这身军衣，他们勇敢地选择了向死而生。

广西和云南边境的战事牵动着国人的心，燕北大学校园内因为校友高援的参战，掀起一股又一股爱国热浪：青草地的宣传报栏和校园广播被歌颂军人的诗歌和散文占满；周末礼堂的交谊舞会在郑君宁的倡议下已经取消；给新闻报道中的英雄模范和烈士家属写信成了当时学生最炙热的表达。从报纸上获知曾经拉练的西井村涌现出两位自卫反击战英烈，历史系七七级二班由郑君宁带领，在青草地拉开横幅搞了一次募捐活动，全班一遍又一遍地高唱《英雄赞歌》，直到嗓子冒烟嘶哑。兰抗美和金小民拿着捐款箱负责收款和接受捐款者签名。那歌声那情景感染了无数人，连梅祥源都被自己的学生感动得落泪并捐出五元钱，汪嘉成临摹的齐白石群虾图现场义卖被一名老师以六十八元的高价认捐。此次募捐共筹得爱心捐款六百零六元，当时每位烈士牺牲之后，他的父母得到的抚恤金也不过二百元。

全班同学一起出动，徒步到达西井村烈士家中送去慰问金，没有一个人叫苦喊累。男生打理农活，女生洗衣洗被，小禾和抗美甚至为烈属的奶奶烧水洗澡，全班此次的爱国教育比去年拉练受到的新农村教育要深刻好多倍。西井村归来，陈小禾的脑海里两位烈士的遗像挥之不去，对高援的生死安危更是牵挂于心，盼星星盼月亮一样盼着他的来信，以此证明他还活着，然而却杳无音信。牵挂、焦灼、不安和恐惧交织在陈小禾心中，深陷其中难以自拔，连课都上不了啦。

陈小禾的心事只有几个人知道，他们看在眼里急在心上。本不屑在食堂抢粥的兰抗美不顾衣服被沾上粥嘎巴洒上菜汤的危险，奋勇加入拼抢队伍，金小民看到之后代替她给陈小禾抢到可口的饭菜。郑君宁替陈小禾抄写课堂笔记，帮她搜集有关战事的报纸，细心地剪裁下来粘贴装订在一起送给她保存起来。他不再谈笑风生，整日若有所思，人也提不起精神，有时间就去排练室长时间地拉琴，用琴声表达对高援的思念，陈小禾与他的关系慢慢缓和下来。

这一天下午，陈小禾意外地收到一个包裹单，是来自云南边防部队一个叫崔红旗的人寄来的，陈小禾预感到有什么不祥之兆，郑君宁自告奋勇陪她一起去邮局取。包裹是一个小木盒，里面装着一个用手绢仔细包着的东西，陈小禾疑惑地打开一看，竟是自己送给高援的那枚有机玻璃材质的红蝴蝶发卡。陈小禾手不停地哆嗦，扯不开随发卡寄来的那封信，郑君宁帮助打开递给她。写信人崔红旗自称是高援的亲密战友，家乡在石安县崔家村，两人同年入伍同年提干又一起奔赴自卫反击战前线。信中写道："小禾同学：高援常在我面前提到你，说你是他此生最爱的女孩子。不幸的是，高援在3月25日那天夜里掩护大部队撤退，排雷时英勇牺牲了，已经永远地留在了那片红土地里。这枚发卡是从高援身上找到的。"崔红旗说他特别把红发卡给陈小禾寄来，劝她化悲痛为力量，好好学习，以优异成绩告慰高援的在天之灵。

犹如晴天霹雳，恐惧发生的事情到底发生了。陈小禾整个人全傻了，她瞪着眼没有一点反应，好半天才"哇"地一下哭出声来，眼前一片黑雾，身子摇晃几下就倒了下去，郑君宁手疾眼快一把接住了她……

坐在街边树丛石头上痛不欲生的陈小禾哭得死去活来，郑君宁本意想劝她，结果自己也哭得昏天黑地。"活生生的人怎么说没就没了呢？……郑君宁，我接受不了这个现实啊……"痛惜失去了最好的朋友和恋人，陈小禾说剩下她，活着都没有意义了。这让郑君宁吓了一跳，"小禾，你要节哀顺变，可不能有其他想法啊！这样高援怎么会放心呢？呜呜……”他又忍不住哭出声来。

一对青年男女光天化日之下哭天抹泪，莫不是想不开要一起殉情？引得路人好奇地张望，甚至有人走过去想提供帮助，被郑君宁挥手劝退。整日失眠日渐消瘦的陈小禾体力不支，突然身体往后一仰休克过去，郑君宁吓坏了，赶紧抱住她掐人中抢救，陈小禾又清醒过来，接着哭。郑君宁怕出事想送她去医院，陈小禾坚持不去，说就此倒下正好跟高援做伴了。见她不时地提这种想法，郑君宁紧张极了，劝又劝不住，他知道这时候说什么话都是多余的，于是带有同理心的他又跟着一起掉眼泪。二人忘了喝水吃饭，只顾沉浸在巨大的悲痛中，直至夜深人静，陈小禾哭得一点力气也没有了，才被郑君宁连拉带拽地送回学校。

第二天早晨，同学们都去上课了，陈小禾独自一人待在宿舍里。她摆上高援曾经的信、黑色钢笔、红色发卡、手抄歌本，还有他们的演出照片，再点上两炷香，默默坐着祭奠高援。

不放心她的郑君宁送来早饭，见她的样子吓了一跳，“小禾你坚强并健康地活下去，才能告慰高援的在天之灵。你说对不对？”陈小禾让他把饭端走，“为祭奠高援，我宣布今天禁食一天。”郑君宁被陈小禾对高援深深的情爱感动得热泪盈眶，他以为高援与陈小禾只是在校园才相遇和相恋，奇怪他们怎么能有这么深的情感融入。陈小禾想了想，终于敞开心扉，向他讲述了自己与高援青梅竹马的前缘过往，以及被相思浸染的苦恋。郑君宁恍然大悟，没有谈过恋爱的他第一次活生生地见证了爱情的伟大，它充满了魔力，左右着灵魂，真真切切就发生在自己身边。

高援为国捐躯的消息很快在全校传开了，青草地宣传栏张贴的高援画像是汪嘉成画出来的，刚毅的眼神，微扬的下巴，立体的五官如雕刻般地俊美，简直惟妙惟肖栩栩如生。每天都有学生送来采集的野花和编织的花环摆放在画像的四周，周围写满了缅怀和歌颂的散文、诗歌。陈小禾每天夜里跑出去伏在画像上哭泣和倾诉，兰抗美放心不下，每每都陪着她一起出去。小猫等仰慕高援的一些女同学还在那里搞了一次如泣如诉的演讲。

郑君宁受学校委托，在大礼堂组织了一场高援生平追思会，参加的人数超过以往任何一次大会，黑压压地坐满了一礼堂。简陋的舞台布置得清新淡雅，高援的照片被白色的茉莉花环绕，沁人心脾的馨香是他最喜欢的味道，由陈小禾、兰抗美和女同学们亲手编织而成。

追思部分由徐侠教授深情回忆与自己得意门生的过往；经济系七七级二班同学分享了他们的高援班长刻苦读书、无私帮助同学的一幕幕感人故事。文艺演出部分有鲁一依的配乐诗歌朗诵，她声情并茂，引起全场共鸣；最精彩的是陈小禾演唱她写词、郑君宁谱曲、学校文工团管弦乐队伴奏的大型组曲《永远思念你》，他们身着汪嘉成帮助借到的全黑礼服胸佩白花登场，将会场衬托得更加庄严肃穆。

“一直在追寻你，像风走了八千里，我却没能追上你，痛苦地望穿秋水！你是我的唯一，心相依走过四季，牵挂着你的远去，思念将永远伴随！”陈小禾如泣如诉的歌声撼动全场师生的心弦，台下啜泣声一片。坐在角落的付来眼角也湿润了，虽然他打心眼里认为高援这么做太不值得，可此情此景对他内心或多或少有一些触动。

次日上午有课，陈小禾的座位是空的。她人上哪里去了？郑君宁赶紧向兰抗美打听，兰抗美也正要问他。“她不会是想不开吧？昨天看她悲痛欲绝的样子，同学们都不知道该用什么样的措辞安慰她。”兰抗美焦急地说。几个人下了课赶紧回宿舍去找，无果。又追到图书馆、系资料室、文工团排练室……但凡能想到的地方都去找了，哪里还有陈小禾的身影？兰抗美和郑君宁惊慌失措，赶紧把她失踪的消息报告系里。学生失踪是大事，系领导顿时紧张起来，迅速报告到学校。学校正在商议如何寻找，怎样通知家人的时候，兰抗美拿来一张字条，是陈小禾悄悄塞在她枕头底下的，“抗美大姐，我去云南找高援了，你们不要找我。小禾 即日。”天哪！这女孩子简直太执着太重情了。她怎么去找？怎么一个找法？不会是去殉情吧？郑君宁和兰抗美处在无限焦虑中……

陈小禾按照崔红旗寄来的包裹邮戳显示的地址，坐了两天两夜的火车到达昆明，再搭长途车在第三天晚上抵达了文山州，下车之后就开始在附近的几个陵园寻找高援。一天下来走了三十多里地，寻找了三个墓园，确实看到一些军人的墓碑，他们的年龄都是二十多岁，正当青春年华啊！陈小禾的心里沉甸甸的，却不见高援的墓碑。湿热的天气，再加上连日的疲惫，茶不思饭不想，极度虚弱的她从墓园出来就晕倒在山坡上，被巡逻的战士看见，紧急送往附近一个军级指挥机构抢救。

陈小禾醒来后掏出学生证说她是烈士家属，从内地来，要求见部队首长，首长亲切接见了她。陈小禾拿出高援的照片，“首长，我的未婚夫就是这个部队的，半个月前掩护大部队不幸牺牲了，我要求见骨灰盒或者墓碑。”首长一听，赶紧命令下属查找所属部队有无这个叫高援的排长，仔细查找花名册之后确定陈小禾找错了部队。首长面露难色，“孩子你再想想，你对象还留下了哪些线索？比如说，他家在哪里？都有什么亲人？还有，他的战友你是否认识几个？现在战争还没有结束，各地的烈士陵园正在筹建之中，有些部队已经将烈士骨灰送回内地交民政部门了。你这样盲目地寻找希望或很渺茫。”陈小禾听罢，难过得失声痛哭，不能自已。首长赶紧指派了两位女军人安排她吃饭休息，又和风细雨地做思想工作，待身体好转之后，派了刘干事和一个女兵陪同她登上返校的列车。

三人日夜颠簸到达省城，走进燕大校园之后，径直去了曲校长办公室。曲校长看见两个军人带着陈小禾走进来十分惊讶，他认识这个唱歌很好的女学生，她擅自出走的这些天里搞得学校束手无策，正不知道该怎么寻找她和怎么处理这件事，她又神情疲惫满脸沮丧地突然出现了。“校长，我代表我们的军首长恳请你们体谅陈小禾同学的心情和实际情况，她离开学校是有原因的……”

听了刘干事的述说，曲校长明白了她失踪的原因竟然是去找寻高援的骨灰，不免被她的真情深深打动，但擅自离校有悖学生守则，是要受到处分甚至开除学籍的。见曲校长思索不语，刘干事再三说明情况，恳请校长重新接收陈小禾回到学校完成学业。

曲校长召集相关领导在隔壁会议室紧急磋商，集体商议之后，一致认为陈小禾的情况比较特殊，就此开除她有悖情理，对学生的打击太大，或许会毁了学生的一生，校方同意恢复陈小禾的学籍。送别了两位军人，魏书记把陈小禾接回系里，她又回到历史系七七级二班。

正是上课时间，全班同学对她的归来报以热烈的掌声，金小民冲上去帮她卸下背包放到后排，兰抗美端来开水递到她的手里，郑君宁把她请回自己旁边坐下来。陈小禾百感交集，悄悄拭去眼角滚落的泪珠……之后的日子里，敏感并脆弱的陈小禾并没有感觉到大家对她另眼相看，兰抗美、郑君宁和鲁一依比以往更关心她，即使宋岚也没有一句冷嘲热讽。

1979年暑假到来，陈小禾没有回德城老家，崔红旗曾在信中说高援永远留在了那片红土地里，说明他就在那里的某一处烈士陵园，她决定还去文山州寻找，第二次踏上南行的列车。她去了最大的麻栗坡烈士陵园，依然没找到他的墓碑，又去其他陵园寻找，仍旧没有下落，陈小禾内心起了疑惑。在那个信息传递不发达的年代，她联系不上高援在徐州的父母，便想到找崔红旗问问清楚，可崔红旗信上又没有提到他所在部队的具体地址，只是提到他的家乡在Y省石安县崔家村。陈小禾马不停蹄地又乘列车北上，火车汽车马车加步行一路颠簸了三天三夜，费尽周折才找到那个淹没在大山深处的小村庄。一进崔红旗的家，就看见墙上挂着一幅军人的遗像，再问两位老人，看到阵亡通知书，才知崔红旗也在自卫反击战中牺牲了。看着悲怆的杏枝已经隆起的肚子，陈小禾泪水长流，她不知怎么安慰跟自己岁数差不多的姐妹和她尚未出生的孩子，掏出兜里几乎所有的钱递给崔红旗的爹娘，内心悲怆、脚步踉跄地离开了那幢用茅草和泥巴垒起的土屋。除去路费，陈小禾没给自己留下多余的钱，一路上饿着肚子，靠喝凉水强撑着回到德城家中。

经历这场汹涌澎湃、撕心裂肺的阵痛之后，特别感性单纯的陈小禾似乎理性和成熟了许多，痴情的她把对高援的怀念埋藏在心底，比以前更加用功，心无旁骛地读书学习，她要以优异成绩告慰高援的在天之灵。

1980年的上学期，社会上开始涌动个体经商潮，小打小闹地低买高卖就能赚取差价，就比公家人上班挣钱多。精明的付来嗅觉灵敏，颇具经济头脑的他已经不满足于每月十八元助学金维持温饱的生活，他要瞅准机会积聚财富，苦够了穷怕了的他信奉金钱至上，深谙有钱能使鬼推磨是亘古不变的真谛，追求鲁一依和蔑视汪嘉成都需要金钱铺垫。

周日这天午休后，他去南院教室上自习，走到北院门口见门卫正在阻止一个卖熟花生米的老乡进入校园。每月三十二斤的粮食定量学生吃有富余，剩下粮票换熟花生米犒劳肚子就成燕大学生的一大发明。付来灵机一动，走过去跟蹲在墙角，垂头丧气的老乡搭讪，弄清他来自六十里外的乡下石碾子村，炒花生米是当地特产，当地人跟打游击似的，三三两两骑车进省城贩卖。付来从中嗅出了商机，他提出帮老乡卖掉这一口袋五十斤的花生米，自己按百分之三十拿提成，老乡觉得付来提得太多不答应。付来掰开了揉碎了跟他算吃饭住宿等滞留成本，劝他早卖完早回家干活，反正是自己家产的，不必那么在意。老乡被他说动了心，可又怕付来借机骗走自己的东西，付来拍着胸脯下保证，最后押下学生证，老乡才半信半疑地让他推车进了北院校园。

付来叫来捡拾废品的二嘎子去男生宿舍楼帮自己卖花生米，他找来自己的饭碗，教会二嘎子一平碗花生米收三斤地方粮票，反复练习之后，确认可以正式上岗，他拍着二嘎子的肩膀，像放鱼鹰一样，“去吧！到209那屋，卖给那个画画的傻大个，他一准买你的。”付来躲在楼道暗处观察动静。脑子不太清楚的二嘎子第一次易货交易，心里也没底，他背着面口袋敲开了付来宿舍的门。

汪嘉成正挥毫泼墨，他让二嘎子把花生米倒在他的大饭碗里，桌上的粮票自己看着拿。初战告捷！二嘎子从宿舍出来，咧着豁牙的嘴冲付来傻笑。付来手一挥，二嘎子接着乘胜追击，挨屋敲门乱窜，只跑了两层楼便拎着空口袋凯旋而归。

付来在僻静处给了他五斤粮票作提成，二嘎子高兴得一塌糊涂。付来再到北院门口跟老乡结账，详细询问到达石碾子村的走法，知道老乡的名字叫赵九锁。见他千恩万谢骑车离去，付来拿着粮票进了附近饭馆兑换成人民币装进兜里。付来平生第一次试水，他只动了一点小心思就找到一种后来被叫作“中介”抑或“倒爷”的赚钱路径，轻而易举地将这笔外财收入囊中。付来因此有些小激动，心口居然“砰砰”乱跳了几下。

渐渐地付来已经不满足于倒卖花生米的小小把戏，他先给学生食堂管理员送烟送酒疏通了关系，再去石碾子村由赵九锁领着，挨家挨户跟农民谈花生米、豆油和鸡蛋的代卖，他采取先赊账再结算的办法，有赵九锁做担保，朴实的农户们任由付来雇车把货拉走。周末的时间付来都用于跑买卖做生意，他严密筹划好路途、收购和交付等相关环节，一天的工夫就可以打个来回。他保密工作做得也好，一个宿舍的都不知道付来一到周末就早出晚归究竟干了什么，哪知他闷头发财去了。就这样，付来用经济头脑恰到好处地从事了农副产品的交换活动，用最小的付出实现了最大的收益，腰包渐渐鼓了起来，成为学生中的首富。

这一天中午，一辆吉普车停在宿舍楼前，宋岚在跟一个大干部模样的人说话，司机打开后备厢整理几个纸箱。校园里少有汽车开进来，惹得学生好奇地探头张望，宋岚露出一副得意的神情。付来打老远走过去向宋岚打听这叔是谁，宋岚顾不得理他，激动地冲走近的郑君宁大声说：“郑君宁我告诉你一个好消息，我爸爸调到省建设厅当头儿了！我再也不用回到那个恶心的小城了！”郑君宁善意地笑着，迎合她的热情。

付来听明白了，这个满脸长痘的大龄女青年竟然有这样一个爹，手中有权不说，还意味着将来肯定不用回她那个小城市去了。他突然冒出个想法：抓住宋岚也许就抓住了美好的未来。他没等郑君宁开口，径直冲到宋父面前伸出双手：“叔好！我是宋岚的同班同学付来。我还没亲眼见过像您这么大的领导干部，非常和蔼可亲，亲自进院看望同学，我代表同学们谢谢您了！谢谢!”宋父爽朗地笑了，双手叉腰一副领导干部的派头：“岚岚，你看你这个同学多懂事，多会说话，一看就是一个好孩子，你要向人家学习啊!”宋岚不屑地朝付来做了一个鬼脸。

当天下午上自习时，三十名同学的课桌上各摆了五个大苹果，是宋岚的爸爸专门带给大家的。男同学连洗都不洗，在衣服上蹭了蹭就“咔咔”嚼开了。一场苹果盛宴让大家对宋岚刮目相看，尤其付来盘算得更加仔细，他将心中的女神推倒重来，越发觉得工人女儿鲁一依与大干部千金宋岚差得不是一星半点儿，他决定迅速掉转目标瞄准宋岚，做大领导家的乘龙快婿，这是迅速摆脱卑微的出身，用不着三代就能成为贵族的最佳捷径，尽管自己比宋岚小三岁还矮半头。是的，人生要懂得寻找和发现捷径!

第八章

夏天到了，体育课安排在南关公园游泳，天天在宿舍忍受高温的同学们好比久旱逢甘霖。教体育的林老师叮嘱不会游的同学只在浅水区活动，交代几个游得棒的男生注意看护他们。林老师一声令下，大家“哗啦啦”地散去，各自脱衣下水。叫尹玉芬的农村女生捂着脸说大男大女的脱这么光羞死人了！宋岚揶揄她道：“别装了，燕北大学地震脱光光都经历了还有什么可臊的？再说你一个瘦骨嶙峋的太平公主也没什么好看的!”尹玉芬笑骂宋岚是乌鸦嘴，假装去追她，宋岚欢快地下了水。

游泳池的水有日子没换了，颜色变绿能见度相对差，汪嘉成原本嫌弃游泳池水脏，却又贪恋公园的清新空气，就躲到大树底下看书。宋岚喊郑君宁下水，一瘸一拐的他摆手说：“昨天跟经济系那帮哥儿们踢球把小腿踢伤，今天不游了。”他始终盯着水里的陈小禾不敢眨眼，陈小禾刚学会游泳，她有些笨拙并机械地划着水。

这时候宋岚让郑君宁把远处包里的泳镜递给她，就在郑君宁去拿泳镜的工夫，陈小禾被池底的青苔滑倒，她心一慌动作要领全乱了套，挥舞着手臂挣扎起来，眼看着就要沉入水底，被岸上的郑君宁发现。“小禾!”他大叫一声，一个猛子扎到水里，因用力过猛致头部触碰到池底，忘记疼痛的他奋勇扑向陈小禾，反复搜寻几次终于抓住正在喝水的她，揪着头发拖着奋力向岸边游去。此时林老师也跳下水营救，二人合力将陈小禾救上岸，兰抗美赶紧拿过一块毛巾被裹住她的身体。

陈小禾已经溺水昏迷，呼吸很弱，所有人吓得大呼小叫，有的女同学哭了起来。“快让开！我来抢救!”郑君宁爬上泳池，分开众人抱起陈小禾，将她的腹部放在屈膝的腿上，用手挤压背部致水从嘴里排出，再将陈小禾放倒仰卧，捏住鼻子托着下颚嘴对嘴将气吹入，然后用手挤压胸部帮助她呼气，如此反复十几次，溺水的陈小禾终于被救了过来。当陈小禾弄明白当下的实情时，“嘤嘤”地哭了起来。周围大受惊吓的同学长长地舒了口气，“吓死了！幸亏小禾被抢救过来了!”“郑君宁干得漂亮!”他们一起欢呼跳跃。汪嘉成闻讯赶来，他懊悔只上个厕所的工夫就错过了展示自己英雄救美的大好时机。

见陈小禾脱离了危险，精疲力竭的郑君宁长舒了一口气，他站起来，突然一阵晕厥，慢慢向后仰去，瘦小的金小民眼疾手快奋力用肩膀扛住他，再被何永进接住。只见郑君宁突发喷射式呕吐，他的样子吓坏了所有人，大家七手八脚去抢救他，按人中的，擦呕吐物的，陈小禾挣扎着站起来，吓得不知所措，又有女同学哭了起来。

因头部受到池底撞击而昏迷的郑君宁，被同学们紧急送往省人民医院。陈小禾不顾身体虚弱，也换了衣服匆匆赶来，她为郑君宁舍命相救而受伤感到深深的愧疚和不安。做了一系列检查，郑君宁被送到一间病房留观，医生劝退了同学们，只允许两人照顾，陈小禾执意跟金小民一起留下来。一会儿她给他擦脸擦手，一会儿又喂水喂药。

金小民下楼开药去了。躺在床上的郑君宁迷迷糊糊地喊着要小便，陈小禾问道："你能憋住吗？"郑君宁摇头。怎么办？陈小禾一时被难住了。不接，肯定尿湿衣被，换衣服换被褥更麻烦。接，自己一个女孩实在不方便。她转念一想，郑君宁都给自己按压胸部做过人工呼吸了，他所做的一切没有任何邪念，自己非但没有任何不适，反而莫名地产生一种亲密的依赖的感觉。现在她面对的是病人是恩人，怎么就不能给他接尿呢？让羞涩和封建见鬼去吧！想到这里，陈小禾扯过被单盖在郑君宁身上，再隔着被单战战兢兢地解开郑君宁的裤子，拿过尿壶伸到被单下面，当她温润的手不经意间触碰到他的肌肤时，他的身体条件反射般地震颤起来，依旧眩晕的他感觉身体仿佛被颤动的大地完全覆盖，压得他心跳加速几乎窒息，他清醒了许多，微微睁开眼睛，看到面目清秀的陈小禾是那般圣洁，他想把她拥到怀里却没有一丝气力。

听付来说郑君宁为救溺水的陈小禾头部受伤，刚接班的郭蕊心急火燎地赶来。隔着病房门玻璃，她意外看见陈小禾在郑君宁的关键部位鼓捣什么，她猛地推开病房的门扑过去推搡陈小禾。陈小禾猝不及防，左手一抖，刚接完的尿壶差一点掉在地上，扯着被单的右手下意识一拽，恰好暴露了郑君宁的隐私部位，陈小禾慌忙扯过被单盖上。

郭蕊咆哮着："我是他对象都没看过那个地方，却被你看了，你什么用心？啊？"陈小禾看着郭蕊，猜到是郑君宁提过的他的"女友"，急于解释又不知该如何说起，一时语塞，"是……是他要小便，不接就要尿床，边上又没别人……"她惊恐又羞怯的眼泪"唰唰"地流下来。郭蕊依旧不依不饶，大喊大叫地谴责陈小禾，"你就是居心不良，故意落水让我们郑君宁抱着你亲嘴，结果给磕成这样，我告诉你，他要是落下后遗症我跟你没完！"她把陈小禾逼到一个角落凶巴巴地比画着。

郑君宁也被郭蕊的无理取闹搞得更加头晕目眩，他无力地闭着眼告诫郭蕊，“不许欺负小禾，是我主动……让她给接尿的。”郭蕊听罢大吃一惊，这个叫陈小禾的果然把郑君宁迷住了，怪不得他拒绝跟自己喝交杯酒，怪不得她到郑君宁家里他从来不碰她，暗示过多次都无动于衷，哪怕拉拉手都没有过，原来他早就移情别恋，被眼前这个女生勾走了魂。“你这个狐狸精，没见过你这么不要脸的，勾引别人的男朋友，你等着，我饶不了你！”矮胖的郭蕊咬牙切齿地说着，一摔门走了。陈小禾吓得瑟瑟发抖，拿着尿壶傻傻地站着，忘了去倒尿。郑君宁知道陈小禾被郭蕊吓着了，努力睁开眼睛安慰她：“小禾你别怕，你并没有做错什么……我感谢你……”这时候，金小民拿药回来了，陈小禾慌忙端着尿壶出了门。

所幸郑君宁只是中度脑震荡，经过一周的住院治疗就康复了，回到课堂的他感到陈小禾沉默了许多，对他很客气却刻意保持距离，连话都说得少，更甭提唱歌练琴了。郑君宁知道郭蕊对陈小禾构成威胁，同时他们之间那些只能意会不能言传的事也让二人陷入尴尬。

周六傍晚下课之后，郑君宁背着书包骑上自行车准备回家。“君宁等等我，我搭你的车一起走。”宋岚从后面追上来，都是一个班同学，搭个车也就是顺便的事，郑君宁爽快地答应了。二人边走边聊，还为当天的世界近代史期末考试对起答案，结果不分伯仲。历史系这一届学生果然强手如林，学习成绩个个响当当。

宋岚坐在郑君宁的后座上，以颠簸为由故意搂紧郑君宁的腰，他起初没在意，当弄明白是宋岚故意而为之就有所戒备了。宋岚不是他的菜，大他四岁不说，骨子里的傲气和为人的刻薄他实在不敢恭维，再说他心里早有心仪的女生。

宋岚热情地邀请郑君宁去自己家里吃饭，“我们家新换了一个江苏籍保姆，做的淮扬菜那真叫绝！晚上还有内部电影，外国片两场连放。”郑君宁酷爱看电影，但他不能接受宋岚的邀请，“谢谢你，晚上我还有事。”他以晚上要修改一篇文章为由慌忙推辞。宋岚不再说话，经过一片人烟稀少的林荫小道时，她突然更紧地搂住郑君宁的腰，把脸贴在他的后背上，动情地说道：“君宁我爱你！就想跟你这样永远走下去！”郑君宁像过了电一样，他停下车一动不动，“宋岚，你松开手，听我说。”“我什么都不想听，就想这样让时间凝固。”

郑君宁转过身子认真地跟宋岚说自己已经有女朋友了，宋岚骄傲地一仰脖子，“我有足够的实力跟陈小禾竞争，一个小地方人，不就会唱个歌嘛，有什么呀？”郑君宁摇头说不是陈小禾，是医院里的一个护士。宋岚吃了一惊，双手松开从车上跳下来，就像不认识一样盯着郑君宁：“那你为什么对陈小禾那么用情？你这样做是不道德的知道吗？并且你也误导和伤害了我，害得我单相思好久！”

郑君宁讪讪地笑着：“抱歉，可能我比较麻木，没有领会你的良苦用心，如果因此伤害了你的感情，我说一声对不起，怎么谴责我都行，只是我没有你想象得那么坏。”

宋岚沉默片刻，紧盯郑君宁的眼睛，“你不爱那个护士！没错！不用跟我解释，你们根本不在一个天平上，她配不上你。我再一次请你慎重考虑我对你的情感。在这种情感的后面，我还有强大的实力支撑，这是咱班任何女生所不具备的。”

“宋岚，我知道你是一个很要强，无论各个方面都很有实力的女生。但我不能不遗憾地跟你说，即使我跟我的护士女友吹了，我跟你也还是同班同学，我们之间的情感只是停留在友情之上。”宋岚不再说话，她赌气似地背起书包头也不回地走了。郑君宁没有叫她，两脚支住自行车一动不动看着她远去。

趁着周末，付来乘火车在京城和省城之间打了个来回，他到王府井为自己换装的同时也抢购了几套女装。不懂什么款式难不住他，那些时髦的女青年买什么他就跟着买什么，码数买最大号，还去著名的四联理发馆剃了一个时髦的发型，摇身一变的他就要有所行动了。

周一上课付来意外地发现宋岚没来，郑君宁听女生说宋岚周末回家未归心里也隐隐不安，不知是否因为上周末他的拒绝使她受到伤害，于是就想去看看她。他拎着水果刚走在校园里就被付来拦住，待问清缘由，付来灵机一动，“我替你去，就以生活委员的名义，代表咱班去看她，她一定会被感动！”郑君宁觉得也无可厚非，于是递给他水果，告诉了宋岚家在省政府家属院的地址。

付来又买了许多东西，拎着大包小裹在省政府家属院大门口的岗亭给宋岚打电话，“宋岚，我是付来，亲切慰问你来啦！谁让我来的？我让我来的哟！上午看你不在座位上，我心里这叫一个着急呀！就怕你身体不舒服耽误学习。好，我把电话再给哨兵。”宋岚因为郑君宁的拒绝大受打击，哪还有心情接见付来？转念一想通过他显摆一下家境，在同学中普及宣传一下也未尝不可，于是就同意了。

付来走在深宅大院里东张西望感叹不已，他羡慕宋岚会托生，侯门里的千金享的是他八辈子没享过的大福！走到楼前巧遇宋父从轿车上下来，付来赶紧凑过去自我介绍，“叔叔好！我曾经在学校见过您，还跟您握手来着！听说宋岚病了，我作为班干部特地来看望她。”宋父一听宝贝女儿病了，赶紧招呼付来上楼。

宋父进门先问女儿身体，见无大恙才放下心来。他脱外衣，付来机灵地接过挂在衣架上；他要换鞋，付来把拖鞋迅速递到他脚下，宋父“呵呵”笑着很受用。客厅摆放着藤制沙发，靠墙的写字台上方挂着宋岚妈的遗像，付来虔诚地走过去低头默哀又来个三鞠躬。

宋岚有些感动，走过去小声告诉付来：“我妈妈是在我考大学那年遭遇车祸去世的，她原来是邢城一中的校长。”付来痛惜地摇头。老阿姨端茶过来，付来忙站起双手接过，道一声：“阿姨辛苦您了！”这些细节都被正在洗手的宋父看了个仔细。

宋岚看付来递上的衣物和水果，再看他西服革履，惊讶地问付来：“你这是演的哪一出？哪来的钱？咋就突然鸟枪换炮了？”付来开朗地笑起来，“宋岚你可严重脱离人民群众了啊！你哪里知道付来我早就翻身得解放了呀！”他简明扼要地叙述了自己致富的过程，其中掺杂了若干经济理论观点，听得宋岚瞠目结舌，让宋父刮目相看。见火候烘得差不多了，付来适时告辞，拒绝了他们一起用午餐的邀请，他一步三回头劝他们留步，很是礼貌和恭敬。

宋岚摆弄着付来送的衣服，居然全是她喜欢穿的裙装，自然欣喜不已。宋父也欣赏付来的朴实和懂事，问他的年龄、是否已有对象。宋岚给二十六岁的付来做出以下评价："人很聪明，长相不是一般的差，缺少气质，家农村的，还没有女朋友，比我小三岁，还矮半头。"宋父听罢沉思了一会儿，发表了如下意见："农村出身和岁数不算什么硬伤，你爸不就是从农村出来扛枪打仗的土八路，被你妈一个京城八旗皇族格格相中了？个子也不如你妈高，还小两岁。关键看这个人是不是一块有潜质的料。"

"你找一个帅小伙是不错，可你看上的别的姑娘也相中了，争来争去就争出是非了，结了婚也得盯着他，一辈子操不完的心。再说你肩不能扛手不能提，连饭都不会做，得找一个能真心照顾你一辈子的对象，让我放心也让你妈放心啊！"父亲的话好像说的就是付来，细想不无道理，但宋岚对郑君宁还是放不下，一旦感情投入进去，想要斩断这个念想还需要时间。

从此以后，宋岚赌气似地和付来越走越近，故意似的做给郑君宁看，就想刺激他，等他回心转意，而郑君宁却若无其事，这让宋岚很是泄气。付来则乘胜追击，他用赚来的钱请宋岚下饭馆给她买高档衣服，其物质攻势让宋岚的虚荣心得到了满足。但她依然嫌弃付来不雅的吃相和土气的行为做派，付来不急不恼适时改进，他的模仿能力和悟性超强，言谈举止刻意模仿郑君宁，外表和气质修炼和提升很快。

1981年春季开学之后七七级进入大学最后一个学年，吃了三年臭豆腐抹棒子面窝头的他们似乎就要看到毕业分配的曙光了。历史系七七级二班三十名同学对所学专业也根据个人兴趣点开始分化，郑君宁对考古发掘产生浓厚兴趣，陈小禾对世界历史文化沿革有了偏好，付来专心琢磨中国民族资本主义发展史，汪嘉成则醉心于中国历代书画艺术，兰抗美和金小民潜心研究美国社会发展史。

虽然大学里学生成堆，但是当走入社会后，他们就会被社会人口所稀释，变得凤毛麟角散在各处，联系起来十分不便，失去大学里这种近水楼台的便利，很难结成伴侣缔结婚姻，因此毕业之前最紧迫的当属解决个人问题。都一个食堂大锅里吃着饭，看见外文系一干时髦男女成双入对大秀恩爱，其他老派系别的人心有不甘，抓紧解除与老家缔约方的婚约，携一个条件相当的校园伴侣终成眷属，成为绝大多数男生的明智抉择，没有谁还在意什么不准谈恋爱的学生守则。历史系七七级二班的男生尤其嫉妒且羡慕付来的道行和招数，比宋岚小三岁其貌不扬穷山沟出来的他，怎就悄没声地成了高干家的乘龙快婿呢?

进入6月，北方冬小麦收割时节来临。凌晨三点，黑咕隆咚的窗外就传来学校广播的起床号声，郑君宁一骨碌爬起来下地拉开灯，催促还在梦乡中的男生："弟兄们都起床，收麦子去了！"金小民打着哈欠坐起来："这是咱们第四年帮老乡收麦子，时间过得可真快！唉，快毕业了，对象还没着落。""做美梦了不是？一准是梦见娶媳妇了！"何永进开着玩笑，嘱咐各位先到食堂领俩馒头俩鸡蛋一根咸菜再走。又能免费吃馒头和鸡蛋了，金小民有了动力。

郑君宁让汪嘉成和付来也动动，汪嘉成翻了一个身嘴里嘟囔："居然又停课割麦子，真是吃饱撑的！谁爱去谁去，我免了。"付来躺在床上一动不动，"何大叔，我那份馒头跟鸡蛋都送你了，替我多割几镰，拜托！"郑君宁奚落俩大老爷们儿临阵脱逃，还不如人家女生。"是的，我认尿！就临阵逃脱了！"汪嘉成翻身睡去，他热衷展示诸如绘画和手风琴才艺，干体力活甭想找他。"我实在太想去了，就是痔疮犯了，没辙！哎哟……"付来夸张地叫唤，他从来只占便宜不吃亏。

朦胧的夜色中，男生把脏了吧唧的毛巾系在头上，反正是干农活就捡最破旧的衣服穿上，半夜迷瞪中爬起来的他们，有上衣扣子系串的，也有里外穿反的，狼狈不堪的队伍在一望无际齐腰高的麦田里弓着腰往目的地行进。郑君宁带头众人迎合放声高歌："地道战嗨地道战，埋伏下神兵千百万，千里大平原展开游击战，村与村户与户地道连成片，侵略者他敢来，打他个魂飞胆也颤，侵略者他敢来，打他个人仰马也翻，全民皆兵全民参战，把侵略者彻底消灭完……"

天一亮火辣辣的太阳就会升起，头上好歹得遮一下，见男生头上捂着的东西，女生们笑得前仰后合："你们快看何大叔包的那头，还《地道战》神兵呢，活脱脱《地雷战》偷地雷的！""快看金小民还不如何大叔呢，那是毛巾吗？包了块抹布就出来偷地雷了！哈哈哈……"宋岚揶揄道："一群残兵败将！各小组女生注意，像这样邋遢的男生，你们可一律淘汰，千万别看上啊！"

大家在地头领到镰刀，按人头分到几个垄沟，面对一望无际的麦田开始挥刀收割，不会使镰刀的，索性用手去拔。渐渐地队伍拉开距离，女生开始落在后面，再后来男生也开始掉队，兰抗美却一马当先割在最前面，她挥刀的动作十分娴熟麻利，时不时还在旁边金小民的垄沟帮他割上几刀。兰抗美可是京城的高干子弟，三年来但凡回京，没少给她这个弟弟带好吃的打牙祭。金小民对大他八岁的大姐有一种特殊的情感，他很想了解她的过往，兰抗美却从没向他敞开心扉。

天渐渐热起来，大家三三两两走到地头休息。何永进因为用力过猛，使原本不结实的裤裆撑开了半尺长的大口子，被一个调皮的小女生看到。"快看何大叔穿开裆裤了，大花裤衩都露出来了。"所有目光齐刷刷地定格在花裤衩上，何永进一惊，慌忙捂住屁股，窘样十分滑稽，大家一顿爆笑。何永进也尴尬地笑，"现眼了！媳妇给做的裤子穿五六年了，干活一使劲，不幸就崩开裆了。呵呵，这可咋整？" 陈小禾赶紧为何永进解围，"谁能救何大叔一把？"兰抗美建议："咱们把毛巾系一块，围在何大叔身上试一试。"众人七手八脚把颜色混乱的毛巾系起来围在何永进身上，显得更滑稽，大家又爆笑。

郑君宁劝何永进别干了，直接回学校吧，何永进哭丧着脸说穿成这样走在大街上，警察还不得当盲流抓起来？大家觉得何大叔还是混在队伍里被遮挡住比较保险。

金小民跟兰抗美坐在一边吃早饭，兰抗美又分给他一个馒头。金小民好奇地问："大姐，你割麦子的速度咋比我都快？一看就是干农活的好手，你来燕大前不是在军工厂当统计员么？"兰抗美苦笑了一下："唉，说来话长了，一部苦难史。"金小民一脸诚恳地看着她，他很想听。

兰抗美沉思片刻："行吧，你可是咱班唯一一个听我故事的人。先给你设一个悬念：我相当时期不叫兰抗美而叫周爱兰，我同时有过亲生父母和养父母。"金小民惊讶地长大嘴巴。

"1957年我爸妈被打成右派去大西北蹲了牛棚，五岁的我跟一岁的弟弟在京城就成了孤儿。在山东的舅舅接走了弟弟，把我送到张北农村，寄养在一户姓周的铁匠家里，改名周爱兰。养父母没有孩子，他们对我很好。过了两年，本不生育的养母忽然怀孕了。不幸的是，她生第二个孩子的时候得了产褥感染，没有及时治疗去世了。养父在公社里做铁匠，大约一周才回家一次，九岁的我就带着两个弟弟撑起了家……"随着兰抗美的讲述，一本个人白描史话呈现在金小民的眼前。

1964年抗美十三岁时父母摘帽回到京城，写信让养父带抗美来京。看见抗美黑瘦的面庞，羞怯的眼神，土里土气的样子，母亲的心里好难过，感到很对不起闺女，当父母跟养父商量留下抗美时，养父竟然哭得稀里哗啦，他对抗美比对自己的两个小子都亲，他实在舍不得把抗美送回来。

父亲说事情总得有个结果，抗美也十三岁了，还是让抗美自己决定吧！母亲满含期待地看着抗美，"抗美，留在京城吧，跟爸爸妈妈在一起，咱们全家再也不分开了！"养父哭着说："爱兰子，跟爹回去吧，大娃二娃还等着你呢！你留在这儿，爹和你俩弟弟也没法活了！"

抗美为难地哭了。许久，她抬起头，望着父母："爸、妈，我很想跟你们在一起，京城比农村老家不知要好多少倍，在这里能读好多老家没有的书……

可是，爹老了，两个弟弟都不懂事，本来爹给我们找了个后妈，去年又得癌症没了。我要是留下来，真不知道他们在农村怎么过！”母亲感慨闺女的懂事，但是抗美首先是自己的闺女。“抗美啊你想没想到，即使没有你，他们在老家也还是要生活下去的。”“可是，如果我给爹帮忙干活，他们是不是能生活得好一些呢？”抗美的眼睛很纯净，没有一丝杂质。

“抗美真是个好孩子，知道感恩，心地善良。”父亲沉思了一会儿，对养父说道：“老哥，这样吧，你这次先带抗美回去，我们给你一个考虑的时间，你想好了就给个信儿，我们去接抗美，但时间不能拖得太长。无论如何，我们是一定要接抗美回来的。”

养父并没有把父亲的话放在心上，执意留住了抗美，十三岁的她最终还是留在养父家里照顾弟弟。两年之后“文革”开始，抗美的爸妈进了牛棚，接她的事就此撂下。后来，养父突然去世，让她和两个弟弟陷入困境。为了撑起那个家，她读完初中就到生产队干活了，掐指一算，抗美已在农村待了十三年。

十八岁那年的一个秋天，她正在地里收谷子，有人跑来说开汽车的解放军来找她。远处的田埂上，果然有几个军人正往这边张望，其中一人冲她喊：“抗美过来，我是你张则叔叔。”张则叔叔是爸爸的老战友，他的女儿盈盈是抗美的发小。“张叔叔——”她大声喊起来，眼泪“哗”地流下来，三步并作两步跑过去，想扑进张叔叔怀里，却止住了脚步，傻傻地站着。

张叔叔亲切地拍着抗美的肩膀，说她还跟小时候一样，模样没变。张叔叔在山西一个大三线的军工厂里当军代表，此次他专门来接抗美去工厂工作。啊，终于可以走出大山当工人了，抗美简直不敢相信自己的耳朵，但自己走了两个弟弟怎么办？“放心吧，我已经跟你们公社革委会主任打招呼了，两个弟弟给接到公社去。”看着慈祥的张叔叔，抗美无限信任地点点头。后来，她就成了山西大三线军工厂里的统计员，再后来，她有过半年短暂的婚姻，技术员丈夫醉酒之后家暴，醒酒之后跪地反悔，之后再醉酒再家暴，直至兰抗美到法院起诉离婚。又后来，她捡起高中课本，读了好多书，赶上了恢复高考，幸运地考上了燕北大学。

曲折又心酸的故事讲完了，坚强的兰抗美轻轻拭去泪水，目光聚焦在一望无际的麦浪尽头。金小民已经听傻了，举着馒头久久愣在那里，他擦去眼泪十分感慨地说道："想不到，真想不到！只知道大姐你是高干的女儿，却有这么一段不为人知的苦难史。"

"还好，国家终于拨乱反正，父母解放了又回到工作岗位上。细想，经历苦难也未尝是坏事，我把苦难当作财富，它使我学会坚强，少小自立懂得珍惜，不是吗?""苦难是财富？你这个比喻太准确了！大姐咱们同桌三年，我发现今天才真正读懂了你，无论做人做事，你是我金小民的榜样!"

兰抗美谦逊地摆手，问小民的姐姐最近身体怎么样了？金小民说不怎么样，农村缺医少药，姐姐又舍不得看病，基本就是熬着，他不敢去想这些事，一想起来心里就沉甸甸的。盼着能早点大学毕业，把姐姐从老家接出来。二人聊着家常，仿佛一下子拉近了距离。

省城即将举办一场大型歌曲演唱会，全是京城来的大腕儿，一票难求。陈小禾总把那首《血染的风采》当作自卫反击战的主题歌，每每唱起它眼前就浮现出高援奋勇排雷掩护大部队行进，牺牲前的那一幕幕壮烈的画面。她一定要去现场听这首歌的原唱，再仔细回味那泣血涟如的过往。头一天夜里她连晚自习都没上，拎着小马扎就去蓝天大剧院排队等票了。

汪嘉成听鲁一依说起这事，正想讨好陈小禾，他立马骑车去了那里，找到排在队伍中间借着路灯看书的陈小禾，要替下她排队，情愿熬一个通宵直至买上票。陈小禾知道公子哥汪嘉成的脾气秉性，他怎么肯为别人的事牺牲自己一夜的时间，再说熬一宿不睡确实很难受，之后补觉又会耽误学习，她回绝了他的好意，执意自己排队。汪嘉成拍着胸脯，信誓旦旦地让陈小禾相信他会把这事干得漂亮，坚持让她回去。陈小禾看实在拗不过他不得已告辞，给他钱他摆手拒绝，称买到票再说。

都说长夜漫漫，还真不是夸张，说起来容易熬起来难。前半夜还能坚持，后半夜阵阵倦意袭来，汪嘉成困得实在睁不开眼睛，书上那些字都变身小蚂蚁在啃食他的心，有密集恐惧症的他无奈地合上书，用小马扎占了个地方，自己回家睡觉去了。

上午九点开始售票的时候汪嘉成匆匆赶来，放眼望去，哪还有小马扎的影子，队伍摆起长蛇阵，首尾看不到头。心急如焚的他瞅准不远处一个胖胖的丑女孩，立即凑过去往她手里塞钱，低声要求给他带两张票。女孩看他帅帅的样子不忍拒绝，后边一个中年男人却揪住他不放，“你小子加塞儿，出去！”汪嘉成灵机一动，扮成女孩的哥，“说什么呢？看清了，这是我亲妹！”招来阵阵起哄声，“咋地，不像啊？基因突变怎么着吧？”这话听着太损，女孩生气地把钱甩给他。汪嘉成赶紧加了一块钱重新塞过去，总算稳住了她，又机灵地躲过后边人的谴责。等女孩终于排到的时候只剩下两张票，汪嘉成央求女孩把票转让给他，女孩不干，二人争吵了几句不欢而散，汪嘉成铩羽而归。

票没买到小马扎也丢了，汪嘉成没法儿跟陈小禾交代，他知道付来鬼点子多，不得已求助于他买黄牛票。付来凭三寸不烂之舌撺掇外文系的老乡学弟平价转让了两张票，翻了两倍的价钱卖给汪嘉成。两张高价票一下耗去自己半个月的工资，汪嘉成觉得付来太黑，但为了陈小禾也只能认栽。

郑君宁想到陈小禾一定想看这场演唱会，他托了好几道关系终于找到一张演出票，欣喜若狂地给陈小禾送去，她却客气地说汪嘉成已经连夜排队为自己买到票了。郑君宁见汪嘉成这么一个只顾自己，有智商没情商的人都知道关心陈小禾且捷足先登了，心里直后悔自己没有连夜排队为陈小禾奉献爱心。

演唱会在周六晚上七点半开始，南院外的路灯下，汪嘉成骑车支着长腿在等人，打扮得相当时髦和帅气，小头梳得一丝不苟，衬衣熨得板板正正。他的举动吸引了骑车经过的宋岚，她好奇地躲在一边看汪嘉成约的人到底是谁。过了一会儿，陈小禾从南院走出来，啊？他俩搞上了？宋岚大吃一惊，陈小禾原来不是跟郑君宁有一腿吗？

陈小禾客气地说给汪嘉成添了麻烦，然后递上自己的票钱，汪嘉成哪里肯收，只说快开演了赶紧走，那就再找机会还给他吧！陈小禾想着，谨慎地坐在自行车后座上。这时候起风了，汪嘉成骑了几步停下来，他的眼睛被沙子迷了。他从裤兜里掏出手绢擦拭，却不料带出两张票落在地上，两人没有丝毫察觉，汪嘉成重新起步，带着陈小禾一溜烟似的消失在夜色中。

宋岚骑车过来，下车捡起掉在地上的票端详：蓝天大剧院，首都著名歌星演唱会，时间是周六十九点三十分。付来打远处跑过来招呼她："岚岚你没在教室啊？我到处找你。周末啦咱俩享受去，我请你去新开的东方宾馆顶层喝咖啡吃夜宵观夜景。"

宋岚告诉付来一个惊人的消息："汪嘉成跟陈小禾好上了！"付来也感到吃惊，问哪来的信息，宋岚说亲眼所见，"汪嘉成骑车带陈小禾刚走，俩人偷摸去看演唱会，却不小心把票弄丢了！"她举着票继续谴责陈小禾，说她不道德，迷着高援，拴着老工人，还跟郑君宁有一腿，现在又来勾引汪嘉成。

付来附和说这不奇怪，"那帮搞文艺的都是些个情种，陈小禾、汪嘉成、郑君宁、鲁一依，高援也一样。"他把这些人历数了一遍。"这下子鲁一依可惨了！还蒙在鼓里天天做梦呢！这演出票怎么办？不可能给他们送去吧？"付来哈哈笑起来，"怎么能给他们送去？咱可没这义务。再说了，你送给他们，他们做贼心虚也不敢要啊！那不就彻底暴露了？"他眼珠一转，"哎，咱俩去呀！"宋岚恍然大悟，还是付来脑筋急转弯快，她笑着拍手说这叫天上掉一大馅饼让咱俩接住了！

蓝天大剧院门前人头攒动，汪嘉成和陈小禾一起向检票处走去。汪嘉成掏裤兜，愣住了，再掏，下意识地查看周边地上，哪里有票的踪影，汪嘉成连喊活见鬼，急得掏出手绢擦汗。陈小禾判断，是来的路上在学校南门外，汪嘉成用手绢擦眼睛，手绢把票带出去了。

汪嘉成一副懊恼的样子，买票就一波三折，被付来坑了一把，好不容易搞定又成功约出陈小禾，结果露了这么一个大怯！太他妈丢人了！他感觉面子上挂不住，决定去买退票。

远处郑君宁走过来看见了陈小禾，得知他们的票丢了，立刻把自己的票递到她手里，陈小禾推辞不过感激地接过来。“你赶紧进去，我在这儿等汪嘉成，如果买了退票我俩就进去，买不到就让汪嘉成回家，等散场我再来接你回学校。”陈小禾坚决不让郑君宁送她回校，“你对象知道了会来找麻烦。”郑君宁觉得陈小禾过于草木皆兵，笑称郭蕊今晚不会设埋伏。

演唱会散场后早没了汪嘉成的影子，郑君宁果然推车等在门口，陈小禾心里既感激也有所戒备。二人在夜色中骑行，想起音乐会原唱如泣如诉的那首《血染的风采》，陈小禾的心绪依然不能平静，她又想起了高援，不禁潸然泪下。郑君宁听见她在后座上的抽泣声，觉得她总是沉浸其中不是办法，一路上不停地开导她，陈小禾的心绪渐渐平静下来。

付来带着宋岚已经骑进北院，这场演唱会真是太好了，二人还为今晚捡的大馅饼哈哈地乐。宋岚夸奖付来确实跟班里那些书呆子不一样，脑子就是活泛，尤其具有经济头脑，自己也最欣赏他这一点。付来借机炫耀自己，“你男朋友是谁呀？不是吹牛，岚岚找了来来，这辈子就等着享大福吧！”他忽然停下车制止宋岚别吱声，让看前面的人。宋岚睁大眼一看惊着了，女生宿舍楼门口，陈小禾刚好从郑君宁的自行车上跳下来。

郑君宁叮嘱陈小禾上楼早点儿休息，然后掉转车头蹁腿上车，“哎，你怎么不回宿舍？”郑君宁转过头：“我要回家，明天一早送老妈去郊区大姨家。”陈小禾这才明白郑君宁是专程送她回学校的，又一次被感动，看着他消失在夜色中。

宋岚嫉妒心油然而生，她感叹陈小禾好福气，汪嘉成驮着去郑君宁再驮回来，班里的俩帅哥都被她抢走了。付来故作神秘道：“幸亏岚岚你下手快，把第三个帅哥及时攥在手里，要不然也得被陈小禾抢走了！”宋岚看着比自己小三岁还矮半头，相貌对不起班上所有人，土了吧唧，还吹大牛的付来凄惨地笑了。

付来颇不以为然：“你以为帅只在外表吗？你们女生实在幼稚！内在的帅比外在的帅更重要也更长远，不信咱俩走着瞧！找了我让你一辈子都偷着乐。你指定比那个陈小禾幸福！来，亲一个。”说着就去搂宋岚。失落而赌气的宋岚长到二十九岁才第一次尝到被人追求死缠烂打的滋味，她半推半就接受了付来的拥吻。

第九章

汪嘉成坐在南院长廊的石凳上看书，目光却被树上“啾啾”叫着的两只相思鸟吸引，一贯吃喝不愁的他也有了心事，他当妇联主任的妈想搞军地联姻，给儿子找了一个省军区首长的女儿，汪嘉成死活看不上，他眼里只有陈小禾。

付来打长廊那边走过来，他早把汪嘉成不当回事了，见他的样子故作惊讶状，“唉吗吔，这汪大少掉进单相思的陷阱啦！”汪嘉成扭过头懒得理他，一个撒泡尿都不知道冲水的大山沟穷小子居然也平蹚省委家属院了，这也忒不公平了吧？

付来拍着汪嘉成的肩膀：“算了，朕看汪大少一副落魄的熊样就赐给一招吧：追女生你得狂轰滥炸豁出老命！陈小禾咱班早有人惦记，赶紧下手吧！可别夸我是雷锋哈!”

汪嘉成盯着付来的背影，觉得他说的不无道理。这阵子鲁一依把他盯得可紧了，昨儿晚上他在教室正甩开膀子挥毫泼墨，鲁一依跟进去忽而铺纸递章子，忽而拿杯子喂水喝，再忽而揉肩捶背加按摩，还搬出泰戈尔的诗声情并茂地朗诵：“世界上最遥远的距离，不是生与死的距离，不是天各一方，而是我就站在你的面前，你却不知道我爱你……”看着鲁一依花容月貌、风情万种的样子，汪嘉成真有些心动过速，差点没把持住。他要抓紧向陈小禾表白，抢在郑君宁前面，并且刻不容缓。

这一天，为准备“五一”节演出文工团排练。结束之后，汪嘉成叫住陈小禾，变戏法似的拿出一幅两尺见方的水墨画让她欣赏，陈小禾见那些虾画得栩栩如生，感觉在哪里见过。汪嘉成得意地说她除非在书上见过印刷的图，自己临摹的这是齐白石的名画。他问陈小禾喜不喜欢，陈小禾点头。汪嘉成爽快地递给她：“那好，送给你了。”陈小禾不解：“你送给我？为什么？”汪嘉成：“你真傻呀还是装傻呀？为什么？喜欢你呀!”

没等陈小禾回话，汪嘉成就滔滔不绝地说开了，“陈小禾你有点诚意行吗？我可不是跟你开玩笑。你知道我从什么时候开始暗恋你的吗？从一入学的开班会，你唱歌的那一刻就开始了。我真没想到一个老朽不堪死气沉沉的历史系，还有你这样的人报考，没想到你们德城那个小地方，出了你这样的美女。闹地震的时候，我英雄救美第一个想到的是你，却被别人抢了先。大学生会演，郑君宁无故迟到我急得火窜上房，争着要给你手风琴伴奏，如果不冲着你，我都懒得去！去年游泳你溺水，正巧我去厕所，结果让郑君宁占了先，我遗憾了好些天，追思高援的那段时间你能感觉我的卖力吧？这一切都是为了你！我发誓我汪嘉成活到28岁从没有主动追过女孩子，全是她们上赶子巴结我，你陈小禾是本人有生以来第一个。看见我屁股后头跟着的那一群群的吧？包括鲁一依，都快得神经病了，一天到晚跟狗皮膏药似地粘着，揭都揭不掉。哈哈，硝烟弥漫战事吃紧哪！都老大不小的干脆挑明了吧，你到底选择我还是郑君宁?”

陈小禾好惊讶，汪嘉成连珠炮一样的表白让她措手不及。跟汪嘉成同窗三年，对他的脾气秉性了解很透，她觉得汪嘉成是一个优缺点都被过度放大的矛盾结合体。才气逼人，却恃才自傲；表面风流倜傥，内心并不强大；凭一腔热血做过正事，却随性懒散；特别吸引女孩子，又只能远观不能近瞧。他佩服的人寥寥无几，高援算是另类，当然他在高援追思会上的表现还是可圈可点的。无论从哪方面说，她与汪嘉成的关系只能停留在同学关系的层面，不可能有更深的发展。“嘉成，谢谢你这么看得起我，可是，我老家已经有对象了！”面对陈小禾的搪塞，汪嘉成很是不屑，“快别提你老家的那个对象了，不就一个老工人吗？谁不知道你的心思都在高援身上，这会儿面对郑君宁的暧昧正举棋不定呢！”

“嘉成你快别这么说，他确实是老工人，可对我们家有恩。”“为了恩情委屈自己下嫁老工人？你别给自己灌迷幻药啦！”汪嘉成的嘴都快撇到腮帮子上，不屑地直摇头，“我劝你赶紧把老工人淘汰出局跟我实现重组，等毕了业让我爹妈帮忙，在省城分配个好工作，彻底跟德城那个小地方说拜拜。怎么样?”陈小禾摇头说汪嘉成想简单了，事情远没有像丢弃一件旧衣服那么容易。

汪嘉成还在做进一步努力，他盯着陈小禾问：“能否在近乎于祈求的份上施舍一把?”见陈小禾还是摇头，汪嘉成终于不耐烦了，“陈小禾我不是说你，你不要以道义和报恩的名义绑架自己，一个老工人都能蒙你一愣一愣的，舍不得或者说不敢放下，你是燕大第一傻！有你吃后悔药的那一天！你们不会有好结果，等着向隅而泣吧！我等着看你的笑话！”汪嘉成痛快地数落完，黑着脸卷起画走出排练室。

陈小禾追了一步说：“嘉成咱们还是好同学，感谢你为我所做出的一切!”汪嘉成头都不回地甩下一句：“等看你的好戏！注定是一辈子的笑话！”自打入学以来，尽人皆知陈小禾有一个老工人对象，没有一个人理解和支持她，除了鲁一依劝她珍惜马大山的爱，陈小禾后来知道那是她成心，故意而为之，怕失去汪嘉成。此刻汪嘉成的话犹如在自己落井的心上又投下一块大石头，陈小禾起初很烦躁，冷静下来细想汪嘉成的话也不无道理，他不过就是说得直白和难听罢了。

陈小禾的父亲虽已摘掉坏分子的帽子，却因身体原因提前退休了。基于马大山多年如一日，鞍前马后的照顾，陈家父母更觉得不能亏欠这个未来的女婿，他们就怕陈小禾移情别恋，特别是听马大山提到学校里有男生追求陈小禾，他们比马大山还紧张，于是撺掇他趁着五一节到学校看她，陈母还亲自给女儿写信，警告陈小禾不要忘恩负义，要像对待恩人和亲人一样盛情款待马大山。

正是晚自习时间。心烦意乱的陈小禾从教学楼里出来，漫无目的地在南院的甬道上溜达。郑君宁看出她有心事，背着琴骑车从后面追上来，说自己去北院排练室练琴，让她上车听他拉琴去。陈小禾对小提琴独奏一直情有独钟，喜欢它华丽的声音，高难的演奏技巧和丰富的表现力，曾经遗憾自己没学会这项技能。郑君宁拉琴有童子功，十岁起就由母亲拿着一根小棍盯着他练琴，十几年后能坐上燕大首席小提琴的位置证实了他的实力。自从一年前陈小禾溺水，郑君宁奋勇相救还做了人工呼吸，陈小禾在医院伺候郑君宁，不顾羞涩给他接了小便，她就再没听过他单独给自己拉琴。见郑君宁邀请自己，陈小禾突然也想听听音乐放松心情，于是蹁腿上车，任由郑君宁拉着驶向北院排练室。

二人进楼，意外地发现几间排练室居然连一个人影都没有，他们走进其中的一间，脚步声和开门声落定之后，四周寂静的连自己的心跳似都能听到，这种意外的寂静让他们有些紧张和不适应，脉动慢慢加速，随意的闲聊戛然而止。郑君宁赶紧打开琴盒，低头用调弦来掩饰自己慌乱的心情。陈小禾用深呼吸来稳定心跳，手下意识地捻着衣角，转身望向窗外寂静的夜空。

郑君宁抄琴拉响《D大调卡农》，这首神一样的曲子在他灵巧的指尖上开始舞动和滑行，琴声犹如温柔的低语，让你忆起依恋的旧日；忽而音节的惆怅，似为那找不回来的爱情时光。琴声过后，留下心的悸动、感怀和唏嘘，陈小禾的思绪随着乐曲起伏不断。

一曲完毕，郑君宁又接着拉起《梁祝》，轻柔优美的引子在陈小禾的耳畔再度响起，随着相爱、抗争和化蝶三段乐曲的递进演奏，梁山伯与祝英台的情爱与离愁，凄婉与痛苦，化作彩蝶成双被他用琴声表现得淋漓尽致。陈小禾听入了迷，陷入无限遐想之中。

曲终，郑君宁放下琴，见陈小禾还呆呆地盯着窗外的路灯，伸出两个手指在她眼前晃，玩笑地问道："这是几？"这才把她从纷繁的思绪中拽回，她以为郑君宁猜透了她的心思，不好意思地笑了。"汪嘉成被你拒了之后，他很沮丧，你有些不安，还因为马大山，你才心情不好，对吗？"陈小禾奇怪他怎么都知道，郑君宁笑称自己能掐会算。一年来，他们尴尬的关系越刻意拉开距离越适得其反，好像掉进滔滔奔涌的河水，身不由己地卷进了那个叫作爱情的漩涡。漩涡既是两性相吸，肌肤相亲的生理反应，更是人品相近、志趣相同的精神虹吸。陈小禾在漩涡中想挣扎出来却身不由己，反而越卷越深，郑君宁早已卷进漩涡，且比她卷得还深。

看着愁眉苦脸的美人，郑君宁的心中涌动着无限的爱意，他试探性地拉起陈小禾的手，假装大大咧咧说给她看看掌纹算算命，"我给你预测一下未来的婚姻跟事业，这可是人生的两件大事。"见郑君宁扯着她的手往怀里拽，陈小禾赶紧抽回手假装笑话他迷信。其实他们彼此心知肚明，只不过中间横着马大山和郭蕊，陈小禾没勇气迈过这道鸿沟。

"我特别怕放假回家，还怕毕业分配，好不容易考上大学，毕业后再回那个小城跟一个大老粗过一辈子心有不甘！愁啊，愁死了！""你好赖一学期才回去一趟，我这至少一周就得回家一趟，郭蕊缠着不放，没有个定力真就完蛋，盼周一回学校就像囚禁后的释放，真羡慕汪嘉成他们轻手利脚没有拖累。"二人越说越愁眉苦脸，越说越同病相怜。见时间已晚，陈小禾说赶紧走吧，万一叫梅老师抓住事情就闹大了。

出了大门，陈小禾和郑君宁边走边聊，二人光顾着说话，把自行车给忘在楼前了。“我巴不得现在就叫梅老师抓住，从此再用不着藏着掖着，咱俩光明正大地相爱。”郑君宁今晚变着法儿往他俩的恋人关系上扯，只等陈小禾表态，而陈小禾偏偏就不接茬。

“快四年了，我真不想再忍受这份感情的折磨，对郭蕊我没有做任何对不起她的事，了断得越早对她越好，我也不想耽误人家一个女孩子。关键还是看你，能不能痛下决心跟你那老哥彻底断了！”郑君宁满怀期望地盯着陈小禾。

陈小禾一脸愁容，“我没有办法答复你，因为实在不知道该怎么做，才能与马大山彻底了断！父母施加的压力太大了！”郑君宁忍不住埋怨陈小禾，“你可怜就可怜在把恩情与爱情混为一谈，带着报恩的心理去忍受甚至接纳一桩没有爱情的未来婚姻，这是亵渎爱情和婚姻你懂吗?”“奇怪，汪嘉成也这么说我，你们的看法都一样。你还说我可怜呢，你自己呢？你对郭蕊不也是夹杂着感恩和报恩的心理吗?”陈小禾不服气地反驳他。“咱俩情况不一样，我帮助郭蕊补习考上了人民医院的护士班，如今毕业成了正式护士，对她的恩已经报完，不欠她什么了。”郑君宁为自己离开郭蕊找到充分理由。

黑暗中的二人走在崎岖不平的甬道上，陈小禾不小心被隆起的砖石绊了一下，一个踉跄差点摔倒，郑君宁眼疾手快一把将她拽住，顺势抱住了她，高高大大的他恰到好处地把纤细苗条的她揽在怀里。月光洒在她光洁的额头上，欧式的大眼睛清澈无比，情到深处的郑君宁舍不得再放开，“小禾我太爱你！跟马大山断了跟我好吧！”陈小禾紧张地瑟瑟发抖，他们感情的发展就这样水到渠成，心底期待又不敢面对的事情终于在猝不及防之际发生了。她想起高援离校前的那个夜晚对自己说的话，希望她跟郑君宁结成伴侣，相信他会一辈子忠诚于她，会对她疼爱和照顾有加。一想到这些，陈小禾一阵眩晕，郑君宁温暖的怀抱让她在高援之后重新找到了依靠，她艰难且坚定地点点头，不安且激动的泪水顺着白皙的面颊缓缓流下，她的身体变得软绵绵的，愈加无力地靠在郑君宁的身上。郑君宁读懂了她的心思，他紧紧搂着她，忘情地吸吮那肆意流淌的泪水，阻止它流进她受伤的心里。随即，郑君宁吻住了陈小禾樱红的嘴唇，陈小禾也扬起头迎合着他。此刻，他们深情的亲吻与去年溺水的人工呼吸已经发生质变，这一刻他们的心情是紧张的愉悦的，他们甚至期待时间就这样凝固住，让他们长吻下去不再分开。

二人正在情深处，旁边传来几声咳嗽，一对男女生从路边树林里钻了出来，吓得陈小禾迅速挣脱了郑君宁的怀抱。借着月光看清对方，陈小禾赶紧又往郑君宁怀里钻，想把自己的脸挡住却为时已晚。这两人是陈小禾的德城同乡，男生大李子还是马大山的发小，郑君宁与陈小禾的一举一动被他俩尽收眼底。

二人诡异地看着他们，待看清是陈小禾和郑君宁，女生惊讶地差点喊出声，大李子窃笑，两人勾肩搭背地走了。陈小禾叫苦不迭，越想越后怕，看来马大山那边是瞒不住了。“怎么着？许他们光天化日之下谈情说爱，就不许咱们有自己的选择，光明正大地恋爱呀？这世道也太不公平了吧？”郑君宁很不服气地发泄道。他扶住陈小禾的肩膀给她鼓劲儿，“小禾，没什么怕的，既然已经鱼死网破，不如勇敢面对，咬牙跺脚死扛。”

陈小禾两眼迷离，变得六神无主，呆呆地站着想心事，她倒是想死扛可扛得住吗？郑君宁追问她想不想跟自己永远在一起？陈小禾毫不犹豫地点头。“这就足够了！记住，天塌不下来！就是有一天真的塌下来了，有我郑君宁替你顶着！别犹豫了，暑假回家咱俩都跟对方挑明。从此，各走各的路，记住，没有爱情的婚姻是不道德的！长痛不如短痛。咱们已经没有退路了，痛下决心吧！”看着郑君宁坚定的目光，受到莫大鼓舞的她禁不住挺直了身板。

自从付来两年前被王小秋家穷追猛打仓皇逃离老家之后，几个寒暑假都是悄悄地进村，看看爹娘留下东西就匆匆撤退。眼见王小秋已过二十六岁成了老姑娘，再不嫁人就砸在手里，王家接长不短地找付家的麻烦，付来爹妈磕头作揖信誓旦旦才稳住阵脚。就在蒙在鼓里的付来以为尘埃落定暗自窃喜之际，王小秋的爹又当上了村支书，她再次成为干部子女，王剩子指使闺女让付有领着到燕北大学找付来省亲。

这一回付有跟王小秋顺利潜入南院，一路打听着到了文史楼。两人没敢贸然进楼，围着楼挨个扒着一层教室的窗户侦查，探头探脑的样子很是滑稽。付有眼尖，“嫂子快看，俺哥在哪儿坐着呢！”王小秋看罢咧着大嘴笑起来，“哟，付来越来越水灵了，穿得还挺时髦。啧啧，瞧那小头梳得流光水滑，变得俺都快认不出来咧。”二人兴奋地冲着付来不住地招手，付来无意中抬头看见窗外晃动的俩脑袋，顿时脸色大变，赶紧从后门溜出教室。他的举动被宋岚看得一清二楚，她坐了一会儿似乎预感到了什么，站起身悄悄跟了出去。

付来把付有跟王小秋引到楼后的花园里，气急败坏地训他们：“咋就不打招呼乱闯，这是大学圣地，没文化的能随便进吗？看大门的咋就没把你们轰出去呢？”本来特别激动的王小秋被吓住了，她局促地捻着衣角说：“付来你咋这凶巴，你都两年没回家，俺快想死你了！”付有也说是两家爹娘非让俺跟嫂子来找的。

付来无意中看到宋岚东张西望一路寻过来，赶紧勒令俩人蹲下，小声说大学不让搞对象，谁问起都得说王小秋是付有的对象来看哥哥。见付来至今还装傻充愣，王小秋气愤地站了起来，正好被宋岚发现，她疑惑地走过去询问付来：“你跟这俩农村老乡偷摸蹲着干吗呢？”

付来笑着跟宋岚说：“这是我兄弟付有和他对象。”他让他俩向同学姐姐问好。付有局促地搓着手冲宋岚傻笑，王小秋面无表情拒不配合，越发引起宋岚的怀疑。付来赶紧说中午了要带二人去外边吃饭，小声劝宋岚道：“你去食堂吃吧，农村人吃饭不讲究别倒了你胃口。”宋岚斜着眼说自己就不怕倒胃口，甩着头发径自往前走了，付来只得赶紧跟上心中暗自叫苦，回头悄悄告诫付有和王小秋：“你俩听着，大城市规矩多，要看我的眼色行事，不许瞎说。听见没？”王小秋傻傻地问都啥规矩，咋看眼色？宋岚听见他们的对话冷笑一声，她预感到付来在玩猫腻。

饭馆里，四个人围在一起吃中午饭，付来只跟宋岚说学校的事，付有和王小秋寡淡地嚼着馒头，王小秋的眼睛不住地往付来身上扫，还爱怜地把他衣服上的一个线头择下来，这个细节引起宋岚警觉，厉声问他俩到底是什么关系？王小秋不好意思地咧开大嘴笑了，环视四周之后，警惕地用家乡话道：“你知道就行咧，可别告诉你的同学们，俺是付来的媳妇！”

宋岚怔住了，沉默了几秒突然爆发，站起来猛地一拍桌子声嘶力竭地喊：“付来你给我说清楚！到底怎么回事？”饭馆里的人都吓了一大跳，纷纷往这边看。付来慌忙站起来去扶宋岚肩膀劝她冷静，宋岚甩开付来的手，指着王小秋：“你说实话，如果撒谎出去就遭雷劈。”王小秋点头说自己就是付来媳妇。

宋岚一个耳光扇到付来脸上，扑上去又踢又打：“你这个大骗子竟敢骗到姑奶奶头上，瞎了你的狗眼。”付来哪敢还手，只是被动地护着脸怕被宋岚挠伤。王小秋一看慌了神，她弄明白付来跟宋岚的关系了，但还是扑上去拉扯宋岚护住付来，还是付有力气大，好歹拉开了宋岚。

付来揉着脸整理衣服领子，指着王小秋暴怒道：“你咋就成了我媳妇？我啥时候娶了你？说！”是啊，啥时娶的？王小秋被付来吼住一时语塞。“扣屎盆子？你上辈子跟我有仇是不？”付来恨得咬牙切齿。王小秋缓过神来跳着脚喊：“俺怀过你的孩子！你敢抵赖？”这句话犹如晴天霹雳，宋岚抄起一盘子青椒炒肉片朝付来砸过去，付来头一偏没砸着，溅了一身菜汤。付有看自己的亲哥被两个女人围攻，心里这叫一个急呀！他急中生智冲王小秋喊：“你怀的孩子是俺的不是俺哥的！”付来赶紧随声附和，王小秋气得“呜呜”地哭起来，指着付有说他胡说八道，一激动掀翻了桌子。

四个人的打闹惊动了饭馆里所有人，都围过来看热闹，老板过来揪着宋岚和王小秋索赔。宋岚感到无比羞耻，她扑上去“哗啦”一声，拽掉了付来衬衣上几个扣子，又狠狠地踹了几脚，头也不回地走了。付来赔了钱，拉着付有跟王小秋狼狈地离开了。

下午，在小旅店里，王小秋还趴在床上嚎，付来扶起她掏出一沓十元的票子塞到手里。王小秋生平第一次捏着这么厚的钱，霎时哭泣声变小，拿钱的手竟有些哆嗦。付来端过水杯喂她水喝，劝慰她别哭坏了身子，然后云山雾罩地开始讲故事，讲他周围的男生全都跟农村对象吹灯拔蜡了，为什么呢？就是上大学闹的。你想啊，拿钢笔的能看得上拎锄把子的吗？馒头跟地瓜摅不到一起呀！农村对象也有找学校闹的，闹也没用哇！又没登记领证，法律才不保护呢！王小秋被付来的话唬住，听得直愣神，越琢磨越觉得付来说得有道理，再拿自己跟趾高气扬的宋岚作比对，还真就是草鸡跟凤凰的差距。见王小秋垂头丧气一声不吭，付来适时把付有隆重地推出，“你瞧我这兄弟咋样？模样不赖，体格还好，人更厚道，配给你，你一点儿都不亏！”王小秋斜眼看着付有，心里盘算着小九九：自己都过了二十六成了老姑娘还怀过孩子，在农村除非找老光棍了，要真能跟付有也不赖。她好像抓到了一根救命稻草笑嘻嘻地看着付有。付有反应慢，“咋地？俺嫂子变成俺媳妇啦？”王小秋捂着嘴羞涩地笑道：“可不是咋地？” 付有自小到大都围着哥哥的指挥棒转，付来让干啥就干啥，从来没有二话，他傻笑着说道：“咋都行，俺就听俺哥的。”

付来又掏出一沓钞票分给王小秋和付有，说是给他俩成亲准备的钱，王小秋被付来的阔气和慷慨震得目瞪口呆。付来特别真诚地说：“现在个体户都发大财了，偷奸耍滑的人都从农村跑出来做买卖，卖煎饼果子都能赚大钱。明年等我大学毕业就把你俩从山沟子里接出来在市里安个家，给你们出本钱做点儿小生意，过城里人的体面生活。”王小秋终于被付来侃晕，攥着钞票渴望地看着付有笑。付有更是乐不可支，哥哥确实大脑瓜子够使，把将来都给谋划好了，能上城里挣大钱，比在家种地受穷强一百倍。自己都二十四了，就因为家穷一直说不上媳妇，能找上王小秋也不赖，何况他爹还是干部。

当天晚上，付来把付有和王小秋引到女生宿舍楼的楼下，王小秋上楼怯怯地敲门，说找宋大姐有话说。怕女同学看笑话，宋岚赶紧把她引到楼下，也正好借机挑唆王小秋跟付来掐架。不料，王小秋态度一百八十度大转弯，再三澄清付来上学前跟自己是假订婚，“俺家给过他衣服、铺盖卷和路费，他去年把钱还俺家了。孩子就是付有的，俺是成心讹付来呢！你们入学那年俺来省城打胎，还是你班里那个男的在医院上班的对象给安排的，不信你去问问。俺来学校找付来的麻烦，就是想再讹他一笔钱，最起码借给他的钱有利息俺得要回来。下午付来他都给了，俺也没啥扯的了，回老家就跟付有结婚啦！”

王小秋大段的证词让宋岚半信半疑，这时付来恰到好处地凑过来套磁，向她讨好地笑，付有也憨憨地冲着她傻乐。宋岚就把三个人分开，采用背靠背的战术分别审问，结果三人的回答如出一辙，没找出半点儿破绽。她最终相信了付来，确定王小秋发飙是借假订婚讹付来更多的钱。就这样，付来用他的狡诈和金钱化腐朽为神奇，打发了王小秋留住了宋岚。

五一节学校文工团演出的压轴节目是陈小禾的独唱《我爱你中国》，六十多人的管弦乐队在郑君宁潇洒的指挥下，把海外赤子眷恋祖国的无限深情抒发得淋漓尽致。在雷鸣般的掌声中郑君宁与陈小禾四目相对，喜悦的眼神里多了一份柔情蜜意。这一切都被台下躲在暗处的郭蕊看得一清二楚，之前付来为替宋岚出气，跟郭蕊通风报信，说了郑君宁跟陈小禾搞对象已经坐实的事，郭蕊才追踪而来。

人群散去，郑君宁和陈小禾刚离开礼堂，黑暗中突然闪出一个人挥拳打向郑君宁。马大山果然借五一节假期来燕大省亲，走到校门口巧遇发小大李子，大李子吞吞吐吐地把他对象被同班男生抢跑的事从牙缝里挤了出来，马大山听罢怒火中烧直奔礼堂而来。郑君宁猝不及防挨了一记老拳，仓促应战，他用手轻轻一拨，马大山趔趄了几步再要挥拳，被追上来的郭蕊抓住了手臂。

“他是你打的吗？有我在哪轮得着你教训呀？”郭蕊先呵斥马大山再冲陈小禾吼，骂她是狐狸精勾引郑君宁，说着一个巴掌扇过去，却被郑君宁挡住。“郭蕊你别骂得那么难听，是我主动追小禾的，你找我算账吧！”郭蕊怔了一下痛哭起来，“你这忘恩负义的东西，医院里所有人都知道我有你这么个大学生对象，你却变心把我甩了，你让我的面子往哪儿搁呀？”

马大山痛心疾首地惋惜陈小禾鬼迷心窍，看上一个花心大萝卜，“他能甩了他对象早晚也能甩了你！你哪根筋转错把我这么好的人淘汰出局了？”他掉转身对郑君宁怒吼："还有你姓郑的，你盯谁不行你盯她干啥？你分裂我家破坏那啥……"马大山嘴跟不上，又挥起拳头，想了想又放下了。

郭蕊痛哭着走了，马大山也悲怆地离开了。陈小禾难过地流下眼泪，她摇着郑君宁的胳膊说道："君宁要不就算了吧，这也许就是命，命里注定我必须跟他马大山你必须跟郭蕊，再说事情弄大了在学校影响不好！"郑君宁就怕陈小禾泄气，"都这时候了你还优柔寡断不敢给自己做主，那你的爱情真就无处安放了。我再问你一遍，你爱马大山吗？你甘心回德城跟他过一辈子吗？"陈小禾哭着摇头。"这不就得了？挺住！我再说一遍，天塌了有我郑君宁替你顶着！我都豁出去了你还怕什么？"郑君宁坚定地搂住陈小禾，替她擦去眼泪。

次日一大清早，文史楼的一层走廊里有人贴了大字报：《强烈谴责历史系七七级二班郑君宁的不道德行为》，是愤怒的马大山一宿没睡，去公共澡堂子花钱差人写就，大意是郑君宁流氓行为严重，玩弄女性抛弃未婚妻，追求已有未婚夫的女同学，给双方的未婚妻和未婚夫造成精神上无法弥补的伤害，根本不配胸戴燕北大学校徽，呼吁全校同学行动起来，口诛笔伐这种违背社会主义公序良德的行为。马大山本来听信代笔的人蛊惑，准备守在大字报跟前现场控诉，见凑近的人越来越多，笨嘴拙舌的他怯懦地溜走了。梅祥源没有遣散围观的学生，意在让大家都受受教育。这时兰抗美和金小民走进楼里，弄清怎么回事之后，金小民走过去一把扯下大字报，兰抗美劝同学都散了，她说事实不是这样。

上午下课之后历史系七七级二班召开紧急班会，黑板上写着一排大字：大学生如何树立正确的婚恋观。梅祥源脸色铁青，背着手在讲台前来回踱步，"明知对方有对象还相互插足，形成复杂的四角恋关系，导致家属来学校贴大字报，严重破坏了历史系七七级二班的声誉。今天的特别班会就是针对郑君宁和陈小禾事件。"

郑君宁站起来，他必须抢占舆论高地，"爱情不是慈善，没有必要为了怜悯谁发慈悲才跟他谈恋爱。以感恩的名义谈恋爱难道不是另类谋杀行为吗？一旦走入婚姻，谋杀的将是这个人一生的幸福。”

陈小禾已经不再胆怯，郑君宁给了她力量，“爱情是什么？是建立在共同基础上的心灵沟通。在恋爱中最重要的条件应该是志同道合，在思想品德、事业理想和生活情趣方面都大体一致。如果双方缺乏这些基本条件，选择放弃是没有错的。马克思和燕妮的崇高爱情就建立在志同道合的基础上，所以才经受住了艰难困苦的考验。”

兰抗美也站起来声援郑君宁和陈小禾，“爱情不应该因为怜悯、报恩、世俗议论等原因而勉强结合。恩格斯认为，婚姻要以爱情为基础，没有爱情的婚姻是不道德的婚姻，也不会是牢固的婚姻。”金小民和鲁一依也随声附和。汪嘉成一副事不关己高高挂起的态度，对大家的呼应很是漠然和冷淡。宋岚与付来撇着嘴，憋着笑，一副幸灾乐祸的样子。

梅祥源很不屑地看着申辩和声援的三个人，“照你们的观点，即使有对象也可以相互插足胡乱替换呗？不要以伟人的名义为自己违反社会公德的行为开脱和找借口。”他转向付来和宋岚，点名让这些觉悟高的同学发表看法。

付来挠头，装作很清纯地说：“农村学生见识少经历也少，没遇见过自己已有对象又反悔，另找女同学谈恋爱的事，不理解咋就忍心把男女私情建立在别人的痛苦之上。”

宋岚本就对郑君宁一身的怨气，正好借机发泄一下：“一个人的学历不代表一个人的品行，学历高品行差的在咱们班大有人在，谁吃不了就让他自己兜着走。”

接下来的讨论支持郑君宁陈小禾的多，附和付来宋岚的也有，形成明显的两个阵营。梅祥源的处理结果是当即解除郑君宁的班长职务，并向系里报送了郑君宁和陈小禾的问题。魏书记先后找当事人谈话，幸亏他是一个通情达理的领导，了解实情之后，他理解学生的苦衷，没觉得他们做错什么，确实爱情和恩情是两码事。系里没对二人做出任何处理，这件事情也就不了了之。

暑假，同学们各自回家。自从郑君宁考上大学，侦缉和防范他跟大学女同学交往就成了郭蕊生活中的第一要务。自从陈小禾溺水事件之后，她没少跟郑君宁争吵打闹，然而该发生的还是发生了。如果说郑君宁给陈小禾做过人工呼吸，陈小禾给郑君宁接过尿是见义勇为和感恩戴德，但二人抱在一起啃到一块，则说明他们的恋情已经板上钉钉了。在经历了痛定思痛的日思夜想之后，郭蕊愿赌服输选择了放手。为纪念自己的初恋，郭蕊决定以好合好散为由邀郑君宁吃散伙饭，然后彻底拜拜。郑君宁也想推心置腹地跟郭蕊好好谈一谈做个了断，便也没有推辞。

这一天周末，郭蕊家人出门走亲戚了，二人就着几个菜开始推杯换盏。郭蕊生就性格泼辣豪爽，再借着酒劲敞开了心扉，“我终于明白强扭的瓜不甜是什么滋味啦！决定成全你跟陈小禾，把你这个大甜瓜让给她！再说天下好男人有的是，不信我非在你一棵树上吊着！别看咱就一个护士，被人追被人捧的故事也一大箩筐，你郑君宁也没啥了不起。”

郑君宁被郭蕊的痛快劲所感染，伸出大拇指夸她局气，“郭蕊我忘不掉当年高考前你的仗义搭救，但咱俩确实不是一路人，脾气秉性、志趣爱好啥都不一样，谢谢你放我一马！”郑君宁抱拳向郭蕊致谢，他预祝她找到理想中的爱人。“再说啦，做不成夫妻还可以做朋友，真遇到事我为你郭蕊两肋插刀在所不辞。”几年来二人第一次坐下和平相处，第一次感到说话如此投机，结果越说越兴奋，不由得开怀畅饮一醉方休……

次日早晨，郑君宁醒来，发现自己睡在郭蕊的床上，顿时大惊失色，原来他醉酒中把郭蕊当作了陈小禾，二人发生了两性关系。悔恨不已的他痛哭失声，狠扇自己耳光。郭蕊也意识到本不该发生的都在醉酒中发生了，她扑上去抓住郑君宁的手求他不要自残了，哭着发毒誓说自己明人不做暗事，绝不是有意设局，绑架与郑君宁的婚姻。

狼狈不堪的郑君宁回家跟母亲认错，郑母尽管看不上郭蕊，但儿子已经做了不该做的蠢事，吞进的苦果也只能咽下去了，不能对人家闺女不负责任不是？万一未婚先孕那就毁了郑家一世的好名声。只得唉声叹气，现缝被褥收拾房子，催促郑君宁回学校开了介绍信，仓促地跟郭蕊登记结婚了。结婚前夜，郑君宁给陈小禾写了一封长信，满篇都是悔恨与歉意，泪水长流沾湿了信笺。

马大山从京城出差回来，给陈小禾和她的父母都带了很多东西，趁陈小禾不在家他跟陈父陈母讲了陈小禾在大学另外有人的事情，令二老大吃一惊，感到当爹当妈的失职，没有教育好自己闺女，实在对不起这个可怜的孩子。马大山垂头丧气道："我一个孤儿早就把你们这里当家了，苦苦等了小禾那么多年，天天数她毕业的日子，她咋就像扔旧衣服一样把我扔掉了呢？想起来真是死的心都有。"陈母咬着牙表态："大山你尽可把心放回肚里，若小禾敢跟你提分手，我立马就不认她这个闺女！"陈父也表示给陈小禾做工作，劝她收回念想。

陈小禾见马大山在外面被人指指戳戳地议论，说被自己甩了，觉得很内疚，回到家又遭到父母轮番训诫，尤其母亲不依不饶，天天睁开眼就谴责她，晚上拉了灯还不消停，让她的精神几近崩溃。但想着郑君宁给她的力量，还是咬着牙硬着心再次跟马大山提出分手，由此跟母亲闹掰，在家待不下去了，她不得不提前返校。陈小禾走后的第二天，郑君宁的忏悔信寄到了德城她的家中。

陈小禾总算盼到了开学，就要见到郑君宁了，她有一肚子的话要跟他说。早晨她背着书包从北院宿舍正往南院走，见郑君宁骑车载着郭蕊从她面前一闪而过，陈小禾不敢相信自己的眼睛。他们也看见了她，郑君宁在前面刹住了车，身子却没有转过来，郭蕊从车上跳下来，转身径直冲陈小禾走来，"陈小禾，我们正找你呢！""你们？找我？"陈小禾疑惑地往前走了几步，转到郑君宁前面，见他满脸沮丧羞愧难当，不敢跟自己对视。正要问个明白，郭蕊从包里掏出结婚证让陈小禾看看清楚，"我跟郑君宁已经是受法律保护的合法夫妻，正告你从此死心，不要做破坏别人家庭的第三者，否则绝不客气！"没等陈小禾反应过来，郭蕊重新坐上后座，催促郑君宁掉转车头往院门口飞奔而去，是她逼着郑君宁拉着她到学校向陈小禾宣布结婚喜讯的。

陈小禾完全傻掉了，难道郑君宁跟自己开了一个国际玩笑么？她疯了一样跑向校外的情人林，抱着树干如同抱着高援，泣不成声地向他述说如同梦魇的一切。她要当面质问郑君宁，到底是哪根神经搭错把她戏弄，不，是侮辱。陈小禾跑到南院去了班里，没见他的人影，又转回北院搜到郑君宁的宿舍。正画画的汪嘉成看她一副失魂落魄的样子，禁不住摊开双手耸耸肩膀，幸灾乐祸地咧嘴冷笑。陈小禾从宿舍跑出来去了图书馆，她在阅览室的座位之间仔细寻找，还是没有郑君宁的影子。她又跑回教学楼，去了系里的资料室，在书架之间挨个找人，依然无果。最后，她跑向文工团的排练室。

郑君宁果然在这里，他像疯了一样不停地拉琴，泪水已经沾湿了衣襟。陈小禾一把扯下琴弓，愤怒至极的她尽量压低声音："抬头！看着我的眼睛！"郑君宁像罪人一样低着头不敢看她，忽然背过身去失声痛哭，"小禾是我对不起你……对不起……"陈小禾终于爆发，悲怆地哭喊道："你是混蛋！你不配为男人！我恨自己瞎了眼，看错了你！"

郑君宁转过身试图用手去扶陈小禾的双肩，被她用力推到一边，"滚开，你没有资格再碰我！"郑君宁突然用力扇起自己的脸，喊叫道："让我惩罚自己吧！这是我郑君宁此生做得最无耻、最屈辱的一件事！我不能原谅自己，我也不求你陈小禾的原谅！"

"我不但不原谅你还鄙视你，因为你没有出息，言而无信，轻而易举就倒在一个你并不爱的女人的床上。我宣布从现在起，你我二人的感情永远是两条平行的钢轨，再无交错。"她扑上去，狠狠地抽了郑君宁一个嘴巴，号啕大哭地跑出去。

从此陈小禾没再正眼瞧过郑君宁，二人虽近在咫尺，却若比天涯，关系降到冰点。

第十章

打小失去父母只跟姐姐相依为命的金小民，幼年时因为家穷营养不良，长得矮小又没有大人撑腰，经常被村里的孩子欺负和戏弄。卑微的生长环境非但没有击垮他，反而养成倔强不服输的性格，他把这股子顽强抵抗的精神带到了燕北大学，一入学就在助学金分配与不公平抗衡中，取得决定性胜利。他是一个特别一根筋的人，自己认准的事情谁阻拦都徒劳。眼见毕业季来临，对暗恋的女友还没有机会袒露心迹，他心里直起急。要赶紧确定下来，为的是毕业能分配到一起，可又担心对方不能接受自己，思来想去，他大胆策划了一场别开生面的求婚活动。

这天下午三点有课，但大家习惯先去上自习。午休之后金小民在宿舍开始梳洗打扮，穿上自己最好的一件蓝色涤卡夹克衫，还借郑君宁的领带系上，粗硬的不听话的一缕头发总是在头顶顽强地竖起来，他用汪嘉成的发蜡硬是给捋顺溜了。宿舍的人丈二和尚摸不着头脑，何永进揶揄他："不会是你傻小子相亲去吧？"金小民不置可否，诡秘地一笑。

教室三十个人全部到齐了，金小民站起来走到讲台上，声音因为激动而有些颤抖："各位同学，借此机会，我请你们见证一个美好的时刻。请你们睁大双眼发自内心地露出笑容，毫不吝啬地伸出巴掌为我们欢呼吧！"说着，他变戏法似的从背后拿出一只塑料玫瑰花高高举起，"噌噌"跑到兰抗美面前单腿跪下，"亲爱的抗美，咱俩最有缘，你是我来燕北大学认识的第一位同学，连路上的开销都是你为我垫付的，也是我此生接受的第一笔馈赠。四年里，你像我亲姐一样从生活学习、做人做事各个方面给予我亲人般的呵护。十九岁时的草莽和幼稚已经从我身上渐渐褪去，我对你的感情也从亲情慢慢演变成爱情。我金小民不是男人堆里最棒的，不过穷学生一个，家里还有生重病的姐姐拖累，但我敢说我是男人里边最负责任、最有担当、最适合跟你相伴终生的爱人！让我们相互温暖，恩恩爱爱走向未来吧！求你了抗美，嫁给我吧！"

教室霎时间安静下来，二十三岁的金小民向三十一岁的兰抗美求婚，两人之间相差八岁，这将是燕北大学的特大号外，历史系七七级二班为此会名声在外，所有人差点惊掉了下巴。兰抗美一直把金小民当亲弟弟对待，现在两人的亲情关系被他彻底颠覆，她没有一点儿思想准备。"小民，你说什么呢？快起来！"她嗫嚅着，伸手去扶他。"不，你不答应，我就不起来！"金小民的倔强劲儿又上来了，两个人陷入僵持中。陈小禾和鲁一依她们已经热泪盈眶，陈小禾激动地喊出来："抗美姐，你就答应小民吧！答应吧！小民的爱心把我们都感动了！""在你们纯洁的爱情面前，我们羞愧得都无地自容！"鲁一依也透露心声。

两行热泪顺着兰抗美已经有些细纹的眼角潸然滚落下来，她缓缓地蹲下身，去拉金小民，"小民，谢谢你对我的一片真心！有你这份爱，这辈子我值了！今天这个仪式就到此为止了，好吗？你起来！”金小民依然固执地说：“你不答应我就不起来。”两人再度陷入僵持中。

其实兰抗美打心里怪罪金小民导演的这一出戏，这是个人之间很私密的事情，怎么能当着全班的面搞突然袭击？她有一种被绑架被胁迫的感觉。“我已经有男朋友了，不可能再答应你！”无奈的兰抗美加重了语气。“你说什么？之前你可是说你没有对象呀！”金小民惊愕不已，他跪在那里不动，但心灵明显受到打击。

有人替金小民说话了：“有对象怎么啦？踹了不就完了吗！还不是托词！”汪嘉成总是爱揭别人的短，动不动就戳中别人的痛处，他说：“人家兰大姐根本就没那意思，傻小子剃头挑子一头热！得了，被拒绝，下不来台了！” 周围的人开始窃窃私语，觉得金小民过于草率和鲁莽，采用这种方式实在欠妥。

金小民听见了汪嘉成和其他人的议论，再看兰抗美不容置疑的眼神，他心里炙热的火焰慢慢熄灭，惨遭拒绝的他慢慢站起来，扔了塑料花，臊不搭地转身，木然地走出了教室。陈小禾想追出去安慰他，见郑君宁先她一步跑了出去，就又回到座位上。见那支塑料玫瑰花孤零零地躺在地上，陈小禾细心地捡了起来。

四年的学业即将结束，决定后半辈子命运的毕业分配真的来临了。农村家的期待奔向县城，家住小城的巴望留在省城，在省城的企盼奔赴首都，恋爱中的情侣更想分到一地高就。就像住高楼的迎来千载难逢的换房机会，为了采光和生活舒适，住下层的都想往上层挪，究竟挪几层合适，那就看掌握分配权的人能给挪到几层和自己适合住几层了。当然也有野心勃勃的向往从地下室一步挪到高层的。在分配指标下来之前，一切去向都是谜。于是，往系领导家跑的人勤了，相互打探意向的多了，披上神秘面纱的人也出现了。

七七级大学毕业生延续了上一届工农兵学员的分配原则，基本实行哪儿来回哪儿去的办法，只有极少数例外。历史系七七级二班有两个分到京城的指标，优先分配给家在京城的同学，于是兰抗美顺理成章地分到京城的社会科学院。其他同学中，陈小禾回到德城到民政局报到；郑君宁留校任教；金小民和付来分回各自的原籍，在县教育局等待二次分配；汪嘉成因为美术特长到了省城环球画报社；鲁一依回到家乡，在张城市委党校任教；何永进到保城市政府二次分配；宋岚去了省华夏贸促会。

尽管后来兰抗美向金小民解释了不能答应他求婚的原因，是因为年龄差距过大，自己又有过一次婚史，二人确实不般配，金小民却固执地认为这些都是她瞧不起自己的托词。的确，人家一个高干子弟，家又在京城，怎么能看得起你一个农村出身，刚抖落掉满头高粱花子的穷小子呢？是不知天高地厚了！她曾经的关爱救济不过就是对自己的怜悯和施舍。金小民自认为终于摆正了跟兰抗美之间的关系，心灰意冷的他打点行囊，趁着月黑风高不辞而别，成为班里离校的第一人。陈小禾被郑君宁伤得太深，四年大学生活除了一纸毕业证书，就是无法除祛的情殇。她不再留恋这个伤心之地，也连夜乘上开往德城的列车。

付来对分回老家深恶痛绝，万一再二次分配被整到下面公社教书也不是没有可能。如是，宋岚注定离他而去，他想一举改变命运的梦想将化为乌有，他着急地与宋岚商量。宋岚提出买些营养品给梅祥源送礼，争取重新改派，付来说："营养品？太小儿科了吧？宋岚，当下只有一个办法能转败为胜。咱燕大不正在筹盖学生澡堂吗？还有几个楼都在整修，听说搞不到建材，一直停工待料呢！你找你爸，批一些钢筋水泥来，然后把这个功劳送给梅祥源，他不仅可到学校邀功请赏，还能得到一笔实惠，这份礼拿出手，不由得他梅祥源不办。"宋岚笑嗔他："聪明！亏你想得出这个损着。"于是，她背着父亲找到了他的秘书。当梅祥源将一纸建材调配计划书放到校领导桌子上时，校领导果然大喜过望，对梅祥源的赞誉随之而来。梅祥源趁机说服系领导，以郑君宁男女关系混乱为由将其跟付来的分配做了对调。

煮熟的鸭子飞了，郑君宁做梦都没有想到会是这个结果，心灵倍受打击，他三番五次去找梅祥源理论结果无济于事。全班同学已经陆续离校报到走了，郑君宁依然抗拒分配，整日借酒浇愁解闷，空荡荡的宿舍里空酒瓶子扔得到处都是。为他改派的事，魏书记亲自去找省招办，争取到省城一所中学教历史课的名额，郑君宁仍拒绝报到。这一日，他酗酒之后又去找系里，醉倒在文史楼的走廊，被去系里找付来的宋岚看到，她动了恻隐之心，利用父亲的关系去省招办活动，想办法为郑君宁争取到了一个去省城观澜博物馆的分配名额。该馆正是郑君宁大四时的实习单位，他觉得比留校更理想，终于离校去报到了。

至此，梅祥源送走了燕北大学历史系七七级二班最后一个人。四年里，这些不省心的学生让他操碎了心，让他们当辅导员的整天提着脑袋，起码少活好几年。

八十年代初正是国家改革开放的初期，各行各业求贤若渴，急需知识型人才，恰逢七七级大学生毕业走上社会，立刻找到投身社会实践，充分施展才华和报效祖国的机遇。陈小禾毕业回到德城，意外地获知除了民政局，还有文物局、档案局、市委党校、报社和新组建的电视台五家单位抢着要她。陈小禾找市人事局做了改派，选择了新组建的市电视台，她是一个乐于接受新事物，勇于挑战自我的人。

电视台在观众眼里充满了神秘和光鲜的色彩，容易被外人瞩目和关注，实际上个中艰辛只有陈小禾们自己知道。陈小禾初来乍到被分配做时政新闻记者，她每天的时间都被各类党政会议和活动报道占用，起早贪黑采访、拍摄、撰稿、编辑，忙得手脚不沾地。聪慧干练的她拳打脚踢，尽显十八般武艺，发稿量多质量高还是获奖大户，很快在电视台拔得头筹，深受台领导赏识。

电视台新组建软硬件不全，人才储备亦不足。1985年秋季的一天傍晚，当班又唯一的女新闻播音员录播新闻时，突发心脏病被紧急送往医院。此时距离节目播出还有一个小时，新闻不可能重播昨天的内容，当班主任心急火燎地跑到机房大喊："陈小禾快去，台长让你赶紧去救场！"正编片子的陈小禾被紧急叫到演播室，新闻稿塞过来，化妆跟上去，穿着自己服装的她就这样被临时抓来替补上岗了。

借着提示器，陈小禾顺利地把新闻导语串录下来。本来就有十几年文艺表演经历，又生得天生丽质，还一直是出镜记者，屏幕前一坐端庄大方，字正腔圆一炮打响，从此陈小禾的名字和面孔被德城观众所熟知，上街露面常有人追着索要签名。

自从在大学里被郑君宁情殇之后，心灰意冷的陈小禾没有再谈恋爱，而是按父母旨意与马大山结婚生子。马大山守着天仙一样的媳妇做梦都笑出了声，陈小禾则用拼命工作来刻意弥补感情生活的缺憾。家庭的格局始终是马大山主内，洗衣做饭看孩子；陈小禾主外，挣钱养家干事业。那时候住房紧张，一居室的格局使得两人只能同床共眠，陈小禾有洁癖爱讲究，她经常被不刷牙不洗脸不洗屁股不洗脚就上床睡觉的马大山熏到。半夜里马大山的大呼噜此起彼伏，陈小禾实在忍不住就得抱着被子到沙发上将就一晚上。马大山喜食油腻，陈小禾吃得清淡，两人也吃不到一起，经常是陈小禾对付一口就离开饭桌，马大山兴致盎然地大快朵颐。缺少情调的马大山优点是对陈小禾和儿子忠诚，尽心不惜力，儿子肺炎住院，马大山劝她去上班，自己守了两天两夜眼睛熬得像大白兔。寡淡的生活本就索然无味，更想在人前掩饰，却因为电视台女主播与老工人的传奇故事不胫而走，成为小城人茶余饭后的八卦谈资，陈小禾就有了离开德城的想法。

1988年春季，在全省第一届电视主持人大赛中陈小禾荣获一等奖，被省电视台相中，一纸调令从省城寄到德城陈小禾手里。去省城对自己的事业对儿子马丁以后的学业无疑是上了新台阶，还就此跳出小城人的八卦陷阱，陈小禾正求之不得呢！棘手的是马大山的工作，无特殊专长的他找了几家单位都被拒收。陈小禾等不了啦，她不想失去这个机会，就先带着儿子马丁迁到了省城。这边陈小禾幸运喜从天降，那边马大山遭遇飞来横祸，因为上班为陈母拿药脱岗酿成车间里的一起事故，被厂里勒令下岗了。没了陈小禾的监督，马大山变得更邋遢，整天手里揉着俩核桃，要么闲逛大街要么跟邻居打牌下棋，捎带着照顾陈小禾的父母打发日子。

到省台的陈小禾不再想做演播室专职播音，她还是向往在节目一线工作。此时，随着改革开放的逐步深入，百姓的经济头脑日渐增强，对经济节目的需求逐步旺盛，省电视台经济部应运而生，陈小禾被分配到这个新部门工作。她依然拿出拼命三郎的精神和胜于常人的智慧，工作有闯劲有思路，做了好多有水准有分量的经济类专题节目，获奖量在部里数第一。她还审时度势策划推出了一档经济信息资讯日播节目《燕北经济报道》，节目以信息量大、实用性强、观众喜闻乐见而见长，一亮相便博得满堂彩，收视率节节攀升，随片广告得排队竞价。部领导正式任命她为该栏目制片人，管理着五十多名记者编辑，尽管多数时间在节目组坐镇指挥，但一些特殊的重大的选题她还是亲力亲为。

1989年春季的一天，陈小禾拎着话筒，跟摄像小邢从省电视台大门急匆匆走出来，去拍法院强制执行的一起民事诉讼案子，被执行人夫妻二人都是赌徒，欠原告一百七十六万元不还，判了一年的案子拒不执行，法院依法去查封他们的财产。

郊区的一所四合院，大门正对着影壁，影壁后面就是正房，称作被执行人的中年男人和他的妻子倚在沙发上，一副死猪不怕开水烫的样子。法官向男人念法律文书："根据《民事诉讼法》第227条第1款规定：被执行人不履行法律文书确定的义务，并隐匿财产的，人民法院有权发出搜查令，对被执行人及其住所或者财产隐匿地进行搜查。"

几名法官开始对其居所搜查，要求男人打开保险柜，男人不情愿地开柜，法官找出一些钱款和证件装进文件夹，宣布对柜里其余东西予以查封扣押，要求二人收拾东西，带走生活必需品离开这所院子，法院依法查封房产。

中年女人"嗷"的一声跳起来，"这是我的家，我死也死在这儿!"说着躺在地上撒泼打滚。见没人理她，开始一层层地脱衣服，女法官见状冲过去阻拦，陈小禾也上去帮忙，二人把女人拽到隔壁屋里，女法官呵斥她穿上衣服。见女人突然平静下来不再胡闹，陈小禾和女法官走出屋子。

空镜已经拍完，陈小禾在院子里举着话筒开始采访法官："请您给观众解释一下，为什么要求被执行人迁出房屋?"法官答道："强制搬迁被执行人房屋内的财物，以及腾出房屋交给申请执行人，是人民法院根据《民事诉讼法》而履行的一种强制执行方式……"

不知什么时候中年女人从屋后借着梯子爬到房顶上，她突然揭起一片瓦朝着院子里狠狠砸下来，不偏不倚正好砸在陈小禾头上，鲜血瞬间流出来，陈小禾顿觉眼前一黑，踉跄了几步倒在地上……

急救室的大门紧闭着，陈小禾已经被送进去八个小时，门外等候的是她几个焦急的同事。

急救室内，空气中弥漫着浓重的来苏水的味道，眼前晃动着一片洁白，有人间或过来翻她的眼皮，换输液瓶量血压，还拍她的脸呼唤她的名字……陈小禾头上缠满纱布，一头秀发已经被剃光，她被砸出颅内血肿，在经过开颅手术后，慢慢地从昏迷中醒来。同事被医生放进来了，她看到了他们急切的眼神，意识到自己还活着。

有同事传话说刘台长来看陈小禾了，刘台长进门上前握住她冰冷的手，怜惜道："唉，怎么被砸成这样？小禾，感觉好一些没有?"陈小禾冲刘台长微笑一下，没有血色的嘴唇无力地嗫嚅着："现在几点了?""已经晚上七点半了，你从上午就昏迷，现在才醒过来，快吓死我们了！扔瓦块的人实在太狠了!"陈小禾努力回忆着，忽然想起了什么，她试图挣扎着坐起来却无能为力，神色急切地对同事说道："小杨，我儿子马丁还在市第一幼儿园……请帮我接回来。"同事一听就慌了，实在疏忽大意，怎就把孩子忘了呢？小杨连连答应快步跑了出去。

另一个同事向刘台长介绍说："小禾很不容易，一个人带着孩子忙工作，孩子的爸爸还在德城。”刘台长感到很奇怪，不明白小禾调到省电视台时，丈夫为什么没有随调弄得两地分居，他关切地问道：“小禾你丈夫是学什么专业，做什么工作的？”同事使眼色示意刘台长不要再问下去。陈小禾叹了口气，“不瞒台长，他就是个工人，没有什么专长。”

刘台长听闻有些吃惊，这么优秀的女制片人，这么漂亮的年轻女性，怎么就找了一个小城里的工人丈夫，其中必有故事。他沉思了一下表了态：“小禾啊，在咱们台我很少见过女同志像你这样拼命工作的，往大里说是为了党的新闻事业，往小里说是为了咱台的发展和荣誉，你的敬业精神值得全台同志学习。你家庭的困难台里也有责任帮你一把，你安心养病，我会把你丈夫的事放在心上，争取尽快解决。”

陈小禾的泪水顺着眼角滚落下来，她清楚马大山找到合适的工作很难，自己曾经努力过多次都以失败告终，台长等于揽下一个苦活累活。两年前作为特殊人才引进之后，台里确实对她不薄，刚来就给分了房子，评了中级职称，还任命为栏目制片人，她唯有拼命工作做出优质节目才不辜负领导的信任，才对得起台里给的待遇。现在台长又许诺要尽快解决马大山的工作问题，她觉得自己真是很幸运，“谢谢台长！”她轻声对台长说，眼睛里充满感激。

被大瓦块砸成这样，昏迷了八个多小时，脑子还没废掉，陈小禾觉得自己真是不幸中的万幸，反过来安慰台长和同事，“你们别为我着急，过两天就会好的。”医生走过来要求陈小禾停止说话，让其他人退出病房。

急救室只有陈小禾孤零零地躺在那里，一阵疼痛袭来，又是一阵眩晕，她陷入云山雾罩之中，熟悉的人和事从脑海中一篇一篇地翻过……最先定格在高援身上，他们已经诀别十年了，高援的音容笑貌依然那么清晰地印在她的脑海里，她注定永生难忘，直到失去记忆。毕业之后陈小禾又几次去了云南的一些烈士陵园找寻他的墓碑，散在各处的墓园找寻起来很不容易，为此她又回到母校查找过他档案记载的部队番号，却因为部队整编旧的番号不再沿用，一切努力都没有结果，这成为陈小禾心中永远解不开的心结。

……兰抗美、金小民、鲁一依、汪嘉成、宋岚、付来……班里同学的影像一个个划过，最后定格在郑君宁身上。毕业后他们再无来往，据在德城台里的同事小曹说，郑君宁通过小曹的姐姐多次打听过她，还有一次到德城电视台找过她，陈小禾当时恰好出省拍片去了，回来后听小曹说起这事。当然，即使她当时在台里也绝不会见他，她是不会原谅他的。陈小禾曾经当着他的面发誓，二人的感情永远是两条平行的钢轨再无交错。郑君宁把陈小禾伤得太狠了，下嫁马大山虽是父母的旨意，同时也因为郑君宁的背叛让她对再谈一次恋爱彻底失去信心。毕业之后的时间里，她阅人无数，其中不乏学历相当年轻帅气的男性向她摇曳橄榄枝表露心迹，但一概被她严词拒绝，她用高援为坐标比对他们，感觉任何人都无法超越他，她拿郑君宁的例子警示自己，猜测他们中或许就有像他这样玩弄感情的骗子，她不能二次受伤。她如同一个粽子把自己包裹得很紧，跟所有可能发生故事的男性刻意保持着距离，周围任何人都不了解她的心路历程。

当年毕业时得益于宋岚的帮忙，郑君宁最后分到省观澜博物馆，在文物陈列研究部工作，大四实习时去的就是这家单位，进而对考古发掘和文物收藏产生了兴趣。他因祸得福，把大量时间和兴趣都花在了钻研业务上，生性直爽一身傲骨，不会搞人际关系，也不会巴结领导。数年过去，郑君宁还是一个普通馆员，却练就了高超的文物鉴定技能。跟郭蕊结婚之后生有一女，取名郑玫玫，郭蕊虽是省人民医院的一个普通护士，但有职业优势，中国式看病尤其住进甲级医院的特点是，患者和家属通常刻意找人疏通医院的关系，找了人塞了钱送了礼心里才踏实，才确信大夫能给好好治。郭蕊恰到好处地起到医生和患者之间的桥梁纽带作用，被人吹捧被人巴结惯了的她脾气见长，小市民习气越发严重，在家里习惯颐指气使，要么教训郑君宁在单位一根筋不会走仕途，要么挑剔他家务活做得不到位，二人经常性地为一些生活琐事发生争吵。郑君宁苦不堪言，但木已成舟，打掉的牙齿只能自己往肚子里咽。

转眼进入八十年代后期，春季的省城樱花绽放柳浪闻莺，这是太阳晒在身上暖洋洋的一个周末，城北文物市场的简易大棚里又人头攒动，吆喝声此起彼伏，看客摩肩接踵，大到古董摆件小到鼻烟壶嘴都有人问津。郑君宁每逢周末都到这里溜达，一是散心躲避郭蕊的唠叨，二是淘宝捡漏乐和乐和，家里已经积攒了不少好物件，郭蕊奚落他捡回一堆垃圾不当吃不当喝。

前面摊位围着很多人排着长队，抱着缸捧着罐端着碗的，每人手里大小都拿着个物件，几个中年妇女还因为有人加塞儿发生争执。郑君宁走过去好奇地问排在队尾抱着瓷瓶的中年男人："你们这是搞什么活动吗?"男人用下巴示意他看自己手里的瓷瓶，"找大师给这物件看看品相估个数。"另一个年轻人竖起大拇指，不无崇拜地说："大师坐拥省城文物鉴定第一把交椅。牛呗!"郑君宁很惊讶，他没听说过这个市场里有什么鉴定大师。

戴黑礼帽方脸盘蓄着大胡子的大师正给一个老者的古瓷瓶品相，"这是民国初期的仿乾隆粉彩瓷，你老存好喽等升值吧!""这是我爹留下的！老婆子拿着装鸡毛掸子来着！谢谢大师啦!"老者兴奋起来，捧着他爹留下的宝贝颤巍巍地走了。大师又接过那个加塞儿吵架的中年妇女的笔洗随便瞭了一眼，"现代工艺品，地摊货，不值钱，扔了吧!"妇女挺失望，还想再套两句，大师已经接过下一位的物件在掌眼了。

郑君宁凑近一看乐了，这位大师不是别人，正是他的初中同学尹二兵。"尹二兵，你小子在这儿?"他冲上去亲热地捶了尹二兵一拳。尹二兵抬头一看，"哇，郑君宁!"也惊叫着站起来，二人不胜惊喜，张开双臂紧紧拥抱。

这尹二兵可不是一般人物，祖籍老北京，正宗的正黄旗人，到父辈因工作关系才迁出京城落到Y省省城。家里几代人攒下的古董玩意儿让尹二兵从小耳濡目染，在观澜博物馆吃上文物鉴定这碗饭。郑君宁大四时去馆里实习，还是尹二兵帮他向人事部门递交的实习申请。三个月的实习时间里，尹二兵是他的启蒙老师，学到了书本上学不到的东西，对文物鉴定收藏产生了浓厚的兴趣。郑君宁毕业分配到馆后，二人珠联璧合做搭档，为馆里收下不少好物件。本来工作得好好的，尹二兵却因为把家里一个古瓷碗卖给老外挣了五万块被人举报，顶个走私文物的罪名换回三年大狱，丢了工作也丢了老婆。出狱后正赶上文物收藏热，他趁机在文物市场支了个摊，专门给藏家鉴宝，结果歪打正着了，这活儿来钱快，比在馆里上班挣的仨瓜俩枣可强多了。

尹二兵是郑君宁无话不说的挚友，知道他与两个女人的故事，当年误入与郭蕊的婚姻痛失陈小禾，是他心中永远的痛，几乎让自己这哥们儿精神崩溃，一度酗酒成瘾，最痛苦的日子是尹二兵陪他在馆里打地铺度过的，他在馆里独想心事，暗自垂泪的那一幕，深深定格在尹二兵的脑海里。

收摊后，俩人到饭馆里喝酒聊天。尹二兵还惦记着郑君宁跟陈小禾的关系，“八年过去一个抗战都打完了，你俩怎么着啊？关系没缓缓？”提起这些郑君宁就黯然神伤，他喝了一口酒，苦着脸说道：“她从德城调来省电视台了，屏幕上见过，我们没有任何联系，当初给她伤成那样，这辈子她不会再搭理我了！”尹二兵见触碰了他的痛处，故作轻松地说道：“一失足成千古恨，用在你身上最恰当不过。你和郭蕊的事我就不打听了哈！”郭蕊跟他俩初中同班，她的泼辣和任性谁都见识过，郑君宁落到她手里好得了吗？看着郑君宁满脸沮丧，尹二兵赶紧转移话题。

二人聊起馆里的人和事，都对办公室主任侯克爬上副馆长主管业务嗤之以鼻。尹二兵说：“当年侯克问我要那个青花八宝纹瓷碗，想白捡便宜，我没搭理他，卖给日本人了，结果就蹲了大狱，我怀疑我是被那小子举报的。”郑君宁点头称是，“侯克心眼不好，这事他干得出来！”“一个司机出身，办公室主任都白捡的，这会儿居然混上馆领导主管业务了，谁这么瞎眼用他呀？”尹二兵愤愤不平。

“这年头，说你行，你就行，不行也行。说你不行，你就不行，行也不行。”郑君宁搬出时下流行的顺口溜，二人摇头苦笑。尹二兵嘱咐道：“说真的，你犯在他手里往后舒服不了！还是小心为好。”“他能把我怎么的？我还就是不买他的账！”郑君宁梗着脖子，他根本不服侯克。

他俩喝着小酒，郑君宁顺便提到一个信息："有一个线人报告，在南辉县有盗墓团伙探挖到一个古墓，我们已经联系了公安，请他们配合，准备明晚给端了！"尹二兵眼睛一亮，"哇！刺激！让哥们儿跟你一起去呗！""好啊！真挖出点什么你帮我看看，咱俩一起论证也省得看走眼。"

第二天晚上，伸手不见五指的夜色中，郑君宁和他的助手、尹二兵，以及拎着枪的五名警察沿着崎岖的山路行进。距省城两百多公里的南辉县郊的地下是一片古墓葬群，一个名副其实的地下博物馆。观澜博物馆很多文物就是从这里出土的，自从媒体报道之后全国各地的盗墓贼都往这儿跑。古墓分布在方圆四五十公里范围内，警方开车巡视一圈都要几个小时，盗墓贼瞅准了机会，隔三岔五地跟警察打游击。倒卖文物发财致富是盗墓贼的终极目标，所以不惜铤而走险。随行的警察说，不久前他们端掉的一个盗墓团伙，居然用炸药炸墓，带着枪跟警察死扛，抓捕他们的时候挺费劲。

穿过渺无人烟一望无际的白桦树林，一行人靠指南针定位到达一片山岗上，他们仔细勘查现场，线人说洞穴就在两棵百年泡桐树附近。借着淡淡的月色郑君宁俯身观察，当他用脚探到一片虚土时停下了，扒开一丛枯草后他跺了跺脚，听到沉闷而空洞的声音，"洞在这儿！"郑君宁很有把握地说。大家七手八脚一起把浮土扒开，一个一人身宽的虚掩的黑洞豁然出现。郑君宁说东西还在，年轻助手不解地问他怎么知道。郑君宁解释道："伪装得这么仔细说明货还存在这儿，他们得把运输和销路砸瓷实了才会来取。从生土的湿度看，应该是在两天前挖开的，今晚他们应该会来。"助手和警察都佩服地点头，几个人迅速恢复了洞口的伪装，之后隐蔽在一片树林中，等待盗墓贼的出现。

后半夜，就在大家以为今夜没准儿扑空的时候，五条黑影在旷野中像幽灵般地出现了。他们拿着铁锹、手电、撬棍和绳索悄悄靠近山岗，确认没有埋伏之后迅速扒开浮土和树枝，一个瘦子腰上缠着绳索慢慢下去，一会儿工夫各种器形的瓷器被他依次递上来，上边的人接过赶紧打包。都说贼不走空，这话不假，他们连碎瓦都仔细包起装进一条麻袋。几个盗墓贼抑制不住兴奋开始争吵如何分赃，这个说古墓是他找的，那个说地洞是他掏的，领头的责骂他们尽扯犊子，叫警察抓着全玩完！此时，瘦子被他们用绳子拽上来，说都掏干净了。

几个人抬着麻袋正要开溜，五名警察像天兵天将扑了过去，一场短兵相接的战斗打响。为保护文物没有强攻，只是勒令他们放下麻袋和武器，除了一个背麻袋的，其余盗墓贼转身挥舞起撬棍负隅顽抗，试图冲出一条路突围出去。包围圈逐步缩小，盗墓贼瞅准一个空档撒腿就跑，背麻袋的跑在最后，郑君宁和尹二兵扑上去抢夺麻袋，为首的返回来，举起棍子照着麻袋砸过去，他不能容忍自己的"战利品"落到警方手里。郑君宁手疾眼快，拿棍子挡住他的棍子，尹二兵一把扯过麻袋，另一个盗墓贼举起铁锹拍向尹二兵，警察举起撬棍横扫过去。激烈打斗之后逮住仨跑了俩，幸好麻袋安然无恙，押着盗墓贼一行人下了山，尹二兵和郑君宁的助手连喊过瘾。

观澜博物馆隶属于省文物局，馆藏文物在全省范围的博物馆中原本排不上名次，自郑君宁等七七级学生入职后，经过八年来的探索研究和发掘收藏，已使该馆步入中等馆藏行列，但是能当家镇馆的宝贝还是稀少。阳光明媚的一个早晨，郑君宁所在的文物陈列研究部，各类文物摆满了一溜长桌，他和尹二兵以及三个年轻馆员围在一起，他们在仔细观察一件古瓷瓶，这是那天夜里从盗墓贼手里缴获的战利品。几个人戴着手套拿起放下，上下左右仔细观察，郑君宁叮嘱几个年轻人务必轻拿轻放。

尹二兵开始给出鉴定意见了，他用手比画着瓶子，"君宁你看这几个特征：胎质坚硬细腻，呈淡灰色，釉色晶莹纯净，像冰也像玉，团花用的是篦划装饰技法。"郑君宁点头称是，进一步补充道："器底旋削得比较平滑，花纹布满全瓶，花筋的叶脉很细密和丰满，造型也很端庄。"尹二兵很兴奋："看出门道啦？你觉得是什么？"郑君宁肯定地下了结论："典型的南宋龙泉青瓷。"

龙泉窑属于中国南方青瓷系列，因窑址位于现在的浙江省龙泉市而得名，自五代时始烧，兴盛于南宋、元、明，到清代康熙之后才停止烧制。历经四个朝代，是中国陶瓷器史上烧制时间最长的窑系，很受英、美、法、日等国的收藏家推崇追捧，被称为中国的雪拉同（Celadon，特指中国青瓷）。在中国北方能出土这样一件来自于南方，极有收藏价值的瓷器，是观澜博物馆的一大收获。郑君宁比尹二兵更兴奋，二人忍不住击掌庆贺，几个年轻人也高兴地欢呼起来。郑君宁想起在大学出演活报剧《清明上河图》的情景，自己扮作龙泉窑瓷器的窑主，宋岚出演收瓷器的富商大贾，把瓷器通过丝绸之路销到海外换回金银珠宝，当时陈小禾就坐在台下看他表演，如今物是人非……唉，思绪扯远了。郑君宁叹了口气回到现实中，他拿过特制的笔亲自在古瓷瓶的底部写上序列号和分类号登记入册。

门口有人咳嗽，副馆长侯克走了进来，郑君宁迎上去，抑制不住兴奋地说道："侯副馆长，报告你一个喜讯，我们给咱馆里鉴定出一件极具价值的瓷器：南宋龙泉窑青釉牡丹刻花纹瓶。"侯克端着架子走到跟前先看见了尹二兵，他有些诧异，"这不是尹二兵吗？你……不是蹲大狱了吗？怎么跑出来了？"几个年轻人惊讶地把头转向尹二兵，天啊！身边这个人居然是劳改犯！尹二兵表情冷漠，"我又没判无期，怎么就不兴跑出来？"

侯克将郑君宁叫到一边，劈头盖脸一顿数落："小郑你有没有政治意识和安全意识？这么重要的地方你放一个刑满释放分子进来，我看你是不想干了！""尹二兵他鉴定……"郑君宁试图强调尹二兵在此次鉴定中的作用，刚张嘴话就被侯克打断，摆摆手加重语气继续训斥他："你赶紧叫他离开这儿，马上！出了事我叫你郑君宁吃不了兜着走！"随即他故意放大声音说给周围所有人听："小郑，到底是什么东西你先别妄下结论，着急写啥序列号和分类号呀？咋那么容易就让咱们遇见好东西了呢？万一是赝品还不得闹出笑话？先别对外公布啊！请京城的专家来看，听人家的鉴定意见，现在赶紧加锁保护起来，其他闲杂人员马上给我离开这里。"说完他蔑视地瞪了尹二兵一眼扬长而去。所有人面露沮丧，尹二兵更是尴尬，面对这样的顶头上司，郑君宁无奈地摇头，除了苦笑只能无语。

第十一章

付来毕业后留校当了辅导员，起初也像梅祥源一样对学生颐指气使神气活现，渐渐地就觉得干得没劲了。1982年春天七七级学生毕业之后，综合性的燕北大学又组建了法律系和教育系，建立多个理工学科的研究站点，越发重视教学成果和学术研究，活跃在教学一线的教师受到重视，按课时领取奖金，辅导员属于教学二线，奖金自然无法跟一线比肩。食堂也改革了管理制度，堵塞了付来的发财路径，付来有一种被放逐的感觉，免不了遭到宋岚的嘲讽和奚落。苦惯了穷怕了的他虽然干的是教育工作，可对金钱的追求从来没有放弃，他觉得一线教师每节课两块钱的教学补助对他来说都是极大的诱惑和刺激，不甘心就此沉沦。于是，审时度势，头悬梁锥刺骨地复习功课，一举考上了中国近代经济史研究生，两年之后拿到硕士文凭，摆脱了辅导员的末流身份，正儿八经地教起书来。

八十年代后期的中国正从计划经济向市场经济转型，对工业生产资料价格实行“双轨制”，即同一种产品在计划内部分实行国家定价，计划外部分实行市场调节价，“双轨制”实行初期也给经济发展带来生机，但在当时生产资料相对匮乏的情况下，出现了计划内外的倒买倒卖和权力寻租现象，将体制内的资源搬到体制外赚取差价的“倒爷”纷纷粉墨登场，从中赚取不义之财，一部分人就这样先富了起来。嗅觉灵敏的付来跃跃欲试，本以为依靠岳父大人近水楼台就此裹进富人堆里，不料他老人家裉节上告老还乡退休了。一个偶然的机会，他听人说兰抗美在京城的亲弟兰跃进能拿到赚取差价的批文，于是乘火车主动找上门去。

浓密的法国梧桐树遮掩着这座灰墙琉璃瓦的四合院，房屋廊前的红色木柱很醒目，庭院里青青的草坪四周开满了碗口大小姹紫嫣红的月季花。付来跟兰抗美一起从胡同走进院子，他以到京城开会为由来看望同班同学，机灵的小眼睛四处踅摸，满口奉承的话：“啧啧，瞧这环境，大姐你家这是住在花园里啦！瞧瞧这院子多精致，太有情调了！真好！大姐你活得太滋润了！跟你一比我们这些小地方人都没法活了！自卑得一塌糊涂。”兰抗美阻止他这么说，“这是父母的房子，我和弟弟不过借住在这里。”

梳短发，衣着依然简朴的兰抗美在京城的社科院做美国史研究工作，已经快四十岁还是孑然一身，成了名副其实的老姑娘。她很奇怪付来怎么能从省城找到这里，毕业八年来他们没有一点联系，不得不佩服付来嗅觉灵敏，社会关系拿捏得恰到好处。

客厅里几个三十岁上下的男青年正坐在沙发上高谈阔论，兰抗美指着付来向弟弟兰跃进介绍：“这是我的大学同学付来，在燕北大学任教。”她又把自己的弟弟兰跃进介绍给付来。付来一看兰跃进在家不由得窃喜，庆幸自己赶得巧。他热情地走过去把手伸向兰跃进，那位却没有握手的意思，样子懒散地一指沙发，“你随便坐，我们正聊生意呢！”付来把手缩回来，一副若无其事的样子，笑着说：“聊生意？好啊好啊！你们聊，接着聊！我跟你姐是亲同学，你一点儿都别客气。”兰抗美去厨房准备茶水了，付来站着打量起客厅的陈设，欣赏悬挂的书画和照片，耳朵却竖起来，偷听他们的谈话。

几个人果然在议论弄车皮找化肥倒钢材的事。小胡子得意地说他拿下四十个车皮的批文，下周三一准到手。大背头不示弱地吹嘘自己手里就有一百吨化肥的指标，问谁要。兰跃进看着他俩的逼真表演“呵呵”一笑，从茶几抽屉里拿出几页纸拍在桌子上，“牛逼不是吹的，高山不是堆的，都睁眼看看清楚，真正的批文在这里，三级螺纹钢二十毫米规格三百吨，拿走！”付来没见过批文，忍不住凑过去看，心想这些高干子弟果然不得了，那口气大的好像天底下除了他们就没谁了！联想到大学封闭的环境，他真切地感觉到自己太落伍了。这年头搞原子弹的不如卖茶叶蛋的，拿手术刀的比不上拿剃头刀的，但所有行当都不如能整到批文的，拿批文吃差价能让人一夜之间暴富，钱像雪花飘下来接都接不住，付来感慨万千。

“哇！哥你太牛了！”几个人顿觉眼前大亮，一起凑过来看。兰跃进以一副胜利者的姿态居高临下地藐视着几个人，“吹能吹来批文吗？这年头没有关系不走后门干啥都白搭！”兰跃进果然名不虚传，付来对他甚至有些膜拜了。叫小五子的小个子盯着批文馋得直流口水，亲热地喊着：“跃进哥，我强烈要求哥吃肉给兄弟我一点儿汤喝！”几个人挤兑小五子说他想得美做白日梦。“小五子初来乍到欠练，家里好多张嘴等吃救济，我同意分给小五子五十吨让他倒腾去，这叫互通有无共同致富！”兰跃进豪迈地一挥手臂，小五子激动得“扑通”一声单腿下跪给他一个大拜，起身手舞足蹈地说：“我小五子也是十亿人民九亿倒里的，不属于一亿里头在寻找的啦！”

兰跃进被追捧得忘乎所以，有些飘飘然了。他乐呵呵地转头问付来给划到哪个堆里了，是九亿里的还是一亿里的？付来为迎合他们一直附庸着大笑，见兰跃进问自己，马上谦虚地说：“我当然是一亿里边正在寻找的，这不就寻到兰少爷门下了嘛!”

兰抗美端茶出来，看付来这么快就融入进去，赶紧提醒道：“付来你可别信他们胡吹乱侃，好像钱是西北风刮来一样，这路数我很不屑!”“我姐就一马列主义卫道士，视金钱如粪土，鄙视我们的生财之道。”“你们能拿到几个批文？一个半个的说不定还是蒙上的呢！全民经商不是什么好事，我厌恶这些经济乱象。”姐弟俩谁也不服谁地争辩起来。

兰跃进指着付来嘲笑道：“你一看就跟我姐不一样，你不视金钱如粪土，倒像苍蝇叮粪土，你俩大学一个班，差别咋就那么大呢?”付来干笑着恭维道：“人各有志，各有自己的活法，无论咋样，你们姐弟都比我强得不知多少倍!”

跟着兰跃进一行去吃大餐的时候，看他们出手阔绰吆三喝四，付来更感觉自己矮了半截儿，心理落差不是一般的大。他看好兰跃进手里批文的价值就是自己脱贫的捷径，他要搭上兰跃进的致富快车从中分得一杯羹。付来凭借三寸不烂之舌，搬出自己实际已经退位的岳父大人，一顿饭的工夫也把兰跃进侃晕，兰跃进愿意互通有无，资源共享，先让给他五十吨螺纹钢，让回去找下家接货，然后吃差价发大财。

京城一趟大开眼界，回到省城家中的付来先给宋岚洗脑，坐在沙发上的他，搓着大脚丫子大讲兰跃进拿批文发大财的故事，“你说人家那过得叫啥日子，那茅台喝的那大餐吃的，那钱多的从兜里‘蹭蹭’往外跑，搂都搂不住。咱跟人家的差距咋就那么大呢?”在华夏贸促会工作的八年给了宋岚养尊处优的机会，生养女儿之后激情和棱角都磨去很多，她希望付来稳稳当当地教书晋升，旱涝保收拿工资，“跟咱班的同学比，咱俩的生活已经很不错了，你不要这山望着那山高，人比人得死，货比货得扔是不是?”

付来停止搓脚动作，不无遗憾地奚落宋岚：“你好歹也是个干部子弟，啥时就成了井底之蛙了呢？倒不如我付家沟一个农民的儿子站得高看得远了！本来指着你老爹发财呢，结果他老人家退的也忒不是时候了！”他顿了顿，顺手抓起一个生鸡蛋“啪”的一声立在茶几上，鸡蛋液流出来，宋岚眼里满是惊愕，不明就里。

付来指着流出蛋液的鸡蛋豪迈地说：“知道这叫什么吗？这叫不破不立。一个破老师啥都不是，一节课两块钱补助算个屁！靠这个攒钱攒一辈子也抵不过人家拿一个批文。谁还认你是什么七七级大学生，没钱就是孙子，在兰跃进面前就直不起腰。我把话给你撂这儿，我付来还就不服什么兰跃进之流，那样的傻小子都富得流油，这世道也太奇葩了吧？别说让我当什么专家教授，就是给我个燕大书记和校长干干都不稀罕！宋岚你记住今天的日子，记住我说的话！我这辈子非混出个人五人六，最后‘穷’得只剩下钱不可！到时候兰跃进之流给我提鞋我都不惜得要！”付来的豪言壮语让宋岚听得直撇嘴，她很不屑付来的吹牛。

付来以最快速度进入实战状态，先给兰跃进的螺纹钢找下家，他越盘算越兴奋：七百块买进，两千块卖出，一吨就一千三百块的差价，五十吨倒腾出去六万五千块到手。除去给兰跃进百分之三十的回扣，自己净赚四万五千块。茶几上一大堆名片，他挨个扒拉给那些拿“大砖头”手机的老板拨打电话，结果不是关机就是无法接通，莫非他们的“大砖头”就是摆设？曾经听过一个笑话，说广东街头有拿玩具“大哥大”招摇过市的，为的是显摆假老板身份，满足虚荣心，让别人刮目相看，好做生意。还好，终于有一个接通了，付来亲热地跟对方套磁：“吴老板你好啊！听不出我是谁呀？你再猜！对对，我是燕北大学的付来教授。我现在手里有三级螺纹钢二十毫米规格的好几百吨给你留着呢！什么？银行贷不出款？需要多少？二百万？好的好的，我想想办法，找我哥们儿张行长解决一下。再联系，再联系。”

付来又拨通一个电话，“王总忙啥哪？老见不到你了。啥？在内蒙古躲债哪？螺纹钢你肯定要不了啦？罗锅子上山钱紧？那成，你就先躲着，千万别回来，那些债主可真敢敲你头啊！”

付来又打了几个电话，还是没找到接货的下家，不免有些沮丧，解恨似地撕了那两张名片。昨天还呼风唤雨呢，今天就债主堵门抄家了！什么老板老总整得跟真事似的，不过就是变着法儿从银行弄点儿贷款出来搞一搞，享一辈子福欠三辈子债！付来打心眼里瞧不上这些所谓的富人假大款。

宋岚用嘲弄的眼神看着丈夫瞎吹乱侃，女儿樱子在边上喊饿要吃饭，付来只好系上围裙开始淘米择菜，宋岚和樱子吃着零食看电视，此时电话铃声响起，付来拿起接听。是梅祥源打过来的，他已调任燕北大学基建处副处长，正负责新建一批职工宿舍楼，却因建筑材料的短缺而挠头，想托宋岚的父亲给解决一下。付来一听喜出望外，拍着胸脯打包票：“这点儿小事就不麻烦我岳父了。我当然有办法，需要多少？好嘞，您等我信儿吧！”

付来放下电话用手指敲打着桌板暗自思量。宋岚猜到他钓着大鱼了，“梅老师要你的螺纹钢啦？”“哼，他要螺纹钢就省事了！要型钢、钢管和钢筋，好事！他要啥都行，就怕他不要。我再进京城找兰跃进弄批文去，那帮小子本事大了去了！”付来解下围裙就走，让宋岚给拿五百块钱做打点，他要请兰跃进他们喝酒吃饭，他深谙不投入就没产出，舍不得孩子套不住狼的道理。他让宋岚在家准备麻袋装钱，这回宋岚信了他的话，先跟他预定了裘皮大衣。“裘皮大衣算啥呀？”付来信誓旦旦，“带你们娘俩出国，满世界溜达去！买名牌表买名牌包买高级化妆品买钻石全不在话下！”樱子高兴得直拍手，娘儿俩为付来画下的大饼欢欣鼓舞。

付来马不停蹄地再次进京约兰跃进一行吃大饭。兰跃进什么活儿都揽，什么单子都接，在外人眼里能量大得惊人，掮客生意做得风生水起，并且手里就有响当当的批文，难怪让付来顶礼膜拜呢！饭桌上付来好菜好酒伺候着，一群人又是一痛胡吃海塞，不停地叫酒加菜，五百块的预算严重超支，等他们酒足饭饱扬长而去，付来守着一大桌子剩菜心疼肝颤了好一阵子。唉，幸好找型钢、钢管和钢筋兰跃进都拍着胸脯应承下来，他让付来等他的好消息。

半个月过去，兰跃进那边一点儿动静都没有，梅祥源倒是催了他好几次，付来实在坐不住了，那天又进京去了兰家院子。兰抗美上班去了，无业的兰跃进正跟人打麻将，运气差的他总也不上杠，急得抓耳挠腮。付来不便打扰只得耐心地等待，一直等到他和了牌起身上厕所，才抓了个空档凑上去问批文落实的事。兰跃进听着直发愣，他压根就不知道付来求他弄什么这钢那管指标的事，付来反复提示半个月前请兰跃进在福满楼吃大餐，他饭桌上满口应承的事，兰跃进矢口否认推了个一干二净。

坏运气的付来终于明白兰跃进他们都是些什么人了，一堆说话办事都不靠谱的大侃爷，偶尔能拿到的个把批文也都是过了好几道手被人层层剥过皮的。他忽然想起兰抗美警告他，别听那些人胡吹乱侃，看来不无道理。唉，可惜了五百块饭费不说，接下来怎么跟梅祥源交代？如何糊弄宋岚的诘问？付来沮丧极了，坐在回省城的列车上还在不停地编故事。

宋岚真就买了一个中型麻袋准备装钱，看她认真地叠麻袋，殷勤地给自己递拖鞋打洗脸水盛饭夹菜，付来忏悔的话差点儿从嘴边溜出来。就在宋岚下楼买菜的工夫电话铃响了，梅祥源来电话说感谢付来的帮忙，他已经通过一个学生的父亲拿到了计划内的钢材指标，付来听罢如释重负，心里悬着的一块大石头终于落了地，“梅老师，您的指令我是不折不扣去执行的，费尽周折终于办成了！本来后天就去取批文的，结果您那边办成了真是太好了！”梅祥源一听改主意了，“还是你这边动作快，学生父亲的批文下周一才能拿到，要么还是用你的吧！”付来吓得汗都下来了，赶紧说既然梅老师都答应学生的父亲了，就把为学校做贡献的机会让给他吧，好说歹说才稳住梅祥源挂了电话。宋岚回来，付来气愤地指责梅祥源脚踩两只船，找自己拿指标的同时又找了学生的父亲，结果两边同时找到了，他用了那边的指标把自己给甩了。眼见付来白忙乎一场自己麻袋也白买了，宋岚很生气，她抄起电话要质问梅祥源，被付来死命拦住，“都是燕大的同事还是曾经的老师，低头不见抬头见，何必伤了和气。

挣钱的机会有的是，我一定尽快实现你们娘儿俩的幸福生活目标。”宋岚看付来诚恳的目光铮铮的决心，才悻悻地扔了电话。

刘台长说话果然算数，接连给马大山联系了好几个工作单位，对方却以各种理由搪塞致调动未果，不得已打出最后一张牌，把马大山接收到自己台里的保卫部，安排在传达室工作。事先他特别征求陈小禾的意见，问是否认可这个安排，没想到陈小禾痛快地答应了。她知道马大山的半斤八两，有一个旱涝保收的正式工作已经很不错了，再说还能替她搭把手接送儿子，自己就此腾出更多精力做节目，何乐而不为呢？于是马大山办了调动手续迁了户口来到省城，成为省电视台一名正式员工。

这一天快下班时，穿着漂亮长裙化着晚妆的陈小禾从大门里走出来，被坐在传达室的马大山看到，穿着特制工作服戴大盖帽的他看上去挺滑稽。他迎出去笑呵呵地问她这是去哪儿？能否带他一起去？陈小禾要去参加一个大型活动的晚宴，“下班你去接孩子，顺便把下个月托儿费交了，再给丁丁买几瓶酸奶。愿做回家做，不愿做就到餐馆吃吧！”马大山听罢心里不平衡，“你们台长把我调进来把你解放了，我倒成了看孩子的老妈子！”陈小禾赶紧安抚他，“怎么又觉得委屈了呢？风吹不着雨淋不着的工作，比你在德城一月拿五十来块生活费强多了吧？”

马大山还是在抱怨，说自己别扭死了！媳妇是名记是制片人，自己就一把大门的，人前人后抬不起头，他提出去学摄像转行。陈小禾巴不得马大山能学点技术，看他有这个决心当然无条件支持，当即答应给他在社会上报一个摄像班系统学一学，之后换个岗位进节目部门。马大山欣喜不已，他信誓旦旦地表示一定不让陈小禾失望。

远处站着俩四五十岁的女同事，穿红T恤的挺奇怪陈小禾怎么跟看门大爷这么熟络，穿蓝短裙的听她叫看门大爷笑得前仰后合，“说什么呢？那是她丈夫。”红T恤不信，“不兴这么糟改陈小禾，人家跟你没仇吧？捏对儿也给捏个差不多的。”蓝短裙指天发誓自己没有瞎说，红T恤差点惊掉了下巴，“艾玛，我怀疑陈小禾一定生理上有缺陷，将就着找了这么一位。”“快闭上你的乌鸦嘴！人家儿子都五岁了，长得像她，小帅哥一枚！”红T恤惊叹怎么会有这种奇异的家庭组合，“即使上学前找个老工人上了大学也能踹呀！自身条件这么好，男生得排着队去追！我万分同情美女制片人陈小禾同志。”蓝短袖认同她的话。

根据马大山积极向上的请求，陈小禾给他报了一个短期摄像学习班，年近四十的他顽强地跟那些小年轻一起学摄像理论，老师讲的他听不大懂，笔记记得丢三落四，回到家陈小禾给他吃小灶，拿着教材逐字逐句地分析讲解，马大山对那些英文符号记起来还是吃力，一直在懵懂中。开始实际操练了，学员扛摄像机拿三脚架到外景地练习拍摄，马大山也抢过来背着扛着，吃力地跟在别人后面。他拉开架势扛着机器试拍镜头，态度极认真，样子却笨拙，来回鼓捣无数遍，才拍下一些没有主题胡乱摇晃的画面。老师给他的作品判了“死刑”，单独叫过他去，问在电视台是做什么工作的，“我劝你放弃这行，你不是干摄像的材料。别怪我说话直啊！我是不想你白忙乎。”马大山很不忿，哪肯轻易认输，觉得老师故意跟他过不去。他心里十分清楚，要想拉近跟陈小禾的差距，有朝一日扬眉吐气转到节目部门，就他的文化水准来说，学摄像是唯一出路。陈小禾确实有意提携他，趁着下班之后机房没人，拉他坐到编辑机前，把录像带倒来倒去一帧一帧地播放，给他讲解画面拍摄技术。马大山还是满脸迷惑，听着听着就打起盹来，被陈小禾推醒再接着听，一会儿又眯瞪着了。陈小禾看着他满脸的困惑和无辜，哭笑不得，悟性和岁数是摆在马大山面前的障碍。三个月后，当他拿着摄像班结业证书得意地向她炫耀时，陈小禾知道那只是聋子的耳朵——摆设，暗地里直发愁，不知怎样做才能拯救自己的丈夫。

秋日的早晨，一上班陈小禾就带着摄像小邢从台里走出来，今天要去省展览馆采访拍摄全省农副产品展销会，省农业厅领导专门邀请陈小禾过去，还要跟她商议合作拍专题片的事情。正好马大山从传达室走出来，值了一晚上夜班，陈小禾叮嘱他回家休息，马大山说不累，提出跟陈小禾一起去采访，给她当摄像。陈小禾慌忙摆手，她可不敢用自家这个爷干活，知道他的半斤八两。这时有下属从楼里跑出喊陈小禾，说台里有一个紧急会，部主任指定她务必参加，陈小禾把话筒递给小邢，叮嘱他先去农展馆拍空镜，自己开过会再去找他。陈小禾走后，马大山趁机要求跟小邢一起去，小邢不好意思拒绝他，两人一起上了采访车。

来自全省各地种类繁多的农副产品摆满各个展位，人头攒动热闹非凡。马大山和小邢走进展馆，热情高涨的马大山抢过摄像机就招呼，小邢叮嘱他先扫全景再抓特写。马大山拉开架势拍摄起来，却见镜头里一片漆黑，他不明就里放下机器来回鼓捣，小邢转过去一看，“嘿，马哥，镜头盖没打开。”顺手帮他取下盖子，他让马大山多拍空镜，心想等编辑时怎么也能挑出几个像样的画面。

石安县的展位上摞着成麻袋的东西，展台前围满了抢购的人，农业局长高援站在展位前卖力吆喝：“走过看过不要错过，石安特产一级大蒜一毛五一斤！”他抬大蒜过秤装塑料袋，忙得不亦乐乎。年过而立的高援跟在校时相比仿佛换了一个人，岁月的磨砺已经在他脸上留下沧桑，曾经的俊朗挺拔仔细看才依稀可辨，穿着一件极其普通的蓝色夹克，黝黑的脸上被劳累和疲惫所覆盖，唯一不变的是那副坚毅智慧的眼神。原来高援并没有牺牲，而是经历了九死一生……

1979年3月的中越边境线上，曾经郁郁葱葱的大片山林因为连续多日的战事已被炮火炸得面目全非，看似静谧杳无声息，实则潜伏着凶狠的杀机。越南人在方圆十几公里范围埋下数不清的地雷，对我军构成极大威胁。由于专业的工兵队伍根本不够用，高援和崔红旗所在连队临时被抽调到这里。在经过短暂训练后，他们被派往雷区执行扫雷任务，为大部队行动开辟通道。此刻，一排负责用金属探测器确定地雷的大概位置，对可疑区域进行标记，再清理周围的乱石杂草；二排用探雷针按不大于四十五度的角度刺入地面找到地雷的具体位置，然后清除地雷表面的泥土，再拧掉引信起出地雷。

按照作战计划，当晚二十一时大部队将要通过这片区域，而排雷的速度十分缓慢，眼见任务完不成，负责警戒任务的三排排长高援主动请缨，带人去支援二排排雷，副连长崔红旗不放心，也紧紧跟了上来。高援头脑冷静，崔红旗手脚利索，二人配合默契， 任务进展顺利，终于按时打开了大部队行进的通道。然而就在全连有序撤离时，黑夜中有一个战士被一个树桩绊倒，不慎摔出安全范围，触动越军绑在树上的绊弦，地雷炸响的那一刻崔红旗奋勇扑倒高援，二人都被炸伤成了血人……

"老崔！你怎么样?"高援挣扎着爬起来抱住崔红旗不停地呼唤他，血葫芦一样的崔红旗慢慢睁开眼睛，用尽最后一点力气，从怀里掏出他和杏枝已经被鲜血染红的合影颤抖着交给高援，"兄弟，我的好兄弟……他们娘俩就交给你了……把孩子养大，杏枝……"崔红旗头一歪，永远闭上了眼睛。"红旗啊！老崔呀！"高援悲愤地呼喊着崔红旗的名字，他不相信休戚与共的好兄弟只在一刹那之间就与他永远地阴阳两隔，血和泪混合在高援的脸上和心里肆意流淌。这时，他的下身一阵剧痛，鲜血已经浸湿了裤腿，失血过多的他慢慢倒下，陷入重度昏迷中。战友们大喊着扑上来，疯了似的摇晃着一动不动的二人……

当高援醒来时，他已经躺在后方野战医院的病房里。手术做完了，医生把一个不幸的消息告诉他，因下身遭遇重创，他失去了男性的生理功能。现场所有的人都悲痛不已，高援泪洒枕头一夜未眠，天亮时对自己的未来做了如下规划：一是以崔红旗的名义换个笔迹给陈小禾写一封信，让她永远断了对自己的念想。为了让陈小禾深信不疑，他特意把珍藏的信物——那枚红蝴蝶发卡用手绢仔细包好，连信一起寄给了她。二是回一趟徐州老家，把爸妈未来的生活安排好，托付给弟弟照料并养老送终。三是去石安县崔家村找到杏枝，认他们的遗腹子为义子，永久照顾崔红旗一家老小的生活。

以后的五年多的时间里，自卫反击战英模、特等功荣立者高援晋升到营教导员，每个月发下工资先拿出一半寄给杏枝，休假便去石安县帮崔家春种秋收嘘寒问暖，同时也继续农村问题的调查研究。石安县是一个国家级贫困县，农民的贫穷，农业的凋敝，农村的衰落令人触目惊心，为方便照顾崔家老小，也为人生新一轮挑战，他主动要求转业到农村基层建功立业，如今已经在石安县工作了五个年头。

农业局长亲自吆喝卖大蒜可是一件新鲜事，一下就吸引了各路媒体竞相采访，小邢发现这是一个绝好的新闻点，赶紧招呼马大山掌机，自己举话筒采访这位有想法有干劲的基层干部。马大山已经拍满一盘三十分钟的资料，他信誓旦旦地表示他拍的很好，做一个一分钟的新闻绝对没问题，小邢相信了他的话，二人满意而归。

中午，陈小禾用编辑机审看小邢带回的素材，发现画面拍得没有主次，镜头来回晃动，连焦距都没有对准。她叫过小邢质问，得知是马大山偷偷跟去拍的，顿时气不打一处来，没等看到下面采访高援的一段，她就“啪”的一声关了机器，“重拍!”该条消息要在当晚的《燕北经济报道》播出，情急之下的她亲自带着摄像直奔省农副产品展销会补拍镜头和采访。

石安县展台的大蒜因为农业局长亲自出马吆喝，无形中起到广告宣传效应，眼见摞成小山的大蒜即将售罄，高援赶紧回旅社打电话组织货源。陈小禾带着摄像从展馆东门匆匆而入，高援从展馆西门匆匆而出，命运让两人再次擦肩而过。

晚上，五岁的儿子马丁看完动画片跳下沙发正要离开，被马大山拽住了，“儿子别走，一会儿你爸拍的节目就开始了!”陈小禾疲惫地进门，换鞋脱外套，无视马大山的存在。马大山兴奋地招呼她：“陈小禾快来，你们的《燕北经济报道》已经开始了，一会儿就有我拍的那个节目。”他没有察觉陈小禾根本不搭理他，依然忘情地盯着电视。

电视画面配解说：“我省首届农副产品展销会今天上午在省展览馆开幕，来自全省各地市县的五百多个商家参展，现场销售火爆……” 马大山得意地炫耀说：“老将出马，一个顶俩。丁丁你爸牛吧？这画面拍的有模有样，陈小禾你不用我真是有眼不识泰山，明天我就申请去其他节目部门。”丁丁跟着鼓掌欢呼，陈小禾过去“啪”的一声关了电视，马大山愣了，“关了干啥?”“别看了，你拍的比这精彩多了!”“你啥意思？这不就是我拍的吗?”

陈小禾正告马大山：“从明天开始该干吗干吗去，老老实实当你的看门大爷就行了!”马大山丈二和尚摸不着头脑，难道自己媳妇是因为避嫌才放弃重用自己么?“举贤不避亲，陈小禾你咋连这个道理都不懂呢?”马大山把遥控器往茶几上一扔表达不满。陈小禾从包里抽出一盘家用录像带甩给马大山，说这才是他的杰作，“播出的画面是我跟另一个摄像又去补拍的。可惜的是石安那个卖大蒜的农业局长走了没拍着，多好的新闻点生让你给毁了!”马大山很委屈地辩解说陈小禾鸡蛋里头挑骨头，就是看自己不顺眼，辛辛苦苦拍了一上午，就不信没有几个能用的镜头。“一盘三十分钟的素材带，居然编不出一分钟的画面来，我郑重警告你马大山，以后不许你掺和我的工作，更不许你借着我的名义在台里让别人给你办事!”

马大山觉得陈小禾现在不得了啦，太拿她自己当回事了。他反唇相讥道：“切，你说你原就一罐头厂的小破工人还是我徒弟，不就赶上高考上个大学，就势混到电视台当个记者提个破制片人，有啥了不起，咋就一步登天了呢？中国比你强的不多得是啊？你跟人家中央领导人比比你啥也不是！牛什么牛哇?”

陈小禾无语，马大山真是不可理喻，她发现在两地分居的时间里，马大山无论逻辑思维还是形象思维都大踏步地后退了，两人之间的精神鸿沟越来越宽了，她生气地进了卧室“啪”的一声关上门。儿子马丁看录像带好奇，凑过去想把它塞进录像机，被马大山一巴掌打掉，呵斥他滚一边去，马丁委曲地大哭起来。

此时在省城的小旅社里，高援也正在收看《燕北经济报道》，他已经在这档节目中多次看到陈小禾出镜。十一年过去，她除了不变的清雅秀丽，更多了几分自信成熟。从片尾字幕看出她已经是栏目制片人了，他知道陈小禾一直在进步，她是一个特别追求上进追求完美的女性。他猜测不出她的感情生活如何，是跟郑君宁还是跟马大山抑或是别人组成了家庭？他是那么思念她，迫切地想了解她。当第一次在屏幕上看见她时，他就萌发了去找她的冲动，却最终打消了念头，也不便向其他人打听她的消息。既然已经“光荣”了，不到万不得已的时候就隐瞒下去吧！相见不如怀念，怀念不如不见。无数个不眠之夜，他都拿出当年参加大学生文艺会演的合影仔细端详，回忆起二人在那些青涩日子里的一幕幕往事，更多的思绪停留在燕北大学军训二人相遇的那一刻、阶梯教室他写给她的约会信、图书馆他特意留给她的好书以及情人林二人的亲昵等一个个特殊场景中。十一年的时光在人的一生中是一个不长不短的旅途，怎么就觉得跟她恍若隔世呢？现在想来，还是两人相处的时间太短，以至于没来得及享受爱情的甜蜜就匆忙“诀别”了。

反观高援与陈小禾的悲欢离合，恰恰印证个人的命运是由社会历史决定的，人的生死、贫富以及一切遭遇的起承转合都与社会的大背景和大时代息息相关。高援是否遗憾他人生的抉择与走向，痛惜失去跟陈小禾的姻缘呢？答案是肯定的。他不是不食人间烟火的神而是活生生的人，他也有七情六欲也有儿女情长。他将国家利益置于个人利益之上甚至牺牲生命，应该归结为他对自我的律令、对军人的担当、对战友的责任、对生命的敬畏，才使灵魂升华，做出一般人无法企及的壮举。

第十二章

郑君宁有写日记的习惯，数十年如一日，一是记事二是表达心绪。跟郭蕊结婚以后，他一直背着她写，写完就悄悄收起来，多年过去相安无事。这一天他下班早，先把衣服扔进洗衣机，再回到卧室埋头写日记。洗衣机在卫生间转动的声音很响，郭蕊进门他竟没有察觉，她忽然站在卧室门口冲他大喊：“干什么呢？洗衣机漏水都不知道?”郑君宁冷不丁被吓了一跳，慌忙把日记本锁在抽屉里走出去。郭蕊狐疑地盯着他的一举一动。

趁着郑君宁外出买洗衣机配件的空档，郭蕊走进卧室巡视，为什么他把写的东西锁起来？第六感官告诉她其中必有猫腻。她开始翻找抽屉钥匙，正翻得热火朝天，大门“哐当”响了一下，郑君宁回来了。郭蕊装作若无其事的样子从卧室走出来。

郑君宁径直走进卫生间安装配件，洗衣机又转了起来。他奇怪郭蕊为什么回来得这么早，郭蕊把遥控器往沙发上一扔，“今天心情不好，上个月奖金都被扣了，老娘一生气走人，不给他们干了!”“扣是应该的，毕竟你发错药了。人命关天的事，扣几个奖金都是轻的，要我是头儿都得开除你!”郭蕊急赤白脸地指责郑君宁一贯胳膊肘子往外拐。郑君宁懒得搭理她，进卫生间洗澡去了。郭蕊迅速从他长裤上解下一串钥匙，挨个试着去开抽屉，果然对上了一把，她摘下钥匙下楼在一个配钥匙摊上火速复制了一把，急匆匆跑回家，一进门却见郑君宁已经洗完澡出来，正往身上套那条裤子。郭蕊机智地一把夺下，“你这裤子都穿两周了！脏死了，去换条干净的!”趁着郑君宁去卧室换裤子的工夫，郭蕊赶紧把钥匙别回到他的钥匙链上。郭蕊十几年如一日跟各类病患打交道，擅长斗智斗勇，智取郑君宁果然不在话下。

郑君宁去幼儿园接女儿了，郭蕊打开抽屉取出笔记本，这是一个蓝色缎面24开大小的本子，郑君宁不仅把大事小情都记得详细，更多的是记录心境，郭蕊在字里行间发现了他掖着藏着见不得人的秘密：“原以为一辈子都不会丢弃的东西，却在念念不忘的日子里丢弃了；是我亲手撕碎了那个斑斓的梦，心也随之被撕成再也无法织补的碎片！怀念曾经的高山流水，琴声和弦，还有你的温婉和才情。多想和你的灵魂融为一体，在你我的世界里共存……”

郭蕊看得气不打一处来，“啪”的一声扔掉本子。原来多少年过去，郑君宁的心里依旧放不下陈小禾，二人只是大学四年，相对于自己的家庭八年，又有孩子，他郑君宁怎就不知孰轻孰重？怎就贼心不死暗度陈仓拼命穷撩呢？听见门响，她赶紧捡起本子塞进抽屉，锁好之后走了出去。

郑君宁带着五岁的女儿郑玫玫进门，见郭蕊一屁股坐在沙发上，气鼓鼓的一声不吭，以为她还在为被扣奖金的事生气，就好言劝她：“不要生气了，接受教训认真工作，不就十块钱奖金吗？我给你补上。”郭蕊冷笑一声：“郑君宁你太能装了！我佩服你阴一套阳一套，你适合做演员，我推荐你去找陈小禾拍电视剧!”“你找得着人家吗?”郑君宁看她又开始发飙，不再搭理她，进厨房做饭去了。郑玫玫长得像她的爸爸，精致得像一个洋娃娃，说起话来像小大人，“妈妈你别老训爸爸了行吗？我就怕你们吵架，一吵架我头都大，心情也不好。”玫玫说着拿起遥控器打开电视机，正好看见陈小禾出镜采访的画面，郭蕊看着来气，一把夺过遥控器换了台。郑玫玫扑上去抢遥控器吵着要看动画片，郭蕊斜眼看着郑君宁，“看什么都行，就是别看狐狸精！”郑玫玫天真地问：“狐狸精在哪个动画片里，为什么不能看呢？”郭蕊说狐狸精在电视台，张开嘴巴用夸张的表情说狐狸精能咬死人，吓得郑玫玫“哇哇”大叫。郑君宁听见郭蕊话里有话，憋气得不行，把一棵芹菜重重地摔在洗菜盆里，水溅得到处都是。

天色已晚，郑君宁还待在馆里，伏案撰写一篇关于南宋龙泉窑青瓷的论文，准备参加在日本举办的国际研讨会，该会还将评出优秀论文奖项。副馆长侯克进门，冲他热情地打招呼，问起论文的进展情况，郑君宁说自己正在抓紧写，还要查一些资料，预计本周末完成。

侯克四十来岁，长得精明强干，最早是馆里的司机，后来做行政工作，从办公室主任升任副馆长，主管郑君宁所在的文物陈列研究部工作，他嗅觉灵敏情商很高，虽然专业方面是短板，但能鼻子插葱装象，滴水不漏地给找补回来。只见他拍着郑君宁的肩膀，亲切地说道：“小郑啊，你先把写好的部分拿给我看看，抽时间我给你修改一下。”郑君宁听出他的意思，立马拒绝了，“呵呵，侯副馆长您日理万机，哪能劳您大驾给我修改呀？还是我自己来吧。”侯克豪爽地摆摆手，“都是咱们馆里共同的研究成果，我作为馆领导又是你的直接上级，有这个责任和义务帮助你。如果你觉得过意不去，署名的时候把我的名字放在前头就行了，这都好说不是问题，关键要早出成果快出成果。别客气，你就拿来吧！”

都说做学问的人心眼少，郑君宁就是这样的人，他非但心眼少还习惯实话实说，平时就很不招侯克待见。他站起来直截了当地说道：“抱歉！我决定自己独立完成这篇论文。”侯克的神色略有愠怒，“借着馆里得天独厚的资源条件，你才得以调研考察，最后形成文字，怎么能叫独立完成？小郑你要摆正自己的位置啊！你以为咱们馆里就你是人才呀？你以为你是七七级大学生就了不起啦？”侯克摆出一副领导的架子开始训话。

“侯副馆长您误会了，我不是这个意思，我是说……”侯克打断郑君宁的话，“我明白你是什么心思。年轻人不要太急功近利，做文章固然重要，但学做人更重要，否则会摔大跟头，让你没地方买后悔药吃去！”侯克阴阳怪气地说着走了出去。郑君宁傻傻地看着他远去的背影，尹二兵说在侯克手底下待着就舒服不了，果然不假。“不学无术的东西就知道剽窃别人的劳动，我还就不让你搭车！”他自语道，发狠似地把钢笔扔在桌子上。

侯克果然没给郑君宁留面子，他以费用超出预算为名，取消了郑君宁赴日研讨评奖之行，接下来评定副高级职称郑君宁也意外落选。

夜幕降临之后的这家小饭馆食客不多，郑君宁约尹二兵出来吃饭，他心情不好，低头喝着闷酒。“你想啊，那篇论文一旦获得国际级奖项，他侯克不就借你的力攀龙附凤飞黄腾达了吗？结果你不给他机会，他那小肚鸡肠的人不报复你才怪！”尹二兵算是把侯克看透了。

郑君宁把酒杯重重地往桌子上一蹾，“一个要学历没学历要本事没本事的主儿，想拿别人的研究成果给自己涂脂抹粉，他想得美！我还就不带他侯克玩儿！职称不给，我不要了！日本去不了，我不去了！他开除我倒好了，大不了跟你一样上市场找饭辙去了！”“没错，技术已经是第一生产力了，咱们有鉴定技术，走遍天下都不怕！来，喝！”二人痛饮。

郑君宁说还有一个烦心事，“郭蕊最近动不动就找碴儿闹事，一天到晚甩脸子，搞不清是怎么回事。”尹二兵猜到一定就为郑君宁跟陈小禾曾经的那点事儿。“得空就指桑骂槐捎上人家两句，再甩些个片汤话给我听。”“一般没文化心眼小的老娘们儿都会干这个！你别说，你那女同学真不错！”陈小禾是公众人物，尹二兵在电视上看见过她，他为郑君宁失去她感到遗憾。

尹二兵说过一失足成千古恨，这句话用在郑君宁身上最恰当不过。确实，当初是他把陈小禾给闪了，为此负疚了九个年头。“人这一辈子事业和婚姻两桩大事，我哪一桩也没占上，我这大学算是白上了！”郑君宁说着，一大杯白酒又灌到肚里。尹二兵慌忙抢杯子制止他，“行啦！你再给自己灌个好歹，人生后半段就更没戏了。”自从跟陈小禾在学校闹掰之后，郑君宁喝酒便持续不断，借酒消愁是他为自己喝酒找到的一个充分理由。

郑君宁明显喝高，跟尹二兵分手后，晃晃悠悠地走在大街上，满脑子里都是陈小禾。其实八年来，她一直占据着他大脑的内存，期间多次托人打听过她，知道她终究跟马大山组成了家庭，他为她惋惜和遗憾。曾经去过德城许多次，在不大的城市里四处游走，每一次都感觉能与她不期而遇，甚至有一次鼓足勇气找到德城电视台门口，做好了再被她痛骂一顿的准备，却被告知陈小禾外出拍片了。当在省台屏幕上意外看到她的倩影时他激动不已，原来她跟自己都在省城同此凉热。她还是那样美丽却从容干练多了，她的一颦一笑竟没有陌生和违和感。就这样走着想着……不知不觉竟走到省电视台大门口，他停住脚步，情不自禁地盯着大楼里为数不多还亮灯的窗户出神地看，猜测哪一个窗户是陈小禾的办公室，他判断她一定还在其中工作，她是一个不甘平庸的人，有洁癖的人好像都这样追求完美跟自己较劲，郑君宁这样总结归纳她。

细雨翩然而至，郑君宁全然不知，任由雨水打湿了头发和衣服，仍然忘情地盯着他认定的那扇窗户。站岗的武警哨兵看见此人一直在大门口徘徊驻足似很可疑，跳下哨位走过去盘问他。满身酒气的郑君宁有些慌乱想转身离开，冥冥之中又觉得今天晚上该着跟陈小禾相见，他果断回答哨兵说自己要找人，在他的注视下走进传达室，让师傅帮忙接通陈小禾办公室的电话。

电话真的接通了。“喂，请问找哪一位?”听筒里传出他熟悉的清澈动听的声音。郑君宁的心“扑通扑通”地跳了起来，他定了定神，尽量用平和的声音说道：“小禾，是我。”霎时听筒里没了声音，片刻，电话被挂断。郑君宁又一次让门卫拨通了电话，却是一片忙音，他决定躲在屋檐下静静等待。

过了二十多分钟，陈小禾撑着伞从台里走出来，一个黑影悄没声地跟了上去，她吓了一大跳刚要喊，却看清是郑君宁，没想到他一直在门口等待，没想到毕业八年后他在这里与自己邂逅，不由得深感意外。郑君宁努力挤出笑模样，表情有些尴尬，“……晚上跟一好哥们儿喝酒去了，不知不觉就走到你们台门口，就觉得你还在其中的一间窗子里工作，说啥也迈不动步了。这不是酒壮㞞人胆么，就到传达室给你拨通了电话。呵呵……”

陈小禾态度冷冷地，“怎么你还嫌不闹啊?”“没有，就是……就是特别想……看看你。”“我有什么好看的！”看见郑君宁站在雨中，一副讨好的样子，陈小禾动了恻隐之心，她把伞撑过去替他遮雨。郑君宁抬头看伞，意味深长道：“替你撑起一把伞，这情景曾经在我的梦里出现过。今天却是你替我撑起的，还是我来撑着吧！”陈小禾没有说话，默默地把伞递给他。郑君宁提议到前面的咖啡馆坐坐，陈小禾犹豫了一下，跟他一起往前走。一路上二人不再说话，只是默默地走。伞不大，陈小禾又刻意保持距离，雨水渐渐打湿了肩膀，郑君宁下意识地用手揽过她，把伞靠她近一些，陈小禾看了看他，叹了口气没有拒绝。

依然苗条俏丽和挺拔俊朗的两个倩影洒在街道上。已经没了行人，如烟如雾的暮雨透过霓虹灯从天际潸然飘落下来，打在伞布上发出“窸窸窣窣”的声响，是一种别样的浪漫。郑君宁不由得感叹道：“八年了，一直没断了念想。真想跟你……就这么一直走下去。”“那是下辈子的事了！”陈小禾的话不带任何感情色彩。

郑君宁和陈小禾在咖啡馆一个靠窗的桌子相对而坐。郑君宁仔细打量陈小禾，他感觉岁月在她的脸上没有留下什么痕迹，神情却真的变了，曾经的优柔寡断和青涩单纯已经被成熟大气所取代，眼睛里闪烁着坚定自信的光芒，经过生活和工作双重历练，她就好像换了一个人。陈小禾也认真端详郑君宁，从他满身的酒气，忧郁的眼神看出他并没有春风得意，混得应该不咋的。其实两人在学校闹掰，回到德城老家时陈小禾看到了郑君宁写给她的信，知道了他与郭蕊成婚的原因。时间可以改变一切，这么多年过去，对二人曾经的情殇陈小禾已经淡然，被人用瓦块砸成颅内血肿之后，她忽然对生命的过往有了重新的诠释，对曾经负于自己的人选择了原谅，包括郑君宁。至于刚才对他的冷漠，不过是女人本能的反应，使使小性子罢了。倒是郑君宁依然觉得愧对于她，脸上流露出愧疚的神情，这倒让陈小禾觉得不安，她反过来宽慰他，“我早就想开了，伤感情的事，与其痛断肝肠不如学会遗忘；你我本没缘分，与其苦苦坚持不如选择放弃。当然，有些事忘不了，比如当年你从泳池救我的那一幕，是要铭记一辈子的。”

郑君宁发现陈小禾真的变了，变得如此豁达。“小禾……这些年，经常在电视上见到你，也总是……想着你，可一直害怕面对你……”郑君宁负疚地轻语，“因为，我伤你太深……今天，仗着酒劲才敢来找你，只想对你说一声……对不起……”郑君宁的声音有些哽咽，喝过酒的他神情激动，突然站起来单腿跪下，双手抱拳向陈小禾深深地一拜表达歉意，咖啡馆里不多的人被他的举动惊着了，眼神不断地瞄过来。陈小禾霎时间心抽搐了一下，慌忙起身去拉他，大滴的泪水不由自主地涌出来。郑君宁趁势抓住她的手，两双手就这样紧紧地握在一起。在这个雨夜，曾经不可逆转的恩怨，经过岁月的洗刷，就这样被他们的真诚和豁达化解了。两位校园恋人如今以同学的身份第二次握手，爱情也可以转化为友情，在郑君宁和陈小禾这里变成了现实。

他俩聊起了高援，陈小禾现在依然在梦中与他相见，高援已经永远镌刻在她的灵魂深处。郑君宁由衷地感叹道：“假如高援天上有灵，知道你现在对他还是那样痴情，他该多欣慰！” 陈小禾一直有一个心结没有解开，这么多年过去，她始终没能找到高援的墓碑，“找不到他，我的心永远无法安宁！”陈小禾垂下眼帘，“我要一直找下去！”她抬起眼睛坚定地说道。

两人还聊起各自的工作也聊起了家庭，兴趣是最好的老师，他们都把自己喜欢的职业干得风生水起，不单纯为了生存，更当作事业去做。感恩当年母校的录取，抬高了人生奋斗的起点，让他们有缘邂逅在燕北大学。至于单位里的小人可以忽略不计，办法总比困难多，陈小禾居然给郑君宁支了几招，让他刮目相看。

幸福的家庭都是相似的，不幸的家庭各有各的不幸。陈小禾端着咖啡沉默了，那一日也是雨天，她翻箱子找出一件厚衣服穿上，却闻到一股子难以忍受的头油味，是被马大山放在一起的衣服“传染”上的，对一个人的疏远或许就是从他的味道开始的。晚上睡觉的时候，马大山总是迫不及待地催她上床，可自己手头还有那么多的事要做，时间长了，她变得很气愤，甚至产生一种本能的抗拒。可他毕竟是孩子的爹不能抛弃呀！陈小禾跟郑君宁表示，为了可爱的儿子，这家就是个维持会也得咬着牙撑下去。

郑君宁赞同她的话，作为一个男人，责任如同脊梁，即使做不了一个伟大的男人，也得做一个负责任的男人，尤其在乖巧的女儿面前。其实他是在给自己打气，郭蕊的唠叨和指责有时快让他精神错乱，最不能容忍的是当着外人教训他，不顾及自己的感受和面子，无数次让他很难堪，这是蠢女人的做法，郑君宁抗议多次无济于事。

1982年春季毕业时，历史系七七级二班的“大叔”何永进经保城市人事局二次分配到市计划生育办公室，任专职笔杆子。一个大老爷们干这个工作，让他难以安心。他又托人，辗转到市辖县西坪，进入地方志办公室工作。西坪比他的原籍石安县要富裕很多，何永进不用守着家门为那点儿自留地辛苦劳作，别看他农村贫苦出身，却属于古时穷秀才一类的主儿，喜好读书拙于种田，再说跟自己的农村媳妇也没有共同语言，聚在一起难免还闹矛盾。西坪距离石安也就几十公里的路程，往来也很方便，这样他躲清静潜心读书在西坪一待就是八年。

如今为照顾年迈的父母和家庭，不得已才平调回石安县，任职于县办公室副主任，主任竟然是郑君宁曾经插队德城谢村的民兵连长谢镇。仗着保城当官的亲戚提携，谢镇从德城郊区的公社“进步”到保城所辖的石安县，读完了党校函授大学拿到了一纸文凭，顺利晋升为县政府办公室主任。

何永进迎着秋日的阳光到石安县报到那天，恰好是新当选的县政府领导与科级干部见面会，当他看见副县长高援在台上慷慨激昂地发表就职演讲时，竟不敢相信自己的眼睛。这是一个天大的历史误会呀！活生生地就发生在自己身边。他不理解当年自卫反击战结束之后，高援既然没有为国捐躯为什么不去找心上人陈小禾，更不理解一个英模如今的职业选择，怎么就窝在石安这么一个兔子都不拉屎的穷地方，真要建功立业么？绝对是天方夜谭或者心智出了问题。何永进知道自己的家乡是什么成色，一个人的能力是多么地微不足道。

大清早一上班，办公室主任谢镇就拿着一份给上级部门的汇报材料找高援来了，“老县长一定让拿给你看一看。”高援接过材料看，谢镇坐在斜对面的沙发上偷偷瞄着他。自恃叔叔在上边当官，有机会接触大领导的谢镇一贯狂妄，从来把科级干部当下属，把副县级领导当同事。高援一个转业干部属于外来户，在石安县一没根基二没人脉，谢镇更不放在眼里，高援的升职让他很是不忿，那个副县长职位就该是为他预留的。

高援看着材料眉头皱起来，用红笔在上边画线，终于忍不住把它扔在桌上，他让谢镇坐到桌子对面来，问这份汇报材料是不是他起草的？谢镇下意识挺起胸脯点头，“你还不知道县办都有几根葱几块料？什么事都得我亲力亲为，一竿子插到底。”

高援指着材料说道：“这里头有几组数据，我念给你听听：十年来，县政府一班人共走访贫困农户三万四千五百六十八户。”他抬头看谢镇，接着念下去，“还有，全县荒山绿化植树成果显著，植树五十五万六千三百四十棵。”

谢镇颇为得意地点头，心想我们干这些政绩的时候你在哪个庙呢？一个转业干部有啥资格挑三拣四。“我问你，你这些数字都精确到了个位数，是怎么统计出来的？”谢镇没想到高援问题的切入点在这里，被将军的他表情有些尴尬，“怎么统计出来的？有记录啊！”“什么记录？在哪里做的记录？你拿给我看看！”

谢镇面露愠色，“嗨，高副县长，不就一两个数据你何必这么较真呢？再说了，这代表咱们石安县的政绩，写具体一些是给领导脸上贴金，你觉得不是好事吗？”“你居然认为这是好事？这不明摆着欺瞒上级愚弄群众，搞浮夸玩数字游戏吗？你是给领导脸上贴金了，但却给党的工作抹黑了！难道不是吗？”高援从座位上站起来，一脸严肃地质问谢镇。谢镇皮笑肉不笑地反驳高援是在给他无限上纲上线，“高副县长，你不至于拿着鸡毛当令箭吧？”

高援当仁不让，“我这么说一点都没冤枉你！听说你还在办公时间领着人玩麻将赌钱，有这事吗？”谢镇急赤白脸地喊起来：“这是谁红口白牙胡说八道？绝对没有的事儿！”“这是你说的？下次别让我抓住你！”谢镇的语气里带着挑衅，“有句话怎么说？铁路警察各管一段，你是分管农业的副县长！我没记错吧？”“但我还是一名党员，我有权利监督身边党员的言行。不是么？”谢镇被高援的气势震慑住了，他讪讪地拿起资料走出去。“你把我画出红线的地方都修改了，背景资料坐实了再拿过来重审！”谢镇迫不得已，口头应承着，出了门做出一副咬牙切齿的样子，第一次正面交锋，他就领教了高援的厉害。

二人的争吵被路过的何永进听到，他躲在门口偷听，见谢镇出来赶紧开溜。原来以为高援升职了，有大学同学做靠山，自己背靠大树好乘凉，没想到他这样刚直不阿，还敢摸谢镇的老虎屁股。何永进原来在外县人际关系相对简单的部门工作，初来乍到石安就碰上蛮横的顶头上司谢镇，再领略这么面对面的激烈较量，胆小怕事的他不免为高援的仕途担忧。

地处Y省北部山区的石安县地理位置偏僻，突兀的大山，嶙峋的石砬，农民世世代代靠天吃饭，十年九旱颗粒无收是一个个年景的真实写照。农民亟待脱贫，分管农业的副县长高援为此寝食难安。他先到外地调研，再请来农业技术员会诊，在田间地头召开座谈会。针对当地的气候和土壤条件，确定盖塑料温室大棚种植蔬菜作为农民脱贫的第一步。为此，他在县里争取到了专项财政补贴，落实到盖大棚的农民人头上。世世代代吃惯白菜萝卜土豆的农民，对这一新型种植技术持观望态度，他们担心从嘴里省出的吃饭钱会肉包子打狗有去无回。为打消农民的疑虑，高援先带人种了一块试验大棚，他把培训班搬到试验田里，跟农业技术员一起，手把手地教农民搭建大棚，打深水井接通水源，人工浇灌育种施肥。试验田的黄瓜豆角青椒绿油油地长势喜人，丰收之际正是培训班结业之时，耳听为虚眼见为实的农民心里有了底，回到各村立刻行动起来，一时间，贫困县石安兴起轰轰烈烈的大棚种植热潮。

汪嘉成大学一毕业就跟历史专业拜拜，凭借一技之长进了Y省环球画报社，一混就是八年时光，不温不火地待着，其间评上了一个中级职称。这一天上午十点过半，编辑部的部务会已经开始，汪嘉成才夹着手包晃晃悠悠地进门，三十七岁还单身的他一副吊儿郎当的样子，几个人都鄙夷地看着他，邵主任不大敢管他，你批评他一句，他十句在那儿等着呢！下期出刊只剩两天截稿，邵头儿让每一个人报告工作进度。责编小钱说有人没按策划进度走，只交了图片没有文字，自己现在没法排版。汪嘉成反唇相讥："这不还没到截稿日期嘛！你着什么急呀？到时候给你不就得了，别没事找事啊！"小钱不满意地嘟囔："哼，心思哪儿在组稿上啊？就想着画插图捞外快了！"汪嘉成不无得意地笑了，没错，画一个插图一百块到手了，他经常乐此不疲地接些私活干。

"小汪，我必须要提醒你一下，画插图你是大拿谁也争不过你，稿费你名正言顺地挣，谁让你是咱们社里资深美编呢？但编辑的活儿你也不能耽误了，万一开天窗谁负得起这个责任？"邵头儿的话汪嘉成依然跟没听见一样，他眼睛瞄着窗外，信马由缰地想着插图的事。

八十年代后期，广播电视报纸杂志等各类媒体如雨后春笋般地涌现，发行量成为生存的唯一，环球画报社鉴于严酷的市场竞争，为激励采编人员，即将实行岗位量化考核。

“根据赵社长要求，我起草了一份咱们编辑部的考核办法。其中，每期每人自采稿件要占总用稿件的百分之五十，自绘自摄图片或图表不少于五幅。”邵头儿的话音未落，汪嘉成就开始叫唤：“你这是想累死人哪？我声明太苛刻完成不了！”“完成不了就扣奖金，总之不能再吃大锅饭，别把奖金当摆设弄得人人有份。”双方正僵持不下，门外有人喊：“分房二轮张榜了！”几个人不顾一切地冲了出去。

行政部主任是一个矮个子，正费劲地往墙上贴一张《职工福利分房第二榜排名表》，围观的人竞相在发着议论。此次只有十套房可供分配，汪嘉成一看自己第一榜第十名，第二榜被排到十一名，顿时气不打一处来，一把揪住矮个子主任，指着一个叫牛连富的名字：“这小子不就食堂一个做饭的吗？他拿什么大奖就跑我前头去了？”有人敲边鼓说他是赵社长的亲外甥。“呸，别说亲外甥，就是亲爹也得给老子一个说法！”汪嘉成气得吐沫星子乱溅。

矮个子主任一挣巴，把上衣扣子给拽掉了，顿时火冒三丈，抬头看高大的汪嘉成，自知不是他的对手，气哼哼地整理衣服，“人家义务献血加三分，你不服吗？”正好呆头呆脑的胖子牛连富走过来，汪嘉成冲上去问他要献血证。“什么献血证？”牛连富丈二和尚摸不着头脑。“连献血证长什么样都不知道，你献的什么狗血？”汪嘉成更加义愤填膺，旁边的人借机挑唆他不能便宜了这个伙夫，受到蛊惑的他摩拳擦掌，他要亲自导演一出好戏。

次日，环球画报社会议室横幅高悬：热烈欢迎局领导莅临我社指导工作。几十个人在开会，赵社长慷慨激昂地汇报社里工作：“实行全新的岗位量化考核标准，是我社改革迈出的关键一步，是调动采编部门的积极性、进行科学考核、提升画报质量和影响的一项重要举措……”这时，只听“咣当”一声，会议室的门被推开，汪嘉成走了进来。

“赵社长，你先别吹你那根本不合理、没可能实施下去的什么岗位量化考核标准了，当着局领导的面，你公开披露一下，你的亲外甥牛连富，一个食堂的伙夫，是怎么就排在编辑部资深美编汪嘉成前面，分上画报社两室一厅的福利房的?”汪嘉成霎时间搅得会议室躁动起来,赵社长的脸顿成猪肝色,话都连不上句了,“汪嘉成,你干什么……扰乱会场……你动机不纯。”

“你敢披露吗?你不敢!我扰乱会场怎么啦?我怕谁呀?我告诉你,你今天不在这儿跟你上级领导交代清楚了,我明天就去拦领导的车,上出版局大门口静坐示威!”周围的几个人慌忙站起来拉扯汪嘉成,只见他像李玉和一样头发一甩,挣开拉扯他的几个人,“爷不用伺候!”说罢,大义凛然扬长而去。所有人惊愕不已,面面相觑。

职工宿舍楼就在画报社办公楼的后面,汪嘉成的一居室由筒子楼改造而成,小厨房和卫生间都没有窗户,面积只有三十平方米。傍晚时分,屋里已经暗下来,汪嘉成百无聊赖地躺在床上想心事,因为分房闹事的他已经被社里停职,刚才女同事莫小杉来取走了她的内衣内裤,顺便送出了一句分手赠言:“性格不好是情商低的典型表现,我已经看到了你的未来。”当初可是她主动睡到自己床上去的,这会儿不但人撤了还留言了!女人的心变得可真快!汪嘉成鄙夷地苦笑。浑身油亮的黑猫“喵喵”叫着凑到他身边要食吃,“一边去,我晚饭还没着落呢!”他不耐烦地轰走了它。

门外有人敲门,汪嘉成不理,再敲,他慵懒地下地,打开门一看愣住了,来人竟是鲁一依。八年之后终于见到自己的梦中情人,她的心情无比激动,晶亮的眸子似有泪花在闪烁,她不说话,递给汪嘉成一个信封。他看看她,有些疑惑地打开,原来是燕北大学历史系中国革命史专业研究生录取通知书。小城姑娘鲁一依已经变成三十四岁被人议论的老姑娘,眼看就要被剩下,去年听同学说汪嘉成一直未婚,她下定决心捕获他,于是发奋考研,一纸通知书是她与他欢聚的资本。正在失意落魄中的汪嘉成似乎被感动了,一把将她搂进了屋里。

鲁一依洗手,喂猫,挽袖子系围裙,钻进厨房打开冰箱开始做饭,抽空还捡起那些脏衣服扔进洗衣机洗,动作麻利极了。汪嘉成倚着厨房门有些欣赏地看着她,“在学校的时候眼睛光盯着陈小禾了,看来是得有你这么个做饭洗衣服的伺候着！”鲁一依嗔怪道：“你当我是保姆哪？谁不愿意坐享其成啊！不是爱情魔力，缘分使然，我才不来伺候你呢！”

二人坐下吃饭，鲁一依像对待孩子一样给他夹菜，来回起身给他添饭端汤。汪嘉成闷头吃饭一声不吭，鲁一依看出他心情不好。汪嘉成说因为分房的事，跟狗屁社长干了一架，社里让他停职检查了。“别人都不吭声，就你跟社长单练啦？你真是书呆子被别人当枪使了！”鲁一依禁不住苦笑。汪嘉成梗着脖子叫唤：“我怕谁呀？在大学时候你也不是没看见我怎么跟梅祥源斗智斗勇，切！”

“行啦！别瞎吹了。大学你就待四年，这单位或许要待一辈子呢！现在跟过去能一样吗？人在屋檐下哪能不低头哇！你还像个没长大的孩子，不懂人情世故。明天我找你们社长道个歉，让你赶紧上班去！”鲁一依拿起纸巾，替他擦去嘴边的饭粒。“你要去我可跟你急啊！找他干什么？求他？呸！有本事他把我开了！明告诉你，社里就我一个资深美编，离了我地球就不转了！要不是为分房，凭哥们儿这身本事早出去发大财了！”鲁一依说不过他，深深叹了一口气。

二人激情过后，汪嘉成发现鲁一依还是处女，这让他很是意外，随性的他这么多年可没闲着，女朋友换了一茬又一茬。她的皮肤是那么细腻，面若桃花呵气如兰，凹凸有致的身体让他很是享受。鲁一依搂着汪嘉成柔声地暗示他：该结束这段爱情长跑了。汪嘉成则装作听不明白，鲁一依捏着他的鼻子说他装傻，“为了成为你的新娘我一直奋斗到今天，尤其复习考研的日子真不是人过的，要不是心里有你早就放弃了。”“跟你交个底吧，我汪嘉成这辈子就没打算结婚，只要女人不要婚姻。”他讪讪地笑着，随意的样子挺气人。鲁一依大吃一惊，她怀疑汪嘉成是不是有心理疾病，在学校怎么就没看出来呢？

“我是被老爸老妈刺激的！俩都厅局级领导干部，看着像模像样的吧？那是在人前。实际上掐了一辈子，性格满拧，婚姻极其失败。要不是有我牵制又顾及所谓的身份名誉，他俩早拜拜了！”汪嘉成面无表情地坐起来点燃了一支烟。鲁一依很惊讶，汪嘉成的爸妈在他们张城就相当于市长和市委书记，小地方的女孩子没跟领导干部接触过，以为他们家里外头一样光鲜，“你也不能以偏概全，恩恩爱爱一辈子的还是大多数，包括领导干部。”

汪嘉成颇不以为然，“没有谁能保证他这一辈子就爱一个人吧？再说，婚姻好比围城，城里的人想出去，城外的人想进来。我都看透了，索性就不进去了。”“我能保证我这辈子就爱你一个人！还是你的婚姻观有问题，过于偏激过于悲哀，潜意识里就没打算使婚姻长久下去。你说咱俩从上大学到现在都相识十二年了，人这一辈子有几个十二年？这种缘分太该珍惜，对吧？咱俩一定不会像你爸妈那样，我有信心！我努力去做!”

汪嘉成环视整洁的屋内，摸摸撑起的肚子，再看鲁一依真诚的目光似有些心动，“这样吧，看在这么多年你处心积虑追求我的分上，我提一个条件，成你就嫁给我，不成你另谋高就，反正你也进了省城，学历比我还高一截，以后错不了。”“你像个生意人，在跟我谈一桩买卖。行啊，你说吧!”鲁一依苦笑。

“你我结婚可以，但不能要孩子，咱们就组一个丁克家庭。好，就在一起，不好了，背包走人，谁也别把婚姻当成负担。”鲁一依想不到汪嘉成居然说出这样的话，痴情的她想到自己年岁大了，不生育真就没机会了，“你咋这么另类呢？我之所以要跟你结婚，其中原因之一就想跟你有一个血脉相通，长得像咱俩的孩子。你说，咱俩那么好的基因，生的孩子一定是国优产品，没有孩子岂不是太可惜了！你通融一下行吗？算我求你了!”“这个问题上没有半点儿商量的余地，成就结婚不成拜拜！你先考虑着，明天一早给我回话。”说着关了台灯翻身睡去。鲁一依不再说话，伤感的泪水慢慢涌出眼眶，好久都没有睡意。

第十三章

冬日的一天，何永进来省城开会。自打毕业之后就没跟省城的同学见过面，他试着拨打郑君宁观澜博物馆的电话，居然联系上了他。郑君宁提出他做东请同学们一聚，名义宴请何永进，实际更是冲着陈小禾。陈小禾果然来了，另有宋岚付来、汪嘉成鲁一依夫妇，一干同学悉数出席。毕业八年后初次见面，大家很是兴奋，频频举杯开怀畅饮，为他们中间涌现出电视台名人、文物鉴定专家、两个母校研究生、贸促会精英、知名画家，还有县政府官员而欢欣鼓舞。见气氛烘托得差不多了，何永进适时发布了一个爆炸性的消息：“诸位都听好啦，发布一个震撼的消息：高援不仅活着，而且还是我的顶头上司——石安县副县长。关键是……到现在还没结婚。”满座皆惊，眼睛齐刷刷转向陈小禾，庆幸老天眷顾高援的同时，也对他跟陈小禾的戏剧人生长吁短叹遗憾不已。鲁一依率先抹起眼泪，陈小禾与高援的事除了郑君宁和兰抗美就数她最清楚。

陈小禾怔住了，以为自己的耳朵听错了。她情不自禁地站起来，两眼直勾勾地盯着何永进，“何大叔请你再说一遍！”得到准信儿之后，她大脑忽然断路，身体控制不住地晃悠起来，扶住椅背才没有摔倒，手一松，端起的酒杯“咔嚓”一声掉到地上摔了个粉碎。郑君宁赶紧去搀扶她，被她一把推开。“拿酒来！”陈小禾出人意料地大喊一声，举起满满一杯葡萄酒对着郑君宁豪迈并深情地说道：“你我是燕北大学与高援关系最紧密最特殊的两个人，现在我提议，为了高援大难不死还活在这个世界，连喝三杯庆贺！”说完，她一仰脖一饮而尽，举着空杯向郑君宁示意，他赶紧配合跟进，其他同学也相跟着喝起来。第二杯、第三杯陈小禾都一饮而尽，不胜酒力、悲喜交集的她，终于抑制不住内心的激动，伏在桌上号啕大哭起来，任谁劝都劝不住。为不影响其他同学吃饭，郑君宁只好架着悲痛不已的她先行离开了。

看陈小禾受到这么大的刺激，何永进挺内疚。宋岚埋怨他道：“你就不该多这个嘴，就该把这个秘密永远守住。”汪嘉成颇不以为然，遗憾地直摇头，“这陈小禾大傻瓜一个，人都那么多年不跟她来往了，她还自作多情，整得死去活来的。”付来冷眼相看心里暗自发笑：这陈小禾典型的文青劲头，多少年都没变，表演这么夸张，明显是在做给我们大家看的，为她过去所做的一切找注脚。鲁一依则认为陈小禾对高援的爱是感天动地和完美崇高的。几个人因为观点不同争吵起来，这饭吃得也没劲了，最后不欢而散。

郑君宁送陈小禾打车回家，表示要陪同她一起去石安县找高援，被陈小禾断然拒绝。这一夜她以身体不适为由拒绝了马大山的亲热，独自睡在客厅的沙发直到半夜仍在抽泣，往事像一匹脱缰的野马在旷野里狂奔，然后起床，开始翻箱倒柜找明天带的东西。马大山被她折腾得睡不着，爬起来向她提出抗议，两人又发生口角，辗转反侧的她几乎一夜未眠。

次日，陈小禾忍着头痛乘着长途车直奔石安县，包里装满这么多年写给高援的信、日记以及送她的定情物——那支黑色钢笔。她嫌车轮转得太慢，她恨不得马上见到梦中的他，她迫切地想知道这十一年里高援所经历的一切。明明健在却为什么被崔红旗说成牺牲了？战后为什么不回学校继续学业跟自己团聚？转业之后完全可以安置在大城市，为什么选择石安这样的贫困县？自身条件那么好，为什么这么多年不成家还是单身呢？两人重逢的那一刻该是怎样的一种情景？彼此能控制住喜极而泣的闸门吗？她迫切想解开一个又一个谜团。高援与自己青梅竹马又是初恋情人，那种纯真的情感，已经渗进骨髓里融化在血液中，刻骨铭心永生难忘，她深信高援对自己的爱是经得住时间考验的，甚至想到跟马大山立即离婚，带着儿子嫁给高援，哪怕就落在石安那个穷地方她也认了！她相信他不会嫌弃自己带个孩子，对丁丁更会视如己出。

长途车翻山越岭一路颠簸了六个多小时才到达石安县，陈小禾径直找到县政府高援办公室，不料却吃了闭门羹，原来高援下乡去了。陈小禾打长途电话跟部里请了假，她决定在县政府招待所住下来等，一直等到高援回来。穷乡僻壤的石安县政府大院招待所忽然间住进省城来的电视台美女记者，一下子吸引了人们的注意力，更让县办公室科员孟三凤警觉，她主动去房间里跟陈小禾搭讪，“哟，你就是省城来的大记者啊？有什么事找我们高县长吗？我可以替他回答你的。”她问来问去，得知陈小禾是高援的大学同学，两人十一年没见面了。孟三凤顿时醋意萌生，危机感袭来。面容身材姣好，骨子里透着俗气的她在当地绯闻很多，男人垂涎她的姿色，她贪图男人的权势，高援晋升为副县长之后她开足马力溜须攀附，找各种机会和理由贴近他。她预感到陈小禾能住下来死等高援，说明他们俩的关系非同一般，将对自己构成最大威胁，她要把陈小禾赶出自己的势力范围。

孟三凤突然挤眉弄眼地对陈小禾热情起来，“啊哟，原来你是高县长的大学同学呀！我应该尽地主之谊欢迎你呀！”陈小禾挺纳闷，不理解她尽什么地主之谊。“不瞒你说，我是高援的对象，我俩可恩爱了！他转业来石安就是冲着我来的。”陈小禾一听大惊失色，仔细打量孟三凤，看她脸不变色心不跳的不像是在说谎，那张妩媚的脸和前挺后撅的身材确实称得上是石安一枝花，两人又都在县政府，似有联姻的可能。

“是吗？你们怎么认识的呢？”陈小禾果真被击中了，问话有气无力。“说来真是缘分，我俩在火车上相识的，可以说是一见钟情缘分不浅，准备择个吉日把婚事办了，或许就在明年春节的时候。”孟三凤转动着一双媚眼，笑吟吟地接着说道：“这人吧就怕疏远，十一年没来往，估计过去那点事儿都忘到八百里地去了，再见面都不知该聊些啥。你说是吧？”陈小禾觉得心口憋得难受，一句话也不想再说下去。她转身开始收拾自己的东西，只想尽快离开这里，一分钟都不再耽搁。孟三凤还虚情假意地留她住下来，热情地邀请她务必来石安参加他们的婚礼，分享欢乐。

陈小禾不知道自己是怎么挨到长途汽车站的，六个多小时的回程她滴水未进泪水长流。都说存在的就是合理的，高援与她陈小禾的诀别看来是有意而为之，转业石安是为了一个狐媚的俗气的女人，她不得不怀疑他挑选爱人伴侣的眼光。两个人真的缘分已尽，可自己想了他十一年啊！泪水都快流干了，心都被折磨碎了，却落得这样一个结局。来石安的路上还把重逢想得那么激动、感人和美好，却是海市蜃楼白日做梦，想起来是多么地幼稚，成为别人的一个笑柄。回去之后该怎么跟郑君宁和鲁一依描述？联想起前天晚上自己在饭桌上的表现，付来、宋岚和汪嘉成肯定会笑掉大牙。陈小禾气息奄奄地挨到家，高烧四十度，嘴角撩起大泡，倒床一病不起。马大山搞不清楚她遭受了什么打击，心急如焚地背起她就到医院输液，看着马大山劳碌的身影，陈小禾百感交集。

曾经习惯猫冬，盘在自家炕上吹牛侃山抽烟袋锅子的石安农民就像被传染一样，有史以来第一次甩开膀子撒了欢地冬忙起来，温室大棚如同雨后春笋在突兀的冻土地上破壳而出，绿油油的蔬菜喜获丰收，喜上眉梢却没有运输能力的农民开始坐等收菜买家光顾。然而眼见大棚里的蔬菜一天天变老就要烂在地里却少有买家上门收菜，这时候各种谣言开始在村与村之间流传开来：“省城那头凡是石安的菜一律不收！说是打农药了！”“高援搞新科技是假，坑农买官是真！”谢镇瞅准机会极尽挑唆攻击之能事，引得好几拨农民到县政府闹事。

县政府当夜召开紧急办公会，议题就是如何尽快打开蔬菜销路。县委副书记上来就指责高援拿着县里有限的财政拨款为自己脸上贴金捞取政治资本，结果坑农害农，落下一地鸡毛无法收场。高援解释说原来签下的几个收购大户，或是资金周转有问题或是嫌石安地处偏僻运输费用高，单方撕毁了购销合同，自己正在积极想办法。关键时候老县长站出来支持高援，他一直很看好这个德才兼备的干部，相信高援会拿出解决办法。高援当场立下军令状，一周之内解决蔬菜销路，否则引咎辞职。谢镇等人鄙夷而窃喜，他们等着看高援的笑话，断定他死定了。

次日一大早，高援冒着严寒乘上开往省城的长途车，找媒体宣传推广是当前唯一出路，他决定亲自去找陈小禾。十一年来他的情感空间始终被陈小禾牢牢占据着，期间他给自己设定了无数个去找她的理由，最终都打消了念头，选择把对她的爱深深封闭在心底。今天在这个裉节上找她，于公于私理由都很充分，他深信陈小禾会鼎力支持他。

在省电视台传达室，高援拿出身份证请门卫联系陈小禾。马大山端详他半天，认出他就是秋天展销会上自己掌镜采访的卖大蒜的小县城干部，闲着没事进省城找我媳妇干啥呀？马大山忍不住盘问起来。“我是陈小禾燕北大学的同学。”听高援这么说，马大山不无得意地笑起来，土里土气的小地方人有个学历能算啥呀？指定过得还不如自己一个知名媒体的工作人员。他毫无顾忌地披露：“我是陈小禾的丈夫兼经纪人，你有啥事跟我说，全权代办不另行收费。”高援十分震惊，眼前这个从外及里都五大三粗的人竟然是陈小禾的丈夫，他确定此人应该是马大山。此刻陈小禾恰好走到门口，被马大山喊住：“媳妇儿，你大学同学有事找你！”

陈小禾穿着一件黑色的裙式皮衣，黑色长筒靴，系着一条黑白相间的丝质围巾，衬着她白白的肤色、黑黑的眼睛、棕色的头发和姣好的身材，她的优雅是内心的文化素养与外在表象的完美结合和自然流露，比在校时更具魅力。高援看得怦然心动，他真想扑上去把心爱的人紧紧拥抱。然而时过境迁，她已经是一个有丈夫的人，此刻就在身边盯着他们，他只能抑制住冲动迎上去跟她打招呼："小禾你好！还认得出我么？"陈小禾回过头，正好跟穿老蓝棉袄戴栽绒旧军帽的高援打了一个照面。天哪！生命中最重要的那个人此刻就活生生地站在自己面前，没有任何思想准备的她情不自禁地倒退了一步，满脸惊愕地看着他。十一年间尤其经历生与死转换之后，那个威武英气、睿智洒脱的军人形象被眼前这个土气甚至有些落魄的基层干部形象完全颠覆了。她尴尬地笑了，整个人傻傻地愣在那儿，马大山看着两个人的表情，不由地哈哈大笑起来，"你们这都啥大学同学呀！咋就跟不认识一样呢？"

陈小禾把高援请到台里的餐厅吃晚饭。这么多年过去，两个人有太多的话要说，偏偏马大山自告奋勇地陪同，还在餐桌上问东问西。他觉得高援落在石安县那个兔子都不拉屎的地方特别不值，大学白上英模白当了，甚至活得都不如自己，自己起码还生活在省会，工作在知名媒体，活得清闲滋润，媳妇还是名人，身上都镀了一层金光。马大山的不着调让高援彻底领教了，也让陈小禾很是尴尬。

获知高援不期而至的原因，陈小禾很是着急，赶紧给他出主意："我建议你在卫视频道收视率最高的《新闻联播》后《天气预报》前跟五秒广告，来推广宣传石安的大棚蔬菜，连播两个星期，效果一定显现。"高援挠头感到为难，"小禾你大概不清楚，石安的年财政收入不到两千万，花钱做电视广告可是史无前例，没有十足的把握还是不敢这么投入。"陈小禾所以提出这个建议，是她清楚此时段的收视率是全天最高的，她有十足的把握并胜券在握。她掰开了揉碎了帮高援做分析，终于说动了他，决定回去做县领导的工作，争取尽快投放广告。

次日早晨一上班，陈小禾敲开五位台领导办公室的大门，一遍遍复述石安农民大棚种菜的不易和面临的困境，说服台领导为这个国家级贫困县争取到两折的广告价格，这是本台广告有史以来最低的价格，基本就是白送了。然而高援回到石安县却遇到了阻力，除了老县长，其他县级领导都投了反对票。谢镇借机四处散布说高援拿公家的钱讨好电视台女同学暗送提成，就连何永进都轻信了谣言，觉得高援这么做太不合适。高援心急如焚地打电话给陈小禾告知了自己的处境，陈小禾一番布阵，让高援稳住了阵脚。

陈小禾连夜亲自驾车，带着摄像和编辑赶往石安。清晨到达之后就由高援带领深入蔬菜大棚拍摄，陈小禾亲自手执话筒出镜并完成了采访，上午九点完成拍摄之后，马不停蹄地赶回省城。下午五点钟到台里后，陈小禾又自己进机房编片子，晚上七点半，有关石安蔬菜大棚的三集系列报道之一在《燕北经济报道》中被排在头条播出。三分钟的小专题极好地展示了石安新型农业的成果，也呼吁为农民排忧解难解决蔬菜销路问题。陈小禾为此两天一夜没有合眼，看着屏幕高援接受自己采访的画面，陈小禾心里的一块石头才落地，疲惫不堪的她伏在桌上沉沉睡去。

节目刚播完，若干个咨询电话就打到县政府值班室。次日，一辆辆运输蔬菜的大卡车已经开到石安的田间地头，该系列报道连播三集，媒体信息传播及时覆盖面广的优势充分显现出来。借着这个契机，高援力排众议说服老县长拍板，在省电视台卫视频道投下两周广告，石安蔬菜立马名扬全国，壮观的拉菜卡车蜿蜒在通往石安的公路上，成为壮观的一景。农民的脸上乐开了花，对高援的议论也变成了赞叹。

高援打电话给陈小禾，感谢她为石安百姓谋了福利，也为自己减轻了巨大压力，陈小禾为自己能以职业优势帮助高援而欣慰。二人似有千言万语却又不知从何说起，替代的竟是长时间的沉默。高援不想询问陈小禾的家庭与情感，他意识到陈小禾最终选择马大山一定有难言之隐；陈小禾也不愿提及高援与孟三凤的恋爱史，既然生米已经煮成熟饭，曾经的一切就都成了过眼烟云，选择遗忘或许是平复心境的一味良药。

天渐渐阴沉下来，不一会儿竟飘起了雪花。白茫茫的雪花把省城和石安连成了一个整体，二人的心情好比这个素简的冬日，与深情中遥望，在起伏中暗留。生命中的过往，无论岁月更迭季节转换，纵然已是彼岸殊途，依然永驻心间，好比这素洁淡雅的雪花氤氲绵长，回味无穷。其实，心安不过是一种自慰愚己的期许，牵挂才是彼此之间无论寒凉还是温暖的永恒。

当年二十三岁的金小民大学毕业后回到老家，被分配到县一中教高中历史。此时他的姐姐金小花已经瘫痪在床，类风湿病折磨得她生活不能自理。他把姐姐接到县中学集体宿舍住下，从此开始了教研室——教室——宿舍三点一线的单调并压抑的生活，春种秋收的时候他还要回老家去耕种包产到户分给姐姐的几分地。其间也有人给他介绍过几个对象，姑娘到他家里转了转就没了下文，无论教师还是护士抑或是售货员，未婚的已婚的即使是带着孩子的，相亲的结局都如出一辙，惊人地相似：淘汰金小民。既不高大又不帅气，职业一般，还有姐姐拖累的他，被别人像商品一样品头论足挑三拣四。金小民厌烦了这种相亲模式，后来谁跟他提相对象他就跟谁急，再后来就成了县一中唯一没有配偶的男教师，在别人眼里他越发地性情古怪、沉默寡言和不可理喻。唯一值得称道的是他出色的教学，但凡他辅导过的学生，参加高考，历史是一定能拿下高分的。

刚毕业时，他收到过兰抗美寄到他老家的信件，问他的工作和生活，关心他姐姐的病情，也介绍了一下自己在京城的情况，他思前想后没有给她回信。同为七七级大学生，同窗同桌四年，毕业后的境遇却大相径庭。兰抗美生活在首都，在社科院做研究工作，生活优渥彰显档次，自己一个贫困县的中学教师，很落魄很窘困也很自卑，他相信他是班里混得最惨的一个，不仅是兰抗美，他跟全班任何人都没有来往。那一年暑假，他去省城给姐姐买药，在大街上意外地撞见对面正准备过马路的郑君宁，见他抱着孩子，老婆跟在旁边，一家人其乐融融的样子。“郑君宁——”金小民喊出声却下意识捂住了嘴，扬起的手臂随之无力地耷拉下来，幸好郑君宁没听见。自己这副寒酸邋遢的样子，可别再吓着人家老婆孩子，他选择了逃避，快速转身走掉了。

还有一年他回老家打理农活，听隔壁大娘说一个梳短发头的城里女人前两天来过，打听他们去了哪里。大娘说不清楚他们姐俩儿住在县城什么地方，女人犹豫了一下，坐在旁边的石头上简单写了几行字，拿出一个纸包让务必交给金小民。金小民从大娘手里疑惑地接过东西，见报纸包着一个厚厚的封好的信封，熟悉的字体即刻映入眼帘：“小民，毕业一别已经四个年头，心里一直惦记着你和小花，这次特意来看你们却未能如愿，留下一份心意给小花，务必收下。大姐抗美，1986年7月16日。”信封里是五十六张崭新的十元钞票，当时大学毕业生在北方地区的月工资为五十六元，五百六十元相当于兰抗美十个月的工资，这是多么大的一笔数字啊！毕业好几年啦，她还惦记着自己和姐姐，金小民越琢磨越觉得手里的信封沉甸甸的，感怀的泪水大滴地洒在信封上，浸湿了娟秀的字体。他想给抗美写一封感谢信，提起笔又放下，最终信写好了却没有寄出，他怕二人建立联系之后，兰抗美会继续她的施舍，这是自尊心极强的他所不能接受的。

一晃又是几年过去，年过三十的金小民还打着光棍，金小花明白是自己拖累了弟弟，她有一种很沉重的负罪感。类风湿病带来的疼痛让她彻夜难眠甚至痛不欲生，每每胡思乱想，只觉得自己的解脱之日也是弟弟的解放之时。金小民每月工资除了解决姐弟俩的温饱，剩下的都给姐姐买药治病了，身上那件棉大衣还是上学时抗美给买的，已经穿了十二个年头，袖口的棉絮都快掉光了。金小花有心给他缝补，可变形的手却拿不住针线，她恨自己的无能，历经磨难的眼里已无泪水，剩下的只是空洞和绝望。1988年入冬后的第一场雪悄没声地来了，严寒再度袭击了金小民四面透风的小平房宿舍，煤里掺多了黄土，火苗半死不活地飘忽着，金小花裹紧被子还冻得直打哆嗦，她的眼睛木然地盯着窗外，眼巴巴地等待弟弟下课回来给自己烧口热水喝，这样的日子已经循环往复了六年。

金小民终于顶着一头一身雪花回来了，没有肉和青菜，盐水煮面条加一个荷包蛋是他给姐姐准备的晚饭。这一天晚上，金小花的话特别多，跟弟弟回忆起还有爹娘时的童年，遗憾他们没有拍过一张全家福照片给姐弟留下念想；回忆起金小民复习考大学的日子，她没有睡过一个囫囵觉，接到通知书那一刻，她激动得差点背过气去；还说弟弟终于跳出农门吃上商品粮，自己死了都能闭上眼了。金小民觉得姐姐有些异样，粗心的他却没有往深处想。

第二天一大早，雪还是下个不停，金小民上午有课，他匆忙熬了棒子面粥熥了馒头鸡蛋，在外屋喊姐姐起床吃饭。金小花一声不吭蒙头大睡，姐姐平时可是比他醒得早，他进屋再催姐姐起床吃饭，见她蒙着被子一声不吭。平时睡觉她可是不蒙头的，他预感到发生了什么，走近掀开被子，惊悚的一幕赫然在目，金小花头上套着一个塑料袋已经窒息死亡，从扭曲的面庞能看出，她结束生命时经历了怎样的痛苦，她用这种特殊的方式永远地解除了对弟弟的累赘。“姐呀，你咋就走了呢？你咋就丢下你兄弟找咱爹娘去了呢？呜呜……”金小民凄厉地哭着，扑倒在姐姐早已冰冷的身上……

料理了姐姐的后事，金小民依然沉沦在极度痛苦之中，以往每次下课回家，一进门他会喊一声“姐”，听姐姐搭话心里才踏实，姐姐是他洗衣做饭打理家务的动力，如今这个动力或者说是精神支柱没有了，恐惧和孤独牢牢占据了他的心房，不知道该怎么应对一个人的日子，整日蓬头垢面，饥一顿饱一顿，精神萎靡到了极点。

半年过去，到了四月清明之后的一天，正在办公室埋头批改作业的金小民一抬头被来人惊到，兰抗美犹如天兵天将站在他的面前。“是……大姐，抗美大姐！”他局促地站起来，被油泥蹭得锃亮的蓝中山装又被白色的粉笔末覆盖，已经张开嘴的破皮鞋沾满灰尘看不出什么颜色，乱糟糟的头发，黑瘦的面庞，木讷的眼神。他伸出手想跟抗美握手却又抽回去，拘谨地来回搓着手不知如何是好。兰抗美被金小民的样子吓了一跳，这还是昔日校园里那个学习较劲，永远不服输的机灵小子吗？“小民，你怎么成了这个样子？到底发生了什么事情？”“姐姐没有熬过去年寒冷的冬天，她走了，是自杀。”金小民哽咽着，眼圈红了。兰抗美的心“咯噔”一下子，像有一个铅块重重坠落下去。她沉默了片刻，走过去扶住金小民的肩膀，想说些安慰的话却被婆娑的眼泪所代替。

兰抗美在小县城里找了一家相对干净的饭馆和金小民一起吃饭，桌子上十瓶啤酒已经空了一半，金小民一直在不停地喝，兰抗美劝都劝不住。又喝光了一瓶，他把空酒瓶往桌子上猛地一蹾，“我金小民就是苦命人，三十年里满打满算也就大学四年里还能笑出来。唉，命苦啊！这辈子认命了！”他又拿起一瓶啤酒用嘴咬开瓶盖直接往嘴里“咚咚”地灌，被兰抗美一把夺下来，“别傻喝了！什么命不命的，命靠你自己去改变！认命的都是尿人，我最看不起！”金小民摇头，他知道兰抗美是在激他，窝在小县城里还能谈啥改变？

“考研！从这里考出去！”兰抗美用坚定的目光看着他。金小民有些迷瞪，考什么研？“现在开始复习，明年考我的美国史硕士研究生。”已经是副高级研究员的兰抗美今年开始带研究生了。金小民端着酒瓶苦笑起来：“大姐你太高看我了，专业没问题，毕业论文咱俩不就写的美国史吗？可考英语就要了我的命啊！大学里那点儿英语分儿还都是你帮我挣的。”他伸手夺过兰抗美的酒瓶子，又被她使劲夺了回去，“先别说泄气的话，我给你权衡过了，自古华山一条道，除了考研，你没有别的选择！”兰抗美加重了语气，眼神里带有威慑力，金小民被她放出的狠话镇住了。

见金小民低头沉思，兰抗美又放松了语气，语重心长地告诫他不能无限性地沉浸在失去姐姐的悲痛里，“你姐姐之所以选择了离开，是想减轻你的负担，希望你生活得更好。你不能辜负她的期望，拼一次吧！距明年2月考研满打满算还有九个月时间。”看着兰抗美期待又坚定的目光，金小民终于点头应承下来，他决定碰碰运气，就拿死马当活马医了。他们把九个月的时间做了细致的规划，金小民必须用百分之五十的气力攻下英语，掌握八千以上的单词量，兰抗美回京之后立即把所有复习资料购齐寄来。

金小民又拿出当年高考的劲头准备考研了，用头悬梁锥刺骨形容毫不为过，宿舍里的一角胡乱堆着若干方便面，饿了他就吃上一袋，抹抹嘴接着复习。入夏之后，光着膀子还汗流浃背，开窗透气的功夫，成群的蚊子嗡嗡地向他发起进攻，他点着盘香，双脚插在盛满凉水的桶里边复习边跟蚊子做斗争，身上被蚊子叮得找不到巴掌大的一块好肉，脚都泡浮囊了。看的书籍撰写的笔记做的英语题摞了有两尺高，除了上课，他所有的时间都以分钟计算，墙上贴满他写的单词和词汇，背单词背到走火入魔的地步，一次上课的路上光顾着低头看英文材料，一失足掉进路旁的臭水沟。来不及回家换衣服，湿着衣服带着臭味坚持上完课，学生被他熏得掩鼻侧目。

三个月过去，金小民试做了一下去年的英语考卷，结果只得了30分，距离及格线还差一半，他认定自己真就不是考研的料，这辈子彻底认栽，三下两下撕碎了卷子，拎起酒瓶子一阵猛灌，酩酊大醉之后睡着了。朦胧中听见有人敲门，他迷迷糊糊下地去开门，似乎看见兰抗美走了进来，他想伸手跟她打招呼，胳膊不听使唤，想冲她笑，却笑不出来，他一头栽倒在炕上自顾自地睡去了。

等天色彻底暗下来，金小民的酒才醒了。他睡眼惺忪地坐起来，意外看见兰抗美在屋里忙碌的身影，他揉揉眼睛，又狠狠掐了大腿一下，才认定这一切都是真的，大姐确实来看他了。金小民的心忽地一下热起来，他赶紧下炕，感动并局促地凑到抗美跟前憨憨地笑。兰抗美已经来了两个小时，看到金小民醉酒的样子，再翻看他的复习笔记，心里明白了大概。她为他熬了小米粥，烙了饼，还炒了几个菜。

兰抗美的英语成绩大学时就在班里数一数二，分配回京工作后又作为访问学者到美国密歇根大学工作两年，更是炉火纯青。她在京城就猜到金小民复习英语会遇到阻力，于是借着休假特意赶来为他补习英语。金小民求兰抗美饶了他放弃他，就让他在这边远的山旮旯里自生自灭好啦！兰抗美就像没有听见，自顾自地说："一会儿去你们女教工宿舍给我找个住的地方，我在这里待满三十天，突击给你补习英语。我就不信你过不了英语关。"待三十天？金小民以为自己听错了，惊讶地睁大眼张大嘴。"你觉得奇怪吗？没有破釜沉舟的毅力，你就一事无成。"

兰抗美果然说到做到，后来的一个月时间里，她为金小民做好一日三餐，然后根据英语考研大纲找到他的知识漏点查遗补缺针对性授课，每天要求他疯狂背英语文章和做阅读培养语感，连他们的对话都用英语，刻意加强他的语境。十天下来用考卷测验，效果开始显现，二十天过去再做考卷，金小民的成绩接近50分，第二十九天测试成绩达到75分。“天哪！这是我做的吗？”看着考卷上兰抗美判出的成绩，金小民简直不敢相信，曾经他畏惧英语视如猛虎，在她的帮助下终于把这个拦路虎击倒了。

兰抗美明天要回京城了，吃过晚饭，二人走出宿舍沿着碧绿的田埂散步。已近四十的她依旧梳着短发，在白衬衫外面套了一件淡蓝色的针织衫，配着藏蓝色长裤，秋日的晚霞洒在她的身上，像镀了一层金色的光。身高比兰抗美矮半头的金小民情不自禁地打量她，这时候看她的眼神已经都是仰慕和敬佩了。他舍不得她走，头一天情绪就开始低落，他对她的情感经历了几个阶段，起初是姐弟亲情，之后是男女爱情，现在这种依恋之情或叫恋母情结更确切一些，总之他在她的身上找到了人生几个阶段都该有的精神寄托。

兰抗美依旧不放心地叮嘱他，除了学习上的若干注意事项，还有生活上的细节，让他把饭吃好，不要对付，金小民一一记在心上。憋了一个月了，他终于问起她私密的事情：“大姐，毕业前你骗我说你有对象了，实际现在还是单身，你咋还不成个家呢？能跟我透露一下机密吗？”兰抗美看了他一眼，苦笑了一下，“没有遇见合适的呗！”“京城那么大，高知高干那么多，怎么就没遇上合适的呢?”“是相中了一个，幼儿园一个班的发小，林科院学植物的博士，然而他有妻子，他为了我要离婚，我没有答应，于是就散了，他去了西藏。”兰抗美淡淡地说，像不是发生在自己身上的故事。金小民却听得惊心动魄，他能想象出二人散伙时内心的挣扎，那是怎样的一种伤痛！

三十一岁的金小民没有辜负兰抗美的期望，在随后的五个月时间里，他更加地头悬梁锥刺骨，竭尽全力投入复习，最终，在全国报考的三十多名考生中拔得头筹，一举考上京城社科院美国史专业的研究生，成为兰抗美的学生。兰抗美并没有近水楼台把专业课考题透露给他，她不屑于做那等偷鸡摸狗的事，她相信金小民的实力，她要他堂堂正正地实现人生的又一次飞跃，果然，他用实力证实了不愧为她的学生。

第十四章

十年之后。

从古到今，古玩一直是社会上少数达官贵人玩赏和收藏的物件，进入2000年，随着国人财富的逐渐积累，在海外藏家的带动和拍卖品价格走高的刺激下，以拍卖行、古玩商和收藏家为主力的内地藏家群体渐渐形成市场，文物收藏热进入兴盛时期，这时候的文物不仅具有把玩收藏的价值，更被当作升值赚钱的一种投资行为。会同社会上拜金主义的疯狂和畸形，仿造的伪劣的假货开始充斥古玩市场，知假买假卖假的行为比比皆是，相互欺骗相互坑害。

陈小禾已经升任频道副总监，她决定策划一档文物鉴赏与鉴定的大型周播栏目《盛世收藏》，以期提高观众对文物的鉴赏水平与鉴别能力。鉴于她的业绩与影响力，台领导点名要求她出任主持人，陈小禾不得已亲自出山。搞这类节目必须有相关专家坐镇，郑君宁和尹二兵便被她请来担任顾问。

今天，经济频道会议室的策划会正在进行中，他们已经在讨论节目的具体流程了。陈小禾借助投影仪展示的舞美图板在发言，“活动的背景板好比大幕拉开，在音乐声中，男声画外音引出我们四个人从拉开的背景板中间走下台阶上场。我直接走到右侧的主持台，郑老师率领的专家团三人到左侧就位。中间为持宝人展示区，观众席由四个方队组成，他们的前面是各自方队的队长，面对主持人和专家团。都明白了吧？”节目组的人在做记录，点头应承。“每期节目实际时长四十五分钟，广告五分钟。节目分为亮宝、赛宝、鉴宝三个单元，接下来就请郑老师谈谈想法。”

郑君宁对这个节目饶有兴趣，当陈小禾邀请他和尹二兵加盟节目组时，他感到莫名的兴奋。他佩服陈小禾的远见卓识，总能踏准社会发展的节奏，他非常认真地发言道：“你们这档节目是迄今全国第一个文物艺术品收藏类节目，我认为，权威和真实最重要。专家团队这边我来保证，你们要把每期的持宝人和他们持有的文物藏品选好。每期的选题都要经过认真策划，保证拍出的质量和效果。”

栏目制片人是一个三十出头的小伙子，他对于频道领导委以重任有动力也有压力，听了陈副总监和郑专家的话心情大好，“我觉得今天的策划会及时且效果明显，陈总和郑老师不愧是老同学，总能想到一块儿去，就是比一般人默契，给了我们很多帮助。谢谢郑老师！谢谢陈总！”陈小禾干脆利落地下达了指令：“从现在开始，进入倒计时阶段，制片人切实负起责任，大家各司其职，做好自己的工作，为新栏目的诞生加油！”所有人站起来，把手叠在一起，齐声喊“加油!”

十天之后，节目按预定计划开录，现场无论专家还是观众高水平发挥，尤其郑君宁的表现更胜一筹，陈小禾很欣慰，她甚至在想郑君宁如果吃电视这碗饭也应该如鱼得水。又过了十天，后期制作和审查完成，第一期节目如期播出。

省人民医院门诊部。早已由妇科调到内科的胖护士郭蕊正在分诊台前忙碌，本来围在台子前的一大堆人让她三下五除二地快速分流到了各个诊室。她抬起头伸了个懒腰，不经意地看了一眼挂在墙上的电视顿时愣住了，电视上正在播出省台经济频道的《盛世收藏》节目，陈小禾和郑君宁在画面上谈笑风生。陈小禾身着橘色小西装和黑色短裙，黑丝袜衬托出姣好的身材，气质高雅脱俗，上着妆的脸庞显得更精致更年轻。她指着一个瓷瓶问郑君宁："现场观众团队给出了四个价格，分别是二十万，三十八万，五十二万和一百万。郑老师，您觉得哪个观众团队给的价格靠谱?"

"我想先留一个悬念吧，等我们把这件瓷瓶鉴定完毕再揭开谜底好不好?"郑君宁不愧为达式常的再版，屏幕上的他身着深灰色的西便装，头发梳得一丝不苟，举止和神态儒雅大方俊朗帅气。"那我们就屏住呼吸，等郑老师的鉴定结果。"陈小禾引导观众鼓起掌来。背景音乐响起，郑君宁跟尹二兵还有另一个专家，在现场观察分析那个瓷瓶。

候诊的病人和家属饶有兴致地看着电视，称赞这档节目好看，有悬念长知识，还对陈小禾和郑君宁赞不绝口。"他俩咋那般配呢！艾玛那叫一个般配!""他俩指定是夫妻，太有夫妻相了！"看他们乱点鸳鸯谱，郭蕊气不打一处来，拿起遥控器"叭"的一下把电视关上了。

她的举动让那些人猝不及防，正坐等专家的鉴定意见呢，咋电视就给关了呢？他们纷纷嚷嚷起来："护士，你咋给关了啊？快开开吧！""我这儿正等着看结果呢！"郭蕊虎着脸，没好气地说："回你们家看去！这是医院，看病的地方。"说着自顾干自己的事去了。

这时候马大山拽着马丁走进来，已经上初三的马丁感冒发烧却抗拒来医院，他怕打针输液，马大山扯着他一边教训一边走，与风风火火的郭蕊差点儿撞了个满怀。郭蕊刚要埋怨，又觉得此人挺面熟，再看他的小帅哥儿子跟陈小禾长得咋那么像，顿时恍然大悟，扯过马大山喊起来："还记得吗？咱俩好多年前在燕北大学见过面！你是陈小禾的丈夫吧?"马大山一愣怔，拍着脑袋使劲想，终于想起来当年在燕北大学四个人混战的那一幕，"你是那啥……叫郑君宁的媳妇吧？”郭蕊点头，她本来不屑于主动跟患者打招呼，因为马大山与陈小禾的特殊关系，才下意识地搭话验明身份。

她重新打开电视让马大山看屏幕，马大山一看确实吃惊不小，“他俩咋又混到一起去了呢？你叫啥？咋不管你老公呢？”“我又不是专职干特务的，哪有时间成天盯着他？你在啥单位？你咋看不住你老婆呢？”还没等马大山搭腔，远处有人喊郭护士，她匆忙走掉了。

一提起自己的单位马大山就来气，本来在传达室工作滋润不假，却心理压力倍儿大，遭人指指戳戳的日子并不好过。这么多年他总是琢磨咋样才能缩短与陈小禾的差距，终于有一天琢磨过味来，作为男人必须得有钱！这年头有钱就是爷呀！有了钱就能拍着胸脯说“频道领导陈小禾是我媳妇”，而不是说“我是频道领导陈小禾的丈夫”。

也有外人觊觎陈小禾的位置，想通过马大山在节目里混进一些个软性广告，给企业和商家做些隐性宣传。那天一家做台湾焖烧锅的区域代理商找到马大山，上来就拍了三千块钱，指名要搭车上《燕北经济报道》，做软性宣传。马大山跟栏目一个小记者偷着把这活儿给做了，不料审片时被陈小禾发现，临时把该条消息撤了下去。马大山这个急呀，钱都收了还告诉人家晚上播出，这下崴泥了。他亲自去找陈小禾实话实说，让她给自己一个面子，却被断然拒绝，还把他、小记者连同栏目的制片人一起训了一顿，告诫组里所有的人不许给马大山开绿灯拍片子。马大山气得在家里闹了一个星期的罢工，少做了七天晚饭少拖了七天地板。

东方不亮西方亮。后来，又有人来找马大山合开广告公司，专门代理台里的广告。马大山偷偷拿了家里的十万元存款入了伙，被封为副总经理，雇了四个女孩子天天守着电话拉广告，声音装得很嫩很甜，却收效甚微。每天要支付房租和员工的工资及伙食费，马大山犹如热锅上的蚂蚁，他要充分利用熟人关系，这一天居然把电话打到石安县高援的办公室，直截了当地要他为石安在电视台投放广告，自己做广告代理抽头并给他分成，被高援断然拒绝。马大山荒唐不懂政治，想挣钱的路径也不对，打着陈小禾的招牌到处游说，说不定哪一天给惹出祸来，高援把这件事透露给了陈小禾。啊？马大山居然背着自己找到高援做广告，想赚人家贫困县的钱，真是想钱想疯了！陈小禾为此动怒，回家跟马大山大吵一架，逼迫他退出了广告公司，合作方以马大山违约为名扣掉了他两万块钱。陈小禾一次次堵住了马大山的发财之路，致使他这么多年就在传达室窝着吃软饭，让他好没面子。

马大山正恼火地胡思乱想呢，郭蕊又转回来了，她帮马丁分配了诊室并带着加塞儿找医生看了病，马丁只是普通发烧感冒，不用输液光吃药就可以了。父子俩轻松地走出诊室。郭蕊又追问马大山在什么单位上班，让他看好自己的老婆，但凡知道跟郑君宁在一起就跟她死掐。见郭蕊有求于自己，马大山突然灵机一动，“我不想在电视台干了，换到你们医院吧！看病方便，跟你合伙贼着他们也方便。”郭蕊打量着马大山，问他有什么技术专长。“保卫呀！管人管车相当有招，肯吃苦能吃苦。”马大山十分自信。

郭蕊的叔伯侄子在人事处任处长，这事她或许还真能办成，便爽快地答应下来，让马大山听信儿，二人互留了手机号。后来，郭蕊果真给马大山帮上了忙，将他调到省人民医院保卫处，负责院里的安保工作。从此二人结成盟友，郭蕊是马大山的上级，后者无条件服从调度指挥，共同为保卫各自的家庭而战。

观澜博物馆是仅次于省博的全省第二大博物馆，坐落在省城的西北方向，周围少有商业不显繁华，出大院往北一公里就上了省道。大院子里，四层高的展览大厅于八十年代初落成，外墙镶嵌着白色瓷砖，被护栏包裹的铝合金窗户，绿色琉璃瓦顶。这种风格不中不西，不土不洋，明显缺乏创意和个性，却是那个时代最流行的建筑风格，美其名曰为民族建筑。

展馆四周的树木稀少，只有几棵似乎永远也长不大的松树，落满了尘土。这让2000年夏日的空气显得更加燥热。又是一个周末，展馆里的观众多是学校组织前来参观的学生，博物馆特意安排了多名讲解员，轮流为学生们解说。

二层展厅的展品全部为古代瓷器，年轻的讲解员业务挺熟练，扩音器里传出悦耳的普通话解说："龙泉窑开创于西晋，结束于清代，连续生产时间长达一千五百年，是中国所有瓷窑中生产年代最长的一个窑。请看这几幅多管瓶和盘口壶的图片，文物考古工作者反复调查发现，它们是龙泉窑特有器物，若干年来流散到日本、英国、菲律宾等许多国家的博物馆和美术馆，成为他们的重要藏品。"

讲解员把观众引到一个独立镶嵌的玻璃罩前继续介绍，"这只南宋龙泉窑青釉牡丹刻花纹瓶，就是八十年代后期在我省南辉县古代墓葬中出土的。由于龙泉窑青瓷的价值早为世人所知，在浙江龙泉遗址保护区内的泥土好比用筛子筛过，指甲盖大小的瓷器碎片都极难见到，因此，这件藏品的价值就可想而知了。"

在玻璃罩子周围的小射灯照射下，这只珍贵的纹瓶更显得熠熠生辉。外行看热闹，观众簇拥过去，打量它的外观，随着讲解员的介绍发出"啧啧"赞赏的声响。懂行的人拿着放大镜仔细观看，估算起现在的市场行情和它的价值。

下午五点半，博物馆的大门就立起了一块牌子：博物馆关闭，禁止入内，欢迎明天再来。到了六点钟，博物馆内开始清场，工作人员检查门窗和警报装置。整个博物馆院内静悄悄的，空气却更加燥热。一片乌云从北部飘落而来，天空顿时黑了下来。没过几分钟，瓢泼大雨倾泻而下，院子里顿时一片汪洋。

博物馆内空无一人早就安静下来，黑暗中只有安全出口的灯是亮着的。这时候，二层展厅外面走廊上，男厕所里的天花板被人悄悄移动了。一个身高不足一米六、体型精瘦的年轻男人从顶棚探出头，这个蟊贼是开馆期间悄悄潜伏进来的，他身轻如燕，似能飞檐走壁，趁男厕所无人的空档借着管道攀爬上去，撬开顶棚钻进之后，踩在钢梁上一直挨到闭馆，并成功躲过管理人员的搜寻。此人从顶棚踩着隔板轻盈地跳下来，窜到走廊上。展厅的门上着锁，他用小锤子砸碎窗玻璃撬开护栏进入展厅，直奔那件牡丹刻花纹瓶而去。蟊贼掏出玻璃刀熟练地划开玻璃罩，轻而易举地取出了纹瓶。他顺着二层楼梯径直下到一层，打开大厅侧门逃走时报警器忽然鸣响。

听到报警声，大院东侧办公楼值班室里的两名人员迅速抄起钢管朝博物馆大厅正门方向搜寻过来，蟊贼情急之下躲在馆前停放的一辆吉普车底下。大雨仍然“哗哗”地下个不停，扰乱了值班人的视线和听力，他们走近一看，见大厅侧门被人打开，“不好，遭贼了！你在这盯着，我回去打电话报警。”二人迅速分开，一人返回值班室，另一人守在侧门。蟊贼躲过两个人，从汽车后面爬出去，抱着瓶子顺着楼拐到院子的后门，翻越铁栅栏跑掉了。

失窃半小时之后，刑警赶到，观澜博物馆的失窃案被警方列为“六·二八盗宝案”重点查处。次日上午一上班，副馆长侯克就在办公室接受警察的询问。“我馆的安保措施是非常严密的，二十四小时都派专人值守，所有展厅的文物都被玻璃罩住并且加锁，没有一件裸露在外。可以说，安全隐患是没有的，失窃的事是建馆以来唯一的一次。”侯克的语气不容置疑。“按侯副馆长的意思，外人很难进馆偷走东西，是吗?”警察追问，侯克点头称是。

“您言外之意是有人监守自盗，或者有内外勾结作案的可能性?”警察又追问了一句。“太有可能了。并且，内外勾结作案的可能性很大。”哦？问话的警察眉毛立了起来，“您能不能谈得再具体一些?”“当然可以。原来我们馆有一个叫尹二兵的人，是一个收藏疯子，他对文物痴迷到连老婆都可以不要的地步，前些年因为倒卖文物给日本人进了局子，放出来以后就在社会上闲逛，无业游民。他的初中同学叫郑君宁，在我们馆陈列研究部做研究员，此人政治表现很差，二人关系非同一般。并且，这件纹瓶就是当年他们俩跟警察一起去南辉从盗墓贼的手里缴获的，他们熟知这件文物的价值。”

警察详细记录了侯克的话，认为他提供的线索很重要，表示回去就向领导汇报，必要时尽快传唤这两个人。“请馆长保守这个秘密，不要再跟任何人提你的想法，以免打草惊蛇。”侯克忙不迭地点头，“好的！好的！希望警察同志尽快破案，为国家挽回重大经济损失。”

次日下午，尹二兵被传唤到公安局刑侦支队审讯室，一老一少俩警察审他，旁边还有人做记录。“尹二兵，昨天，6月28日晚上七点左右下大雨的时候你干啥去了？”老警察单刀直入。尹二兵丈二和尚摸不着头脑，他回忆道：“昨天晚上下雨的时候……我在医院照顾我妈呢！”警察直视尹二兵的眼睛，严厉地说道：“你说谎！你蹲过大狱，有案底，给我放老实点。昨天晚上你去观澜博物馆了，并且偷走了一件文物。我点到为止，给你一个坦白的机会，交代吧。”

尹二兵睁大眼睛，他很吃惊，“你怀疑我偷文物了？我冤枉，天大的冤枉！”小警察呵斥他不要装疯卖傻，跟警察斗那是灯蛾扑火。“我哪敢跟警察斗？借我一个豹子胆都不敢！正是因为蹲过大狱，我才知道要做一个良民，合法挣钱，守法为生。”

老警察不动声色地说，“你的同伙郑君宁已经交代了，你抵赖只能罪加一等。”“你要说侯克给我泼脏水，我信。你要说郑君宁已经交代了，打死我都不信。再说我俩也不是啥同伙，没有一块作案。”小警察按捺不住，用手一拍桌子试图震慑住尹二兵，“你还抵赖是不是，就是你跟郑君宁里应外合，联手作案，偷走了龙泉窑牡丹刻花纹瓶。”

尹二兵一愣，“啊？纹瓶丢啦？到底怎么回事呀？”小警察看尹二兵嘴硬，气不打一处来，“装得真像！怎么着，你是要文斗还是武斗？”蹲过大狱的尹二兵知道怎么鸣冤叫屈，“没偷就是没偷，打死我也不承认，你要刑讯逼供屈打成招，我就喊冤上访，跟你们没完！”

“你想倒打一耙是不是？看我还治不了你了?!”小警察咬着牙站起来，拿着铐子要冲上去制服尹二兵，被老警察用眼神制止住……

因为没有确凿证据，尹二兵被关了一晚上放了。

郑君宁与尹二兵同时被传唤到刑侦支队接受询问，毕竟没有前科，警察对他稍微客气一些。他淡定自若，对答如流，且有不在现场的证人，见问不出什么，警察也放他回来了。

第二天，郑君宁到馆里上班，院子里迎面走来的两个人见了他像遇见瘟疫，慌忙走岔路躲开了。不远处几个人聚在一起对他指指点点，等他走到跟前，他们都闭上嘴，装作若无其事的样子谈别的。进了办公楼打走廊经过，他听旁边屋里传来议论的声音："知道吗，咱们馆里丢的纹瓶跟郑君宁有关系呢！昨天下午警察把他叫走了，警方怀疑是他跟尹二兵联手干的。""哎，没抓走他呀？刚才我还见他在院子里晃悠呢！""那还不是早晚的事儿！他跑得了吗？"郑君宁一脸的愤怒，他返回来站在门口冲着屋里的人喊道："怎么着，盼警察把我抓走不成？我不记得跟你们有什么深仇大恨啊？至于这么落井下石吗？"

议论的人转过身，几张脸同时挤出尴尬的笑容，"郑……郑老师，我们没别的意思，呵呵，绝不是落井下石。""就是听了些风言风语，我们关心你……哪希望你出事呀！你要是进去了，那是咱馆里的重大损失呀！""真他妈无聊！吃饱撑的！"郑君宁骂着，愤然离开。

主管农业的副县长高援在岗位上干得风生水起，他脑子活泛，又有胆识和魄力，他设法与全国著名的食品公司签订购销合同，使农民种植的山楂、柿子、核桃和板栗有了固定的销路。授人以鱼不如授人以渔，他想到教会农民养奶牛致富，把外资的种牛场建到石安，产下的牛犊由政府专项资金补贴购买过来再低价卖给农民，小牛养大产下奶就被国内著名的乳业统一收购了。连年植树造林，使原来的荒山秃岭被雪松、云杉、白桦等树木覆盖。五六年过去，农民的现金收入迅速增加，全县GDP以每年百分之十几的速度递增。

这时候开始各部门轮岗，谢镇转任农业局局长，何永进转任副局长。在这一轮的人事任免之前，高援是不同意谢镇到农业局任职的，专门找到县长和书记表明了自己的态度，但谢镇看上了这个肥缺，执意要坐上这个官位，他在上边有亲戚，朝廷有人好做官，县里顶不住压力只好把官位给了他，等于人为地给高援的工作设置了一个障碍。

谢镇上任之后果然猖狂，以各种理由专门刁难来石安投资经商的人，意在使其臣服，听命于他的指挥。他认为高援无利不起早，这么热衷招商引资，一定是与这些人合谋从中渔利捞钱。何永进虽为副职却形同虚设，对谢镇的张狂与违纪熟视无睹，人群中最强大的力量是结盟，他怕势力强大的谢镇拉帮结伙孤立自己。为此，高援找何永进谈话，语重心长地告诫他在其位要谋其政，特别是对谢镇这种阳奉阴违的人必须坚持原则，自己走得端行得正有什么好怕的？为保乌纱帽当老好人不作为，就是愧对石安百姓。何永进表面答应，心里却抱定明哲保身的想法，依旧对谢镇的言行睁一只眼闭一只眼。

为追求高援使计谋赶走陈小禾的石安一枝花孟三凤，恢复单身的十几年里谈了无数场轰轰烈烈的恋爱，有老婆没老婆的，已婚未婚的，官大官小的，岁数大岁数小的一律通吃，换男朋友像换衬衫一样勤。男人倾慕她的姿色和性感，她把男人玩弄于股掌之中。多年来她一直景仰爱慕单身的高援，平日里使出浑身解数向他示好献媚，高援都不理不睬。孟三凤眼见岁数越来越大，正愁拿不下高援时，机会来了。

五月里槐花香的时候，县农业局在乡下召开两天科技示范现场会，高援、谢镇、何永进和县办的孟三凤一行人当晚入住公社招待所。晚上公社安排的晚餐里有酒喝，劝酒的人使出浑身解数，谢镇等人吆三喝四称兄道弟，孟三凤做出一副集万千宠爱于一身的媚态，高援看着挺烦，借故有事离开了酒桌。

招待所坐落在公社院里的东北角，另外套了一个小院，从月亮门进去就是一溜呈门字形的红砖平房，一门一屋，房间里放着一床一桌一椅，简陋无比，幸好还有一盏台灯。高援回到屋里拧亮台灯坐下来，从包里取出那本《致加西亚的信》，这是陈小禾推荐并邮寄给他的，临下乡前一天他才收到包裹，除了书，还有两罐上好的茉莉花茶，她总是很细心和体贴，知道他最喜欢茉莉花的馨香。茶如人生，淡中有味虚怀若谷；人生如书，写就成败谱尽苦乐；人生难得一知己，相互守望、欣赏和慰藉，知你懂你，惜如己命，品味终生。这样一书一茶一知己的人生对高援来说已经足矣。睹物思人，阵阵思念犹如草原上一匹奔腾的烈马怎又拽得住缰绳？他想道，空下来时还要多去省城见她，即使坐在一起喝个茶聊聊书也是最大的享受。

陈小禾隆重推介此书，说是一封通往成功之路的密札，一本可以当作信仰的经典，还是培养敬业守则的必读书。高援有一个特别好的读书习惯，任何时候任何地方，只要带包一定装着一本书，无论多忙多晚，他都是要读过书才踏实就寝的。全球发行销量超过四千万册的书，它的魔力究竟在哪里？他饶有兴致地翻开细细品读。不知不觉夜已深沉，洗漱过后准备关门睡去，意外地发现门上的插销没有了，乡下的条件就这样，缺这儿少那儿是常事，这时再找人修也不方便，他没有多想，推上门关灯睡下了。

半夜时分，高援朦胧中感觉自己被一个人从后面抱住，还呢喃地跟他说着什么，他以为又是在梦中梦见了陈小禾，下意识地转过身来，却没有闻到那股特有的茉莉花的馨香，不对，她不是陈小禾，这是个女鬼，他瞬间清醒过来，“蹭”地坐起身大声喝道：“你是谁?”一个半裸的风情万种的女人猛地扑到他的怀里，“别嚷，是我，你的凤儿。”高援看清了原来是孟三凤，一种呕吐感立刻从胃里翻上来，“女鬼！滚开!”他怒斥着推开她，起身去抓脚底的灯绳，孟三凤慌忙拽他的胳膊阻止开灯，娇羞道：“亲爱的，别开灯!”“你给我闭嘴！滚蛋!”高援一把将她推下床，旋即拉开了电灯。穿着透明睡衣，霎时原形毕露的孟三凤重重地摔在地上，她疼得大叫一声，试图爬起来，结果崴了脚站不起来了，她低估了高援，不是所有男人都被她的美色俘获。此时，听见隔壁高援屋里有动静，谢镇欣喜若狂，他迫不及待地从屋里窜出来，他要恰到好处地把他们堵在床上，一推门见屋里灯亮着，孟三凤坐在地上捂着脚呻吟，高援指着她怒斥道：“你以为所有男人都吃你这一套吗？你不自重只能自取其辱!”他转身命令谢镇：“把她架走！赶紧给我滚出去!”谢镇一看孟三凤戏演砸了不由得大失所望，却还故意摆手说道：“高副县长别急，我没看见，什么都没看见!”“你没看见没关系，我可以邀请所有人来看!” 高援说着，猛地把门拉开，孟三凤慌忙央求把门关上不要声张，谢镇看她灰头土脸恨不得钻进地缝的样子心里不住地咒骂，不情愿地拽她出了房间。原来谢镇早就发现孟三凤钟情于高援，便借下乡之际指使她整出事来，下午悄悄潜入招待所，拔掉了高援房门的插销，他预谋亲自抓奸搞臭高援。孟三凤接受了谢镇的旨意，巴不得事情败露，以期把生米做成熟饭，结果二人的如意算盘全都落空。

次日早晨，高援叫来公社书记、招待所所长等一干人员，查看招待所所有房间的门锁，发现只有高援住的这间房门没有插销，这是怎么回事？服务员连连喊冤，说县领导入住前她都检查过了，没有一个房间锁不上门的。显而易见插销被人为地摘掉了，高援陷入沉思，官场上但凡整人，无非经由两个突破口，要么经济问题，要么生活作风问题，看来对手已经暗地里下了黑手，自己须保持高度警惕了。

继电视报纸广播之后，互联网作为第四大媒体开始渗入传媒界，加剧了媒体之间、同业之间的竞争，环球画报社终究没能遏制住颓势，发行量直线下滑，每月十万册的底线都没能守住，出现入不敷出寅吃卯粮的窘境，改革迫在眉睫。一个秋日的早上，懒洋洋的汪嘉成腋下夹着手包刚走进办公楼，传达室大爷就急切地招呼他："你咋又迟到啦？赶紧吧，新社长都到了。"

二层的会议室塞得满满当当，汪嘉成在门口加了张椅子坐下来。上级主管单位领导的讲话正在进行中，"……机制改革的目的是进一步激活环球画报社的活力，使报社能得到长足的发展，这是大势所趋，人心所向，利益所归，早改早主动，早改早受益，晚改就被动，不改没出路。"跟汪嘉成掐架的赵社长已经下台，副社长铆足了劲喊道："现在，让我们用热烈的掌声欢迎新上任的画报社付来社长讲话。"

付来在热烈的掌声中煞有介事地站起来向大家挥手致意，汪嘉成冷漠的表情瞬间被惊愕所取代，怎么是这个土鳖？居然成了我的顶头上司，这不是历史的误会吧？简直太滑稽了！然而这不是历史的误会，跟滑稽也不沾边。已经不屑于在燕北大学循规蹈矩地教书育人的付来，真就破釜沉舟辞职下海经商了，经岳父的下属牵线搭桥，承包了环球画报社。此时的他一副镇定自若指点江山的样子，“今天我站在这里，关键词是拯救，用三个命概括：临危受命，不辱使命，发动革命。我将彻底摒弃原来那种唯职称、唯资历、唯工龄的分配形式，取而代之的是凭业绩、看贡献、重能力来核定每一名职工的工资收入。今后，档案工资只占收入的一小部分，大幅度提升绩效工资所占比例，目的是打破铁饭碗，让大家端上的不是泥饭碗、木饭碗，而是金饭碗，最终目的是使咱们全体同仁成为业界最先富裕起来的人。大家只要跟定我，都不会吃亏！”付来的话铿锵有力，坐着的人犹如被打了一针兴奋剂，掌声淹没了议论声，汪嘉成夸张地两手摊开耸耸肩，撇着嘴做出一副鄙视的表情。

这一天编辑部在讨论下期内容，六个人对着画报封面的小样议论纷纷，一个女郎穿着暴露、露着乳沟和大腿，扭捏作态一副媚相，文字注明是某内衣品牌代言人。快六十的老孙忍不住埋怨：“我说邵头，打文化牌的画报就用这么媚俗的女人做封面？真是堕落！”“这是广告客户指定的内衣模特，一期出价二十万呢！付来社长说了，咱们画报社是改革试点单位，要改革就会有阵痛，老同志看习惯就好啦！”邵主任讪笑着。

汪嘉成举着封面小样讥笑道：“难怪呢，拿人的手短吃人的嘴软，就这三陪女，白伺候我，我都一脚给踹出去！”他不屑地把小样扔在桌子上，其他几个人都哈哈笑着迎合他。邵主任把手里的一叠文稿发给几人，“有几处要根据广告客户的要求编排内容，你们注意排版。”

“啊？没有搞错吧？又是内衣广告，塞到我‘世界名画赏析’板块里了呀？”“你那算什么呀？奇葩在我这儿呢——《历史上的今天》：1996年6月5日，富贵春天房地产开发有限公司成立……真敢招呼嘿！它算哪根葱啊？还真装上象了！”汪嘉成鄙视地念道，办公室里响起一片哄笑声。“就这破玩意儿，放在这儿最合适！”他说着把文稿揉成一团，顺手扔进废纸篓里。邵主任急了，“哎，你干什么？商家的广告费都交了！”汪嘉成跟没听见一样走出门去，从此罢工不上班了。

画报社的餐厅忽然挂起彩灯扯起拉花，小舞台上方悬挂起一条横幅：“环球画报社2002年春节联欢暨总结表彰大会”。舞台两侧各摆放着两排大花篮，上面有企业的贺词：“热烈祝贺环球画报社月发行量突破二十万”“热烈祝贺环球画报社机构改革工作取得阶段性胜利”“祝付来社长锐意改革，取得更大的成绩”。

百十来个职工喜气洋洋地坐在下面听社长付来做总结性发言：“去年我们环球画报社迈出有史以来的关键一步，对内实行机构改革，对外向市场要发行量。一年下来效果显著，广大员工积极性得到极大发挥，月发行量一举突破二十万册，纯利润达到历史最高位的二千三百万。”下面响起一阵热烈的掌声，无数双敬佩的目光投向付来。

服务员不断往餐桌上端上各式菜肴，有几个小年轻忍不住动了筷子，被老同志呵斥住，警告他们认真听领导讲话。“每个人的奖金已经发到手里了，相信大家的春节会过得体面过得滋润。感谢我们改革开放的新时代，感谢全体员工的共同努力。祝大家新春快乐！健康平安！”付来的话又一次被热烈的掌声盖过，只有汪嘉成不为所动。

副社长眉飞色舞地继续招呼，“付来社长的讲话犹如醍醐灌顶，使我们倍受鼓舞，正像社长所言，大家的这个春节会过得体面过得滋润。接下来，付社长再送大家一个厚礼，想不想知道是什么？”台下的人一齐喊：“想——”“好，万众期待。除了到手的奖金外，付社长接下来将给业绩优秀者派发数量不等的红包，具体数字你心知肚明就好，不要互相传看，这可是你跟付来社长之间的小秘密哦！下面，念到名字的请到台上来。”

人们个个摩拳擦掌，激动不已。“郭长富、张东来、王敏锐、宋红、刘亚莉……”被念到的人排成一排，上台逐个从付来的手上接过红包，有的鞠躬，有的敬军礼，有的上去跟他热烈拥抱，再集体转过身面对台下，高高举起大红的信封，感谢的声音此起彼伏：“感谢付社长的英明领导，没有付社长就没有环球画报社的今天！”“从此义无反顾地跟着付社长，共赢报社未来！”

汪嘉成冷眼看着，质问身边叫好的老同事：“老孙你之前不是反感付来的做法吗？这会儿怎么就叛变啦？”“嘿，谁跟钱有仇啊？你看老崔乐成啥样了！”老孙指着斜对面的一个老职工说道：“老崔原来反人家付社长最猛，现在咋样？佩服得五体投地！”

“是我孤陋寡闻了，咱画报社真是人才济济，一个个不但会写文章会拍照，溜须拍马也是好手哈！”面对汪嘉成的奚落，老孙只当没听见，仰头看着台上，继续沉浸在欢乐之中。汪嘉成自顾自地吃喝起来。

副社长突然招呼道：“请汪嘉成汪老师上台领取红包。”会场发出“嗡嗡”的议论声：“给他？他都罢工多少天了？还给红包？”“社长大人不计小人过，奖金都发给他了，照顾他老同学面子呗！”汪嘉成愣了一下，然后懒洋洋地走上台，不客气地拿过付来递给他的红包，又抢过副社长手里的麦克风，一脸不屑地讥讽道：“承蒙老同学厚爱！我激动得都快抽抽了！”他夸张地做出浑身颤抖状。人们鄙夷地看着汪嘉成，“原来汪嘉成也爱红包啊？他不视金钱如粪土吗？”“也就说说而已，他不爱钱他是傻子！”

汪嘉成继续慷慨陈词：“我最了解我的老同学，最大本事是满身铜臭，把钱当成亲爹亲娘，我在学校里就预言，他小子这辈子注定穷得只剩下钱了！所以他糟蹋画报的文化品位、一切向钱看，我一点儿都不意外。让我意外的是你们这些所谓的知识分子，为五斗米折腰也就算了，还极尽阿谀奉承之能事，讨了付来那么点儿施舍就不知姓什么了，我鄙视你们！你们知道他拿走多少提成么？”

底下霎时议论纷纷，付来面不改色心不跳，“我说嘉成啊，我，你就甭惦记了，这是周瑜打黄盖，一个愿打一个愿挨的事。你呢，还是放下所谓的知识分子架子，不要奢望鱼和熊掌兼得，又拿奖金又拿红包就是最大的实惠，这一点大家都认同。”

汪嘉成从红包里掏出一大把钱，“我汪某人宁为玉碎不为瓦全。在此隆重宣布：本人汪嘉成辞职，爷不伺候了！”说完把钱“哗”地撒向空中，愤然下台，穿过正在饕餮的人群扬长而去，全然不顾满场惊诧的目光和合不拢的嘴巴。付来尴尬地“呵呵”笑起来。

第十五章

见汪嘉成不上班蒙着被子睡大觉，鲁一依仔细问才知道他竟然擅自辞职了，急得她亲自登门恳求付来，看在老同学的面子上务必留下汪嘉成，“付社长，你知道，我是太在乎我们嘉成了，我不能看着他不高兴，不能看着他没了工作。你能不能看在老同学的面子上，让嘉成回社里上班?”

付来看着鲁一依哀求的眼神心里暗自发笑，嘲笑她此生居然被一个冷血的汪嘉成锁定，想起当年在校时第一次跳交谊舞，他上赶子巴结她，求她教教自己，结果当着那么多人的面，她连个正眼都没给，让他热脸贴个冷屁股。也有你求我付某人的今天？真是风水轮流转，三十年河东三十年河西！他虚情假意道：“小鲁，我哪能愿意嘉成走啊！去年就照顾了他一年，没少遭人议论。但君子一言驷马难追，他执意而为我拦也拦不住呀！”

宋岚替鲁一依说话，“什么拦住拦不住的，你就听一依的，把嘉成找回去吧！”付来假装遗憾地摇头，“老汪是一个很有个性的人，拗着他是对他最大的不尊重，我必须尊重他的选择。”鲁一依再三求情，均被付来以各种理由推挡，只好起身失望地告辞。

“让汪嘉成回画报社不就是你付来一句话的事吗？都是同班同学，又一个宿舍住了四年，干嘛就不能给他一条出路呢？”宋岚很是不解。付来鄙夷地笑了，他觉得宋岚这时候还提什么同学情谊简直太幼稚可笑了。“都什么年月了你还把这一套挂嘴上？市场经济血雨腥风的年代，你死我活弱肉强食，知道不？你这套落伍的价值观就该被社会淘汰。”

“你就缺他那份工资给不了么？他都快五十的人了，辞了职干嘛去呀？这不是他的本意，估计是不服你的领导。”宋岚的同情心大爆发，她试图说服付来。“我还得给你洗脑。有句话，钱不是万能的，没有钱是万万不能的。有钱人家哈着你，没钱谁都鄙视你。汪嘉成这小子当年在学校里挤对我比谁都狠，这么一个搅屎棍子留在社里就是个祸害，别人都贼着我怎么处理他呢！现在正好杀鸡给猴看，看以后谁还敢跟我作对！他自己辞职我求之不得，你也别跟我拿他的岁数说事。”

宋岚被付来怼得没了下文，禁不住叹气，她觉得自己越来越读不懂付来了。宋岚本是一个爱慕虚荣，为人略显刻薄，性格有些毛病的人，但在老辣的付来面前就小巫见大巫了，他金钱至上六亲不认的价值观让她瞠目结舌，无言以对。

转眼进入12月，北方的冬天又来了。已升任县长的高援带队参加在省展览馆举办的招商引资展会，这一次他不再像十年前那样吆喝石安的大蒜，计划利用石安当地的自然资源，不但吸引旅游者还吸引投资者开发旅游景区。陈小禾亲自带队为招商展会做系列专题报道，同时，她联合组委会策划了在分会场主持三场招商论坛，其中一场就是无偿为石安做的旅游专题。之前她专门与高援通过电话做了细致的切磋，会前还利用媒体优势，组织了若干专家学者和企业家赴石安考察。今天的分会场，陈小禾的团队架起了摄像机，全程记录论坛内容，回去编辑成专题片在经济频道播出。

上午九点，分会场已经坐满观众，陈小禾一改往日论坛单人上台发言的呆板形式，别出心裁地将高援和几个专家学者、企业家请到台上，先通过投影仪播放自己团队制作的石安风貌专题片，再对在座的各位进行圆桌式访谈。她的每一个提问都恰到好处，现场被她把控调度得游刃有余，高援的介绍彰显水准，解答妙趣横生，现场观众都被他们的话题所吸引，掌声此起彼伏。专家学者也大谈石安的印象与前景，已经考察过石安的企业家当场拍板，与高援签订了开发旅游项目投资意向合作书，现场的气氛被推向高潮。高援对陈小禾的用心付出感激不已，与其说她是在帮助自己，倒不如说是为石安百姓脱贫致富做奉献。

晚上，郑君宁请高援在饭馆喝酒，酒过三巡，喝得心里火辣滚烫，越发推心置腹地聊天。高援说："这么多年见过的女人无数，唯有陈小禾就像一部书，最值得自己去读。"郑君宁独自闷了一口酒，指着高援说："我羡慕我嫉妒你们的青梅竹马，我遗憾我悲哀你们的阴错阳差。" 高援数落郑君宁薄情寡义，跟陈小禾都成恋人却又抛弃了人家。郑君宁责怪高援当年对越作战前线既然没有"光荣"，为什么不回学校找陈小禾，任由她嫁给了马大山，一朵鲜花插在牛粪上。两个男人一次次碰杯，更加敞开心扉，都承认走过的二十多年，各自心里最爱的女人还是陈小禾，感叹生命的有限里程里，与自己心爱的女人失之交臂是一件永远不可饶恕，是终生遗憾的事情。郑君宁忍不住打探起高援的私生活，听罢更是捶胸顿足。

郑君宁又独自闷进几口酒，亢奋之下拨打陈小禾手机，"小禾……你怎么还不出来？快……快点来！等你呢！"陈小禾今晚频道值班审节目，八点钟刚结束直播从演播室出来，就接到郑君宁的电话，听他含混不清又明显激动的声音，断定两人没少喝，赶紧收拾停当抬脚往外走。

郑君宁看见陈小禾进门，激动地扑上去拉着她的手拽到高援面前，泪眼蒙胧道：“妹妹，告诉你一个惊人的消息，你哥他至今孑然一身啊！”“不会吧？你是在说酒话呢！”陈小禾想起十年前去石安找高援被孟三凤挡驾的事情，笑着挣脱他的手，“我不是跟你提过吗？人家早就有一个叫孟三凤的石安一枝花恋人，这会儿说不定孩子都打酱油了！”一听陈小禾提起孟三凤，高援恶心得不行，他“呸”了一声愤愤地说：“那女人在石安可是臭名远扬，小禾你不兴这么作践人的！”这会儿轮到陈小禾惊讶了，“啊？你们难道不是一对？她当时说跟你如何相爱，就要结婚了，还让我大受打击呢！”“这种女人的话你还信？你怎么不问我呀？”“天哪！又一场历史的误会！”陈小禾不无遗憾地直摇头，原来他们中间竟然横亘着这么一个龌龊的女人，让彼此情感的距离无形中又拉开了很远。陈小禾端起郑君宁为她斟满的白酒，跟高援碰杯，然后一饮而尽。今晚，她要跟他们喝个尽兴，用酒精麻醉自己，把那些遗憾的记忆统统忘却。

三个人说了喝，喝了说，觥筹交错之间敞开心扉。然后哭了笑，笑了又哭，抱着记忆不能抽离。同学一场，谁都没有幸福可言，命运就是这么作弄人。郑君宁是一个性情中人，他拉过陈小禾的手跟高援的手扯在一起，“赶紧跟马大山离婚，带着儿子嫁给高援，高援你也别在石安窝着，来省城吧，正处级干部，又是年富力强的时候，哪个单位都抢着要。”高援一听急了，抽回手阻止郑君宁继续说下去，可又怕伤着陈小禾，故作神秘道：“我不能离开石安，身负特殊使命，再说了已经有个一官半职，哪能当第三者，你可不能鼓励我犯纪律啊！”陈小禾知道高援讲党性讲原则，他说不行那就一定不行，失望不已的她又灌下一大口酒，眼泪“啪嗒啪嗒”地往下掉，高援去夺她的酒杯，他怕她喝坏了，郑君宁扯过纸巾为她擦泪。经过岁月的打磨沉淀，三人之间的三角关系表面看都没了爱情成分只剩下同学情分，但这种情分因为相互之间特殊的渗透和勾连，又比一般的同学情分更加紧致和密切，是介于爱情跟友情之间的一种特殊情感。

饭馆要打烊了，高援、陈小禾和郑君宁只好依依不舍地走了出来。陈小禾被风吹过的头脑似乎清醒了一些，她叫了一辆出租车三人一同上车，先将已经处在半醉酒状态的郑君宁送回家，再送高援回酒店。十来公里的路程很快就到了，高援下车，隔着车窗看陈小禾，他要目送她先行离去。寒风中的他躬着背，手里拿着旧栽绒军帽，头发被风吹得很凌乱，眼神有些迷离和失落。陈小禾心中猛然涌动出一股怜爱的情绪，她推开车门走下去细心地替他戴好帽子，再系上旧军大衣的扣子，然后搀扶着他走到酒店门口。在酒精的作用下，高援也有一些激动，转过身双手扶住陈小禾的肩膀深情地凝望着她，这个动作跟二十多年前他当兵走的那天傍晚的动作一模一样，令陈小禾怦然心动。明天他就要离开省城，彼此再次相隔六百多公里，积攒了那么多的话好像都没说完，下次见面又不知是什么时候，伤感遮盖了他们的双眸。陈小禾深情地看高援，期待他能对自己做出什么，像当年在燕大的情人林，可高援却没有，他抑制住了自己的情绪，下意识地躲避陈小禾期待的眼神。

“我明天搭你的车去石安。”陈小禾突然说道。“嗯？为什么？”高援不解。“几年前我做乡村扶贫志愿者时，通过何大叔确定他老家的姚岭小学为帮扶对象，明天去给孩子们送煤火费，更为……跟你多待一会儿。”高援明白了陈小禾的用意，“不会影响你的工作吗?”“不影响，我休两天年假就好了。”高援点点头，认可了陈小禾的做法，他何尝不想多跟她待些时日呢！他拉住她的手，刚毅的语调变得很柔软，“小禾，我有一个请求，把你的红蝴蝶发卡再重新送给我好吗?”他依然惦记着十九岁初恋时的那枚信物，要永远留在身边跟自己做伴。陈小禾被感动了，“我明白你的心思，明天一定带给你。”出租车响起催促的喇叭，高援也细心地为陈小禾整理了一下围巾，“早点儿坐车回家吧！明早七点半钟我在这里等你。”

深夜回到家里的陈小禾又开始翻箱倒柜地找东西，马大山已经习惯了她的神经兮兮，翻个身继续打他的大呼噜。陈小禾在樟木箱的最下边找到那枚用手绢包裹的红发卡，她把高援的手绢仔细收起，再擦拭发卡。这枚普普通通的有机玻璃材质的红发卡历经岁月的沉淀依然熠熠闪亮，表面没有一丝划痕，二十多年来它作为信物，辗转在高援与陈小禾之间，他揣在怀里上过自卫反击战前线，又被当作他“牺牲”的证据寄回到她的手中。当初他为什么做出牺牲的假象而让她彻底断了念想呢？既然不为石安的那个风流女人为什么要落在石安那个穷地方而不来找寻自己呢？陈小禾端详着发卡陷入沉思，她迫切要揭开这个谜底。

清晨的省城被阴冷和浓雾笼罩，高援的老旧吉普车里除了他和司机顺子，还有戴着黑框眼镜的刘秘书。早晨七点半，陈小禾准时前来搭车，与高援一同坐在后座上，趁人不备，她取出用绒布首饰袋装着的红发卡悄悄塞到高援手里，他接过放在贴身的上衣兜里，冲她会心地一笑。见靓丽的节目主持人搭车，秘书和司机很兴奋很荣幸，一路上不停地向她打听荧屏后面那些不为人知的故事，他们觉得自己的高县长和他的女同学好般配，无论外形还是气场，顺子差点脱口而出：“你俩真是天造地设的一对，在大学里咋就没成呢?”但这不是他们下属应该说的话。他们很纳闷高县长那么好的条件为啥单身不婚，难道就为等待眼前的佳人吗？秘书更鬼头，腹内有些诗才，他不住地把他俩放在一起联想，惋惜之情溢于言表。

吉普车出省城走省道直至拐上蜿蜒曲折的盘山公路，这是一辆本该淘汰的老旧北京吉普，犹如匍匐在山路喘着粗气的一匹老马，其间发动机还熄火两次，三个人下车助推才勉强着火继续行驶。刘秘书和顺子都劝他们的高县长回去后赶紧淘汰旧车换辆新的，高援“呵呵”一笑了之，他对物质缺少追求。

下午两点进入石安县城的时候，天空扬起雪花，四周似乎一瞬间就铺上薄薄的一层白纱。高援看着天气叮嘱陈小禾：“快去快回，不要在姚岭村停留，天黑之前务必回到石安，快到时跟我电话联系。”吉普车一直开到长途汽车站，陈小禾谢过他们，正好赶上途经姚岭村的那趟长途车。

经过一个半小时的车程，陈小禾背着一个大双肩背包，踏着积雪走进姚岭小学。四面透风的教室没有生火，十几个孩子在瑟瑟发抖中读课文做算术题。见她进门，都睁着怯怯的小眼睛盯着她看，陈小禾掏出手绢给他们擦鼻涕，怜爱地抚摸一个个小脑袋。每次她来学校，除了带书和衣服，还教孩子们唱歌做游戏讲故事，这是又一茬学生了。陈小禾把五百元煤火费交给唯一的老师，"谢老师，这都零下快十度了，明天下山买煤把炉子点起来吧！"谢老师吸溜着鼻涕，咧着嘴感激地接过，"孩儿们念陈老师的好，你的每一笔捐款都报给俺们中心校和队上了。"陈小禾点点头，乐善好施的她送给每个孩子一套毛线帽子、围巾和手套，孩子们迫不及待地戴上，在院子里相互追逐戏耍。

雪果真下大了，陈小禾告别孩子们快步出村。"陈老师，瞧这大雪片子下的，要不你就住下吧！""上俺们家住吧，雪停了再走。"一些老乡在村口热情地挽留她。"不了！单位里还有工作，万一大雪封山，一时半会儿就回不去了！"她谢绝了乡亲们的盛情，独自一人踏上归途。下午四点不到天色就渐渐转暗，她深一脚浅一脚地走了半个多小时才走上乡间公路，在站牌下又等了二十多分钟竟没有等到一辆长途车。长款羽绒服也挡不住严寒，她紧了紧围巾，戴好帽子，决定沿着乡间公路往石安方向走，但凡遇到一辆车就要不顾一切地拦下来。

高援惦记着进山的陈小禾，打电话给她的手机无法接通，他知道山里没建基站，手机处在网络盲区，只好把电话打到姚岭村委会，那边差人去小学校问，过了十来分钟传来话说陈小禾四点时离开村里往石安走了。高援不放心地从县政府出来，徒步赶往长途汽车站去迎陈小禾，到了那儿才知长途车因大雪已经停运，这意味着陈小禾将被大雪困在杳无人烟的山路上，此时是下午四时半，室外的温度为零下十二度，天黑之后找寻她将更为困难，陈小禾无疑处在极度危险中。情急之下高援返回县政府，司机顺子不在岗，他开着那辆老旧吉普车驶出大院。隔墙有耳还有眼，高援寻找陈小禾的电话以及开车离开的情景被孟三凤偷听偷窥到。

高援开着车在白茫茫的山路上一路行进一路观察，生怕漏掉目标。吉普车以四十迈的速度缓慢爬行，好不容易出了县城进入省道又爬上盘山公路，岂料只行驶二十来公里就突然熄了火，无论怎么打火它都纹丝不动，高援气得直摔帽子，不得已扔下车徒步进山。皑皑白雪遮盖了旷野四周，雪已没过脚踝，每迈一步都十分艰难，对行走形成阻力。从路边的地标估算，以高援行走的速度，至少要走两个半小时才能到达姚岭村，陈小禾一个小时前出村，她走得比自己慢，正常的话他们将在两个小时前后汇合。冰冷的雪花伴着凛冽的寒风无情地扑打在他的脸上，他下意识地裹紧了军大衣，惦记着小禾的生死安危，心里只有一个念头，快走！快些！再快些！

天空即将被一个巨大的黑色幕布拉上，鹅毛大的雪片从天际飘然而下，周围白茫茫静悄悄，陈小禾的心里生出莫名的恐惧，她后悔没听老乡的劝阻，应该在姚岭住下来。虽然拿着手机但山村没有网络信号，只是聋子的耳朵，陈小禾与高援的联络就这样中断了，她的心顿时变得瓦凉瓦凉的，意识到只能自救。气温越来越低，她裹着厚厚的围巾，露出的眼睫毛和头发帘都被染上了一层白霜，中午只在高援的车上吃了一片面包，这会儿早已饥肠辘辘，幸好兜里还装着几块巧克力，她赶紧拿出充饥。她必须不停地走，以维持身体的基本热量。透过清冽的月光陈小禾分辨出，只要翻过眼前这座大山就到了省道，那时候往来的车辆就会多起来，自己就能获救。意念，还是意念！陈小禾凭借着意念在近半尺深积雪的雪野中艰难地走啊走……

白毛风刮起来了，裹着雪片呼啸翻卷，吹平了山路两旁的沟壑，陈小禾只能试探着迈出脚步，行走的速度明显放慢，她心急如焚。万一遇到野狼怎么办？遇到坏人该怎么应对？思绪不断地被各种恐惧纷扰。她寻思着找一根棍子用作自卫，头转向侧面，一分神忽然脚底打滑，一个趔趄跌进路边三米多深的沟里，她惨叫一声，头撞在坡底的石头上摔晕过去……不知过了多久，陈小禾被冻醒，深沟的斜面是六十度的陡坡，四周光秃秃没有任何可攀附的东西，她挣扎着爬起来，手脚并用努力往坡上攀爬，眼看快爬到坡顶时又“秃噜”一下滑了下去，几次三番循环往复都没能攀上坡顶。天啊！难道自己就此悄无声息地永远倒在这片雪野的深沟里了么？马丁怎么办？年迈的父母谁去照顾？家里好多事没跟马大山交代，甚至存款的密码他都不知道。本来是要跟高援好好聊聊的，他“牺牲”的谜底至今都没有揭开，他们之间的情感虽没有升华到性爱阶段，却已然超越爱情与友情的范畴，赋予了更深层次的内涵，变成彼此心灵的依赖。她爱这个世界，舍不得离开她生命中最重要的人，求生的本能促使她拼尽全力再往坡顶攀爬。然而，她又一次滑落下去，一阵疼痛袭来，她渐渐陷入昏迷中……

“小禾，你在哪里？快答应我！”不知过了多久，被冻醒的陈小禾隐约听见有人在喊她，以为自己产生了幻觉，她下意识掐脸掐手却都没有知觉。不，是高援，她坚信是他救自己来了。“高援，我在这里！掉到深沟里啦！呜……”她抬起手拢着嘴用传得很远的美声高喊，听见亲人的声音，她忍不住委屈地哭起来。“小禾，我听见你的声音啦！”“呜……我掉到深沟里，爬不上去了！”“别急，有我呢！你接着说话，我顺着声音找你！”高援和陈小禾的声音在山野中交替回响，被风声吹得飘来飘去，终于在深沟和公路间汇合，他已经不间断地喊了她半个多小时，嗓子完全嘶哑。当他走近看到困在沟底的她着实吓了一跳，如果今晚找不到她，两个人真就永别了！那将是他永远的痛！不，还是他下辈子的痛！他不能失去她，决不能！高援迫不及待地顺着沟边滑到沟底，扑过去紧紧搂住她不肯松手，陈小禾浑身颤抖不止，身体不能自持地向后仰去，把高援连带着摔倒在地，她已经冻僵了。幸好高援出来时怀里揣着两个暖水袋，立刻取出放进陈小禾怀中，再拉过她的双手放在自己的腋下捂着，“小禾别怕，有我在呢！咱们一定能自救脱险。”他不停地安慰鼓励受到惊吓的她，其实他心里最清楚，这时候她坚持不住就此倒下，也一定是没有救了。

高援仔细查看深沟周围的地势，找到一个距离公路相对低的位置，然后蹲下让陈小禾踩上他的肩膀，他慢慢站起匍匐在沟坡，顺利地把她送到坡顶踏上公路。“高援你怎么上来呀？”陈小禾急得直喊。“别急，我有办法！”只见高援退到深沟后边用助跑提升速度，靠着当兵时练就的体能和意志，“蹭蹭蹭”的一个漂亮的三级跳飞一样跃上公路，两个人再度激动得紧紧拥抱……在这个寒冷的雪夜，高援拽扯着陈小禾踉跄地翻越了整个大山，直到跨上省道，看到远方驶来的那束车灯。

回到县招待所已是黎明时分，高援从外面端来一盆雪，见陈小禾艰难地脱下手套，将已经冻僵的手放到暖气上，立刻制止她，“手不能放到暖气上烤，赶紧脱下鞋袜，我来帮你处理一下。”在东北当过兵的他有足够的治疗冻伤的经验，他用雪细心地揉搓陈小禾已经冻僵的手脚，直至恢复了血色，又端来两盆温水让她泡脚泡手。从当年军训挑水泡到今天治冻伤，历经25年蹉跎岁月，望着他忙碌的背影，陈小禾泪眼模糊，声音哽咽，想说的话留到嘴边却没说出来。这时手机铃声响起，是台里总机转达台领导的指示，让她明天早晨务必到岗，带队赴外地执行地方媒体联合采访任务。

早晨，当何永进走进食堂的时候，恰好遇见高援和陈小禾吃过饭往外走，见陈小禾疲惫的面容，何永进惊讶地问道：“小禾你怎么会在这里？”“昨天到你老家小学送煤火费被大雪困在山上了。”高援替陈小禾回答。“多亏高援找到我，否则就冻死在雪地里了。再见何大叔，高援现在送我去长途车站。”望着二人匆匆而去的身影，何永进心里起疑，这大雪天的陈小禾进山了？那不就是找死吗？真是困在雪地被高援救了？他摇头哑然失笑。

正吃饭的孟三凤和谢镇喊何永进坐过去，几个人饶有兴致地议论起大县长夜里用公车搭载大学女同学旧情人兜风赏雪景的事情。孟三凤说得绘声绘色，谢镇故意刨根问底，包括夜里在县招待所的恩爱细节，他都启发孟三凤逐一披露出来。何永进听得直恶心，却故意装聋作哑，他不敢得罪谢镇，万一高援上调当官走了，自己不就折在谢镇手里了么？况且陈小禾去姚岭小学送温暖的理由并不成立。

一时间高县长和省电视台女主持人的绯闻悄悄弥散在县政府大院内外，陈小禾主持的收藏鉴宝节目在石安的收视率直线攀升，人们争先恐后一睹她的风采，对高县长和女主持人反而羡慕赞叹有加。已经晋升为书记的老县长坐不住了，他叫来高援痛心疾首地批评他，说吐沫星子能淹死人，告诫他不要因为儿女情长断送了自己的政治生涯。“吴书记，你听一下我的解释再下结论好不好？陈小禾从省城搭咱们的车去姚岭小学给孩子送煤火费，司机顺子和刘秘书可以作证，我们进城之后顺道给她送到长途汽车站，三个人都亲眼看着她踏上开往山里的长途车。之后下大雪她从姚岭村往石安走，结果长途车停运，她人被困在山里，我是开车去解救了，结果旧吉普只开了二十来公里刚爬上山路就抛锚了，后来还是顺子去给拖到修理厂的。”偏爱他的吴书记再找顺子和刘秘书核实，证实了高援的说法，主持公道的他在县领导班子会上为高援正名，高援以私开公车为由做出检查并赔偿五十元汽油费了却了此事。

2003年初夏的一天，马大山戴着红袖章神气活现地在省人民医院院子里巡视，一会儿驱赶小商小贩，一会儿呵斥自行车乱停乱放。正忙得不亦乐乎时听见有人搭话，“哟，这不是大山哥吗？你在这儿工作呀？”他回头一看原来是德城厂子里曾经的同事、自己二十岁时的初恋赵美娟。赵美娟面容姣好，声音嗲嗲地，看见马大山就跟见着亲人似的。“嘿，这不是美娟妹子？你咋在这儿呢？” 赵美娟神色黯淡下来，“唉，到医院来能有啥好事？我老公前几年下岗之后在私人公司跑长途，吃喝啥的都不定时，饥一顿饱一顿的，上个月胃疼就去咱们德城市医院看了，一查说是胃癌晚期都转移到全身了，就来省城大医院看看还有啥办法。”

马大山正要安慰，身后突然传来郭蕊的声音：“都转移了还治啥治，趁早回家别糟蹋钱，临终关怀一下尽尽心得了！”她是听见了二人哥长妹短地叫唤才这么说的。说完，自顾自地走了。赵美娟听罢立马抹起眼泪。马大山安慰她说：“你也别太着急了，尽心尽力，听天由命吧！有啥事跟我说，我在保卫科。”

只过了一个月，赵美娟的丈夫就去世了，马大山忙前忙后帮助料理了后事，极尽地主和前男友之谊。这一天晚上，赵美娟专门答谢请他吃饭，二人边吃边聊，她殷勤地给他敬酒夹菜。当年赵美娟在厂里财务科工作，她的爹妈没有看上当钳工的马大山，两人才不得已分手。马大山不住地安慰赵美娟，“妹子，人死不能复活，咱们活着的人就好好活着吧！”“大山哥，谢谢你还没忘记你妹子，亏了你帮忙。来，妹子敬亲哥一杯。”马大山喝得尽兴，赵美娟越敬越郁闷，说她不想回德城了，已经下岗的她怵厂里叫史全新的那个流氓主任，他盯了她十好几年，这会儿更不会放过她一个寡妇了！见赵美娟愁容满面，怜香惜玉的马大山也跟着郁闷上了，情急之下想起医院食堂正招售卖饭票的出纳，还给解决宿舍，豪迈地表示亲自找人把她弄进去。赵美娟破涕为笑，没有想到马大山的能量这么大，“大山哥，我真后悔当年没自己做主嫁给你，还是你疼我啊！那你现在过得咋样啊?”“咋样？不咋样呗！”马大山摇头叹息。赵美娟偷偷观察马大山的神色，“你指定过得不好，我早就感觉到。这女的吧就不能比男的强，把男人比得没了自信，日子就没法过了。再说了，那些搞电视的跟搞文艺的一样，能有几个好人啊?”马大山不住点头，深有同感。

马大山悄悄找到郭蕊的叔伯侄子，经他帮忙把赵美娟弄到医院食堂做了出纳，还给解决了宿舍。这一天午休时间，赵美娟在食堂买了几个菜，又以答谢为名请马大山到自己宿舍吃饭，这一次酒精度提高到六十五度，不太会喝酒的马大山三杯酒下肚就被灌迷糊了。“大山哥，你没觉得咱俩哪儿哪儿都合适么?”赵美娟抛着媚眼挑逗马大山。“嗯，是，合适！门当户对！想的做的啥都一样。”马大山瓮声瓮气道，已经掉进温柔乡的他，满脑子都是陈小禾的强势赵美娟的温柔，说到柔情蜜意时，赵美娟倒向他的怀里，两人搂抱着亲热起来。

郭蕊听说马大山通过自己的侄子把一个德城女人给弄到医院食堂了，断定马大山有马放南山移情别恋的迹象，这不等于他给郑君宁腾地方吗？危机感顿生的她怒火中烧，径直来找赵美娟算账。宿舍的门突然被郭蕊撞开，马大山和赵美娟都吓了一跳，忙不迭地跳着脚分开。郭蕊指着赵美娟骂开了：“我早看出来了，是你这个妖精把他的魂给勾走了！”又指着马大山奚落：“放着好日子不过，找个外地女人连个正式工作都没有，你脑子有病啊？”两人自知理亏，耷拉着脑袋不敢吱声，郭蕊连威胁带吓唬地要他们立刻悬崖勒马，否则她有能力让他们都从人民医院滚出去。

周末，郑君宁在家里收拾洗漱用品和睡衣，然后装在一个小旅行箱中。郭蕊在看电视，拿着遥控器斜着眼问："大周末的，你上哪儿去？""到郊区开个会，明天回来。"郭蕊狐疑地看他，不说话。

郑君宁装好箱子进了卫生间，这时他放在手包里的手机短信提示音响了，郭蕊走过去取出手机看，手机显示屏上显示信息是陈小禾发来的："下午五点，湖景度假村8201房间。"郭蕊大惊失色，冲动地走到卫生间门口要踹门，想了想又收回脚，她咬着嘴唇忍着，把手机放回郑君宁的手包，坐回到沙发上。愤怒再次袭来，她又冲动地站起来冲向卫生间，抬起脚要踹门，又第二次放下，强压着怒火退回到沙发上坐下。

郑君宁从卫生间出来，叮嘱郭蕊："玫玫晚上下课回来，你给她热一杯牛奶，催她早点睡觉，别忘了！"郭蕊好似没听见，不停地喘粗气，这个细节郑君宁没注意到，他拉着旅行箱要走，郭蕊一个箭步冲上去拦住他："你别走！"郑君宁不解。"上哪去？敢透露不？""不是跟你说了吗？郊区开会！"郭蕊指着郑君宁怒吼："开你的头！我警告你郑君宁，你从这家迈出去就别再回来！"郑君宁无奈地摇头："你怎么又犯病啦？猫一天狗一天的，找打架斗气玩啊？简直不可理喻。"说着，闪开郭蕊拉开门出去了。郭蕊在后面越发歇斯底里地叫唤，"咣当"一声，狠狠地把门推上。

小区外面，郑君宁开着自家车向东边驶去，郭蕊在马路边招手上了一辆出租车，让司机跟上前头那辆黑帕萨特，然后给马大山打手机："你老婆在家吗？不在家？这就对了！你马上打辆车跟我到郊区湖景度假村汇合，到了以后电话联系。什么事？还用问吗？快点！"放下电话，她催促司机抓紧，别跟丢了！司机轰轰油门，跟了上去。马大山正用座机跟赵美娟腻着，接到郭蕊指令不敢怠慢，赶紧说“拜拜”，出门叫了出租车直奔郊区湖景度假村。

半小时之后郑君宁到达湖景度假村，他下车，打开后备厢取出旅行箱，头都没回就走进大堂。郭蕊从出租车下来，躲躲闪闪地观察郑君宁动向。这时马大山也赶到了，下了车东张西望正欲打电话，郭蕊从柱子后面闪出来，“别打了！”马大山疑惑不解，“咋回事呀？你急赤白脸火烧火燎的。”

郭蕊恨得咬牙切齿，“你老婆跟我老公在这里幽会，我看见你老婆发的短信了！”马大山很惊讶，“啊，他俩咋的动真格的啦？”郭蕊让马大山跟上她走，递过相机说：“一定要抓个现行！到时候，我踹门，你拍照，给你相机，傻瓜的，摁就行了。”马大山没接相机，他有一些犹豫，“这……他们的脸不就丢尽了?！往后还咋活呀？别了，给他们留点儿面子吧！”

郭蕊瞪了马大山一眼，“你个夙包，关键时候就掉链子！你不整治他们，你的家就完蛋，保不住了，知道吗?”“不是这意思。他们都是有身份的人，咱不能这么干！真的，过了！”

郭蕊梗着脖子叫唤：“你说咋干不过？我看你是被那个小地方女人给迷住了，没了斗志是不是？放在从前，你还不得蹿到房顶上去闹？走，少啰嗦！”马大山无奈地接过郭蕊的相机，二人一前一后进了酒店大堂。

郭蕊和马大山上了电梯到达二层，在走廊上挨个看门牌号，走到8201房间门口，郭蕊耳朵贴上去听动静，然后轻轻转动门把手，门竟然开了，她猛地冲进房间，郑君宁跟陈小禾正趴在一张写字台前看电脑笔记本上的内容，两个头好像要贴在一起了。郭蕊感觉血都涌到头上，她猛扑上去拉扯陈小禾，高声叫骂：“你这个狐狸精，让老娘抓了个现行，跟你拼了！”

郑君宁和陈小禾被吓了一跳，陈小禾试图站起来，却被郭蕊压住，只得被动地抵挡着。

马大山跟在后面举着相机想拍照，没想到郭蕊动了手，赶紧上去拉架，嘴里喊着：“郭蕊你要干啥？真动手啊?”郑君宁愤怒地站起来去拉郭蕊，呵斥她住手。郭蕊不管不顾，闭着眼睛胡乱挥舞手臂，把桌子上的水杯碰到地上摔了一个粉碎。

听见外屋的动静，套间里冲出五六个人，看见这场面都愣住了，七手八脚把郭蕊拉开。郭蕊几近疯狂，不停地叫喊，定睛一看房间里这么多人顿时傻了眼。当着一干下属，郭蕊和马大山竟然做出捉奸的事情来，让陈小禾好没面子，她从椅子上站起来，指着郭蕊和马大山气愤地说："你们太无聊了！是自己活着没底气，才一天到晚胡思乱想无中生有。"她整理了一下衣服和头发，头也不回地走出房间。郑君宁冲郭蕊吼道："你就是吃饱撑的，空虚，放着好日子不过，是一定要把好好的家拆散！好，我成全你！"说着，也夺门而出。

五六个人七嘴八舌地说道："我们是《盛世收藏》栏目组来开研讨会，顺便放松一下，特别请来陈总和郑老师。还有，尹二兵老师他们都没到呢！""两位老师根本不是你们想的那种人！你们这么污蔑他们，伤了领导的自尊啊！"本来筹划好好的周末聚会就这样被郭蕊和马大山搅和了，几个人扫兴极了，相跟着出房间找陈小禾和郑君宁去了。

郭蕊和马大山面面相觑。

第十六章

当天郑君宁回到家里，带着怒气起草了离婚协议，只等郭蕊回来让她签字。夜深了，郭蕊才推门进家，她第一次怯懦地从郑君宁身边悄悄溜过不敢正眼看他，匆忙洗漱之后躲到小屋挤在女儿身边躺下了。郑君宁走进来，怕惊醒女儿，小声叫她起来到客厅说话，郭蕊装听不见，脸冲墙一声不吭。郑君宁用手推她，“你不想好好过日子我成全你，协议起草好了，你看一下。这家里的东西你随便拿，房子归你也行，玫玫归我，我带着女儿去我妈家里住。”郭蕊依旧一动不动。已经上大学的郑玫玫被惊醒了，她揉着睡眼听出爸妈又在吵架，已经习惯了这种模式的她淡定地说：“你们到外面吵吧，明天上午我还期末考试呢！”“玫玫呀！你爸要跟妈妈离婚，他玩真的啦！他不要咱们啦！”郭蕊指着郑君宁手里的离婚协议让郑玫玫看，然后抱住她号啕大哭起来。“爸你干嘛呀？我妈再有缺点毛病她也是我亲妈呀！无论我跟谁我都会有一个后爸或者后妈，你们只图自己的解脱，就没想到我的感受吗？”玫玫说着，伤心地跟郭蕊抱头痛哭起来。郑君宁就怕女儿来这一手，玫玫是他的掌上明珠，他最怕她哭，只要女儿一掉眼泪，他百分之百投降，女儿的眼泪就是制胜的法宝。明天玫玫还要考试，再这样闹下去影响孩子的心情也影响考试成绩。他递过纸巾给女儿，“玫玫别哭啦！你赶紧睡觉，我跟你妈的事回头再说。”结果郭蕊来劲了，她鼓动玫玫，“玫玫你说，你爸答应不跟妈妈离婚你才睡觉，对吧？”玫玫哭着央求她爸不许再提离婚的事，否则她就从这楼上跳下去！郑君宁吓了一大跳，女儿竟然有这种想法，他顿时老泪纵横，抽泣着搂过女儿，央求她不许有这个傻主意，自己不会再提离婚的事情，让女儿安心休息。

夫妻俩退到客厅，郑君宁气愤地指着郭蕊：“我知道你的本事就是拿玫玫当杀手锏！”郭蕊低声下气地说话，第一次求得郑君宁的原谅，“我今天是抓错了！让你们丢人现眼了！”“真正丢人现眼的是你郭蕊！”“那咋办哪？我给陈小禾道歉行不?”“必须道歉！另外我警告你，绝不允许你往陈小禾身上泼脏水！你根本不清楚我们之间到底是什么关系。”他想了想，决定还是把陈小禾跟高援的关系说出来，“陈小禾的最爱是她的发小，也是我们燕大的同学，自卫反击战的英模，现在的石安县长还是单身的高援，懂了吗?”

剧情急转直下，郭蕊大吃一惊，张着嘴，半天没合上。“他们的爱情才叫圣洁，不掺假，在他们面前，我郑君宁根本不值得一提。”“那为什么陈小禾不跟马大山离婚嫁给高援呢?”郭蕊仍旧不解。“正是基于马大山和孩子的原因，陈小禾才不忍心这么做呢！燕雀岂知鸿鹄之志，你就是一个俗人，一天到晚闲着没事就知道盯着我。你说你就不能把精力放在工作上，也争取弄个护士长什么的干干，有点追求?”郑君宁的话触动了郭蕊，她不再作声，眼神里少了往日的骄横，多了些顺服和讨好。

马大山在跟郭蕊去湖景度假村闹事的当晚就到医院值夜班去了，次日早上陈小禾到京城开会，如约去了大姐兰抗美的家里，亲如姐妹的她们也是好几年没有见面了。兰抗美夸陈小禾的气质里透着职场精英的干练和睿智，陈小禾却发现大姐的面容有些憔悴。“是身体不舒服吗?”陈小禾关切地问。兰抗美点头称是，“最近总感觉很疲劳，提不起精神来。”陈小禾劝她赶紧去医院检查一下，不能大意。兰抗美对医院有一种莫名的恐惧，轻易不去那里，有点小病自己吃点药也就扛了过去。她说：“可能是最近带学生上课和外出实习比较累，没事儿，睡两觉就缓过来啦!”她接着把话题扯到金小民身上，拿到美国史博士学位的他，毕业之后就留在社科院做了研究员。“小民最近又去国外参加学术会议了，好几篇学术论文获得国际奖项。”　“真棒！曾经的县城中学历史教师，如今成了京城的大学问家了！大姐是你教育有方啊！那个固执的弟弟只听你这个姐姐的。”陈小禾由衷地说，兰抗美也兴奋地笑起来，她的确很有成就感。

因为二人时有联系，陈小禾与高援近些年的过往兰抗美知道个大概，当听到陈小禾讲述了高援雪夜冒死搭救和他依然未婚单身的奇闻时惊讶不已。是不是意味着陈小禾只要结束与马大山这场本不该有的婚姻，就可以与高援牵手后半生呢？陈小禾的答案是肯定的，她期待从大姐这里得到支持，兰抗美陷入了沉思。

“小禾是这样……”兰抗美不紧不慢地分析起来，“你想过没有，如果他依然爱你，他就不会当初编造一个牺牲的理由，按理说应该在战争结束之后及时去找你并娶你，兑现他从燕大临走时的承诺，然而他没有。你们恢复联系之后，这么多年他一直是单身，却从来没有跟你和郑君宁披露过，直到半年前的冬夜，他到省里开招商引资展会，跟郑君宁酒喝多之后才敞开心扉。你想过其中的原因吗?”陈小禾摇头，“我只想到他身为党员干部，不能违反组织纪律，另外也不想破坏我的家庭，所以如果我俩走到一起，我必须先做出姿态。”

“这又回到我前面的质疑上了，我以为他所经历的事情远没有你想象得那么简单。”这会儿轮到陈小禾陷入沉思了。“不，我坚信他爱我，大姐你没有身临其境，从他的眼神从他的举动我完全能感觉到，我有百分之百的把握。”面对陈小禾的痴情和固执，兰抗美鼓励她再去找高援揭开这个谜底。

回到省城的家中，陈小禾还没来得及跟马大山清算湖景度假村对她诋毁一事，马大山支支吾吾主动交代了自己的罪过，“小禾咱俩……离婚吧！”“你说什么？”陈小禾以为自己听错了。马大山不敢直视她的眼睛，“我被原来咱们厂子的赵美娟缠上了，我俩发生那啥了……她太猛了！说啥也要嫁给我，还要来找你摊牌，我挡不住了……”这回陈小禾听明白了，多年来靠她生存的马大山要给自己淘汰出局了。她一阵眩晕，下意识地扶住桌子才站稳，她冷静了一下问道：“你可想好啦？不会后悔吗？”马大山坚定地点头，“海枯石烂跟定赵美娟啦！在她跟前，我才直起腰，像个爷们儿。”再仔细问下去，陈小禾才知他俩原来还是恋人关系，因为父母的反对才没走到一块儿，马大山与赵美娟的感情根基原本很牢靠。十几年间陈小禾之所以下不了决心与马大山离婚，是出于对他的怜悯，是看他对家的尽心尽力，是看他是丁丁父亲的份上。既然马大山去意已定，那就分道扬镳吧！

他们达成离婚协议：正上大学的儿子马丁归陈小禾抚养，马大山不用交抚养费，省城的房子留给她们娘俩；马大山跟赵美娟回德城，德城的房子归马大山所有；九十万存款三人平分各得三十万，考虑到马大山挣钱不易，接下来要安家立业，陈小禾又从自己所得中拿出十万匀给马大山。当二人从民政局办完手续出门之后，看着陈小禾远去的背影，马大山孩子似的哭了，用粗糙的大手不停地揉搓眼睛，他的心绪很复杂，其中包括对陈小禾的感激和愧疚，还有解脱和自由的成分。

郑君宁因为这几年参加电视栏目《盛世收藏》的录制，在社会上已经小有名气，在观澜博物馆里被人嫉妒，尤其是主管副馆长侯克。他认为借着陈小禾搭建的平台，郑君宁名利双收，一直想找机会收拾他。这一天，听说郑君宁下午要到省电视台录节目，他故意要求陈列研究部全体人员下午两点到岗参加紧急会议，任何人不许请假。郑君宁接到部里的通知为难了，作为重要嘉宾，下午要连续录制两期节目，自己突然掉链子，等于把所有参与的人就晾在那儿了，还会影响节目正常播出！他给侯克打电话如实说明情况要求请假，侯克以此会比录节目挣钱重要为由拒绝了他。最终，郑君宁还是放弃开会去了省电视台。侯克借题发挥，责令各部门调查参加社会活动人员及收取报酬等情况，用文字记录下来之后上交馆里。人事部专门到省电视台了解郑君宁这几年收取报酬的情况，汇总之后，向全馆发出要求郑君宁上缴百分之三十所得的通告。接下来，人事部以郑君宁不务正业捞取外快，无故旷工为由，又扣掉其一个月奖金，将其调到图书资料部工作，郑君宁知道侯克是往死里整治他，在馆里也没法待下去了，一气之下写了辞职报告。

郭蕊着急了，背着郑君宁去找侯克求情。她寻到侯克办公室，悄悄把手里的一张购物卡塞在他的办公桌的台历下面，侯克正低头看文件，斜眼瞄到她的举动。郭蕊很客气地作自我介绍，侯克头都没抬起来，冷冷地问她什么事。郭蕊赔着笑脸说："就是我爱人郑君宁辞职的事。""没问题，已经批了！"

郭蕊一听急了，"侯副馆长你不能批呀！我没同意你咋就批了呢？""什么你没同意就批了？"侯克抬起头，"难不成我作为主管副馆长批准不算数，还得请示你一个家属吗？再说了，他辞职不事先跟你商量跟谁商量？跟那个女主持人商量吗？"侯克很不屑地反问道。

看来郑君宁跟侯克顶杠是对的，郭蕊的口气变得强硬起来，"侯副馆长有你这么说话的吗？现在说他辞职的事，你别跟我瞎扯什么女主持人！""你这种阿Q精神不错，值得广大妇女效仿！但你不可以用这样的口气跟我说话！注意素质！"侯克用手敲着桌子告诫郭蕊。

郭蕊使劲咽了一口吐沫，努力使自己平静下来，"对不起，我有些激动。我来找您的目的就是想请您留住郑君宁，他在这一行干了二十多年，已经成了专家，他离开对馆里是一个损失。""你太高估郑君宁了！什么专家不专家，中国最不缺的就是专家，他郑君宁头一天走了，后一天我就能把这个空给补上你信不信？”侯克很不屑地冷笑道。

郭蕊被窝得一个倒憋气，她停顿了一下，又放缓了语气，再次请求侯克通融一下，因为全家指着他抱着这个铁饭碗吃饭呢！说自己不同意他辞职。“你什么文化？懂不懂规矩方圆？馆里签了字盖了章已经生效的决定，还能因为你不同意再收回呀？岂有此理！你不要在这里胡搅蛮缠了，赶紧走人，否则我喊人请你出去！”侯克教训起郭蕊来。

郭蕊终于按捺不住喊叫起来：“你什么人啊？一点人味都没有！你还是共产党的干部吗？我诅咒你，你今天不出事明天也出事，早晚让纪委请你喝茶，让你双规让你蹲大狱让你身败名裂！呸！”她气愤地摔门而出。“你站住！把你的什么卡拿走！”侯克大喝道，郭蕊转过身去拿卡，很狼狈地夺门而出。他们的争吵惊动了来往的路人。“还玩儿贿赂这一套。正告你，你看错人了！”他的声音很大，故意让能听到的人都听到。郭蕊不示弱地一边走一边骂侯克不是东西，根本不配当领导。

入秋之后，被群山环抱的石安县城秋风拂面，一扫暑热。一个高个子、精瘦黝黑的小伙子拎着一个旅行袋，风尘仆仆地走进石安县政府大门，“师傅，我找高援。”“你找高县长？”门卫疑惑地看着他，“你们是什么关系？”小伙子犹豫了一下，“哦……他是我的父亲。”他接过门卫递过的访客登记表，在来访人姓名一栏填写：崔远方；与会见人关系：父子。再递上身份证核验。

孟三凤送人到大门口，返回时经过传达室，恰好听到门卫与小伙子的对话，她惊讶地张大了嘴巴，天啊！高援居然有这么大的一个儿子，可他“婚姻状况”一栏永远填写的是“未婚”，一定是他的私生子找他来算账了。孟三凤冥想着，如获至宝一样加快了脚步，她要把这个无比震惊的消息报告给谢镇，此时上级部门正在考察高援，拟提升他到保城市任职。

正是周末，下班后，高援跟崔远方扛着大包小包登上了开往大山深处崔家村的长途汽车，父子俩在车上亲热地侃侃而谈。远方二十四岁了，从广州一所医科大学五年制本科毕业的他，已经拿到美国一所大学攻读生物医药硕士的录取通知书，奖学金是夏威夷一对华侨夫妇提供的，不过每年还有几千美金的缺口，他有些犹豫了。他对高援说："爸，您这么多年省吃俭用供我读书，积蓄都被我掏空了，我想还是不去美国了，放弃这个机会。在广州医院里工作也找好了，下周就回去上班，减轻您的负担。"高援拉过远方的手，语重心长地对他说："远方，我知道你是想替爸爸省钱，你听爸说，钱是身外之物，生不带来死不带去，用在读书上最值得！第一年奖学金的缺口爸给你补上，但第二年就供不起了，靠你勤工俭学自己去挣。去读书吧，不要犹豫。"远方看着爸爸期待的目光，坚定地点点头。

掌灯时分，崔家村。崔红旗烈士的爹娘和遗孀杏枝迎来了高援和远方。早些天听说他们要回家，三个人高兴地直在堂屋里转磨磨。已过八旬的两位老人一大早就泡好木耳山珍沏好热茶，然后就坐到村口的大树底下眼巴巴地等着，有人问就说等儿子和孙子。高援在他们心里就是儿子崔红旗的化身，是他们永远的依赖和寄托。大山深处的崔家村很小，只有十几户人家，交通不便，信息也闭塞，老乡们只知道杏枝改嫁的丈夫在县城里上班，偶尔回家春种秋收看望他们，是谁名什都不清楚。杏枝的儿子也是中学开始就在外住校，又考上南方很远的大学，是他爹一直供他读书。

高援为崔家带来食用油、猪肉和大米，还给老人和杏枝买了衣服和鞋。"爹、娘，你们来试试这身衣服合适不合适。"这是秋装，高援给他们提前预备下了，俩老人颤颤巍巍地穿上，一瞅浑身上下哪儿都合适，顿时满眼惊喜。杏枝接过那双蓝色休闲鞋，也是爱不释手。"远方他爹，咱们吃饭吧！"杏枝端着饭桌进屋放到炕上，她乐意这么喊高援，远方有爹有妈，他就不会孤单了。杏枝把饭菜摆在桌上，一家人围坐在一起亲亲热热地吃饭和谈笑，为远方考取美国留学而庆贺。

孟三凤和谢镇连夜写匿名信，以“石安广大人民群众”的名义举报高援隐瞒婚史、育有私生子，还有一个省电视台的情人，强烈要求上级纪委介入，呼吁对败坏党的名声的人不但不能带病提拔，而是要立即清除出党，周末一大早差人用挂号信匿名寄给保城市纪委。想了想还不解恨，从电话号码本上查到省电视台总机号码，差人通过总机把电话直接转到陈小禾办公室，恰巧她接听了电话。“我是石安知情人，告诉你一件事，高援有私生子，他一直瞒着你，蒙骗你的感情。”陈小禾很是意外，她刚要问个仔细，对方挂断了电话。陈小禾满腹怀疑，她要问个究竟，想了想她拨通了高援的电话，“明天周末我休息，开车去石安找你散散心吧！”高援知道陈小禾跟马大山离婚的事，是郑君宁告诉他的，他预感到总有一天陈小禾会找他谈话，他也准备跟她好好聊聊自己的事情，但明天不行，办公室里有人在谈事，当着外人他不方便多说。他停顿了一下，说：“改天吧！明天我要去石安崔家村。”陈小禾对崔家村印象很深，二十多年前为找高援她去过那里。“我知道了！咱俩改日再聊。”放下电话，她有了自己的打算。

陈小禾又给郑君宁打了电话，让他陪自己明天开车去石安找高援。郑君宁辞职之后一直没找到合适的工作，偶尔帮人鉴定文物补贴家用，整个人似乎变了，少了开朗多了惆怅，也期望跟他俩倒倒苦水。次日一大早，陈小禾拉上郑君宁奔了石安，路上，她把接到匿名电话的事跟他说了，郑君宁一下子就猜出是高援的政敌干的，“你就没想到是在高援晋升的裉节上，有人使坏？”“或许吧！但无风不起浪，还是要去问个究竟。”陈小禾坚持道。

山区初秋的景致很美，太阳升起，薄雾散去，色彩斑斓的山坡像套上了漂亮的“迷彩服”，汽车沿着盘山公路行驶，正午过后进入崔家村地界。崔家村在大山之间的一个山洼里，前方道路分岔，不知该走哪条路，见远处的地里有一户农家在收玉米，陈小禾停车熄火，两人下车直奔过去欲问路。大树底下俩老人守着个小木桌坐着，桌上放着茶壶茶碗，一个中年妇女挑着担子走过去，放下担子，往桌上端饭，用手拢住嘴冲着玉米地里喊：“远方他爹，过来歇歇吧！吃午饭啦！”“杏枝，你们先吃，我们再干一会儿！”一个男人的声音从青纱帐里远远传过来，远方背着麻袋从青纱帐走出来，他大声喊：“娘，我爹说让你们先吃！”

陈小禾和郑君宁闻声停下脚步，二人相视一愣，陈小禾吃惊地问：“听见了吗？说话的是高援。”郑君宁疑惑地用手指着远处的杏枝，“怎么回事？那个农村妇女管高援叫‘远方他爹’，我晕了！”陈小禾确认道：“那个叫杏枝的妇女我知道，二十多年前我找高援去过她家，是牺牲的那个副连长崔红旗的妻子。”“那个小伙子叫他俩爹和娘，莫不是杏枝改嫁给了高援？他俩成了一家？”郑君宁伸出俩手指头来回比画着。“嗯，或许，有这种可能！既然如此，高援干嘛说他单身呢？”陈小禾的声音很小，她的眼前出现了一团迷雾。郑君宁拔脚往前走，“我找高援去问问清楚！”“你站住！”陈小禾喝住了他，“马上离开这里，要快！”她说着，转身向车里跑去，唯恐高援发现他们，郑君宁只好跟在她的后面。二人上了车，掉转车头离开了崔家村。

看来兰抗美曾经的质疑不无道理，高援的经历远非陈小禾想象的那么简单，她终于明白自卫反击战之后，高援为什么不去学校找她的原因，他说过在石安有特殊使命，原来是要替战友崔红旗尽孝赡养老人，养育孤儿寡母，不婚的隐情源于他不可能看上一个普通的农妇，只出于责任和道义。可是，看他们关系的亲密程度，又像是一家人，“远方他爹！”的称呼只有夫妻之间才能喊得出来，在那片荒郊野地，是不需要演戏做给别人看的，显然，他们地下夫妻的关系又是真实的。陈小禾边开车边分析，一层层揭开了高援瞒着她和郑君宁的面纱。

“小禾，你干啥不让我去问问清楚呢？咱们仨之间都该是敞亮的。”“就剩最后一层窗户纸何必要捅破它？高援瞒着咱俩自有他的道理。再说，人家高援有这个选择，谁也干涉不着！”陈小禾注视着前方，一脸的平静。“陈小禾我读不懂你。你怎么这么淡定？难道这就是女强人养成之后的特质吗?”

陈小禾若有所思地笑了，“此事到此为止，从今往后，咱俩谁也不许跟高援提及他的私事。”她在欺骗自己，其实内心翻江倒海，她不是什么女强人，她期待高援成为她的依靠，与马大山结束婚姻之后，她为自己和高援都找到了正当的理由，然而今天，她对高援最后的念想被亲眼所见彻底击穿。她不想再提这件事，转移了话题，“君宁你这么待着不是个事儿呀！要么我帮你联系省博物馆吧?”郑君宁叹了一口气，“可别联系，我都臭名远扬了，省博哪敢要我啊！”“那……你为什么不跟尹二兵合伙开公司呢？凭你的本事，会做得风生水起。”“怎么不想？被启动资金难住了，开这种公司不仅需要注册资金，应付房租和劳务，还要靠一定数量的古玩和艺术品撑起门面。”听他这么一说，陈小禾明白了。

汽车在晚上八点钟到达省城。郑君宁谢绝了陈小禾一起吃饭的邀请，刚要下车，被陈小禾叫住，她拽过包，从钱包里掏出一张银行卡，“这卡上有五十万，密码是我的名字第一个字母和358，本来要买理财产品的，借给你做启动资金，去跟尹二兵开公司吧！”郑君宁愣了一下，慌忙摆手：“别介，我一大老爷们儿，哪能靠女人接济呢?”“这是什么话？又不是白送你的，你是要还给我的！只不过还款无期限，利息为零。拿着！别让我起急。”郑君宁拗不过她，只得接过，他被陈小禾的豪爽深深感动了……

保城纪委接到“石安广大人民群众”对县长高援的匿名举报信之后，便顺藤摸瓜找到崔红旗家中。这一调查，竟然挖出一桩好人故事，高援扎根石安二十年的缘由，是为赡养牺牲战友的遗孤，所谓私生子实际是崔红旗的遗腹子，被高援认为义子，跟杏枝更不是地下夫妻。纪委又到省电视台调查，没找到陈小禾与高援非正常关系的任何证据。

好人高援的事迹上了新闻，被评为2003年感动Y省十大人物，陈小禾担任此次颁奖晚会的主持人。晚会录制那天上午，高援还在乡下主持召开农业科技现场会，被县里派去的车直接拉到省电视台，晚会导演见这个县长穿着一身带着泥土的工作服就要上场领奖直起急，只见陈小禾像变戏法一样拿出一套深灰色西便装和领带皮鞋，催促高援赶紧换上，就像量身定做，尺寸那么合适，导演高兴得直拍巴掌。高援的眼神里都是感激，“小禾，救场如救火，你太细心周到了！”小禾欣慰地笑了，她料到高援的忘我，知道他根本无暇顾及自己，于是悄悄提前做了准备。常言说人靠衣裳马靠鞍，焕然一新的高援上场之后十分抢镜，陈小禾饱含深情地朗诵组委会给予他的颁奖词，高援的获奖感言既铿锵有力又感人肺腑，台下观众被他的人格魅力所震撼、所倾倒，掌声此起彼伏，将气氛推向高潮。

2004年春天的一个下午，付来坐在哥们儿大老崔奥迪车的副驾上，五十来岁、剃小平头的大老崔载着他去参加一个秋季文物艺术品拍卖会。小胡同里平民出身、只有初中文化的大老崔无正经职业，却装门面买了辆高档车开，吹牛侃山练就一副嘴皮子功夫。二人聊得挺起劲，付来信手翻着拍品图册，用下巴点着其中一页不屑地问道：“这就是你那块所谓的奇石？”大老崔得意地笑了，摇头晃脑地说：“没错，鉴定师估价一百八十五万。”“鉴定师可真能胡嘞！你这价得吓死个谁！”付来用手指着大老崔“呵呵”地笑。

“那咋地？文物这行就这样，黄金有价玉无价嘛！你说它值多少钱？不就鉴定师说了算么！”付来听着若有所思，禁不住点头，“有点儿意思！我一大学同学郑君宁就干这个的。”

大老崔大惊小怪起来，“哟，郑君宁是你同学啊？不就《盛世收藏》的那个专家么？还有一个叫尹二兵的！这两人眼挺独，圈子里名声不小，我总看他们的节目。付总你也应该染指这行，利润海了去了！比你承包什么画报社可强多了！”

付来最近一直琢磨着从画报社全身而退，自从互联网起来以后，纸媒越发地不好玩了，他不能赔本赚吆喝，不过先得给自己找好下家，五年的承包期还没到，他撤之前还得找个接手的，让他们去当冤大头。

文玩在省城里成了人人都谈论的话题，仿佛每个人都觉得自己能捡到大漏，赚上一大笔钱。古玩城迎合民众的这种投机心理，频繁举办文玩拍卖会，吸引了很多本身就是藏家的大款参与拍卖活动，可谓水涨船高，无形中抬高了文玩的拍卖价格。

很多高档汽车排列在古玩城的大门口，颇有气势。大老崔的奥迪车一驶入古玩城大门，立即受到贵宾般的礼遇，专门有引导员给引到停车场预留的位子，再把他们请进拍卖会场。戴着黑墨镜的大老崔端着架子下车，一身中式黑裤褂黑布鞋的打扮俨然黑社会老大，付来紧跟着从车里下来往大门里走，被引导员当作大老崔的跟包。看他一副假大款的派头，付来转过脸去，鄙夷地差点儿没笑出声来。

古玩城内的一个大会议厅门口，“一拉得”宣传海报上印着“汉江2004年春季文物艺术品拍卖会”。会议厅的舞台中间挂着投影仪，右边一排桌子后面坐着相关工作人员，拍卖师站在左侧讲台的位置。台下座无虚席，付来和大老崔被请到人群中的显著位置坐下。拍卖开始，一个又一个拍品被接连拍出成交，投影仪显出大老崔那块奇石图片，写有编号0289，估价一百八十五万元。

“接下来，竞拍0289号玉石，鉴定师估价一百八十五万。”拍卖师的丹田气十足，底下一片喧嚣。“起拍价二十五万……三十万，三十二万，三十五万，三十八万……有加的吗……”他叫出每一个竞价阶梯之后，都有人很快举牌向他示意，竞价逐渐上升。

拍卖师嚷着：“五十万，还有加吗？有了！这位先生加了，五十二万，还有加的吗？五十二万一次，五十二万两次，五十二万三次！五十二万最后一次！”拍卖师落槌：“是您的啦！”跑单员将成交确认单开出，送给出价五十二万的买家签字确认成交。

大老崔兴奋地冲付来挤眼睛，小声道：“给你透个底，哥们儿一万块收来的。”付来惊讶地瞪大了眼睛，“你小子比我黑多了！”“呵呵，跟着一起吃肉喝汤的也多，不黑行吗?”

大老崔和付来从拍卖会现场出来走到大厅的茶座，一个五六十岁、商人模样的男人正跟人眉飞色舞地胡侃，见大老崔和付来过来，那人起身迎过来。

大老崔满脸堆笑双手抱拳：“哈哈，赵老板，恭喜发财！”“崔老板怎么样？对成交价还满意?”“满意满意，太满意了！”大老崔凑到赵老板跟前，小声道：“小兄弟们牌举得及时！价位控制得也好！双赢！双赢!”

“哈哈哈”二人肆无忌惮地大笑起来。付来这时琢磨过味儿来，一起举牌竞价的那些人瞧面相就不像有钱的主儿，果然全是托儿！敢情这些人联手做局，哄抬物价。

大老崔把付来介绍给赵老板，“环球画报社的付来社长。付来总，年轻有为。”他凑近赵老板，故作神秘地压低声音：“高干子弟，名门望族。” 付来扬起头挺直腰板，端着架子点头微笑。

赵老板满脸堆笑地向付来伸出手去，“幸会幸会！汉江文物拍卖公司赵玄，请付来总多多关照！”付来也亲热地握住赵玄的手，夸他的拍卖会火爆。赵玄说：“盛世收藏，文物艺术品正是上升期，值得玩一把，您若手里有不想收的物件就拿来拍卖吧！一准拍出好价。”

“付来总对拍卖和收藏很感兴趣，也存着不少物件呢！郑君宁是他的大学同学还是得力助手。” 听大老崔这么说，赵玄眼睛直放光，“什么？鉴定大腕郑君宁是你的助手？啊呀呀，那你这实力可太雄厚去了，一般人玩不转你，不出三年，付来总就是这行当里的翘楚啦!”

三个人开心地笑起来，为我所用是各自的人生信条，唯利是图是彼此的行事坐标，他们今天的相识为明天的联手做局埋下了伏笔。

两年前辞职的汪嘉成被社里收回了房子，幸好燕北大学给鲁一依分了房。主要靠在家教学生学习中国画为生的他，偶尔应邀为他人写字作画，创作的书画基本用于孤芳自赏，就没想到出售换钱。清高自负的他疏于跟外界的联系，在家待的时间长了，性格较之从前也有了改变，更懒得出门应酬。汪嘉成在鲁一依眼里就是个大宝贝，她怕出色的他在外面没定力，再被别的女人勾去，巴不得他在家窝着。已经是副教授的她不坐班，也有时间陪他，更多的时候两个人在三室一厅的家里忙碌各自的事情。

这一天上午，鲁一依上课去了。付来忽然不期而至，他一进门就竖起大拇指夸汪嘉成，“嘉成你有胆识有魄力，把画报社辞了真是太英明了！我要有你一半的脑子就好啦！”汪嘉成哼出一声鼻音，抱着胳膊冷冷地观看付来的表演。付来把大包的东西放在桌子上，继续恭维他：“我真是太佩服你的远见卓识了！当初我就一傻子，吃饱撑的承包那个烂摊子呀！一个人养了百十号人。老天爷保佑，幸好没砸在手里，现在也步你后尘，全身而退了！”他说着，打开带来的盒子展示给汪嘉成看，是著名品牌的文房四宝，还有燕窝、鱼翅、鲍鱼。他又从兜里掏出五千块拍在桌子上，“今天到府上拜访的目的，是请一幅汪大师的画。”汪嘉成本来看着付来挺来气，但官不打送礼的，伸手不打笑脸人，又见他一口一个“大师”，上赶子拍钱收画，都是同班同学，曾经的那些不愉快都过去了，退一步海阔天空，他便原谅了付来。

二人聊着天，付来仔细欣赏汪嘉成的一幅幅画作，从中挑了一幅收了起来，嘴里不停地发出“啧啧”的声响，极尽溢美之词。他不经意地提到自己一个搞收藏的朋友家里也藏着许多好画，其中的两幅古画极具收藏价值，最近听说要转让。说者无心，听者有意，酷爱古画收藏的汪嘉成突然就想去看一下，当即决定搭付来的车，一起到了郊区赵玄赵老板的独栋别墅。

赵老板的别墅坐落在郊区著名的高档社区，依山傍水，景色宜人，连空气质量指数都高于城里。赵玄把付来和汪嘉成让进家门，付来打量室内欧式的装修风格，不住地称赞高端上档次，考究和气派，有皇家风格。“你那大别墅我也不是没去过，豪华得不是一星半点儿呀！”赵玄也极力吹捧他。“你说，咱俩咋就一不小心成了富人呢？不好意思！”付来“哈哈”笑着，一副志得意满的样子。“说白了，就是倒腾呗！你不理财，财不理你！付来总说对不?”“那当然，哈哈哈……”二人放肆地大笑，汪嘉成跟在后头看着，竖着耳朵听着，一声不吭。

赵玄把他们引到地下室，简直像进了博物馆，各种文物琳琅满目，令汪嘉成目不暇接，他凑到跟前，仔细看那些物件，尤其一幅幅字画。“嘉成，不虚此行吧?”“不错，有点意思!”汪嘉成不得不佩服这些富人的生活条件和收藏品位。

付来催促赵玄把两幅珍品拿出来欣赏，赵玄打开镶着金铆钉的皮箱子，小心翼翼地拿出两幅古画，三人戴上白手套展开画作，汪嘉成目不转睛地看画，一副爱不释手的样子。

在付来追问下，赵玄讲起收画的过程。“说来话长了！‘文革’前去云南收药材，在腾冲和顺古镇上，到一户人家讨水喝。那户人家祖上是大户，爷爷曾在国民党军队干过，滇缅战役的时候是个师长，这两幅画就镶着镜框挂在他家堂屋里。我一眼就盯上了，可人家不卖，我死说活说，掏出身上所有散碎银两给了那家，才收了这两幅画。身无分文的哥们儿我，你们猜是怎么回到省城的吗?”

付来好奇道：“说说怎么回来的，路上遇见打劫的啦?”“你不会骑毛驴回来的吧?”汪嘉成看出赵玄在故弄玄虚，鄙夷地问道。“还毛驴呢！连搭车带要饭，走了七七四十九天，发烧四十度，起了满嘴的泡。不瞒你们说，路上还真遇见俩打劫的，棉大衣给抢走了，藏画的破布包袱劫匪没要。唉，差一点儿死在路上，走到家门口就剩一口气了，爬着进门的!”

付来露出惊讶的表情，“嚯，敢情你这画是拿老命换来的！赶上唐三藏西天取经了!”

“可不是！这两幅画一直用来压堂镇宅，轻易不给人看，但付来我亲弟的面子我是要给的。”汪嘉成不解地问：“那你怎么舍得出让啊?”“咱不是有个雄心壮志嘛！想建一个私人收藏博物馆，你瞧这满屋子的物件都快搁不下了！建馆也得要银子啊！没办法，只能忍痛割爱了!”赵玄一副痛惜的样子。

汪嘉成不再吭声，盯着古画仔细地看。他期待收到好画坐等升值，一旦拍出好价就能买大别墅与付来和赵玄比肩了。过了好半天，他直起身让赵玄开价，赵玄两手一摊，装作为难的样子，“付来是我亲弟，你是我亲弟的亲同学，你说我怎么给你出价?”“你按行价我就收了！”汪嘉成很爽快。

付来接过话茬说：“赵老板我明白，你稀罕这画就跟稀罕你孩子似的，你要真转给煤老板还不够他糟践的，我同学啥人哪？国画大师！收你画是你的荣耀！看我面子，你就出个行价让给他吧！”

赵玄不吭声，做思考状，过了一会儿才痛快地一挥手说道：“得了，我忍痛割爱，合着就给我这俩玩意儿找个好人家托付着，你不就收藏不倒手么？看我亲弟的面子，我给你一个行价。”他伸出一个手指头。汪嘉成惊讶不已，“一百万？郊区一套独栋别墅价！太高了！太高了！”“赵老板是高了点儿！我同学还处在即将走向富裕阶段，这个价对他来说有点高。再缓缓！”

赵玄直嘬牙花子，皱着眉头说：“你们哥俩儿这是联手难为我啊！都是亲的，让我咋决定呢？这样，我缓缓，低于行价，八十万你拿走吧！”付来附和说：“痛快！太痛快！八十万合适，怎么样，嘉成?”汪嘉成依旧摇头不干。

这价还嫌高那就没招儿了！赵玄欲擒故纵，摇头往起收画。付来慌忙阻止赵玄，“且慢！二位一个视画如命，另一位只转给懂画的知音，心有灵犀一点通嘛！再各自退让一步就两全其美了！赵老板再缓缓！”赵玄和汪嘉成从七十万开始你上我下地拉锯，“五十万！”汪嘉成斩钉截铁道。赵玄终于豪迈地一挥手，“给你！我落个人情，为了我亲兄弟，豁出去了！走，上楼签合同!”“痛快!”付来向他竖起大拇指。

汪嘉成拿着合同回到家时，鲁一依下课回来刚进门。汪嘉成兴高采烈地说：“付来花五千块钱买了我一幅画，还领着我去捡了一个大漏，收了两幅特值钱的古画。”鲁一依奇怪他怎就跟付来恢复了外交关系，再拿过合同一看不由得大惊失色，“天哪！五十万相当于城里一套大三居呀！你怎么轻而易举跟人家签下这么大的合同？太草率了吧?”

汪嘉成深不以为然，“你懂什么呀？古画的实际价值超过一套大三居，等升值我就给它卖了，咱俩换大别墅，跟付来他们比试比试！”鲁一依的心思可没在大别墅上，只担心汪嘉成会不会上当受骗，“嘉成，五十万对咱们这样的小家小户来说可是一个大数，要慎重行事啊！我劝你马上去找郑君宁，跟他一起去卖家那里帮忙看看真伪。好在没正式成交，还有缓，顶多给他百分之十的违约金咱也认了。”汪嘉成拧着脖子较劲，“万一郑君宁鉴定出是赝品，我这脸往哪搁呀？”鲁一依哭笑不得，“你这是什么逻辑？脸面重要还是五十万重要?”“你别再啰唆了！我坚信自己的眼力！”他固执地拒绝了她的提议。

见汪嘉成固执己见，鲁一依不想让他不高兴，最终妥协了，顺从地拿出家里的房本，用房子作抵押，以百分之八的年息向私人贷来五十万元换回了古画。鲁一依前所未有地关注起文物市场的价格走向，夫妻二人眼巴巴地坐等手里的古画升值。

第十七章

民园古玩市场是省城最大的文物艺术品市场，它的一层新近增加了两家商铺，郑君宁和尹二兵合资的莲石山居、付来和大老崔合资的海蓝雅居。莲石山居以文物鉴定技术见长，凭借郑君宁在电视栏目《盛世收藏》出镜的影响力，一开业便门庭若市，斜对面的海蓝雅居单一经营文物艺术品生意。有的玩家很鬼头，从付来店铺收了物件转身就到郑君宁那里做鉴定，被鉴定出是赝品返回来就闹退货，付来被拆了好几单生意，自叹遭遇克星。

这一天早上，郑君宁去店铺上班，刚把车停在车场就听见后面有人叫他，回头一看是付来。二人边走边聊，付来满脸堆笑，“这世界可太小了，大学四年一个宿舍住着，那么多职业都能选，咱俩咋就凑到一块儿堆呢？一句话，有缘！”付来亲切地拍着郑君宁的肩膀，“咋着，听说你给博物馆炒了鱿鱼?”“哪里，我可没那么大本事!”“那为啥辞职?”付来追着问。“不为啥，就想下海闯荡了，看你挣钱眼红呗!”郑君宁半真半假道。付来捣了他一拳，“你蒙我！肯定有难言之隐不说就是了！就你这样的，公有制母体里待了二十来年，循规蹈矩惯了，哪适合在商海里扑腾啊？不是我小看你老郑!”“那我就挑战自己了，试试这水到底能不能呛着我。”郑君宁不知付来葫芦里卖的什么药。

二人一路聊着走到海蓝雅居门口，“走，进去坐坐。”郑君宁被付来拉进店铺，海蓝雅居的规模不小，展柜的文物相当有档次，里间是付来讲究的办公室，莲池山居的规模跟它一比那就小巫见大巫了。郑君宁仔细打量展柜里的物件，惊诧付来这些年的积累。“怎么样，你老同学还有实力吧？鹰的眼狗的鼻子，全凭眼力和嗅觉了!”付来观察郑君宁的眼神，他要从气势上把他压倒，其实他那些东西都是狐朋狗友给凑的，且鱼龙混杂，他也是边玩边琢磨。

郑尹宁扫了几眼便看出展柜里那些物件的端倪，“你行！有做奸商的潜质，当年上大学那会儿就领教过，宿舍楼里哪一个没吃过你倒腾的炒花生米呀？人家都论斤两卖，你小子论小碗卖，一斤能让你卖出一斤六两去!”郑君宁揶揄他。这话不假，二十多年间，倒腾生产资料计划指标，承包画报社和开文物公司，付来都赶在潮头上，哪个挣钱的机会他都没有踏空。

付来哈哈笑起来，“别提我当年的糗事了！丢人现眼！不都让穷给逼的嘛！哎，跟你说正事！我盛情邀请你加盟海蓝公司。”原来付来葫芦里卖的这个药。郑君宁故意反问道，“嗯？你邀请我？兼并重组吗?”“对呀！众人拾柴火焰高！你我加大老崔三个能人这么一绑定，财源还不滚滚地来呀?”“那哪成啊？我都跟尹二兵搭伙了!”郑君宁摆手拒绝，他怎么可能与付来为伍呢？一个见利忘义的人，打心眼里鄙视他。

一提尹二兵，付来很是不屑，“我知道他，哪是块做生意的料啊？只进不出，根本不懂盘活资产，你们靠那点鉴定费等着喝西北风去吧！来海蓝公司，有钱大家赚，你技术入股，一分钱不出，咋样?”付来开出的优厚条件让郑君宁吃惊，他以尹二兵跟自己的关系非同一般，不能给闪了的理由婉拒了付来。付来讪笑着送他出门，让再慎重考虑一下，看郑君宁转身而去的背影，立马沉下脸来。他有预感，郑君宁已经对他构成威胁，是这个市场里挡住自己发财之路的死对头，他必须杀出一条血路。

汪嘉成和鲁一依的日子开始捉襟见肘了，五十万贷款连本带息压得他们喘不过气来，鲁一依每月的工资还款都不够，更不要提日常消费了。看到网上一个艺术品拍卖会拍品火热征集中，汪嘉成决定将两幅古画送拍。拍卖公司请来的鉴定专家恰好是郑君宁，鉴定瓷器和古画是他的强项，练就的火眼金睛已经在尹二兵之上。在预展之前的鉴定中他看出多个赝品，包括汪嘉成的这两幅画。拍卖公司撤掉了汪嘉成的拍品，让他取回画的同时也把专家的鉴定意见书给了他。赝品，还是被郑君宁毙掉的，汪嘉成顿觉颜面扫地，差点气疯了，愤怒之下去海蓝雅居找付来算账。

看着瞪起眼珠子就要挥起拳头的汪嘉成，付来出奇的平静，他递过茶水去，被汪嘉成一巴掌打翻，杯子掉在地上摔得粉碎，“少来这一套，赔钱!”他把两幅画扔在桌子上。付来才不管那两幅画的真假，当初只为帮赵玄做中介自己抽头，“郑君宁说赝品就是赝品啦？这都是公说公有理，婆说婆有理的事！我找专家给你鉴定成真的，另找拍……”汪嘉成打断他的话，“少废话，我又找了一个人给看了，结果一样。你少装傻，联手那个姓赵的做局陷害我，心黑透了!”

“那你可冤枉我了！又不是我强迫你收画！当初是你亲自鉴定的呀！你也是大师，不可能看走眼吧？行啦！你换一家接着拍不就得了么？指定能出手!”“我可没你损，知假拍假，你等着，咱俩没完！非跟你拼个鱼死网破!”汪嘉成一拍桌子，卷起画起身就走，径直到公安局经侦支队报案去了。

古玩行是特行，玩的就是眼力就是心跳，在古玩市场上买到假货没人同情你，只要不是故意设局下套和诈骗行为，警方不予立案。报案的结果让汪嘉成大失所望，干吃了一个哑巴亏，他又返回海蓝雅居找付来算账，一怒之下砸碎了店里一个大青花瓷瓶。看着碎了一地的瓶渣，付来苦笑着说摆平了，让大老崔放了被缚住的汪嘉成。羞愧难当的汪嘉成回家之后大病一场，最后的结局是夫妻二人还不起贷款，不得已卖掉了三居室在外租房生活，流离失所的他们过着狼狈不堪的日子。

一大早尹二兵就来到店里，他习惯先打开电脑浏览行业网的信息资讯，昨天郑君宁参与鉴定的那场拍卖会取得空前成功，成交额创今年本省拍卖会的最高纪录，资讯中特别提到郑君宁作为鉴定专家，对本次拍卖会的贡献，再仔细看下面的跟帖评论，他以为看错了，下意识地眨眨眼，妈吔！全是辱骂郑君宁和莲池山居的文字。大意是郑君宁一个被观澜博物馆开除的有前科的不良人员，做虚假鉴定，肆意敛财等等，骂人的语气惊人的一致，明摆着是有人蓄意而为。

原来是付来指使大老崔暗地里雇佣了大批水军利用网络狂轰滥炸，目的是搞臭郑君宁，挤垮莲石山居。接下来的日子不断有人到他们的店铺找茬，拿着假货堵在门口闹事，诬陷莲石山居坑蒙买主，偷税漏税，不明真相的人跟着起哄，一传十十传百，店铺的声誉跌至谷底。在又一次闹事中，尹二兵跟店铺员工与那些混混发生肢体冲突，双方互有伤情，遭到民园市场停业一个月整顿的处罚，莲石山居岌岌可危。

郑君宁身上背着高额房租和员工工资，还欠陈小禾和其他朋友的借款，眼见开不了业，心里的火窜上房顶，他不会低三下四求人，不知道如何化解危机，一夜之间愁白了头。到电视台录节目时陈小禾听说了这件事，情急之下出了个主意，“君宁你写本书吧！以你多年从业的经验，就写如何鉴别文物古玩，怎样投资收藏，如何学会理财的书。”郑君宁摇头不解，“这跟我的生意两码事！店铺都快倒闭了，哪还有心情做学问？”俗话说人无远虑必有近忧，这一点陈小禾比郑君宁看得远，“你听我的，对你的生意大有帮助。尽快投入进去，至少完成十五万字左右的写作，内容要接地气，老百姓爱看，先别管开不开业，你潜心把书写好，后续的事情包括联系出版社和发行宣传我来处理。”陈小禾是媒体人，她的视觉和嗅觉具备职业优势，郑君宁信服她，放下不安，埋头写起书来。

三个月过去，一本叫作《古玩的鉴赏与收藏》如期付梓，陈小禾事先联系好出版社，组织了在图书大厦的首发签售活动，还亲自主持站台。她总是有招儿，把文物知识竞赛搬到会场，胜者的奖励就是得到郑君宁和陈小禾双重签名的这本书。名主持人的效应和新颖的签售方式吸引了读者，三千本图书随即售罄。在现场的郭蕊被陈小禾的个人魅力深深折服，感慨她与郑君宁这份难得的同学情。随着此书连续再版，郑君宁名声大噪，买家认可他的眼力，他收来的藏品转手又被他们收走，莲池山居的生意重新红火起来。

郑君宁和尹二兵请陈小禾吃饭，隆重地拜谢她，顺便归还她的五十万借款。“小禾你可真能耐，咋就那么有眼光呢？”郑君宁笑着直点头，他服气了。“我怕你还不上我的钱，不得已想出此招。”陈小禾接过银行卡，眼睛里闪着狡黠的光亮。尹二兵对他们的情谊羡慕不已，十分感慨道：“真正的同学情是一世的情，还能把爱情转化成友情，这种感情太稀有太珍贵，本人亲眼见证了！”

听鲁一依说她和汪嘉成因为还不起高利贷卖掉了三室一厅的房子在外租房住，陈小禾大吃一惊，这到底是怎么回事？仔细一问，才知是付来做中介卖给汪嘉成两幅画，郑君宁鉴定出是赝品失去竞拍资格。陈小禾这个气呀！付来的不仁和见利忘义在预料之中，你郑君宁做事能这么草率吗？情急之下她拨通了他的电话，“郑君宁你知道因为你的一纸鉴定，汪嘉成把鲁一依的房子卖了，两人现在租房住吗？”“你说什么？我做的鉴定？啥时候？”“别装了！你是饱汉子不知饿汉子饥，只顾自己发财致富！”“不是，我没明白，你说清楚行不？”后来陈小禾才弄清，郑君宁为拍卖会鉴定的都是匿名藏品，当然，即使知道画是汪嘉成送拍的，有着业界良心的他也还是要秉持公道说出真话的。

陈小禾喊郑君宁一同来到汪嘉成和鲁一依租住的房子，老旧的红砖楼是上世纪七十年代的建筑，只有四十多平方米的屋里堆满了他们凌乱的物品，小厅和厨房窄仄得转不开身。鲁一依披头散发，眼睛红肿，哪还找到一丝当年秀美诗人的影子？“你们来得正好，快去劝劝嘉成吧！他要……”“他要干吗？”鲁一依抽泣着说不出话来，两人慌忙走进里间卧室。

汪嘉成面无表情，正把换洗衣服从柜子里扯出往地上的箱子里扔。这辈子最拿钱不当回事的他偏偏折在钱上，在学校里最鄙视的土鳖付来居然把他给涮了，曾经骄傲得像个骑士，如今无房无薪水无正当职业，连一日三餐都要指着鲁一依救济，他觉得自己的人生很失败，年过半百哪还有能力从头再来？如果不结束生命只有去那里苟活了。鲁一依哭泣着，扑过去一把抱住他，“嘉成，你不能走啊！这家再不济也比寺庙里强啊！”寺庙？难不成汪嘉成要出家？陈小禾心里“咯噔”一下子，她一把夺过汪嘉成手里的衣服扔在床上，“亏你想得出来？在学校里的牛掰劲儿哪去了？居然想出家当和尚去，你不是生活的强者，你是懦夫！否则你不会躲到庙里去！”“你们都别拦着，你也别将我，说什么都没用，我汪嘉成看破红尘，去意已定！”汪嘉成执拗着，又去柜里拿衣服。“天无绝人之路！有我们在，你就别想走！”郑君宁把汪嘉成按到沙发上，三个人挡着他不让动，汪嘉成还执拗，四个人处在僵持中。

三对一的辩论从中午持续到晚上，陈小禾帮鲁一依做了晚饭，四个人坐下来喝着酒，越发敞开心扉，一直说到大脑缺氧，口干舌燥说不动为止，总算说服汪嘉成暂时打消出家的念头。除了谴责付来的不义，也还要给汪嘉成找到出路，郑君宁提出一个实施计划，陈小禾觉得不错，鲁一依和汪嘉成半信半疑。

汪嘉成国画造诣相当深厚，临摹齐白石的群虾图已经到了炉火纯青、以假乱真的地步，他只缺市场这个推手，郑君宁深谙这一点，决定利用自己的影响力把他的作品推向市场。他拿走了汪嘉成二十幅画作在莲石山居代销，又在行业网自己公司的主页开辟专栏介绍他的国画作品，销路慢慢打开，放在店铺的二十幅画作悉数售出，二十万到手。

更大的机会来了，在又一场拍卖会上，郑君宁送拍的汪嘉成十幅系列画作，被一个英籍华人相中，以四十万竞拍价拍走。郑君宁说服尹二兵，免去全部代理费。当存有六十万的银行卡像变魔术一样出现在汪嘉成和鲁一依眼前时，他俩差点被亮瞎眼，激动地说不出一句话，除了流泪还是流泪。之后，他们把自己的房子又赎了回来，乔迁那天专门请郑君宁和陈小禾吃饭，汪嘉成说什么也要把自己的画作给郑君宁和陈小禾留作纪念。付来坑他郑君宁帮他，都是大学同班同学，做人却有着天壤之别，世界观决定人的思想境界，人生观决定人的人生追求，价值观决定人的行为准则，郑君宁和付来是三观截然不同的人。

结束了一年在美国的讲学，金小民在芝加哥踏上回国的航班，经过十二个小时的长途飞行，飞机开始下降，透过小窗望去，脚下这片土地的轮廓愈加清晰，阔别之后就要见到兰抗美，自己最想见的人，金小民的心跳开始加速，竟有些按捺不住，旅途的劳顿仿佛一扫而光。在最后一封邮件中他告诉她自己回国的时间，按理说拿着那么厚重的行李，兰抗美应该主动提出接机，她却没有。飞机落地已是华灯初上的傍晚时分，万家灯火中就有自己的家和兰抗美的家，什么时候这两个家能合成一个家是他最大的愿望。金小民第一时间拨打兰抗美的手机，被告知已关机，他感到意外，她通常不关掉手机。回到独居的家中，放下行李匆匆洗了澡，他便打车去了兰抗美居住的小区，楼下的门禁止住了他的脚步，反复按了几次门铃，里面都没有回应。怎么回事呢？金小民的心里有了些许不祥的征兆，情急之下，他突然想起给兰跃进打电话问问清楚，听了他的叙述，金小民惊骇地差点儿扔了手机，一个踉跄靠在栏杆上才没有摔倒，冷汗瞬间布满额头……

一年间，兰抗美因为乳腺肿瘤经历了两次大手术，生性要强，就怕麻烦别人的她向所有同学保守了这个秘密，即使对金小民也没有透露一个字，在二人往来的邮件中，金小民从字里行间看到的是她的乐观豁达，还有她的学术论文和生活随笔。

病房橘色的灯照在兰抗美苍白的脸上，四周的白色让她犹如踩在一片软绵绵的云层之上，因为化疗的副作用她一天水米未进，昏睡中感觉有一张脸几乎贴在自己脸上，对，就那样目不转睛地盯着她。见她半睁开眼睛，蹲在床前的金小民急切地呼唤道："抗美，是我，小民。"他心疼地拂去她额前的一缕乱发，拉过她的手紧紧地放在怀里，生怕失去她一样。

"小民，你回来啦？我没能去机场接你。"兰抗美嗫嚅道，失血的嘴唇吃力地蹦出几个字来。"你怎么病成这个样子啊？你为什么不告诉我呀？"金小民终于抑制不住，扑上去抱住她号啕大哭，大滴的泪水瞬间浸湿被单。哭声惊动了走廊护士站的护士，她冲进门来制止他，"家属不要太激动，你这样不利于病人的心情和休息。这么晚了，你回去吧！""护士，别跟我提回去！从现在开始，我就在这里守着我的爱人。"金小民斩钉截铁甚至有些恼怒地说。"你的爱人？"小护士瞪着诧异的眼睛，上下打量这对年龄悬殊的人。金小民不再理会她，他扶抗美慢慢坐起来喝水，喂她吃水果，再帮她洗漱，给她轻轻按摩，说着情话……揉了胳膊揉后背，揉啊揉，直至抗美安然睡去。从此，金小民长在病房，除了必须外出给抗美买吃的用的，再没有离开她半步。

上午，明媚的阳光斑斑驳驳地洒满病房，虚弱的兰抗美倚在病床上，借着移动的小桌板看书，邻床躺着一个年轻女孩，她的母亲在照顾她。金小民走进病房，背过身抹去止不住的泪水，装作若无其事地走过去给兰抗美端水喝，抗美关切地问医生刚才找他出去说了什么。

金小民强颜欢笑地说："医生说这个疗程治疗的效果不错，说你特别坚强，说坚持就是胜利！还说……"兰抗美也配合地笑起来："还说了好多鼓舞人的话！所以小民你不用担心，我会好起来的！再住两天做完这个疗程的治疗，我就出院，不忍心你这么陪着我。"

金小民帮抗美整理病号服的衣领，像当年在大学第一天开班会抗美为他整理衣领一样，"对，咱做完治疗就回家！千万别跟我说不忍心……"他的声音有些哽咽，顿了顿，又故意挤出笑脸，“你看，秋天的暖阳多好，我们出去晒晒太阳吧！”金小民像对待小孩子一样俯下身柔声说道，小心翼翼把抗美抱到轮椅上，为她围上披肩，“我们出去喽！”他哄着她，二人有说有笑地出了病房。

女孩的母亲羡慕地看着他们的背影，“这夫妻俩感情可真好，咋跟刚结婚似的，我就没见过年过半百的人还能处成这样！”“妈，他俩没结婚，叔叔是阿姨的男朋友，比阿姨小八岁，他俩是大学同学。”啊？是这样？女孩的妈惊讶地张大嘴巴。

女孩忽然哭起来，“我羡慕死叔叔阿姨的感情了。跟人家比比，牛小志真不是东西！自打我住院，连面都没照过！我听小婷说，他又新找了一个女的。妈，我命咋那苦呢！”女孩的妈唉声叹气，拿纸巾给女儿擦眼泪，“你哪会看人哪？光看外表。当初跟你说，你都不听啊！哭着喊着要嫁给他。结果咋样？跟你说，心眼儿好对你好比啥都重要！找男人就要找靠得住的，负责任的，有担当的，像这个叔叔一样，够爷们儿！懂了吧？”

化疗结束出院，金小民索性住进兰抗美家里，日夜不停地照顾着她，开车拉着她到各处溜达，哄着她吃饭喝水，天天做全身按摩，洗澡洗头洗衣服，那种无微不至用文字难以描述，兰抗美的心都被他融化了。

那天，陈小禾突然接到金小民的电话，一番简单的寒暄之后，金小民让她约上郑君宁、汪嘉成和鲁一依抽空来一趟京城。小民是一个轻易不求人，遇事打掉牙往肚里咽的主儿，他能张嘴一定有大事。陈小禾二话不说应承下来，挑了一个周末，开车拉着几个同学奔了京城。

从省城到京城需要四个多小时的车程，找到兰抗美的家，一行人被金小民让进客厅坐下，沉痛地告诉他们，抗美得了重病。随后，他走进卧室，伏在卧床的兰抗美耳边轻轻地说：“抗美，你的亲同学看你来啦！”抗美睁开眼睛，苍白的脸上露出惊讶的表情，“小禾和君宁来了么？是你惊动他们的吧？”兰抗美由金小民搀扶着慢慢从卧室里走出来，她苍老和憔悴许多，头发稀疏，人很消瘦，面无血色，几个人吓了一跳，想不到她变成这样，张着嘴不约而同地站起来。“抗美大姐——”陈小禾和鲁一依霎时红了眼圈，扑上去抱住了她……

金小民扶着抗美走进书房，在椅子上坐下，所有人被一个特殊的场景震住了：书房铺满鲜红的玫瑰花，一张明显是电脑拼图处理过的兰抗美和金小民三十英寸合影照片挂在屋子正中，音箱里传出埃尔加的小提琴曲《爱的致意》，饱含深情的旋律，恰似来自恋人的绵绵情话，“小民，你这是闹得哪一出？”兰抗美不知金小民接下来要做什么。

金小民从一个织锦缎首饰盒里取出一枚钻戒，手举着向兰抗美单腿跪下，这是他第二次正式向兰抗美求婚，距离大学时的第一次整整相隔三十年。他的神情那么庄重甚至虔诚，“亲爱的抗美，你一辈子都为别人而活着，而我，只想为你活着，如果没有你，我的生命就失去了意义。从在大学第一次求婚被拒到今天，我等了整整三十年。求你了，别再让我等下去好吗？抗美，嫁给我吧！请同学们为咱们见证！”

兰抗美被感动得热泪盈眶，她拉着金小民的手，哽咽道：“小民谢谢你！有你这份爱，此生死而无憾！可我……不忍心拖累你呀！”“可别这么说！要说拖累，是我金小民拖累了你。从入学报到长途车咱俩相遇，到博士毕业落定京城，二十七年间，每一步都是你拖着我走过来的。没有你兰抗美大姐，就没有我金小民的今天。其实，一纸婚约对我们来说不过是形式，但我想用这个形式表达我对你深深的爱恋。抗美，答应我吧！答应我吧！”后面两个祈使句，金小民是哭着说出来的，他满脸泪水仰望着抗美，虔诚得令所有人为之动容。这时，音乐戛然而止，空气凝固，时间也停止了，屋里片刻的寂静之后，站在一边的陈小禾和鲁一依率先“呜呜”地哭出声来，郑君宁和汪嘉成的眼睛也湿润了，他们一起喊道：“抗美大姐你就答应小民吧！”“大姐，别犹豫了，伸出手来吧！”兰抗美泪眼蒙胧地看着金小民，她不再说话，缓缓抬起左手伸向他，金小民颤抖着把钻戒戴在抗美的无名指上，与她紧紧拥抱，久久不忍分开，两人都哭成泪人。几个人扑上去，与他们紧紧拥抱在一起……

兰抗美最终没能战胜病魔，半年之后，在金小民怀里安详地闭上眼睛，离开了这个她无限眷恋的世界。金小民买了一个双人墓地，却将兰抗美的骨灰留在身边做伴，等自己百年之后两人再一起去墓地长眠。他带着她的骨灰游走在国内外她生前喜欢却没来得及去过的地方。他早想好了，有生之年，他还要带着抗美继续旅行，一直到自己走不动为止。后来，陆续有亲朋好友给介绍对象，都被他一口回绝，他发狠地说："谁再跟我金小民提亲我跟谁急。除了兰抗美，任何女人都不入眼。"他抱定，此生只与抗美为伴，终身不再另娶。

话说2003年秋天，马大山与陈小禾离异之后，揣着四十万分家所得，踌躇满志地跟赵美娟回到老家德城。先用十万元开了一家茶叶店，剩下的三十万被赵美娟拿走给亲生儿子用作留学新西兰的费用了，赵美娟的儿子就是自己的儿子，给儿子花钱不心疼，这是马大山的逻辑思维。当然他也没忘记自己的亲儿子马丁，时常把电话打到省城陈小禾家里，陈小禾从来不抵触他跟马丁的联系，父子俩交流起来也没有障碍，马丁跟他分享上大学期间的喜怒哀乐。再后来，马大山渐渐地就没了消息，马丁主动把电话打过去，要么关机要么支吾，敷衍了事。

2004年国庆节的时候，马丁专程到德城看望他的姥爷、姥姥和父亲，走之前跟马大山联系，手机又是关机，马丁知道春来茶庄的具体位置，下了火车径直去了店铺。春来茶庄的招牌还在，主人却换了，"你找马大山？家待着呢！"茶庄主人不屑地打发了马丁。

马丁敲门，胡子拉碴不修边幅的马大山打开门一看愣住了，"哟，儿子来啦？不赖，还没忘了你倒了大霉的爹！"马丁疑惑他的爸爸怎么变成这副邋遢相，"爸，赵阿姨不在呀？"

"打住，别跟我提那个臭娘们儿！""你俩咋回事呀？你当初可亲口跟我妈说海枯石烂跟定她的呀！"马大山臊不耷眼地苦笑起来，"你爹瞎了眼啦！她把我当成挣钱机器，开了店基本就我盯摊儿，自己见天地出去打麻将逛大街，吃喝打扮造钱。我又不懂经营，月月干赔，连房租都挣不回来！结果她就翻脸了，天天挤对我，嫌我没本事。”

“事先你们没做些市场调查吗？这哪是拍脑袋就干的事呀？”马丁学经济，比他爸明白多了。马大山叹了一口长气，“唉，还不是被那娘们儿忽悠了，说卖茶叶挣钱，利大得很，德城这小地方，有几个喝得起上千块一斤的茶？我俩就天天干架，一干架就更没心思开店了。后来实在干不下去只好转让了，结果你猜怎么着？五万的转让费全叫她独吞了，转头就改嫁给了原来厂子里那个流氓主任史全新。”“爸你真是被她坑了！你该找她理论啊！”马丁很为他爸鸣不平。

马大山还真拎着棍子去了，五十多岁的赵美娟掰着手指头算她陪吃陪睡的天数，反过来要他按天支付青春损失费，马大山举起棍子抡过去，她跟史全新俩人夺下棍子反击他，马大山被打得落荒而逃。他不敢告诉儿子自己的遭遇，万一让陈小禾和郭蕊她们知道了还不得笑掉大牙？

孝顺的马丁知道马大山坐吃山空，劝他回省城再找个工作。“都这把岁数了，我还能找啥工作？寻思着把这套房子租出去吃房租，住到你姥爷姥姥家去。跟你回去一趟倒可以，前些日子花一万块收了一个古瓷瓶正好找省城的行家给看一下，我琢磨着能卖出个好价钱。”马大山从柜子里拿出一个用报纸包裹着的瓶子给马丁看，这个瓶子是他在公园遛弯时，从一个流动小贩手里买来的。

“您怎么玩儿上这个啦？这是一个危险的游戏，普通老百姓更不能玩儿。”马丁着急地说道。“咋地？为啥不能玩儿？”马大山十分不解。“现在文物少有真的，基本上都是高仿，钱白白扔进去。”马丁不无担心地说道，马大山仍旧追问儿子怎么知道这些。“我看过郑叔叔写的书《古董的鉴赏与收藏》，弄明白其中的好多道道。郑叔叔是专家，你把这瓶子请他看看吧。”“不用！我可不求他！”马大山一口拒绝，他甚至想，自己走到今天这个地步，跟郑君宁不无关系，他就是一个克星，跟他遭遇的那些往事又从脑子里顽强地钻了出来。

马大山也担心自己买的是一件假货，忙不迭地跟儿子一起乘火车回到省城。告别了马丁，他抱着瓶子径直去了民园古玩市场，到底找哪家给看呢？他一眼看见海蓝雅居的大门面，认定那里的行家牛掰。正在店铺喝茶聊天的付来认出了这个当年蜚声燕北大学的老工人，从穿着打扮上看得出混得不咋样。他故意打听陈小禾的近况，三下五除二就套出马大山的处境。再看他拿的纹瓶，不由得大吃一惊。付来有着聪慧的头脑，因入了这行，在文物鉴定尤其瓷器上下足了功夫，眼力也还不错，他认定了这只纹瓶的价值，“啊哟，祝贺你呀，收了个好物件。”“真的呀？咋好啦？”马大山惊喜不已，瓮声瓮气地问道。付来故意咽了一口吐沫，“兄弟你发啦！这是民国初年仿南宋龙泉窑牡丹纹瓶，稀罕物件。”

一说是仿的不是真的，马大山心里打起了鼓，“仿的？那……能卖多少钱？”付来伸出一巴掌。“啊，才五千？”马大山的心“咯噔”一下子，完了，这下赔一半。“哪里，五千的十倍！”“五万？”马大山脱口而出：“仿的还能卖这么多钱？”付来拿报纸把瓶子包好还给马大山，嘱咐他收好了，别磕着碰着更别被盗了。他这一说倒提醒了马大山，与其磕着碰着再被偷了还是仿的，不如现在出手算了，“付老板，这瓶子你收了呗！”付来一副不情愿的样子直嘬牙花子。“收了吧！你财大气粗，不在乎这五万块钱。”见马大山央求他，付来思忖了一下，“好吧，我成全我兄弟，知道你急等钱用。”马大山把瓶子重新推到付来跟前，试探性地问道：“那你再加一万？”付来无可奈何地苦笑，指着马大山说他得寸进尺，之后果断地一挥手，“加一万就加一万，谁让我跟陈小禾是一个班的同学呢！”

马大山当天就离开了省城，他用瓷瓶换来的五万块钱做本金，投奔他原来在人民医院的同事加兄弟去了。那哥们儿在海南三亚开了个海鲜大排档，马大山入股一半儿。临走时他对儿子马丁撂下一句爷们儿才说的话：不混出人样来绝不回省城。

又是一年的金秋十月，三年前就升任保城市副市长的高援带队赴石安县检查新农村建设情况，随行的除相关人员，还有省电视台卫视频道新闻栏目的记者和摄像。一行人搭乘一辆中型面包车，上午十一点进入石安县城，正要过一个十字路口时被人拦下，只见几十辆接亲的高档车队迎面开过来，通过十字路口朝东驶去，头车加长林肯被鲜花和彩带装饰一新，透过车窗能看见骄傲的新郎和秀美的新娘。道路两边围观的人群不少，小地方人没见过这些气派的豪车，指指点点，大过眼瘾。随高援车的摄像手疾眼快，抄起机器就拍，几个人猜测，除了矿主就是煤老板能搞这么大的动静。

高援的面包车驶进县政府大院，墙壁上“立党为公，执政为民”的标语像刚刚被粉刷过，很是抢眼。大院门口围着一些人，高援一行从车上下来，听见了人们的议论：“这叫什么事呀？都去喝喜酒，没人办公了！”“俺这点事跑了三四趟，腿都跑细了！”“当官的孩子结婚那是大事，老百姓的事都不是事！”

门卫说下午管事的就回来了，在这儿说什么没用，劝人们“散了，都散了！”人群里有认出高援的，他们围上去跟他发牢骚：“谢县长家的闺女大婚，嫁给县里首富王昌福的儿子了，举县欢庆呢！”“可逮着巴结县长的机会啦！巴不得都去喝喜酒送红包呢！”

高援表情严肃，沉思了一下，向众人说道：“乡亲们，情况我大致了解了！都先请回吧，我会给你们一个交代！”他转身让秘书去把谢镇喊回来。“把他从婚礼现场喊回来吗？”秘书特别追问了一句，高援点头，记者和摄像赶紧跟在秘书后面向大门口走去。

过了二十多分钟，县政府办公楼二层的走廊传来嘈杂的脚步声和叫喊声，谢镇耳朵上夹着根烟，满脸通红地说着酒话：“谁……谁扫老子的……兴，扯什么扯，非得叫老子整死……”面若桃花，扭着腰肢的孟三凤是他后娶的老婆，跟在他的后面喊，“哎哟喂，谁摆这么大的谱命令谢县长啊？不知道人家里有大事啊！”二人嚷嚷着走进会议室，见来人是高援，吓得立刻闭上嘴……

一周以后，全省新闻联播播出了这样一条新闻：石安县县长谢镇大操大办女儿婚事被撤职。一幅幅画面抓拍得恰到好处——石安县城交通堵塞，几十辆迎亲的豪华婚车招摇过市，围观的人们挤占在道路两旁目送婚车通过；婚礼现场摆开上百桌的喜宴，公务员模样的人排队签名递红包，向谢镇夫妇恭维赞美，敬酒灌酒划拳行令闹得不亦乐乎；县政府办公楼，环保局、技术监督局、税务局、卫生局、乡镇企业管理局等办事机构大门紧锁，办事的人在大院门口等待和议论，表情愤怒。

配合画面是播音员画外音："石安县县长谢镇利用职务便利违反规定，为女儿大操大办婚事并借机敛财，严重顶风违纪。近日，保城市纪委对其进行了严肃查处，保城市委给予谢镇撤销石安县县长、县委副书记职务处分，并收缴违纪礼金共计二十五万三千元。保城市委要求各级党组织抓住谢镇违纪的典型事例，开展好警示教育……"

正在家里的谢镇"叭"的一声关了电视机，窝在沙发里"呼呼"地直喘粗气，孟三凤端了杯水递给他，"你说咋那么凑巧，闺女的大喜日子咋就跟他高援突击检查的日子口撞上了呢？"她缓了缓，诡秘地说道："要么……你带钱找你叔叔再活动一下？或许还能缓缓？""拉倒吧！这都板上钉钉的事啦！再说，多大的官一退就人走茶凉了，谁还搭理你呀？"

谢镇像一只困兽在屋里来回乱转，"姓高的你等着，老子跟你不共戴天，有你没我，有我没你！有生之年老子就跟你死磕了！不把你拉下马老子就不姓谢！"他抓起孟三凤手里的杯子狠狠摔在地上，茶水溅了两人一身……

第十八章

郑君宁觉得古玩市场越来越深不可测，每个古玩商的眼睛里都游移着狡诈，藏着一种赌徒心态。郑君宁觉得，如果稳稳地干好这一行，不仅需要运气和财力，还要进一步磨炼自己的眼力。他知道大英博物馆里保存收藏着大卫·博西沃爵士收藏的中国古代瓷器，其中一对青花云龙纹象耳瓶更是改写了中国青花瓷的兴盛年代。尹二兵的爷爷曾经告诉郑君宁“元代无青花精品”，这也是国内瓷器鉴定界的共识。没有想到的是，英国学者霍布逊在1929年研究中国青花瓷时，发现青花云龙纹象耳瓶上有“元至正十一年”的字样，也就是说这对瓷器烧制于1341年。三十年后，美国瓷器专家亚历山大·波普走访了伊朗和土耳其博物馆，查找到七十四件特征相同的元代青花瓷，这一发现震惊了中国古玩界，甚至许多史学家也为之惊叹。更为吃惊的是，在2005年7月伦敦佳士德举行的拍卖会上，一件元青花大罐“鬼谷子下山”以一千四百万英镑拍出，加上佣金后高达一千五百六十九万英镑，折合人民币两亿多。郑君宁当时听到这个消息后，受到了极大震撼，他从网络上找到这件青花大罐的图片，眯着眼睛翻来覆去地琢磨，额头的皱纹陷得更深了。他萌生了去参加伦敦拍卖会的念头，和尹二兵一商量，两人一拍即合，当下就决定去2006年的伦敦秋季拍卖会，顺便参观大英博物馆里的中国瓷器，开阔一下眼界。

飞机晚点，郑君宁和尹二兵在晚上九点钟才乘坐国航班机抵达伦敦的希思罗机场。他俩乘坐机场快线，再转乘地铁，来到了帕丁顿火车站附近的酒店。刚迷瞪了一会儿，手机上的定时闹钟就响了，两人起床后，在附近餐馆里享受了一顿正宗的英式早餐，有香肠、煎蛋、火腿和吐司，还有果汁和加了牛奶的红茶。他们拿出拍卖会的地址向餐馆老板询问，热情的英国人连说带比画，还给画了一张路线图。尹二兵不懂英文，亏了郑君宁还能应付几句，他拿着地图出门，直行走到大理石拱门，左转弯就进入了牛津街，继续沿着这条繁华的商业街行走，过了新邦德街，右转进入了一条老巷子，伦敦一家颇有名气的拍卖行就坐落在这里。这家拍卖行主要拍卖中国文物，里面有中国雇员，这让郑君宁松了一口气。他们大致浏览了一下拍品，觉得有几件值得购入，两人交换了意见，交了相当于十万元人民币的押金，拿到了拍卖号码和一本厚厚的彩色拍卖图册，就匆匆去了大英博物馆，前去欣赏倾慕已久的中国古代瓷器珍品。

一直看到大英博物馆闭馆，郑君宁和尹二兵才依依不舍地离开，看到那么多珍贵的中国文物，既遗憾又有一丝安慰。回到酒店后，他们开始研究起拍品来，当翻到第二十八页时，发现一件熟悉的瓷器映入眼帘，郑君宁心里“咯噔”一下，这很像十年前观澜博物馆被盗的那只南宋龙泉窑牡丹刻花纹瓶呀！尹二兵觉得就是。两个人一晚上没有睡好，第二天匆匆赶到了拍卖行，让里面的工作人员拿出那件牡丹纹瓶。郑君宁刚一上手，差点瘫在地上，瓶底的序列号跟分类号都是他二十年前亲自书写的。郑君宁心里感叹，这次来伦敦算是来对了！他决定无论如何也要拍下来，不然对不起老祖宗，也对不起自己。

到了拍卖会那天，现场有一半是黑头发黄皮肤的买家，其中有中国内地和香港地区的买家，也有中国台湾地区的买家，他们在谈吐和服装上很容易辨认。中国内地的买家后来居上，在资金和气势上压倒了台湾人和香港人，许多外国买家也暗暗叫苦，希望能避开他们。郑君宁发现，现场还有六位接线员，负责与场外竞拍者联络。其中有三位华人，这预示着场外也有华人买家。郑君宁觉得嘴里发干，心跳加快。他不敢喝水，生怕上厕所耽误了竞拍，故作镇静地与尹二兵低语了几句，静等着拍卖会开始。

拍卖师一敲锤子，全场气氛顿时紧张起来，每个买家心里都有一条底线，且绷得紧紧的。郑君宁一直安静地坐在那里，他已经不考虑其他拍品，要用全部资金拿下南宋龙泉窑牡丹刻花纹瓶。三十分钟过后，银幕上出现了这个纹瓶的照片，起拍价是二十万英镑。拍卖师刚一报出底价，全场就有二十多人举牌。郑君宁没有举牌，而是站了起来，拿着牌号悄悄退到了最后一排站在那里，尹二兵也跟了过去。

每个拍卖公司都有自己的叫价进价，按照国际惯例，高于阶梯价格叫价也是合理的。当竞价到了三十万英镑时，郑君宁环视了一下会场开始举牌，三十五万、三十八万……到了四十万英镑时，场内已无人再与郑君宁竞争，只有场外的竞拍者通过接线员进行竞拍。郑君宁这时加快了报价速度，当拍卖师报出竞拍价时，郑君宁马上举牌，两轮过后，场外竞拍者知道碰上了硬茬，报价速度明显迟疑起来，郑君宁的心也快跳出嗓子眼儿了。当叫到四十八万英镑时，场外竞买人似乎底气不足，明显在与身边人交流意见。尹二兵也知道郑君宁的底线，替他捏着一把汗，其实郑君宁的手心里也满是汗水。场外竞拍者一下子又叫出了五十万英镑，全场骚动起来，纷纷回头看郑君宁。郑君宁一举牌，喊出了五十二万英镑，场外竞拍者沉默了一下，叫到五十五万英镑，全场响起了热烈的掌声。郑君宁自然希望价格越低越好，但是国际拍卖行上的价格竞争，透明且公开，只能是价高者得。为了纹瓶的回归，郑君宁不得已举起六十万英镑的牌子，终于拍得了这件南宋龙泉窑牡丹刻花纹瓶。此刻，拍卖还在进行，不时响起一阵掌声。郑君宁和尹二兵却悄悄退出了会场。

他们沿着牛津街向西走去，很快就来到了海德公园，里面有很多伦敦人坐在草地上读书，有的趴着晒太阳，空气中弥漫着潮湿的青草气息，远处有鼓乐队在演奏。凉爽的空气很快让郑君宁冷静下来，开始用手机计算器计算应该缴纳的款项，按人民币折算，加上佣金共计九百二十四万。他紧皱双眉，琢磨如何筹集到这笔巨大的资金，尹二兵说自己最多可以出二百万，郑君宁把所有的存款和理财资金加在一起，满打满算也就四百万，还有三百二十四万的缺口。如果无法向拍卖行交上这笔钱，不仅押金退不回来，而且自己也无法在古玩界混了。两人坐在草坪上想着心事，尹二兵先打破沉默，“也不知道国内亲人怎么想？他们会认可我们的拍卖吗？”这一问，反倒提醒了郑君宁。他拿出手机，先拨通了高援的电话，三百二十四万的资金缺口吓了高援一大跳。

“我拍下纹瓶的意图是担心被其他买家拍走，它应该属于咱们Y省。按道理讲，这是一件被盗文物，观澜博物馆有权进行海外追讨，但是一旦进入法律程序，再寻找中间商，从文物部门拿到有关证据，还会涉及文物的鉴定和官司。同时，伦敦拍卖行也会派出律师据理力争，证明自己没有违法，何时完璧归赵，估计就猴年马月了。”高援接听电话时恰好在会议间隙休息，他十分认可郑君宁的善心和做法，“这样，你马上跟小禾商量，拿出一个具体意见来，需要我做什么吱声就是了。”

陈小禾听了郑君宁的叙述，为他的爱国义举点赞，“幸亏被你俩发现，拍下来是对的，不能眼看着它流落海外。我先发动同学筹款，帮你把纹瓶的余款凑齐。然后你打算怎么还清这笔钱呢?”“回国之后我先用自己的两套房产作抵押借贷还钱，再申请争取文保专项基金回购。”三人的一致意见让郑君宁有了底气，他跟陈小禾进一步敲定筹款的具体细节。

高援只能拿出三万，陈小禾拿出三十万，她挨个儿跟关系不错的同学打电话，一遍一遍地复述郑君宁拍回珍贵纹瓶这件事情，请求他们的支持。宋岚还没听完陈小禾的话，就感到一阵晕眩，差点儿没栽倒在地，待看清陈小禾用手机传来的照片，更觉得血一个劲地往头上涌，她太熟悉这件器物了。

当初付来收了马大山的这个瓶子之后，就想着利用华夏贸促会在英国举办工艺品展销的机会，把它夹带出境卖掉。宋岚起初还犹豫了一阵，担心自己会触犯《文物保护法》，迟迟不肯答应。付来起劲地蛊惑，“你傻呀？一个瓶子就能换郊区两套别墅，只要瓷瓶到了伦敦，谁还会知道它的来路？当年八国联军入侵北京的时候，带走了多少文物？谁也没有统计过。就当这是英国一个破落贵族家里的插花瓶，拿出来让文物专家鉴定后才拿到拍卖行的。谁会细问?”宋岚被付来说服，二人精心设计了一个狸猫换太子的计谋。

付来交给了宋岚一件仿制的龙泉窑牡丹纹瓶，宋岚拿着它找到了省商务厅相关部门，说是唐山一家瓷器研发公司开发的新产品，准备拿到伦敦看看销路如何。负责审批展销的人爽快地开了出境证明，说明这是一件工艺品。等宋岚拿到证明后，付来把真瓷瓶交给了宋岚，宋岚小心翼翼地把它放入一个精致的锦缎盒子，顺利携带出境。

她到了伦敦后，向英国同行打听伦敦古玩店的地址，对方告诉她，伦敦的肯辛顿教堂街上有二十多家古玩店。当展销会结束，同事们都去比斯特国际品牌折扣村抢购打折的名牌衣服时，宋岚声称自己不舒服，留在了酒店里。等同事都外出后，她叫了一辆出租车，直奔古玩一条街。她已经做好了心理准备，如果找不到买家，就把它直接交给拍卖行，总能拍卖出一个满意的价格。但这是下下策，太冒险，容易暴露卖家的身份。不过，这是回国前最后出手的机会。

宋岚来到肯辛顿教堂街后，看到一家挨着一家的古玩店。她透过窗玻璃仔细查看里面的物品，这样可以直奔主题，节省时间。她走了七家店铺后，看到了一个专门收售日本和中国古文物的店铺，轻轻敲门走了进去。里面走出一个六十多岁的老者，用英语殷勤地问她看上了哪件古玩，宋岚英语很好，她说自己有一样古瓷瓶，是祖上传下来的，问这里是否收购。老者示意她拿出来，她轻轻把锦缎盒放在了紫檀木桌子上，让老者自己过目。老者打开锦缎盒子一看，禁不住眼睛一亮。他有点不相信自己的眼睛，又不敢断定这是真品，赶紧打电话给当地的一位中国古董鉴定专家。半个小时之后，一位秃头的古董专家赶过来，手里还提着三本厚厚的中国古代瓷器名录。他仔细观察了这件古玩的器形，又用鉴定仪器观察了古瓶釉里的气泡大小，然后打开瓷器名录，很快就找到了这种器型和拍卖价格，并断定这件南宋龙泉窑牡丹纹瓶是真品。古玩店老者说，如能成交，就按老规矩给他佣金。显然他们之间有长期合作，来去只有简单的几句寒暄。

古玩店老板问宋岚价格，她当时已经偷瞄了瓷器名录上的价格，这种瓷瓶在英国的起拍价格是十八万英镑，但那是五年前的拍卖价格。宋岚报出了二十五万英镑，最后双方讨价还价，以二十万英镑成交。两个人签署了买卖合同之后，又一起来到了唐人街附近的中国银行，一次性给宋岚的账户打去了二十万英镑。宋岚心里一块石头落地，她没有想到纹瓶出手得这么顺利，看来世上真正的好东西，是不愁找不到买家的。宋岚急忙把售出的消息发短信告诉了付来。她用了约定好的暗语，“办妥了。”付来悬着的心终于踏实了。

现如今，郑君宁又鬼使神差地在伦敦把这件纹瓶拍了回来。宋岚害怕起来，担心自己和付来的计谋很可能会败露。她有些恼怒，额头渗出了细细的汗珠，但是表情依然淡定，她假装用兴奋的语气在电话里对陈小禾说：“这可是爱国的义举呀！我乐意帮助郑君宁一把，提供三十万资金借款。”说完，宋岚赶紧开着自己的宝马轿车回家，一进门就对付来大发雷霆，骂他的贪心。付来知道原委后也大惊失色，二人意识到问题的严重性，却又心存侥幸，付来说：“你先别往自己身上扯，稳住！万一不是咱们销到英国的那个纹瓶呢？谁知道是你夹带出境的呢？先观察动向，再主动表现。”宋岚打电话给陈小禾，把借款提高到了50万，陈小禾自然是十分感激。

至此，陈小禾只筹到一百三十五万元，距离三百二十四万还有一百八十九万的缺口，她打电话向高援求救。高援跟商人很少打交道，只是在石安熟悉一个叫邹连胜的转业军人，他属于回乡自主择业，后来通过经营房地产起家的少数富裕起来的人，很有些实力。高援让秘书打电话找他，秘书把高副市长的大学同学郑君宁的爱国义举讲给他听，问能否救个急，见副市长为他的同学向自己借钱，邹连胜立即应允，很快把一百八十九万打到郑君宁的账户上。高援让秘书送去自己亲笔写下的借条，承诺半年内把这笔借款还给邹连胜。高援相信凭郑君宁的运作能力，这笔借款不会拖得太久。这样，郑君宁所需三百二十四万资金如期到账，顺利拿到了那只珍贵的南宋龙泉窑牡丹刻花纹瓶。

郑君宁如释重负，他俩全无心思在伦敦游览，只在资金落实之后，才去议会大厦和白金汉宫前照了几张照片，然后打车去了佰宝莉在伦敦的工厂店，购买了若干条典型的方格羊绒围巾，打算回国后送给借款帮助他的老同学们。两个人在一家快餐店吃了新鲜的炸鱼和薯条，还有威尔士黑啤酒，退了住房，拎着行李，尤其护好那只宝贝的纹瓶，乘地铁和机场快线赶往希思罗机场。当国航的班机箭一般地飞向蓝天之后，他们高度紧张的神经才有了一丝放松。

回国后，郑君宁就把拍来的南宋龙泉窑牡丹刻花纹瓶送到省文物局，请求专家鉴定和申请用文保专项基金回购。回到家，他把纹瓶的来龙去脉讲给郭蕊听，同她商量抵押房产做贷款归还垫资的事情。郭蕊早跟从前判若两人，自从对丈夫与陈小禾的关系不再心存芥蒂，她的心性随之平和，与郑君宁夫唱妇随，甚至成了他的影子。女儿郑玫玫已经大学毕业，在一家证券公司工作，她好奇地凑过来打量纹瓶的照片，“我同事马丁的爸爸也有一个这样的瓷瓶，我见过马丁拿的照片。当时他还跟他爸说让您给看看，他爸爸还没答应。”马丁的爸爸不就是马大山吗？他在德城，又不是玩家，怎么会有这类藏品？郑君宁感到疑惑，“后来呢？你问马丁了吗?”“他爸爸说那个瓷瓶是仿品，借机出手换了五万块钱。”“嗯？卖给谁了?”郑君宁警觉起来，行家能给一个仿品开出五万的价，恰恰说明它的价值所在，他让玫玫通过马丁联系马大山，然而马大山如同人间蒸发，只知道在海南三亚，连他的儿子都联系不上他。

谢镇因为嫁女收受礼金违纪，由县长降级至扶贫开发办主任，怀恨在心的他一直在寻找扳倒高援的机会。邹连胜很想在一个叫作“美丽乡村”的扶贫计划中拿到项目，把谢镇等一干人请到县里最豪华的酒店吃大饭，单间足有五六十平方米大小。酒过三巡，围桌敬酒变成一对一单敬。邹连胜明显喝高，趁又一轮敬酒的机会凑到谢镇身边请他务必帮忙，谢镇故意拿搪，“这事得在县委班子会上讨论，我一个人说了不算。”“哎呀，只要您主管领导推荐了，县里头头那边我找高副市长，我们交情深着哩!”邹连胜借着酒劲跟高援攀附。

一提高援，谢镇就来气，“别瞎掰！高援跟你交情深？拉大旗作虎皮呢!”“不蒙你，我俩都是转业军人，单枪匹马来石安闯荡，透着亲呢!”邹连胜见他不信，越发想证明自己跟高援的关系。邹连胜的话引起了谢镇的注意，他转转眼珠，装作很不屑地说道：“转业军人多了，亲得过来么?”喝糊涂的邹连胜不得已使出他的杀手锏，从怀里拿出小卡包抽出高援写的借条，“谢主任看看清楚，高副市长亲笔打给我的借条，他从我这里拿走了一百八十九万。”“嗯，还有这事儿？蒙人呢？我看看。”谢镇拿过借条，对着灯光照了照，似乎在辨别真假。他趁邹连胜回头跟人说话的工夫，一手拿着借条，假装接听电话，顺手拍了照片。他把欠条还给邹连胜，“老哥我服你了！这个项目就是我不给你，你也能拿下来!”邹连胜似乎看他在拍照，又不好制止，也不清楚他的具体用意。

听说高援来省城开会，郑君宁赶忙约了陈小禾，三个人真是好久都没聚了。吃什么不重要，聊天才是目的，这一次郑君宁有重要的话要跟他俩说。在一个雅致的江南小馆定了包间，约定好时间，高援却要等一个项目签批，迟到了一个多小时。一番亲热的寒暄之后，话题最先从那只纹瓶切入，郑君宁说：“装纹瓶的锦缎盒子极其精美，很难想象英国人能做出这么妥帖雅致的盒子，由此分析出国内走私的人十分看重这只瓶子的价值。”他不知道，他的老同学付来为了这个盒子，是特意请京城的一位扬州师傅定制的。

高援提醒道：“君宁，赶紧想办法归还邹连胜的一百八十九万，收回借条。我不屑于跟这些商人打交道，为了纹瓶回归，不得已而为之。”郑君宁表示自己很快就会办妥，“省文物局会同京城文物鉴定专家已经给出了鉴定意见，证明就是观澜博物馆当年被盗的那只纹瓶。相关机构已经启动了收购程序，但估计要等上三个月。”陈小禾有些惊讶，“啊？还要三个月？那得支付邹连胜一百八十九万本金的利息，别落下话把。”高援点头，赞同她的意见，“小禾说得对！不要有任何把柄被别人抓住，尤其我现在的身份。”

郑君宁连忙说：“你们放心，我的两套房产抵押贷款的手续已经办完，这家金融机构也刚把贷款打到我的账户上，明天一早我就去石安，当着邹连胜的面把一百八十九万打到他的账户上，收回你的借条。”高援和陈小禾松了一口气，三人愉快地举杯庆祝。郑君宁又要了一瓶衡水老白干，自己连干三杯，算是对老同学帮助筹款表示感谢。酒到酣处，郑君宁风趣幽默地剖析自己三十年来从大学开始，对陈小禾的情感历程，“在学校因为跟郭蕊意外结婚伤了小禾，被她抽了嘴巴，伤心地形容我俩之间的感情，就像两条平行的钢轨，永远再无交错。庆幸因为小禾的豁达和大度，我俩又恢复了友好往来，回望遇到小禾这么多年，每到关键时候都是她帮我走出了低谷。”他有些激动地拍了拍高援的肩膀，“咱俩不早都认为小禾是你我这辈子遇见的最好的女人吗？再说你们俩，不像我认识小禾是半路杀出的程咬金，你们一个家属院长大的发小，都在宣传队里唱《红灯记》，十八九岁就定了情，又不约而同考进燕北大学，谁的缘分有你们深？本来就该名正言顺地成为夫妻，却经历了那么多的磨难和波折。我不想你们像兰抗美和金小民，难不成也要在人生诀别的时候才互诉衷肠，终成眷属吗？是该给大半生的情感找个归属啦！”

郑君宁的话似打动了高援和陈小禾，他们低着头一声不吭。陈小禾感激郑君宁的一片苦心，终于把这事挑明，她何尝不希望高援在这种时候，能有一个明确的态度。她抬起头深情地看着高援，年近五旬的她眼睛里又有了昔日校园里青春少女般的光亮，纯真温柔，还有着难以描述的渴望，她相信他们之间的爱情是瓜熟蒂落的时候了。

高援却未置可否，一边喝酒一边叹息，“我自己习惯了单身生活，生活中多了一个人反倒令自己不安。”气氛在三个人之间霎时变得有些僵硬，高援苦笑了一下，艰难地说出了以下的话，“不是说酒后吐真言吗？我只能说，今生……很难与小禾走到一起，成为一家人了！”

陈小禾的内心里一阵抽搐，她眼前闪现出跟高援的一幕幕过往，感觉几十年间用真心培育起来的情感瞬间坍塌，她感到像被孤零零丢进一望无际的沙漠，忽然间迷失了方向。她故作镇静地低下头去，眼睛里浸满了泪水。三个人都沉默了，气氛尴尬到极点。她无法面对这一切，她必须离开这里，不然自己会立刻窒息而死，她要去一个没有人的地方，放声大哭一场。多年来埋藏在心底里的爱，每每犹如萌发出的一棵新芽，都是在关键的节点被扼杀，如今，或许是最后一棵爱的萌芽，又被这一堆语言的冰雹彻底击碎了。她终于明白了，他高援根本不爱她陈小禾，从他退学离校的那一天起，他就彻底变心了。她愤愤地扫了高援一眼，“我就是一个大傻瓜，爱上了一个不该爱的人，铸就了一生的悲哀。”她抓起了包，愤怒地冲出房间，不顾一切地向门口跑去。“小禾，你回来！”高援慌忙追出，郑君宁也追了出去。“别走，我有话跟你说。”高援连拉带拽地把她弄回包间，按她坐在椅子上。郑君宁递给她一张纸巾，陈小禾不接，默默地流着泪水，转过脸去不看高援。

“小禾，你误解了我，把头转过来，听我说。”高援犹豫了一下，缓缓解开了上衣扣子，露出道道疤痕。这些疤痕很长，如同勒进肉体的绳索，一个人需要多大的韧性才能艰难呼吸啊！这道道疤痕其实裹紧了一个难以启齿的秘密：在那场对越自卫反击战中，当地雷炸响的那一刻，副连长崔红旗奋勇扑倒高援，二人都被炸伤成了血人，一个牺牲一个身负重伤……他被战友们抬进了战地医院，两天后才醒了过来。他全身裹着纱布无法动弹，他有了小便的感觉，尿液却早已渗了出来，蛰得他的伤口钻心地疼痛。原来是地雷的碎片嵌入他的下身，手术取出了弹片，却让他小便失禁。医生告诉他，他的睾丸被炸烂了，只得做了摘除手术。经历了彻夜无眠的思考，被泪水打湿的枕巾能拧出水来，高援终于释然了，相比那些已经“光荣”的战友，自己能活下来就是万幸，老崔的一家老小等待他的赡养和帮助，他后半生的选择必须是：扛起责任和道义，了断儿女情长……

听了高援的叙述，陈小禾和郑君宁瞬间全傻在那儿。陈小禾有一种撕心裂肺的感觉，她哭不出来，下意识地站起来，想扑向高援去抚摸那一道道疤痕，却一阵晕眩，她摸着头慌忙靠着墙壁，两条腿已经不听使唤，又一下子瘫坐在地板上，“哇”的一声号啕大哭。郑君宁用拳头狠狠地砸了一下桌子，也抱着高援失声痛哭，包间里充斥着凝重和绝望的气氛。高援反倒被这气氛搞得有些紧张，他拍拍郑君宁的肩膀，“君宁别难过了，都已经过去了。”又去拉瘫坐在地上的陈小禾，“小禾别哭了，之前不敢告诉你们，就是不想让你们受这个刺激，也保护我的隐私。”陈小禾抽泣着，如同一个被无辜伤害的孩子，她站起来忘情地扑到高援怀里，“你在我心中永远都是完整的，我要照顾你的后半生，我要陪伴你永远走下去，才会少一点遗憾！不然，我会后悔死的！”她紧紧抱着他不忍撒手，她的心疼啊，从未有过的疼。

高援内心的抵触和抗拒被陈小禾彻底融化了，他也紧紧抱住她，深情地亲吻她的泪痕，劝她别难过，这不还活得好好的嘛！陈小禾张开泪眼看他，用手抚摸他的面庞，再一次紧紧拥抱他。二人从精神上的契合，到今天确定为情侣，竟然走过了三十多年的时光。高援的一大半头发已经变得灰白，细密的皱纹也爬上了陈小禾的眼角，年近半百的他们在对方的眼里，却还是大学时代的模样。

郑君宁将两把椅子摆在一起，让两人坐下，他准备出去透一透空气，留给两人倾诉衷肠的时间。他刚把门打开，就与进来的两个小伙子撞了个满怀。“你们走错门了吧？”郑君宁阻止他们，一位中年人从后面跟进来，没有理会郑君宁，而是朝里面喊了一声：“高援！”听到有人叫自己的名字，高援站了起来。

原来是谢镇向省纪委实名举报高援受贿一百八十九万。从邹连胜那里偷拍了借条之后，他次日就乘车直奔省纪委，向相关人员展示了照片，写下举报证明。他知道结果一定是鱼死网破。“你高援把我拉下马，我也给你送上绝路！”谢镇咬牙切齿地叫嚣，他豁出去了。

写借条作掩护是干部受贿的一个套路，一百八十九万又是一个大数目，省纪委十分重视高援受贿案，决定立即找到高援调查此事，他们通过手机定位系统找到这家饭馆。中年人走到高援面前亮出省纪委的工作证，“咱们在省委开会时见过，你被举报有受贿行为，数目很大，我们需要找你去省纪委核实，这几天你不准回家了。”高援一头雾水，想追问缘由。中年男子说，“这里不是谈话的地方，先到省纪委吧。”高援很坦然，拿起外套和手提包，嘱咐郑君宁把陈小禾送回家，自己跟着中年男人走了出去，两个年轻人走在后面带上了门。陈小禾起初被这种场面惊呆了，等高援走出房门后，她才反应过来，连忙追了出去。“高援冤枉！他是好人！你们不能听信恶人的诬陷！”省纪委的车已经离开，陈小禾和郑君宁还追着汽车拼命地高喊……

陈小禾知道高援为人耿直，明显是遭人陷害。郑君宁隐隐意识到这可能与自己让高援借款有关系，他认为有必要找邹连胜核实一下，正好次日要去石安归还他的一百八十九万借款，于是两人一起开车去了石安。见面后，三人一起先到银行，郑君宁把一百八十九万转到邹连胜的账户上，看邹连胜淡定的样子，不像是他举报高援，再进一步询问，邹连胜果然否认自己嫁祸高援。陈小禾问：“高援的借款条一直在你手里吗？有没有别人知道？”邹连胜回忆道，“有一次请谢镇他们吃饭，我酒喝多了，向谢镇显摆与高副市长的关系，他看过这张借条，好像还用手机拍了下来。”陈小禾和郑君宁抓到了这个重要线索，他们让邹连胜写了一个借款经过，邹连胜很乐意配合，反复说高援是好干部，自己绝没有陷害高援的意思。

二人从石安立即返回省城，陈小禾拿着邹连胜的证词去了省纪委，证词交上之后便没了下文。陈小禾心里这个急呀！她想起高援的大学同班同学任小夏就在省纪委工作，手机拨过去多次，对方根本不接听，这让陈小禾十分焦虑，她感到高援的问题不会那么简单，她做好了各种心理准备，即使高援被判刑，她也会去探监，等他出狱后就嫁给他，但她更相信这是有人对高援的子虚乌有的诬陷。

她决定到省委大院门口去堵任小夏，三天后终于堵住了他。任小夏也认出了陈小禾，态度不冷不热，这让她很是意外，于是单刀直入，说道："我给你打了好几十个电话，你都不接，是为了避嫌吗？"任小夏很淡定地解释道："我们讨论案件时不允许带手机，我看到有未接电话，还以为是搞推销的呢！我们有专门的举报电话，你有问题可以打电话反映。"见任小夏一副公事公办的样子，陈小禾很失望，"我知道你们有纪律，我也不想给你惹麻烦，只是想就高援一百八十九万借款的问题再跟你当面谈一谈，这对你们搞清楚事实有帮助。""请你理解，我们有纪律，当然，省纪委不会冤枉一个好干部，也不会放过一个坏人。我可以听一下你的陈述，但你还是把邹连胜和郑君宁都叫到省纪委，几个人一起谈。"

任小夏走了，陈小禾立刻拨通郑君宁的电话，刚说了两句手机就没电了，她赶紧叫了个出租车赶往民园古玩市场。刚走到莲石山居门口，就被眼前的一幕惊呆了：四个警察押着郑君宁和尹二兵从商铺里走出来，陈小禾着急地大喊："郑君宁，这是怎么回事？"郑君宁一回头看见了她，高声回应她："又被恶人告了黑状，估计还是纹瓶的事。""少废话！闭嘴！赶紧走！"一个警察从后面推了他一把。几个店员跑出来，惊恐地看着他们的老板被警察带走了。陈小禾两眼发直，无力地靠在柱子上，她忽然感到自己好无助……

郑君宁和尹二兵果然是因为那个纹瓶又被公安局刑侦支队带走审问了。2000年时观澜博物馆“六·二八盗宝案”，二人就是警方怀疑的对象，侯副馆长向警方提供二人内外勾结，监守自盗的线索，因为没有找到确凿证据只好放了两个人。该案后来成了一件悬案，一直被搁置。就在昨天，警方接到匿名电话，揭发郑君宁和尹二兵六年前联手偷走纹瓶，六年后夹带出境卖到英国，六年间古代瓷器的拍卖价格已经翻了几十倍，二人因此挣到了大钱。再假装从伦敦拍卖会拍回纹瓶，忽悠政府启动文保基金回购。

分别接受审讯的郑君宁和尹二兵大喊冤枉，其一，六年前他们都有不在偷盗现场的证人；其二，假设纹瓶被他们夹带出境卖掉挣了大钱，他们不会再费心劳神，从国内四处借钱从伦敦又拍回纹瓶。警方逐一驳斥他们，其一，六年前的证人有做假证的可能；其二，既挣了大钱，又可能“良心”发现，为给Y省留下来东西，故意拍回纹瓶让政府高价回购。二人被暂时关押，等待取证。

郭蕊和郑玫玫听陈小禾说郑君宁因为拍回那个六年前丢失的纹瓶被警察带走，正急得火烧火燎时，马大山为补办丢失的身份证，意外地从三亚回到了省城。

一年前马大山怀揣卖掉古瓷瓶的五万元钱，投奔曾经的同事，在三亚入股开了一间海鲜大排档，专门接待北方游客。虽然主要经营海鲜，但也经营棒碴粥和小鸡炖蘑菇等东北菜。马大山做生意厚道，他的哥们儿懂经营，俗称“东北省”的海南东北人又多，一传十，十传百，都来这里吃海鲜喝棒碴粥，生意十分红火。

听马丁说他爸爸回省城了，郭蕊和郑玫玫立刻到酒店找到马大山，给他看郑君宁从不同角度拍摄的牡丹纹瓶照片，马大山一看叫了起来，“嘿，巧了，这就是我卖给付来的那个古瓷瓶。”“啊——”母女二人一听禁不住惊叫起来，郭蕊追着他问：“你卖给付来的是这个瓶子？你确定吗？”马大山肯定地点头，用手指着照片上瓶底的序列号说道：“后三个字526是马丁的生日，打死我都忘不了。而且我有这个瓶子的照片，就是给带到三亚去了。”这是多么重要的线索，它能为郑君宁洗白。郭蕊让马大山写下证言，又激动地拨通陈小禾的手机。陈小禾听闻大惊，叫马大山接听电话，又仔细问了一遍，确定无疑后，她跟郭蕊一起拿着马大山的证词火速到公安局刑侦支队报案。

听说自己的儿子马丁正在跟郑君宁的女儿郑玫玫谈恋爱，马大山决定要帮未来的亲家一把。他径自去了海蓝雅居找到付来，“跟你说，警方正在追查你那个纹瓶走私到英国去的案子呢！我劝你赶紧投案自首，争取宽大处理。”付来听闻大惊失色，反问马大山道：“你咋就证明是我把那个仿品走私到英国呢？我早就卖给其他藏家了。”是啊！咋就证明是付来干的呢？马大山一下被问住了。付来见马大山没了下文，又放了一句狠话：“退一万步说，瓶子是从你马大山手里收来的，你就逃脱不了干系，一万元判一年，五万元足够判你五年。再说，纹瓶我倒手才卖三万，还比你少判两年。”天啊！我再蹲五年大狱，好不容易红火起来的生意指定没了，马丁也不会认我这个爹了！在海南娶的媳妇才生了孩子，她们娘俩咋活呀？马大山被付来吓着了，撒腿就跑，仓皇离开海蓝雅居。

马大山回到居住的酒店拿行李，他想马上离开这个是非之地，走进大堂，看见几个穿便衣的男人好像在查人，他警觉起来，悄悄走楼梯上楼，待气喘吁吁到了八层时，看见那几个男的在自己住的门前停下来敲门，顿时明白是警察来抓他的，吓得他魂飞魄散，兔子似的逃跑了……

高援被带走调查之后，陈小禾在接下来的几天里不断地奔走，还特意带邹连胜去省纪委说明情况。省纪委深入调查得出结论：一百八十九万确系高援为支持老同学郑君宁的爱国义举向邹连胜的借款，该款实际打在郑君宁的银行账户，用于购回纹瓶所用，有银行往来明细，确认没经高援之手，且这笔借款已由郑君宁归还邹连胜。高援获得自由，重新回到保城市副市长的领导岗位。马大山的意外出现，使案情峰回路转，他留下的证言为郑君宁和尹二兵解除偷盗和走私纹瓶的嫌疑，他们也获得自由，莲石山居恢复正常经营。

三个月之后，相关机构动用海外文保基金九百二十四万元回购了郑君宁在英国拍回的南宋龙泉窑牡丹刻花纹瓶，完璧归赵的它重新回到观澜博物馆的玻璃柜中展出。令人意外的是，一贯标榜廉洁自律的侯克因为馆内装修接受承建方贿赂，被罢免馆长职务，接受组织调查。观澜博物馆新来的馆长主持了表彰大会，郑君宁和尹二兵保护国家文物有功各获得奖励五万元，新任馆长诚邀郑君宁和尹二兵回馆工作，被二人婉拒。从犯罪嫌疑人到保护文物有功之臣，之间的剧情反转让郑君宁百感交集，他跟尹二兵把这笔钱捐给陈小禾支教的姚岭村小学，用于修缮校舍。

第十九章

话接前面。公安局刑侦支队接到陈小禾举报之后，先去酒店找马大山调查，结果扑了一个空，他们掉头去民园古玩市场找付来，偏巧当天付来不在店里，大老崔见穿便衣的警察打听付来的去向，顺嘴胡诌撒了一个谎，“哎哟，太不巧啦！他们夫妻俩回乡下老家奔丧去了。”警察走后，大老崔立即向付来通风报信，付来一听公安找来顿时麻爪了，叮嘱大老崔：“务必看好店铺，现指定我女儿付樱子继承我在海蓝雅居的全部股份，回头让樱子把我的亲笔指令带给你。”他给大老崔留下了樱子电话。店铺里所有文物艺术品都做了登记造册，付来都另行复印了留在家里，料定大老崔再黑也玩不出什么猫腻。大老崔不知道付来犯了什么事，信誓旦旦地表示看好店铺，让他放心撤离。

付来和宋岚的女儿，二十三岁的付樱子大学毕业之后在市少年宫教美术，付来在家匆忙给女儿和大老崔各写了字条，对公司股份转让做了交代，要求女儿立即介入公司经营管理。随后，夫妻二人仓皇踏上逃亡之路。之前他们早就留有后手，在黑市上弄了两本假护照，一旦出事，立马开拔走人，只是没有想到事件发生得这么快，养尊处优的他们怕坐牢，受不了那份罪。来不及准备，也来不及购机票去那些免签国家，只得乘坐高铁往云南走，通过走私线路，在蛇头的带领下，进入了缅甸。

付来和宋岚在缅甸隐姓埋名地生活着，那里还有很多外逃的贪官，当地的黑社会成员都知道哪些华人是贪官，贪官又不敢暴露自己的真实身份，只得低三下四小心翼翼地活着，黑社会就不时地过去敲竹杠子，勒索钱财。付来和宋岚一时找不到什么体面的工作，为生存，付来不得已做了货场的搬运工，每天挣的那点钱，还不及自己在国内的一顿早餐钱多。

夫妻俩租住在一间极其狭窄简陋的临时住所，成天竖着耳朵听动静。又是一个难挨的长夜，付来和宋岚刚睡下，门外就传来“咚咚”的脚步声，随后是急促的拍门声，二人受惊似地坐起来，呆呆地听着动静。幸好拍的是隔壁的门，脚步声渐远，宋岚捂着胸口仰躺在床上，“吓死我了！天天担惊受怕，生不如死!”

付来唉声叹气，“该着咱们倒霉，不是不想死吗？不想死你就得忍着!”宋岚坐起来，“不想死我也忍不了啦！吃不下睡不着的，躲在这发霉变味的地方，过的跟老鼠一样的日子，什么时候是头啊？我受够了!”付来依旧执拗，“我宁肯过老鼠的日子，也不想当案板上的肉。”宋岚又开始抱怨，“早知今日何必当初呢?”付来不耐烦地训她，凶巴巴地说道：“你就别东埋怨西埋怨啦，车轱辘话来回说，天下没有后悔药吃，晚啦!”

宋岚不肯外出打工，多数时候坐在出租屋里发呆，实在想女儿了，就到附近的网吧上网，期待能在QQ上与樱子相遇。樱子总是在QQ上做出哭脸的表情符号，再三劝她回国自首。宋岚经受不住思念女儿之苦，实在熬不下去了，宁可回国投案坐牢，也不在异国他乡过这种人鬼不如的日子。她把在网上看到的《文物保护法》仔细研究了好几遍，给自己量刑。她动员付来说："按照那个法，就你我这样的，我判个三到五年，你最多判十年，不会无期更不会死刑。咱们这身子骨和岁数还能熬过去，一起回去吧！"

付来躺在破床垫子上，两眼直勾勾地盯着屋顶，"俺的娘也，都过五十奔六十去的人了，再判个十年，指定死在监狱里。与其死在监狱里，不如活在逃亡的路上，我坚决不自首！"见宋岚"嘤嘤"地抽泣，他口气缓和下来，搂过她说："我看你是基本被逼疯了吓傻了！唉，也是的。这么多年过来，谁让我鬼迷心窍，把钱当爹当祖宗当小三儿供着了？我搭进去不说，把你也拉下水。你一个高干子女，本来过着衣食无忧的生活，是我把你害了！岚岚，我这辈子对不起你对不起樱子！"

宋岚厌恶地推开他，"当初我真是瞎了眼嫁给你这个贪婪的土鳖，我恨你付来，你把我和樱子都害了！恨死你了！"付来有气无力地说："你去自首吧！把所有的事都推到我身上，我不能回去，回去只有……蹲大狱，我宁肯浪迹天涯，悄没声地死掉算了！"

宋岚回国自首的那一天终于来了，付来戴着大墨镜把她送到仰光机场，她背着包要进安检口了，走了几步又折回来，看着付来说道："我走了，你自己留在这儿……注意安全，保重！"后半句是哽咽着说出的。付来一阵激动，一把搂过宋岚，"岚岚我不想让你走！今天分离，不知今世还能不能再见了！"宋岚摇着头抽泣，"不知道，我不知道！"说着，也扑到付来身上，有一种生离死别的感觉。良久，宋岚猛然起身，义无反顾地走向安检口。

付来愣愣地看着她，忽然喊起来："岚岚，你回来，等等我！"他追到宋岚身边说："等等，我……跟你一起走！""你也回去自首？"付来点点头，"出来混，迟早要还的！我决定了，跟你一起回去自首！至少，一家人这辈子还能再多见几面!”

宋岚抱着付来“呜呜”哭出声，付来也摘下墨镜擦着眼泪……

宋岚和付来一路颠簸回到省城家中，夫妻二人给女儿樱子交代清楚家事，一家三口抱头痛哭之后，被樱子用车拉着去公安局投案自首了。后来，涉嫌走私国家一级文物的犯罪嫌疑人付来和宋岚被市第二中级人民法院以走私文物罪各判处有期徒刑十年和五年。检方指控，海蓝文物艺术品有限公司董事长付来，指使妻子宋岚借到英国办展之际，将南宋龙泉窑牡丹刻花纹瓶带至英国出卖给伦敦的古玩店，获赃款二十万英镑，折合人民币三百万元。宋岚身为华夏贸促会副会长、国家公务人员，非但没有制止丈夫付来的行为还经手将文物售出。鉴于付来和宋岚二人案发后投案自首，且积极退还赃款，法院采纳公诉人意见，对其二人从轻判处。

一个人一生最大的失败，就是私欲太重。付来的私欲，打从青春萌动起就像野草一样肆虐生长，即使考上大学，成为七七级大学生，依然不可遏制。为攫取财富，他几十年来极尽所能，不择手段，专门杀熟。最终，私欲毁了他，也连带宋岚，共同触犯法律锒铛入狱。

2007年春天，高援升任保城市市长，他跟陈小禾的婚事也提到议事日程，借着来省城参加党校学习的机会，两人想抽空去民政局把结婚证领了，届时也请郑君宁、金小民、鲁一依和汪嘉成一起到场，共同见证这个美好的时刻。陈小禾打电话约郑君宁，铃声响了很久，手机才被郭蕊接起来，“君宁病了！住院了，这会儿刚睡着。”住院了？陈小禾很是吃惊，“在哪儿住院？什么病啊?”郭蕊低沉的声音带着无限的焦虑，“持续发热，口鼻出血，肺部感染，身上没力气，吃不下饭，住在省医科大学附属医院的血液科，有一周了，明天出检查结果。”郑君宁生活规律，注重锻炼，原来喝大酒，近年也不大喝了，心态又好，那么壮的一个人怎么就突然病了呢？陈小禾赶紧把这个消息告诉了高援，明天他就来省城，他俩约好去看郑君宁。

次日下午，在省医科大学附属医院血液科，高援、陈小禾和从京城赶来的金小民在医生办公室焦急地询问检查结果，女医生来回翻着好多页的检查报告，“病人已经确诊，AML，急性髓细胞型白血病。”白血病？那就是血癌呀！三个人大吃一惊，陈小禾急忙问医生：“能不能治愈呢?”“异体造血干细胞移植是唯一能根治的办法。”医生给出了回答。

“请问，什么人可以做这种捐献呢?”高援向医生投去急切的目光。“供者的年龄限制在十八岁到五十五岁，身体健康就可以。通俗地跟你们说吧，关键是HLA配型成功就可以。”“什么是HLA呢？以前没有听说过，我们一点儿不懂。”金小民一头雾水，进一步追问。

女医生用手比画着说：“HLA这三个字母代表的是人类白细胞抗原。有几种分型，一是常见的HLA分型，在三百人到五百人中间就可以找到相同者；二是少见的HLA分型，只有万分之一的概率；三是罕见的HLA 分型，就要在几万甚至几十万人群中寻找了。幸运的是，郑君宁是常见的HLA分型。”

三个人的眼睛顿时一亮，像绝望中抓到了一根救命稻草，“那就是说，跟郑君宁相同配型的概率是三百到五百分之一，已经相当大了！谢谢您的细致解读。”陈小禾长舒了一口气。“谢谢大夫！我们会尽最大努力帮助郑君宁做造血干细胞移植这件事。”高援向医生表示。

“捐献造血干细胞不同于献血，一些志愿者配型成功以后，因为家属强烈反对又打退堂鼓的情况也不少。所以，首先应该在患者的兄弟姐妹中寻找；其次是父母，当然，从年龄上讲，找患者的父母是不成立的；第三就是在志愿者中寻找了。”女医生把他们送到门口。

三个人出了医生办公室，站在走廊的尽头商量这件事。陈小禾捂着胸口喘了一口气，“上天保佑，不幸中的万幸，君宁还有希望。只是，他是独子，没有兄弟姐妹，这条线就断了。”高援沉思了一下，“有一个红十字会造血干细胞捐献志愿者之家，可以去那里求助。再有，在咱们同学中间通过网络呼吁一下。”陈小禾点头赞成，“范围扩大到燕北大学校友七七级QQ群里，怎么样?”

金小民皱着双眉说出他的顾虑：“咱们同学中岁数很多都超过五十五岁了，这是一个现实问题。没听医生说吗？家属的阻力也不小，捐献之后要休息也耽误工作，我觉得响应者或许不多。”

陈小禾说：“我们只管呼吁，捐不捐由他们自己决定。我岁数没超，我觉得自己还年轻呢！我铁定要捐！”高援比陈小禾还坚定，“我岁数也没超，再说，几十年如一日坚持体育锻炼，身体倍儿棒，岁数也不是个事儿。”

金小民接过他们的话茬，“我就更不在话下了！身体也更没问题了！”他脸冲着病房方向，悲壮地说道：“君宁啊，你可要坚持住，我们一定想尽办法救你！”高援伸出手，“我相信奇迹会出现在君宁身上，出现在我们中间。来吧，为了君宁，努力！绝不放弃！”陈小禾和金小民把手跟他的手搭在一起，“努力！决不放弃！”这一刻，他们的心声是坚定而又悲壮的。

陈小禾回到办公室，打开电脑敲击键盘，在QQ群里发消息：各位燕北大学校友，历史系七七级二班郑君宁同学不幸患上急性髓细胞型白血病，急待移植造血干细胞挽救生命。期待在健康允许和家人理解的前提下，奉献你的大爱！请志愿为其捐献造血干细胞的校友于4月18日上午九点到省城红十字血液中心抽血配型，有历史系七七级二班的同学在此接待……

郑君宁是原来燕北大学学生文工团的指挥和小提琴手，当年帅帅的样子给很多同学留下深刻记忆，正值壮年患上此病，大家很惋惜。4月18日那天上午，红十字血液中心的抽血室外排起长队，一眼望去，得有个百十来人，陈小禾、高援、金小民、鲁一依和汪嘉成排在最前面等待血样采集。郭蕊由郑玫玫陪同沿着队伍走过来，两人哭着给每一个人作揖致谢。

郭蕊终于等到了配型结果，医生告诉她：“你们的亲属中间没有一个跟他配型成功。”医生的话仿佛把她一下子推进了冰窟窿。“那其他人有配上的吗？”她迫不及待地问道，医生点点头。“真的？”郭蕊激动死了，这么说郑君宁还有救。她转念一想，万一捐献之前供者反悔不捐了呢？她迫切地想知道供者的个人信息，万一此人反悔，她就是砸锅卖铁也要花大价钱说通那个人，她相信钱在关键时候是万能的。她掏出工作证亮给医生看，“王大夫，我是省人民医院的，咱们是同行，麻烦你把供者的信息给我吧！”医生摆手，“你是同行，更该清楚，按照国际惯例，为避免预想不到的麻烦，供者和患者不能见面，院方有责任为他们相互保守个人信息。”

从医院出来，郭蕊心神不定地走在回家的路上。供者，这个供者是谁？如果他反悔不捐了怎么办？他可以在最终采集前的任何一个阶段终止捐献，如果他这么做，负担之前他发生的费用是小事，对君宁的打击可是太大了。不行，我一定要得到他的个人信息，必须的……她的大脑里始终纠结着这个问题，一不留神，被右侧从马路牙子往后倒车的轿车刮倒在地，吓得她惊叫着不敢动弹。一个年轻男人跳下车冲她破口大骂，放到以往，她早就跳着脚跟这个小兔崽子对骂开了。此刻，她的心思完全不在这里，只想着如何救下郑君宁的命。跨过五十岁的门槛之后，她对郑君宁的依赖心理越来越大，她怕失去他，她不能失去他。所幸没有受伤，郭蕊从地上爬起来，拍拍身上的泥土，一声不吭，在年轻男人的叫骂声中走远了。

陈小禾的家在省城一个叫作水岸国际的高档住宅小区。一个女人数十年来完全靠自己打拼，在小区置下两套房产，一套一百五十平方米的三居室送给儿子马丁，期待他能跟郑玫玫谈成恋爱，结婚后住进去；另一套二百平方米的四居室留给自己，计划后半生和高援在这里相伴度过。

晚上，在台里忙碌了一天的陈小禾把高援请到家里，这是他第一次到她家里做客。站在宽大的阳台向窗外望去，一幢幢高楼错落有致，万家灯火相映生辉，再转身回望这套欧式装修风格的居室，既彰显豪华和大气，还透着细腻和雅致，足见陈小禾的高品位生活。褐色的皮质沙发旁边的茶几上，细颈花瓶里插着一束盛开的茉莉花，花色洁白如雪，幽幽的花香弥漫在空气中，是那样沁人心脾。白色实木餐桌上的那盏烛台，点亮了家的浪漫和温馨的气息。高援的心中蓦然升腾出一种慵懒、放松和惬意的感觉，这是对家庭归属的一种渴望，几十年来都不曾有过。

手脚麻利的陈小禾为他做了三菜一汤，二人坐下来吃饭，厅堂和厨房内外兼修的她，饭做得色香味俱佳，高援吃得很香也很饱。因为郑君宁意外生病，他们特意推迟了婚期，话题自然转到捐献造血干细胞上。有句老话叫天无绝人之路，用在郑君宁身上再合适不过，虽然他的妻子和女儿，以及其他亲戚，一个也没能跟他配型成功，但他的大学同学却有两人“中彩”，这两个人居然是高援和陈小禾。初配成功之后，他们又去做了身体体检和高分化验，结果还是相合。世界上居然就有这样的巧事，这难道是机缘巧合吗？是他们仨前世就结下这个缘分吗？

陈小禾已经把对高援的称呼简化成一个字，“援，我请你来，就是跟你商量捐献的事。我比你年轻，没有动过手术，也没生过大病，身体素质比你好，恢复起来也比你快，怎么说这事也得我来，我有充分的理由代替你来做这件事。”

高援坚定地摇着头说：“这怎么可以？首先，我是男人，当然我来捐！其次，男性给男性捐献，排异反应要小很多，这是我捐献的最大优势。你不要跟我争了！”

“我看过资料，同性捐献不存在优势。你负过重伤，工作压力又大，捐献之后必须休息，也会耽误你的工作。”陈小禾试图说服他。

“对于捐献者来说，理论上虽说没有伤害，但也因人而异，可能会造成疲惫、免疫力下降和掉头发。我一大老爷们比你能扛，这都不是事儿，别跟我争了。”高援不让步。

陈小禾从餐桌对面，走到高援身边坐下，深情地抚摸他的脸颊，柔声说：“援，我知道你心疼我，就像我心疼你一样。但是，我必须捐献，是因为还有一个你不能拒绝的理由。”“嗯？什么理由？”高援拉着小禾的手，不解地问。

“当年在校时我游泳溺水差点没命，是君宁救了我，现在他正等着救命，我恰好配型成功，你说这是不是天意？是不是就该给我回报他的机会？凭我的身体条件，一定是理论上没有被伤害的那类捐献者，别跟我争了，好吗？”陈小禾摇晃着他的胳膊，声音里带着娇憨，眼神里却是坚定。她认定的事，谁想说服都没用，她的执着从儿时起他就领教过了，知道再争下去也还是这个结果。高援不再说话，怜惜地抚摸着她一头卷曲的秀发，心里在想，这么好的头发，万一脱发会怎样呢？他心疼地把她紧紧地搂住，“禾，我们永远在一起！接下来的日子，无论发生什么，我都是你的依靠！”陈小禾点头，她像小孩子一样紧紧依偎在他宽厚温暖的怀里，此时，她的心中很踏实，很平静……

早已是频道总监的陈小禾这几天拼命地工作，把手头的事情都提前安排好之后就休了年假，在采集前五天住进医院。在前四天，她需要每天注射一针动员剂，在第五天进手术室，进行外周血的采集。

或许是连续劳累，免疫力下降，当天下午住进医院的陈小禾晚上突然高烧至三十九度。医生护士都认识这个电视台的名主持人，她捐献造血干细胞对他人来说就是新闻，更被医院重视，他们出来进去，紧张地为她忙碌。

陈小禾满脸疲惫和沮丧，跟来探视的鲁一依犯嘀咕，“这叫什么事啊？关键时刻掉链子了！君宁那头等着救命呢！快急死我了！”鲁一依说：“叫高援过来吧！”陈小禾慌忙摆手，“千万别，我不想惊动他。”鲁一依只好安慰她别着急，“或许明天体温就降下去了。” 她不时地用冷毛巾放在陈小禾的额头上给她降温，劝她多喝开水。陈小禾昏昏沉沉睡着了，鲁一依见她的体温还不下来，赶紧打电话告知了还在省委党校学习的高援。

次日早晨，陈小禾体温降下来了，人也精神了一些。她躺在床上无意间一抬头，见高援站在她的面前，挣扎着要坐起来，高援过去扶她坐起来，帮她整理了一下病号服，拿梳子给她梳理头发，“我早就说了就不该你捐，你还跟我争！关键时刻堵枪眼的应该是我！别忘了，我曾经是军人！”陈小禾很坚决地说：“不行，你赶紧打消这个念头，别耽误党校的学习。我都跟医生说了，再给我几天时间，养一养就好了。”

“党校那头这几天撰写论文，我已经提前完成，也跟医院联系好了，办了住院手续，就住在你的隔壁。”高援故作轻松地说道。陈小禾着急了，“啊？这也太离谱了吧？你怎么不跟我商量就擅自做主？你……已经不属于你自己！”高援挥挥手，“来不及了，君宁正等着捐献救命呢！你有这份心意，懂得感恩图报已经足够了，不但君宁感谢你，我都感谢你！”

小护士进门，冲高援笑笑：“高大叔，现在去做B超。”高援答应着，扶陈小禾躺下，俯身帮她盖好被子，嘱咐她：“好好休息，别胡思乱想，我一会儿就回来！”目送高援出门的身影，陈小禾感动不已，泪水悄然打湿了面庞。

陈小禾昏昏沉沉地躺着，慢慢进入梦乡：高援满脸沮丧地回来，他的体检没有通过，依然是自己为郑君宁捐献了造血干细胞……陈小禾躺在手术床采集外围血……血液通过输液管缓缓流进郑君宁的血管……郑君宁苏醒了，精神抖擞地站了起来，光头变成满头黑发，领着郭蕊和郑玫玫在灿烂阳光下向陈小禾和高援招手……

女医生走进病房，摸摸陈小禾的额头，然后轻轻推醒了她，“你感觉怎么样啊？跟你说个事，高援的体检没有通过。”陈小禾揉揉眼，愣愣地看着她，赶忙问道：“高援怎么了?”“心动过速。已经戴上心脏监护仪了，原因待查。”陈小禾赶紧爬起来，去了隔壁高援的病房。高援穿着病号服躺在床上，身上接着的导联线通向心电监护仪，那双刚毅果敢的眼睛明显带着沮丧和落寞。见小禾进门，他挣扎着要坐起来，之前他去找过她，见她睡了便没有叫醒她。

陈小禾按下他，端过凳子坐在床边，拉着他的手幽幽地说：“你的心脏为什么会出问题？还不是让工作给累的。我知道你对金钱没概念，拿做官也不当回事，否则你不会住在这个普通病房。但身体是本钱，健康不能忽略呀！”高援就怕陈小禾担心，故意把语气放轻松，“别草木皆兵，偶尔心跳过速是正常的。早就大难不死，根本没把它当回事。再说，就要被你收容，有地儿安生了，更不愁没人管了嘛！”陈小禾嗔怒于他，让他反而找到温暖的感觉。

医生已经终止了他的捐献计划，这让他很窝心，“唉，就是捐献泡汤了，心里直起急！”“这个不用你操心，我刚才梦里都梦到了，捐献的事我替你去做。已经不发烧了，再养两天就可以了。幸好住在医院，你借机好好检查一下身体吧。”陈小禾随手帮他收拾小桌上凌乱的东西，又扶起他来，倒了一杯水喂他喝下去。高援眯起眼仔细端详陈小禾，他看她从来都有看不够的感觉，不仅仅因她美丽的外表，更重要的是她的内涵，“小禾，你就是一本书，让我手不释卷，值得我用一生去读啊！”“你也一样，是我一生的依靠。”

又过了一天，确认身体并无大碍的陈小禾开始注射动员剂。第五天，如期为郑君宁捐献造血干细胞，一切都在秘密进行中。临进手术室，高援紧紧抱住陈小禾，捧着她的脸轻轻地说：“禾，你今天真美丽！我会一直在手术室外边等你，别怕啊！”陈小禾有些激动，黑眸像水洗过一样清澈，她扶住他的双肩就像扶住依靠，“援，有你陪伴，我三生有幸！”陈小禾在里面输血，高援坐在外面等了她四个多小时。

知名主持人捐献造血干细胞是新闻，她的恋人是市长还是大学同学也是新闻，彼此的感情那叫一个深厚，“腻”得让人羡慕和嫉妒，科室里的小护士都看傻了，老医生不住地感叹。

郑君宁成功移植了陈小禾捐献的造血干细胞，他得救了。出院那天是一个中午，恰好雨过天晴，郭蕊来接他，夫妇两人走出医院的大门，院区里满眼都是盛开的海棠花，粉红色的花瓣缀满小水珠，在绿叶的衬托下明媚动人，楚楚有致。郑君宁站住，眯着眼，任由惬意的阳光洒在脸上和身上，贪婪地呼吸着醉人的空气。“活着真好！”他由衷地说，跟郭蕊相视一笑，郭蕊挎着他的胳膊，再生的幸福感油然而生。睁开眼望去，郑君宁意外地看见树下站着鲁一依和汪嘉成夫妇，他俩喜笑颜开，热情地跑过来向他张开双臂。

汪嘉成挤着眼睛俏皮地问道："老郑，知道谁给你捐的骨髓血吗？"郑君宁摇头，"医院保密，不告诉啊！""我告诉你，想不想知道？""啊，你知道啊？当然太想知道了！那是我的救命恩人！""我说出来，你可不能啼哭啊！她是——"汪嘉成和鲁一依异口同声地说出"陈小禾"三个字。郑君宁和郭蕊目瞪口呆，郭蕊一把抓住鲁一依的胳膊："真的是陈小禾吗？"

鲁一依肯定地点点头，郑君宁好像刚反应过来，与郭蕊四目相对，停顿了片刻，夫妻二人终于忍不住相拥而泣，郭蕊的眼泪更是止不住，他们夫妻二人与陈小禾这三十年间缔结的是怎样的一份奇缘啊！

"快！我们去见救命恩人陈小禾！"郭蕊催促郑君宁，鲁一依阻止他们，"高援安排小禾去青岛疗养了，他俩就等你快快好起来，咱们一同见证他们领证完婚的仪式呢！"郑君宁仰天长叹，他的血管里流淌着陈小禾的血液，他与她曾经的爱情、特殊的同学情已经升华到骨肉亲情的程度，陈小禾善良大义，美丽温婉的形象在他心里俨然化作一尊光芒四射的女神塑像。后来，为了表达对陈小禾的谢意，郭蕊和郑君宁要将郊区的一幢独栋别墅送给她，被陈小禾果断拒绝，她说："他们之间真挚纯洁的情感不允许掺杂任何物质利益。"

2007年一整年，准备见证陈小禾和高援领证完婚的大学同学们，等到了郑君宁的痊愈，却没等到高援抽出整块时间再到省城。他在保城下基层蹲乡下，每天都忙得不可开交，实在抽不开身办自己的事情，就连2008年的春节，都是陈小禾去保城找他，跟着他到基层，与一线值班的群众一起度过的。又到了四月柳暗花明、风吹草低的日子，高援终于有整块时间来省城完婚了，陈小禾又重新把家布置一新，通知了关系密切的同学，时间就定在一周后的4月16日，也就是下星期三的上午。

这一天早晨一上班，陈小禾就接到石安县姚岭小学老师的电话，用郑君宁和尹二兵捐赠的十万块钱，已将该校修缮一新，学校诚邀陈小禾、郑君宁和尹二兵参加本周五在学校举办的剪彩庆祝仪式。店里有生意尹二兵走不开，陈小禾约郑君宁一起走一趟。

一辆从省城开出的货柜车行驶在开往石安县的山间公路上，陈小禾和郑君宁跟司机同坐一排，车厢里装着郑君宁昨天才从琴行买的一架立式钢琴。捐钱给姚岭小学时，郑君宁特别要求该校专门盖一间音乐教室。从十岁开始学拉小提琴的他，总想着把那些农村孩子拉到五彩斑斓的音乐世界去。用音乐净化灵魂，丰富内心，是这个老文青的一个愿望。

陈小禾说道："君宁，你这架钢琴抬过去可不能成为摆设。""我也在考虑这个问题。你的意见呢?"陈小禾思索了片刻，"可以考虑请公社中学的音乐老师定期去给孩子们上课，还可以在石安招聘音乐老师进山上课。"被陈小禾一点拨，郑君宁脑洞大开，一下子找到兴奋点，"嗯，你这个主意不错，我定期给老师发补助，不能让人家白劳动不是?""给他们下达排练任务，练好了，就去我们台做少儿节目，上电视表演。"二人一拍即合，满脑子里都是憧憬，这间小小的音乐教室有朝一日或许会走出歌唱家呢!

货柜车的司机有十几年的驾龄，昨天跟搬家公司联系的时候，郑君宁特别要求给他派一个经验丰富的老司机。汽车沿着盘山道缓慢而平稳地爬坡，左边是峭壁，右边是悬崖，这是从石安县城到姚岭村之间最难走的一段路，多年前的那个冬天陈小禾遭遇大雪，就是因为这段十多公里的险路，长途车才停运。"那次大雪幸亏高援来山里找到我，否则掉到沟里就冻死啦!""你俩这辈子有缘，注定生死在一起，谁也离不开谁。""是的，都这把年纪了，我们很珍惜往后在一起的日子，这辈子再也不分开了!"

货柜车已经爬到半山腰，坡度越来越陡，弯道越来越急，就在郑君宁低头拿水杯的工夫，陈小禾突然大叫一声，"啊——"只见一辆迎面而来的加重大货车在下坡的惯性下，猛烈地撞向没有前脸只有一层玻璃和铁皮遮挡的货柜车，"砰——"惨烈的车祸在一瞬间发生了，郑君宁、陈小禾和司机顿时倒在血泊中……

因为伤情危重，郑君宁和陈小禾来不及转送到省城救治，就在石安县人民医院实施了手术。伤重急需血浆，闻讯赶来，处在无限焦急中的高援、鲁一依、汪嘉成和郭蕊恨不得把血都输给他们。何永进因年龄太大被拒绝，高援输了四百毫升之后依然要护士再输第三袋，汪嘉成更是一马当先。

十多个小时之后，手术后的郑君宁和陈小禾先后醒来，抢救室的两张床用布帘隔开，躺在两边床上的他们浑身上下缠满绷带，只露出两只眼睛。医生允许亲属进入抢救室跟伤者见个面。高援第一个冲进去，忽而搂着陈小禾，忽而越过布帘抱住郑君宁，见两人伤成这样，他心疼地浑身都在颤抖，咬着牙抑制住悲痛。郭蕊和鲁一依失声痛哭，汪嘉成和何永进也老泪纵横。

医生把他们叫到办公室，打开影像资料讲解道："……郑君宁大腿骨折，陈小禾的伤情更严重，脊椎受到严重损伤，现在腰以下失去知觉，如果康复训练无效，可能就……永久性地瘫痪了。"永久性瘫痪？听到这个噩耗，在场的人脸色全变了。如果瘫痪，这么美丽的人，将要在床上或者轮椅上度过一生，对陈小禾实在太残酷了。鲁一依和郭蕊难过地抱在一起啜泣，高援的心像有一个张牙舞爪的恶魔在啃食着，颤抖不止。

陈小禾的伤情惊动了她所在的省电视台，台里派人给她接回省城住进省人民医院，她得到了最好的治疗，郭蕊的护理也无微不至。经历了生与死的变故，坐上轮椅，繁华落尽，只剩下一地残败，陈小禾整日以泪洗面，彻夜不眠。郑君宁怀着深深的负罪感，天天拄着拐杖守在陈小禾床前忏悔谢罪，二人的精神世界几近崩溃。高援心急如焚，却远在保城望尘莫及，他酝酿了一个重大决定。

那天，又像往常一样，郭蕊在给陈小禾做肌肉按摩，郑君宁拄着拐杖站在她的床前开始忏悔："2008年4月11日，在石安通往姚岭村的山路上，我和陈小禾乘坐的货柜车突然遭遇车祸……"陈小禾平躺着动弹不得，眼泪已经流尽了，她绝望地捂住耳朵，大叫道："求你啦！千万别再忏悔啦！受不了啦……”三个人又开始痛哭流涕……这时，门开了，高援风尘仆仆地走了进来，见他们这个样子，慌忙伏下身子，用纸巾擦去陈小禾眼角的泪水，直起腰跟他们三人说道，“咱们不能总是沉浸在悲痛之中，于事无补，我来省城工作了，从此跟你们一起面对！”

原来，高援向省委请辞保城市市长，要求降职转调省农业厅工作，并得到省委同意，任命为省农业厅副厅长。他居然放弃了大好的仕途，熟悉的人都为他惋惜，不解他的选择，其实，他的目的只有一个：照顾陈小禾。这时候，她最需要他的精神关爱，他是在拯救一个灵魂，不，是两个，拯救陈小禾和郑君宁两个灵魂。

在休年假的日子里，高援就长在了病房，除了照顾陈小禾的饮食起居，更重要的是，给她精神抚慰，陪她做康复训练。他从医生那里了解到，陈小禾的脊髓虽然严重受损，却没有横断，只要康复训练得力，她还是有希望站起来的。陈小禾受到莫大鼓舞，在高援面前，她顺从地像一个孩子，听任他的安排。然而，康复训练是丧心病狂的，那种撕心裂肺、常人难以忍受的疼痛，又让她无数次要打退堂鼓，痛不欲生地只想放弃。每次高援都哄着她，变着法儿逗她开心，使出各种小招数激励她。

陈小禾出院回家之后，郭蕊特意给她请了保姆二十四小时贴身照顾。高援白天忙工作，晚上来陪她做严格的康复训练。慢慢地，陈小禾接受了他这种魔鬼式的训练方式，打心里往外不再排斥了。一切都在按部就班地进行中，渐渐地，从坐起到辅助站立，从拄双拐到使用步行器，再到单拐……整个过程持续了三个月时间，每一段的康复效果都让陈小禾惊喜。终于有一天，高援向她发出指令：“小禾，别怕摔倒，有我呢！随时接住你！来，一、二、三，走起——”在高援的再三鼓励下，陈小禾丢掉单拐，晃晃悠悠向两米之外的高援走去……她踉跄了一步，差一点摔倒，定住神又站住了。高援满含期待向她张开双臂，她稳住劲儿，一步一步地挪动，终于独立走出两米远，扑到高援的怀里。两人紧紧拥抱，喜极而泣。

再后来，高援继续引导陈小禾做康复训练，独立行走的步数慢慢增加，屋里走路地方小受限制，他们就把训练地点移到楼下的甬道。累的时候，她就靠在他的怀里休息，他给她擦汗喂水，二人聊天说笑，恩爱有加。他们的身影成为小区里特别的一景，著名主持人和前市长曲折的爱情故事已经被传播开来，引得无数人唏嘘和敬慕，刻意低调的他们谢绝了媒体的采访。

半年之后，陈小禾的身体完全恢复正常，又重新回到电视台经济频道的领导岗位。郑君宁如释重负，所患焦虑症和抑郁症也大为好转。他和金小民、鲁一依、汪嘉成，包括任小夏等大学同学，终于见证了高援与陈小禾结束三十多年的爱情长跑，在民政局领证完婚、宣读结婚誓词的感人一幕。郭蕊用摄像机拍下如下镜头：俩人互戴茉莉花胸针，手持茉莉花束，白色花瓣寓意他们纯洁如白雪、默默吐芳华的漫漫爱情旅程。他们举起右手庄严宣誓，“风雨同舟，患难与共，同甘共苦，成为终身伴侣，直到地老天荒……”

再后来，陈和郑两家联姻，陈小禾的儿子马丁和郑君宁的女儿郑玫玫结为伉俪，马大山闻讯从三亚赶回，此时他的海鲜大排档已经变成二层大酒楼，带着他漂亮又能干的黎族媳妇和三岁的儿子马小丁参加了婚礼。他与郑君宁和郭蕊也冰释前嫌，慷慨地送给郑玫玫十万元改口费。从此，马丁和郑玫玫各有了三个爸爸和三个妈妈。

又后来，郑君宁带付樱子和崔远方去监狱看望付来和宋岚。见郑君宁不期而至，已经花白头发，穿着囚服的宋岚和付来很是意外。宋岚冷冷地说道：“我实在不愿意自己这个样子让你看见！留给我一些自尊行吗?”“就是，你来至少要征得我们同意吧？这是对我们起码的尊重！”付来站在宋岚旁边说完转身就走，宋岚也掉转头离去。

樱子慌忙喊住他们：“你们不要责怪郑叔叔，是我们商议一起来的。因为有重要的事要跟你们商量。”郑君宁也招呼他们俩留步，他说：“你们误解了，我不是来看你们的热闹，而是给你们带好消息来了，你们听到会兴奋起来。”

樱子介绍崔远方是美国留学的生物医药博士、高援叔叔的义子、自己的男朋友。付来和宋岚很惊讶，不约而同地盯着崔远方看。“是郑叔叔给介绍的，我们很相爱，已经开始谈婚论嫁了。今天特地来见你们，郑叔叔、高叔叔和陈阿姨还要代替你们给我们筹办婚礼。”崔远方也走近，很有礼貌地跟付来和宋岚打招呼。

付来、宋岚听闻既羞愧又感动，没料到无依无靠的女儿得到老同学如此多的关爱。付来愣了好一会儿，有些不能自持地坐在椅子上，下意识地捂着脸，他的思绪翻江倒海，良久，终于情绪爆发，不再顾及面子，当着未来女婿的面开始忏悔，老泪纵横的他掰着手指头，历数从上大学至今三十多年间，为一己之利坑害老同学的数宗罪过：“……评助学金写匿名信给梅祥源，诬陷人家金小民；偷图书馆的孤本古籍，嫁祸人家高援；为抽成引诱汪嘉成买古画赝品，逼得人家把房子都卖了；与你郑君宁你死我活地恶性竞争，雇水军找混混搞臭你，逼你关门歇业；还有蒙骗马大山，往英国倒卖纹瓶……”

付来说着，突然扇起自己的大嘴巴，被宋岚抓住手。他痛哭流涕地表示自己作恶太多，不求同学们的任何原谅。郑君宁安慰付来道：“一切都过去了，你诚心悔过，就说明还有良知。你俩好好改造，争取减刑早点儿出去跟女儿女婿团聚。”宋岚哭着请求郑君宁接受樱子做干女儿，郑君宁痛快地答应了。宋岚和付来让樱子下跪，当场认下郑君宁这个干爸。

2008年的金秋十月，省城燕北大学迎来建校一百周年校庆。北院的青草地四周，一排排挺拔的白杨和云杉，簇拥着一座纪念七七级大学生考进燕北大学的主题雕像，上书“梦开始的地方”几个遒劲的大字。七七级同学作为特邀嘉宾来校参加纪念活动，他们在南北院往来穿梭，刻意寻找那些依稀可辨的遗迹，怀恋曾经的青春芳华，感叹时光的流逝，任由思绪自由飞翔，牵出连绵不断的回忆。

纪念校庆的晚会在宏大的体育馆内进行，校长在致辞中回顾了一百年来燕北大学波澜起伏的历史，其中1977年恢复高考，是该校一个重要的历史阶段。“因‘文革’中断十年高考之后，学校在1978年2月招来八百名来自全国各地和各行各业的七七级大学生。当时，全国五百二十万考生中，只有二十七万人被录取为本、专科生，录取率仅为百分之四。七七级大学生是当年一代青年中的佼佼者，是读书的种子。这一届学生的特殊性，决定了他们毕业后俨然成为社会发展的中间力量，为求才若渴的中国社会注入了无限生机，他们的影响与作为在中国改革开放的历史上留下深刻的印记，是燕大一百年来最人才辈出的一届。”台下掌声一片，所有目光齐聚坐在前排的七七级学生身上。他们都已经五六十岁，多数满头华发，额头已有皱纹，有的朴实无华，有的温文尔雅，一双双眼睛依旧炯炯有神、神闲气定和踌躇满志。

七七级同学对母校有着不解的情缘，就像白云与蓝天，禾苗与大地，小溪与大海的情愫。他们感恩在那个动荡的时代，甚至在走投无路的时候，母校张开怀抱收留了他们，离开母校三十年了，他们对她依然爱得深沉。

音乐声中，高援、陈小禾、郑君宁、金小民、鲁一依和汪嘉成信步上台，表演诗朗诵《我们的青春之歌》：

1977，已载入共和国的教育史册
那也是我们的人生转折
高考消息在山林、田野和工厂里传递
两代人有了跨度十年的集结
奔向考场，握紧了手里的钢笔
像拿着劳动工具一样
为的是一张学习的书桌
此后，我们有了一个响亮的名字
自豪和庆幸啊！我是七七级同学

特殊年代锻造的这一代人
对社会和人生有着深刻的了解
没有祖国的安定与和谐
每一颗心灵只能四处漂泊
书桌是思考的平台
是一片更辽阔深邃的世界
我们沉浸其中，弥补耽误的时间
感恩母校让我们从校园出发
续写人生又一段激情岁月
……

后　记

当我们卸下肩上的负荷，一身轻松地审视此生经由的岁月，1977年的高考注定成为永恒的记忆，它是一个时代的标签和符号。

1977年10月，好比平地一声惊雷，因“文革”中断十年的高考恢复，重新以文化课考试成绩作为竞争标的。二十七万人以百分之四的低录取率脱颖而出，幸运地成为七七级大学生，并由此改变了一生的命运。被时代大潮汇在一起，并因高考的分数集结在大学平台上的这批人，四年后又被统分到公有制单位中工作，在党政机关、学术研究机构、教学科研岗位、商海大潮之中，甚至中国与世界的舞台上，经历并见证了改革开放四十年来的全过程，成为各个领域的骨干力量。然而，沉浮起落，世事变幻，四十年风雨烟云，每个人的命运走向却大相径庭。

互联网时代，微信圈起散落在世界各地的学子，信息密集释放，曾经鲜为人知、跌宕起伏的情感故事逐渐被解密，惊诧之余，还有不尽的唏嘘与感叹。

在几年前那个冬日的聚会上，我们和一个叫韩军的朋友忽然萌生了一个写剧的念头，以文学作品的形式展示七七级学生的作为与命运、婚姻与情爱。就这样给自己派了一个大活儿，现在想起来还忍俊不禁。于是就有了《七七级二班》的长篇电视剧本，我们以亲历者和观察者的身份完成了剧本创作。

把剧本改成小说的动议是去年夏天才有的，动笔之后发现又给自己派了一个大活儿。写小说与写剧本完全两码事，与其说从剧本衍生而来，倒不如说另行创作的表述更准确。由于时间匆忙且篇幅所限，在人物刻画、情节展开和环境描写等小说要素方面，都留有遗憾，在小说与剧本之间就好比鱼非鱼、花非花了。

我们都有各自的职业，在业余创作过程中，更多的是记录我们这代人的生活、沉浮与拼搏，通过事件来串联起四十年的人生经历。这里面有对校园生活的眷恋，也有对社会变迁的理解和感慨。小说中几乎所有的故事都来自于生活，是在生活基础上的艺术加工。

鲁迅曾经的一段话用在这里合适，“人物的模特儿也一样，没有专用过一个人，往往嘴在浙江，脸在北京，衣服在山西，是一个拼凑起来的角色。”于此，或许小说中能找到某位同学的影子，却绝非具象为我们的某位同学，不过是众多人物模特儿的缩影，切勿对号入座。

感谢母校河北大学出版社对我们这部小说的认可和出版。

特别感谢在河北大学出版社工作的师弟刁毅亲自担任责任编辑的工作，不仅成就了这本书，还事无巨细，为此书保驾护航。

在这里，向我们的校友表示真诚的感谢，他们的鼓励使我们用最短的时间完成了这部小说。我们的同级师弟毕冰宾（央视资深翻译，作家）最早建议我们把电视剧本改写为小说，他的建议启发了我们，得以用文字描述我们这代人的生活。张讴师弟（央视驻欧洲资深记者，旅行文学作家）为我们提供了伦敦拍卖和伦敦场景的细节。在这部小说的创作中，我们还得到多位校友的鼓励和关注，因为我们有共同的诗意芳华，我们相知相伴，珍惜彼此的友情，感谢好友们！

因为高考与你们相遇，真好！

作　者

2018年2月26日

图书在版编目（CIP）数据

七七级二班 / 李珍，陈俨著．-- 保定 ：河北大学出版社，2018.5
ISBN 978-7-5666-1380-6

Ⅰ．①七… Ⅱ．①李… ②陈… Ⅲ．①长篇小说－中国－当代 Ⅳ．①I247.5

中国版本图书馆 CIP 数据核字 (2018) 第 089155 号

七七级二班

出 版 人：耿金龙
责任编辑：习　毅
装帧设计：张彦琪
责任印制：靳云飞
出版发行：河北大学出版社
地址：河北省保定市七一东路 2666 号　邮编：071000
电话：0312-5073033　0312-5073029
邮箱：hbdxcbs818@163.com　网址：www.hbdxcbs.com
印　　刷：保定市北方胶印有限公司
开　　本：170mm × 230mm　1/16
印　　张：18.50
字　　数：210 千字
版　　次：2018 年 5 月第 1 版
印　　次：2018 年 5 月第 1 次印刷
书　　号：ISBN 978-7-5666-1380-6
定　　价：39.00 元